LYNSAY SANDS

Wie angelt man sich einen Lord?

Lynsay Sands bei LYX:

Die Argeneaus:
1. Verliebt in einen Vampir
2. Ein Vampir zum Vernaschen
3. Eine Vampirin auf Abwegen
4. Immer Ärger mit Vampiren
5. Vampire haben's auch nicht leicht
6. Ein Vampir für gewisse Stunden
7. Ein Vampir und Gentleman
8. Wer will schon einen Vampir?
9. Vampire sind die beste Medizin
10. Im siebten Himmel mit einem Vampir
11. Vampire und andere Katastrophen
12. Vampire küsst man nicht
13. Vampir zu verschenken
14. Vampir à la carte
15. Rendezvous mit einem Vampir
16. Der Vampir in meinem Bett
17. Ein Vampir für alle Sinne
18. Vampir verzweifelt gesucht
19. Ein Vampir für alle Lebenslagen
20. Ein Vampir zur rechten Zeit
21. Ohne Vampir nichts los
22. Tatsächlich Vampir

Romantic History:

Einzeltitel:
Liebe auf den zweiten Blick
Eine Braut von stürmischer Natur

Die Madison Sisters:
1. Ein Earl kommt selten allein
2. Ein Lord mit gewissen Vorzügen
3. Wie angelt man sich einen Lord?

Die Highlander-Reihe:
1. Die Braut des Schotten
2. Mein rebellischer Highlander
3. Meine ungezähmte Highland-Braut

Außerdem erschienen:
Ein Vampir für jede Jahreszeit (Anthologie)

LYNSAY SANDS

Wie angelt man sich einen Lord?

Roman

Ins Deutsche übertragen von Antje Görnig

LYX

LYX in der Bastei Lübbe AG
Dieser Titel ist auch als E-Book erschienen.

MIX
Papier aus verantwortungsvollen Quellen
FSC® C083411
FSC www.fsc.org

Die Originalausgabe erschien 2012 unter dem Titel
»The Husband Hunt« bei AVON BOOKS,
An Imprint of HarperCollinsPublishers, New York.

Redaktion: Birgit Herden
Umschlaggestaltung: Guter Punkt, München | www.guter-punkt.de
Umschlagmotiv: © Guter Punkt, unter Verwendung mehrerer Motive von
hotdamnstock, thinkstock/Solatges Irina, thinkstock/Galyna Semenko
und thinkstock/Elena Lunetskaya
Satz: Greiner & Reichel, Köln
Gesetzt aus der New Caledonia LT
Druck und Verarbeitung: CPI books GmbH, Leck – Germany
Printed in Germany
978-3-8025-9997-2

1 3 5 7 6 4 2

Sie finden uns im Internet unter www.lyx-verlag.de
Bitte beachten Sie auch: www.luebbe.de und www.lesejury.de

1

»Wie lange wirst du weg sein?«, fragte Lisa, während sie ihrer älteren Schwester dabei zusah, wie sie einen kleinen Pillbox-Hut auf die kunstvolle Frisur setzte, zu der ihre Zofe ihre Locken gesteckt hatte.

»Es könnte den ganzen Nachmittag dauern, Lisa. Leider ziehen sich die Teestunden bei Lady Witherly immer etwas in die Länge. Sie wird darauf bestehen, dass uns jedes ihrer Enkelkinder mit einer musikalischen Darbietung beglückt.« Christiana verzog das Gesicht und fügte trocken hinzu: »Ob sie nun Talent dazu haben oder nicht.«

Lisa ließ sich ihre Belustigung über die Verdrossenheit ihrer Schwester nicht anmerken. »Vielleicht haben sie seit deinem letzten Besuch etwas dazugelernt.«

»Hmm«, machte Christiana skeptisch und drehte sich zu ihr um. »Mir ist nicht wohl dabei, dich jetzt, wo es dir nicht gut geht, allein zu lassen. Vielleicht sollten wir besser absagen und …«

»Sei nicht albern. Suzette ist wahrscheinlich schon fertig angekleidet und wartet darauf, von dir abgeholt zu werden«, unterbrach Lisa sie, und als Christiana ob der Erwähnung der mittleren der drei Madison-Schwestern die Stirn runzelte, fuhr sie rasch fort: »So spät abzusagen wäre äußerst unhöflich. Abgesehen davon bin ich ja nicht todkrank. Ich habe nur ein wenig Kopfschmerzen und Magenbeschwerden. Wenn ich mich etwas ausruhe, kann ich euch heute Abend bestimmt zum Ball bei den Landons begleiten, mit dem die Saison eröffnet wird.«

»Bist du sicher?«, fragte Christiana zweifelnd.

»Ganz sicher«, entgegnete Lisa und bemühte sich, ihre Ungeduld zu verbergen und nicht durchblicken zu lassen, wie erpicht sie darauf war, ihre Schwester loszuwerden.

»Na gut.« Christiana seufzte leise, umarmte sie rasch, ermahnte sie, Bettruhe zu halten, und ging zur Tür.

Lisa lächelte, bis die Tür ins Schloss fiel, dann lief sie zum Fenster, um zu beobachten, wie ihre ältere Schwester auf die Kutsche zuging, die vor dem Haus wartete. Als die schlanke Blondine eingestiegen war und die Kutsche davonfuhr, eilte sie nach oben in ihr Zimmer.

Wie erwartet war ihre Zofe Bet damit beschäftigt, das Kleid herzurichten, das sie abends auf dem Ball tragen wollte.

Sie gab sich leidend, legte mit einem kleinen Seufzer die Hand an die Stirn und ging zum Bett. »Das kannst du später fertig machen, Bet. Ich habe leichte Kopfschmerzen und möchte mich ein Weilchen ausruhen. Bitte achte darauf, dass ich nicht gestört werde.«

Bet hielt inne und sah Lisa verdutzt an. Bei ihrem argwöhnischen Blick befürchtete Lisa schon, sie habe es übertrieben, aber zu ihrer Erleichterung nickte die Zofe nur, breitete das Kleid aus, damit es nicht knitterte, und ging zur Tür. »Ich bin unten, wenn Sie mich brauchen.«

Lisa nickte, setzte sich auf die Bettkante und zog ihre Schuhe aus, schlüpfte jedoch sofort wieder hinein, als sich die Tür hinter Bet schloss. Dann sprang sie auf und verfiel in hektische Betriebsamkeit. Sie hastete zu ihrer Truhe, holte die Tasche heraus, die sie unter ihren Kleidern versteckt hatte, und vergewisserte sich, dass das Geschenk für Mrs Morgan noch darin war, das sie so sorgsam verborgen hatte. Sie ging damit zur Tür, lauschte kurz, und als sie nichts hörte, öffnete sie die Tür und spähte in den Korridor. Er war leer, und so verließ sie ihr Zimmer und huschte zur Treppe.

Sie hielt den Atem an, bis sie den Treppenabsatz erreichte. Dort blieb sie stehen und atmete langsam aus. Als von unten kein Laut an ihr Ohr drang, holte sie abermals tief Luft und schlich die Stufen hinunter. Sie hatte den Salon fast erreicht, da öffnete sich die Küchentür am Ende des Korridors. Panik stieg in ihr auf, und Lisa verschwand rasch im Arbeitszimmer und zog die Tür leise hinter sich zu. Sie betete, dass sie niemand gesehen hatte.

Sie lauschte an der Tür, um herauszufinden, wann sie ihren Weg fortsetzen konnte, aber es war nichts zu hören. Entweder hatte es sich derjenige, der die Küchentür geöffnet hatte, anders überlegt und war in der Küche geblieben, oder er ging genau in diesem Moment durch den Korridor, und die Tür, hinter der sie stand, dämpfte die Geräusche. Das Problem war, dass Lisa nicht wusste, was von beidem zutraf.

Ungeduldig trat sie von einem Bein aufs andere, dann bückte sie sich und linste durchs Schlüsselloch. Leider konnte sie durch die kleine Öffnung nicht genug sehen, um sich zu vergewissern, dass niemand im Korridor war. Doch sie verharrte so lange dort, bis sie sicher war, dass derjenige, der eventuell aus der Küche gekommen war, inzwischen vorübergegangen sein musste.

Sie richtete sich auf, atmete tief durch und schickte ein kurzes Stoßgebet gen Himmel. Dann öffnete sie leise die Tür.

Erleichtert stellte sie fest, dass der Korridor leer war. Sie wartete noch einen Augenblick ab, ob jemand die Treppe herunterkam, und als sich nichts rührte, sauste sie auf den Salon zu und verschwand darin.

Als sie die Tür schloss, wurde sie schon ein wenig ruhiger, obwohl sie es noch längst nicht aus dem Haus geschafft hatte. Sie hatte noch ein gutes Stück Weg vor sich. Doch diesen Gedanken schob sie beiseite und holte geschwind ihren Umhang und ihre Pelisse unter dem Sofa hervor, die sie am frühen

Morgen dort versteckt hatte, bevor die anderen aufgestanden waren.

Sie legte sich den Umhang um, zog die Kapuze über den Kopf und warf sich die Pelisse über den Arm. Dann hastete sie, das Geschenk an ihrer Brust bergend, zu der großen Glastür. Der Salon ging auf den Seitengarten hinaus. Soweit sie sehen konnte, hielt sich dort niemand auf.

Also schlüpfte sie nach draußen und lief flink zur Vorderseite des Hauses, während sie betete, dass nicht ausgerechnet in diesem Moment eine Kutsche mit unerwarteten Gästen eintreffen oder ihr Schwager Richard von seinen Schneidern zurückkehren würde. Auch hoffte sie, dass niemand von der Dienerschaft aus der Haustür oder einem der Vorderfenster schaute und sie entdeckte. Sie drehte sich jedoch nicht um, weil sie befürchtete, damit Aufsehen zu erregen und jemanden ans Fenster zu locken. Den Blick stur nach vorn gerichtet eilte sie zum Eingangstor.

Als sie die Straße erreichte, ohne dass sie jemand gesehen oder aufgehalten hatte, dachte sie schon, sie hätte es geschafft. Doch als sie das Tor schloss und sich zum Gehen wandte, trat ihr ihre Zofe Bet unvermittelt aus dem Gebüsch am Straßenrand entgegen.

»Ich habe geahnt, dass Sie etwas im Schilde führen, als ich Sie heute Morgen durchs Haus schleichen sah«, sagte Bet, und in ihrem sommersprossigen Gesicht spiegelte sich Genugtuung. Mit triumphierendem Blick und vor der Brust verschränkten Armen baute sie sich vor Lisa auf. »Was haben Sie vor, Mylady?«, fragte sie und zog eine Augenbraue hoch.

»Oh, Bet, du hast mich vielleicht erschreckt!« Lisa fasste sich an den Hals. »Warum schleichst du hier draußen herum?«

»Die Frage lautet vielmehr, warum *Sie* hier draußen herumschleichen«, erwiderte Bet.

Lisa verzog missbilligend das Gesicht. Dann straffte sie die Schultern, hob den Kopf und sagte streng, beziehungsweise so streng, wie sie mit ihrer Zofe sein konnte, die ihr zugleich eine gute Freundin war: »Es steht dir nicht zu, mich das zu fragen, Bet. Ich bin deine Herrin.« Ein Teil ihrer Forschheit schwand unter Bets durchdringendem Blick dahin, doch sie zwang sich, in energischem Ton fortzufahren. »Ich würde vorschlagen, du gehst wieder ins Haus und kümmerst dich um mein Kleid.«

»Gewiss doch«, entgegnete die Zofe kess. »Und ich sage Handers, dass Sie das Haus ganz allein verlassen haben, ohne jede Begleitung, ja?«

Lisa kniff die Augen zusammen. Handers, der neue Butler von Richard und Christiana, war ein Schatz, aber er würde die Information an Richard weitergeben, sobald er zurückkehrte. »Auf keinen Fall!«

»Doch, doch«, erwiderte Bet. »Es sei denn, Sie lassen sich von mir begleiten. Dann hat alles seine Ordnung und ich behalte es selbstverständlich für mich.«

Lisa seufzte frustriert und schaute zurück zum Tor. Sie war geradezu erleichtert gewesen, als Mrs Morgan ihr in ihrem Brief vorgeschlagen hatte, allein zu kommen. Christiana betrachtete ihre Freundschaft zu Mrs Morgan mit Argwohn. Sie hatte gefragt, ob sie diejenige gewesen sei, die Lisa das verbotene Buch »Fanny Hill« gegeben hatte, und angedeutet, dass Mrs Morgan vielleicht nicht der richtige Umgang für sie sei. Sie allein zu besuchen war Lisa einfacher erschienen, als Christiana dazu zu überreden, sie zu begleiten.

Aber eigentlich sollte sie wirklich nicht allein gehen. Es war in der Tat schicklicher, sich von ihrer Zofe begleiten zu lassen. Der einzige Grund, warum sie es nicht in Betracht gezogen hatte, war … Nun, das ganze Abenteuer hatte sie wohl so gefangen genommen, dass sie einfach nicht daran gedacht hatte, das Mädchen mitzunehmen. Aber es war vermutlich das Beste, die Angelegenheit so zu regeln. Eine Dame von Stand fuhr nun einmal nicht ohne Begleitung durch London.

Seufzend willigte sie ein. »Na schön, du kannst mich begleiten.«

»Danke«, entgegnete Bet schmunzelnd und lief neben ihr her, als sie sich in Bewegung setzte. »Wohin wollen wir denn?«

»Eine Freundin besuchen«, sagte Lisa, und auf ihrem Gesicht erschien ein Lächeln. Nun, da sie endlich unterwegs war, freute sie sich auf den Besuch. Auf dem Lande hatte sie Mrs Morgans Gesellschaft als anregend und unterhaltsam empfunden und hoffte, dass es sich in der Stadt ebenso verhielt.

»Ist es weit?«, fragte Bet neugierig.

»Nein. Mrs Morgan hat mir versprochen, ihre Kutsche um die Ecke warten zu lassen«, entgegnete Lisa.

»Mrs Morgan? Die Dame, deren Kutsche vor drei Jahren auf Gut Madison in die Brüche gegangen ist? Die von den Männern beglotzt wurde, bis Lord Madison sie und ihre Kutsche zur Reparatur ins Dorf bringen ließ?«

»Ja«, sagte Lisa und hob in Reaktion auf das offensichtliche Missfallen ihrer Zofe das Kinn.

»Sind Sie sicher, dass wir sie besuchen sollten?«, fragte Bet stirnrunzelnd. »Mrs Simms meinte, Mrs Morgan sei keine gute Gesellschaft für junge Damen. Sie sagte –«

»Das Geschwätz von Mrs Simms interessiert mich nicht!«, unterbrach Lisa sie und fragte sich, warum die Zugehfrau überhaupt so etwas sagte. Sie wusste nicht, dass Mrs Morgan ihr das verbotene Buch gegeben hatte. Und sie war Mrs Morgan nur kurz begegnet, als ihre Kutsche zum Gutshaus gebracht worden war.

»Aber …«

»Sei still, da ist die Kutsche!«, zischte Lisa, als sie an der

Ecke ankamen und sie die schwarze Kutsche mit den dunklen zugezogenen Vorhängen erblickte. »Komm!«

Und schon eilte sie auf das Gefährt zu, sodass Bet nichts anderes übrig blieb, als hinter ihr herzulaufen.

»Lady Madison?«, fragte der Kutscher und öffnete die Tür.

Lisa nickte lächelnd und stieg rasch ein.

Als Bet ihr folgen wollte, verstellte der Kutscher ihr den Weg. »Also, ich wurde angewiesen, heute nur eine Dame zu fahren.«

»Sie begleitet mich«, erklärte Lisa unwirsch und machte Anstalten, sich wieder von der Sitzbank zu erheben, auf der sie soeben Platz genommen hatte. »Es geziemt sich nicht für eine Dame, ohne Zofe auszugehen.«

Der Mann zögerte, dann trat er seufzend zur Seite und murmelte: »Na gut, wie Sie wünschen, aber es wird Mrs Morgan nicht gefallen.«

Lisa zog die Augenbrauen zusammen, doch als Bet einstieg und sich auf die Bank ihr gegenüber setzte, lächelte sie ihr aufmunternd zu. »Mrs Morgan erwartet sicherlich nicht, dass ich ganz allein komme.«

Der Kutscher schüttelte nur den Kopf und schloss die Tür.

Angesichts dieser Reaktion sahen sich Lisa und Bet unsicher an. Im nächsten Moment wackelte die ganze Kutsche, denn der Mann kletterte wieder auf den Kutschbock. Dann trabten die Pferde los, und Lisa und Bet blieb kaum etwas anderes übrig, als sich gemütlich zurückzulehnen. Innerlich war Lisa jedoch in Unruhe. Sie befürchtete, dass Mrs Morgan sich ärgern würde, weil sie Bet zu dem Besuch mitbrachte. Aus welchem Grund es ihr missfallen könnte, wusste sie allerdings nicht.

Sie hatte Bet oft Einkäufe im Dorf erledigen lassen, während sie Mrs Morgan in dem Gasthaus besucht hatte, in dem sie fünf Tage verbracht und auf die Reparatur ihrer Kutsche gewartet hatte, und ein paarmal hatte sie sie auch mitgenommen. Aber was auf dem Lande zulässig war – oder zumindest nicht gerügt wurde –, unterschied sich von dem, was in London gestattet war. Ihre Freundin erwartete sicherlich nicht, dass sie sich in der Stadt ohne Begleitung bewegte. Das hatte sie zwar ursprünglich beabsichtigt, doch nachdem Bet angemerkt hatte, was sich hier geziemte, sah sie ein, dass ihr Plan, allein zu fahren, reichlich töricht und unbesonnen gewesen war. So etwas konnte den Ruf eines Mädchens ruinieren, und die Familie war in jüngster Vergangenheit ohnehin schon haarscharf an mehreren Skandalen vorbeigeschrammt.

Die Fahrt zu Mrs Morgan dauerte überraschend lange. Zumindest kam es Lisa so vor, die nervös mit ihrer offensichtlich besorgten Zofe in der Kutsche saß. Weil die Vorhänge geschlossen waren, konnten sie nicht einmal nach draußen schauen, um sich die Zeit zu vertreiben. Doch sie wagten nicht, sie zu öffnen, denn sie hatten Angst, erkannt zu werden und dass Christiana und ihr Mann von dem Ausflug erfahren könnten.

Allein bei der Vorstellung wurde Lisa flau im Magen, und ihre Hände schlossen sich fest um das Geschenk für Mrs Morgan. Es war nur eine Kleinigkeit; ein Buch, von dem sie dachte, dass es ihr gefallen könnte, das jedoch längst nicht so gewagt war wie die Bücher, die Mrs Morgan ihr bei ihren Besuchen im Gasthaus gegeben hatte. Sie waren … nun ja, recht schockierend – und zugleich aufregend. Lisa war völlig fasziniert von den Abenteuern der Dirne Fanny gewesen. Die Beschreibungen hatten ihr den Atem geraubt, und sie hatte sich vorgestellt, dass Robert einige von den Dingen mit ihr täte, die Fanny mit ihren Liebhabern erlebte.

Bei dem Gedanken an Robert verfinsterte sich ihre Miene. Lord Langley war auf dem Lande ihr nächster Nachbar und ein guter Freund der Familie. Und Lisa war seit Kindertagen in ihn verliebt. Er war ein äußerst attraktiver, starker, geistreicher Mann und … sah in ihr nicht mehr als eine kleine Schwester. Weil Christiana und Richard sowie Suzette und Daniel so glücklich waren, sehnte sich auch Lisa nach einem Ehemann und einem glücklichen Eheleben. Sie hatte versucht, Robert begreiflich zu machen, dass sie den Kinderschuhen entwachsen und die perfekte Frau für ihn war. In den vergangenen zwei Jahren hatte sie alles Erdenkliche getan, um ihn für sich zu gewinnen, aber der Mann schien blind, völlig uneinsichtig und stur zu sein und behandelte sie weiterhin wie eine süße, aber auch lästige kleine Schwester. Und das hatte sie mittlerweile gründlich satt. Sie hatte beschlossen, ihn nicht mehr zu lieben, und wollte auf dem Ball bei den Landons nach jemandem Ausschau halten, dem sie ihre Aufmerksamkeit schenken konnte. Wenigstens wollte sie es versuchen. Es musste doch einen Mann dort geben, den sie attraktiv fand und der in der Lage war, sie von ihrem Interesse an Robert abzulenken.

Vielleicht Lord Findlay, dachte sie. Mit ihm hatte sie getanzt, als sie zwei Jahre zuvor zum ersten Mal in London gewesen war. Sie und Suzette hatten sich auf die Suche nach ihrem Vater gemacht, der von einer Geschäftsreise nicht nach Hause zurückgekehrt war. Am Abend ihrer Ankunft hatten sie in der Hoffnung, einen Ehemann für Suzette zu finden, mit Christiana einen Ball besucht. Um ihr Ziel zu erreichen, hatte Suzette mit fast jedem anwesenden Mann getanzt. Genau genommen mit allen außer einem: Charles Findlay hatte nicht Suzette zum Tanz aufgefordert, sondern Lisa.

Sie lächelte. Er war ihr als gut aussehender Mann in Erinnerung geblieben: groß und schlank, markante Züge, hellblondes Haar. Bedauerlicherweise war sie seinerzeit so damit beschäftigt gewesen, Robert zu beobachten, dass sie Findlay kaum beachtet hatte. Sie hatte lediglich registriert, dass er eine gute Figur machte. Doch womöglich besuchte er am heutigen Abend erneut den Ball zur Saisoneröffnung und forderte sie zum Tanz auf. Wenn ja, dann würde sie ihm auf jeden Fall mehr Beachtung zollen. Zur Not würde sie sich dazu zwingen, nahm sie sich grimmig vor.

Vielleicht würde sie sich sogar von ihm auf die Terrasse führen lassen, an die frische Luft, und ihm gestatten, sie zu küssen, um herauszufinden, ob er solche Gefühle in ihr wecken konnte wie die, von denen Fanny schrieb. Und wenn es ihm gelang, konnte Robert ihr gestohlen bleiben. Sie hatte keine Lust mehr, ihre Liebe und Hingabe an jemanden zu verschwenden, der es nicht zu schätzen wusste.

Als die Kutsche anhielt, schreckte sie aus ihren Gedanken auf und sah Bet an. Die saß plötzlich ein wenig aufrechter da und machte einen angespannten Eindruck. Lisa schenkte ihr ein beruhigendes Lächeln, obwohl sie selbst unsicher war, ob ihre Zofe bei Mrs Morgan willkommen war, und stieg rasch aus, als der Fahrer die Tür öffnete.

Sie sah sich nervös um, während sie auf Bet wartete. Sie hatte Angst, gesehen zu werden, doch sie hätte sich keine Sorgen machen müssen. Die Kutsche war nicht vor einem Haus mit langem Weg zum Eingang stehen geblieben, sondern direkt vor einer Tür, die sich allem Anschein nach auf der Rückseite eines Gebäudes befand.

»Hinein mit Ihnen!«, wies der Kutscher sie barsch an, knallte die Kutschentür zu und deutete auf das Haus. »Mrs Morgan würde es nicht gefallen, wenn Sie jemand beim Eintreten sieht.«

Lisa biss sich auf die Unterlippe, ging aber mit Bet zur Tür und klopfte an.

»Nun gehen Sie schon!«, herrschte der Mann sie an. »Sie werden erwartet.«

Lisa griff zögernd nach dem Türknauf. In dem Moment wurde die Tür von innen geöffnet, und sie wollte sich gerade entspannen, als sie zu ihrer Überraschung am Arm gepackt und ins Haus gezerrt wurde.

»Kommen Sie, Mädchen! Mrs Morgan möchte nicht, dass Sie gesehen werden«, sagte eine füllige ältere Frau in Köchinnenkleidung und zog sie in die warme, schummrige Küche. Sie wollte die Tür schon schließen, hielt aber inne, als Bet hinterherkam. »Na, wen haben wir denn da?«

»Meine Zofe«, sagte Lisa leise. Sie beschlich allmählich das Gefühl, dass dieser Besuch vielleicht doch keine so gute Idee gewesen war.

Die Köchin musterte Bet eingehend von Kopf bis Fuß, dann besann sie sich jedoch wieder und machte rasch die Tür zu. »Nun, am besten gehen Sie beide nach vorne durch. Ich habe Gilly geschickt, Mrs Morgan zu holen. Sie kommt gleich. Wenn Sie vielleicht im … äh … Salon warten möchten?« Nachdem sie Lisa und Bet noch einmal kurz taxiert hatte, wies sie auf die andere Seite des feuchtwarmen Raums. »Durch die Tür und den Korridor entlang, letzte Tür rechts.«

Lisa zögerte und blieb zweifelnd stehen. Sie riss sich jedoch zusammen, als sie sah, dass Bet ähnlich misstrauisch dreinblickte. Der Empfang entsprach wahrlich nicht dem, was sie von Teegesellschaften gewohnt war, aber Mrs Morgan war ja auch nicht von Adel. Es war sicherlich schwer, vernünftiges Personal zu bekommen, wenn man nicht so gut bezahlen konnte, und der sonderbare Empfang war vermutlich Mrs Morgans zuvorkommendem Bestreben geschuldet, zu verhindern, dass sie wegen ihres Besuchs in Schwierigkeiten geriet. Bei ihren Treffen war ihr die Frau immer als besonders klug und verständig erschienen, und sie ahnte wahrscheinlich, dass Lisas Familie diesen Besuch missbilligen würde.

Lisa setzte einen gleichmütigen Gesichtsausdruck auf und drängte Bet zu der Tür, auf die die Köchin gezeigt hatte.

»Das ist nicht richtig!«, zischte Bet, kaum dass sie aus der Küche waren und den langen, spärlich beleuchteten Korridor hinuntergingen. »In die Häuser angesehener Leute müssen sich Damen nicht durch die Hintertür schleichen. Und sie werden auch nicht von mürrischen dicken alten Frauen in schmutziger Kleidung begrüßt. Und –«

»Still!«, sagte Lisa, obwohl sich nicht bestreiten ließ, was Bet gesagt hatte. Es war tatsächlich höchst unüblich … und die Köchin war wirklich mürrisch gewesen und ihre Kleidung *war* schmutzig. Unhygienisch, dachte Lisa und nahm sich vor, nichts von dem Gebäck zu essen, das möglicherweise zum Tee gereicht wurde. Als sie die wachsende Empörung bemerkte, die sich in Bets Gesicht abzeichnete, flüsterte sie ihr zu: »Ich bin sicher, dass Mrs Morgan mich nur schützen wollte, indem sie mich zur Hintertür hereinließ.«

»Wäre sie eine ehrbare Frau, müsste sie Sie nicht schützen«, erwiderte Bet mit schneidender Stimme.

Daran war durchaus etwas Wahres. Lisa kamen leise Bedenken, doch dann seufzte sie und sagte: »Jetzt sind wir nun einmal hier. Eine Tasse Tee und dann fahren wir wieder, versprochen. Aber wir können unmöglich …«

»Ah, da sind Sie ja. Gilly sagte, dass Sie eingetroffen sind. Ich wollte in die Küche kommen, um Sie zu begrüßen, wurde aber aufgehalten.«

Lisa blieb stehen und schaute zu der dunkelhaarigen Frau auf, die die geschwungene Treppe herunterkam. Beim Anblick von Mrs Morgan legten sich sofort Besorgnis und Nervosität, denn sie erinnerte sich an die entzückenden Treffen mit ihr auf dem Lande. Sie strahlte Mrs Morgan an, als diese den Fuß der Treppe erreicht hatte und auf sie zukam.

»Ich war in Sorge, dass Sie sich womöglich nicht loseisen können«, sagte sie mit einem Lächeln, das jedoch schwand, als sie Bet erblickte. Sie zog eine Augenbraue hoch. »Sie haben eine Freundin mitgebracht.«

»Sie erinnern sich gewiss an Bet, meine Zofe«, sagte Lisa und ärgerte sich im selben Moment über ihren entschuldigenden Ton. »Es schien mir das Beste zu sein, sie mitzubringen. Damen sollten nicht allein –«

»Ja, natürlich.« Mrs Morgan lächelte wieder, herzlich und unbeschwert. »Nun, würden Sie dann beide mitkommen? Wir müssen uns ausgiebig beim Tee unterhalten. Wir haben uns ewig nicht gesehen, meine Liebe.«

»Da haben Sie recht«, pflichtete Lisa ihr lächelnd bei. Alles war in bester Ordnung.

2

»Ist dir eigentlich klar, dass sie in dich verliebt ist?«

Robert verzog angesichts der Worte von Daniel Woodrow das Gesicht und kippte seinen Whiskey hinunter, worauf sich seine Grimasse noch verstärkte. Seufzend stellte er sein Glas auf den Tisch und schaute von Daniel zu Richard Fairgrave. Dann fragte er mit gespielter Ahnungslosigkeit: »Wer?«

»Wer?«, äffte Richard ihn spöttisch nach. »Die junge Dame, die, wie ich eben erwähnte, zur Saisoneröffnung in die Stadt gekommen ist. Lisa. Du erinnerst dich doch sicher an sie?«, sagte er. »Sie ist die jüngste Schwester meiner Frau Christiana und Daniels Frau Suzette. Du bist in ihrer Nachbarschaft aufgewachsen. Hast in der Kindheit mit ihnen gespielt. Für Christiana und Suzette bist du wie ein großer Bruder, aber für Lisa bist du ein Held.«

Robert wich den Blicken seiner Begleiter aus, indem er nach einem Clubdiener Ausschau hielt. Er war zwar mit den beiden zur Schule gegangen, aber da er eine Klasse unter ihnen gewesen war, hatte er sie erst besser kennengelernt, als Christiana und Suzette sich mit ihnen eingelassen hatten.

Wenngleich »mit ihnen eingelassen« nicht der richtige Ausdruck war: Christiana hatte Richards Bruder George geheiratet, der sich als Earl von Radnor ausgegeben hatte. George hatte Ganoven angeheuert, die seinen Bruder hatten töten sollen, weil er dessen Platz einnehmen wollte. Zum Glück war es den Männern misslungen, und Richard hatte die Ehe aufrechterhalten, nachdem er seine Position wiedererlangt hatte.

Er und Christiana hatte sich ineinander verliebt und waren nun ein glückliches Paar.

Daniel war ein enger Freund von Richard und hatte ihm und Christiana gemeinsam mit Robert beigestanden. Robert und er hatten den beiden geholfen, das Chaos zu ordnen, das George Fairgrave angerichtet hatte. Dabei hatten sie den Plan aufgedeckt, nach dem George und zwei andere Lords die drei Madison-Schwestern hatten heiraten wollen, um Kontrolle über das ansehnliche Erbe zu erlangen, das der Großvater ihnen hinterlassen hatte. Nach der Heirat wären die Schwestern natürlich entbehrlich gewesen, doch glücklicherweise hatte dieser Plan rechtzeitig vereitelt werden können. Zwei der drei Schwestern hatten sich im Zuge der ganzen Affäre vermählt: Christiana mit dem echten Earl von Radnor Richard Fairgrave und Suzette mit seinem besten Freund Daniel, dem Earl von Woodrow.

Daniel war von Suzette ebenso bezaubert gewesen wie Richard von Christiana, und Robert überraschte es nicht, dass beide Paare so glücklich waren. Er freute sich für seine Jugendfreundinnen, und Daniel und Richard waren ihm in den vergangenen zwei Jahren richtig gute Freunde geworden … allerdings konnten einem Freunde zuweilen auch gewaltig auf die Nerven gehen.

Wie in diesem Augenblick. »Das ist doch nur eine alberne Schulhof-Schwärmerei, mehr nicht.«

Daniel lachte schallend. »Eine Schulhof-Schwärmerei? Lisa ist einundzwanzig, sie drückt schon längst nicht mehr die Schulbank!«

»Einundzwanzig?«, fragte er überrascht. Es schien nur ein paar Tage her zu sein, dass ihm die bezopfte Göre mit fliegenden Röcken nachgelaufen war und ihn wie einen Helden verehrt hatte. Wo war nur die Zeit geblieben?, fragte er sich und wandte sich Richard zu, als dieser das Wort ergriff.

»Ja, sie ist einundzwanzig und gibt nun endlich ihr gesellschaftliches Debüt. Pass bloß auf, dass sie dir nicht abhandenkommt. Ich glaube, Lisa hat die Hoffnung verloren, was dich angeht, und beschlossen, vernünftig zu sein und dieses Jahr in der Stadt einen der verfügbaren Junggesellen als Ehemann auszuwählen.«

»Hmm.« Robert runzelte die Stirn. Seine Gefühle für Lisa waren eher geschwisterlich als alles andere, und die Entrüstung, die er plötzlich angesichts der Vorstellung empfand, dass sie ihn aufgeben und sich einen anderen suchen würde, kam für ihn sehr überraschend. Es lag wohl an seinem Stolz, überlegte er. Wahrscheinlich hatte er ihre Bewunderung auf gewisse Weise genossen und war nur verstimmt darüber, dass er sie verlieren könnte. Er rutschte angespannt auf seinem Platz hin und her und murmelte: »Das freut mich für sie. Ich wünsche ihr viel Glück. Ich persönlich bin noch nicht bereit, mich häuslich niederzulassen. Ich bin recht zufrieden mit meiner Mätresse und meinem Leben.«

»Natürlich bist du das«, bemerkte Daniel trocken, dann fügte er grinsend hinzu: »Aber warum solltest du glücklich sein, während der Rest von uns in der Ehehölle schmort? Als guter Freund solltest du dich zu uns gesellen.«

Robert schmunzelte. »Ehehölle, von wegen! Du bist schon zwei Jahre mit Suzette verheiratet, und ihr könnt immer noch nicht die Hände voneinander lassen. Lieber Gott, erst letzte Woche habe ich euch beim Tee bei den Handlys in der Besenkammer erwischt!« Als Richard in Gelächter ausbrach, fügte er hinzu: »Du und Christiana, ihr seid keinen Deut besser. Es waren nicht die Sterne, die du Christiana gezeigt hast, als ich euch in der Woche davor beim Dinner bei den Witherspoons im Garten ertappt habe.«

Als die beiden Männer nur reuelos grinsten, schüttelte er

den Kopf. »Ich weiß nicht, warum ich überhaupt Zeit mit euch vieren verbringe. Ihr turtelt in einem fort oder entschlüpft heimlich in dunkle Ecken und leere Zimmer. Es ist geradezu ekelerregend.«

»Vielleicht ist das, was du für Ekel hältst, in Wahrheit Neid«, stichelte Daniel.

»Hmm.« Robert stritt es nicht ab, sondern sagte nur: »Ob Neid oder Ekel, das spielt keine große Rolle. Die Männer in meiner Familie haben kein Glück mit der Ehe. Mein Vater, mein Großvater und mein Urgroßvater haben alle drei treulose Ehebrecherinnen geheiratet. Und es wurde von Generation zu Generation schlimmer. Meine Mutter war meinem Vater nicht nur untreu, sie hat womöglich sogar bei seinem Tod nachgeholfen, um ganz unverhohlen mit ihrem Geliebten Lord Gower zusammen sein zu können.« Er schüttelte den Kopf. »Nein, danke. Ich werde erst heiraten, wenn ich alt und klapprig bin, und das nur, um meine Pflicht zu erfüllen und einen Erben für das Herzogtum zu zeugen, bevor ich ins Grab steige.«

Er sah sich erneut nach einem Diener um, der ihm nachschenken konnte. Als er keinen entdeckte, wandte er sich wieder seinen Freunden zu, die ihn mit ernster Miene anschwiegen.

»Was?«, fragte er. »Ihr habt die Gerüchte doch sicher gehört?«

Daniel und Richard sahen sich kurz an, dann entgegnete Daniel seufzend: »Schon, aber wir wussten nicht, ob du sie auch kennst.«

»Selbstverständlich wusste ich von Anfang an davon«, sagte er grimmig. »Meine Mutter war nicht gerade diskret. Mit Trauern hat sie sich erst gar nicht aufgehalten. Sie residiert schon lange in London und wird häufig in Begleitung von Gower gesehen.«

Richard nickte und fragte: »Glaubst du ernsthaft, dass sie etwas mit dem Tod deines Vaters zu tun hatte?«

Nachdem sich Robert noch einmal vergeblich nach einem Diener umgesehen hatte, zuckte er mit den Schultern. »Ist das überhaupt von Belang? Er lag bereits auf dem Sterbebett, und es war ein langes, quälendes Siechtum. Aber ich war davon überzeugt, dass er noch ein paar Tage hatte. Ich war morgens wie immer ausgeritten, und als ich zurückkam und nach ihm sehen wollte, musste ich feststellen, dass sie während meiner Abwesenheit zu einem ihrer seltenen Besuche aus der Stadt eingetroffen war.« Robert kniff die Lippen zusammen. »Sie hat hübsch in ihr Taschentuch geweint, als ich hereinkam, und mir mit traurigem Augenaufschlag verkündet, dass er gestorben war.«

Er schaute zur Seite und brummelte: »Wenn sie nachgeholfen hat, hat sie ihm vielleicht sogar einen Gefallen getan. Er hat sehr gelitten.« Ob seiner Worte breitete sich Schweigen am Tisch aus, und er fragte frustriert: »Wie zum Teufel sind wir auf dieses deprimierende Thema gekommen?« Als Richard und Daniel nur stumm die Köpfe schüttelten und ihn mitleidig ansahen, stand er ruckartig auf. »Ich gehe nach Hause. Da bekomme ich einen Drink, wann immer ich will. Guten Tag, Gentlemen!«

»Sind Sie noch Jungfrau, liebe Bet?«

Lisa öffnete blinzelnd die Augen und wunderte sich darüber, dass sie offenbar beim Tee eingenickt war – was so ziemlich das Unhöflichste war, was sie tun konnte. Außerdem wunderte sie sich über Mrs Morgans absolut unangemessene Frage. Du liebe Güte, so etwas fragte man die Zofe einer Lady einfach nicht. Weder eine Zofe noch sonst irgendjemanden.

Als sie merkte, dass sie vollkommen in ihrem Sessel zusammengesackt war, richtete sie sich hastig auf und stellte beunruhigt fest, dass ihr schwindelig war. Grundgütiger, was war nur mit ihr los?

In diesem Moment brummelte Bet etwas Unverständliches. Lisa sah erschrocken zu ihr herüber und bemerkte nun, dass ihre Zofe sie mit der gleichen Bestürzung ansah, die sie selbst empfand.

»Ach, was soll's«, sagte Mrs Morgan unbekümmert. »Ich gehe davon aus, dass es so ist, aber wir lassen es noch vom Doktor bestätigen. Das muss er so oder so tun, wegen der Versteigerung. Sonst bietet niemand für Sie. Bei den hohen Preisen, die sie bezahlen, genügt ihnen mein Wort nicht.«

Das alles ergab überhaupt keinen Sinn für Lisa, aber es genügte, um ihre Alarmglocken schrillen zu lassen.

»Mischisch Mor–«, begann sie, hielt jedoch abrupt inne, als sie registrierte, wie sehr sie nuschelte.

»Oh, ich glaube, die Tinktur fängt an zu wirken«, sagte Mrs Morgan erfreut und nahm das kleine Glöckchen vom Tisch und läutete zweimal. »Zeit fürs Bettchen, denke ich. Da sind Sie beide sicher, bis sie kommen.«

»Sie?«, fragte Lisa verständnislos, während ein Teil ihres Gehirns – ein äußerst verwirrter und langsamer Teil – ihr zu sagen versuchte, dass sie und Bet schnellstens das Haus verlassen sollten.

»Der Doktor, der alle meine Mädchen untersucht, bevor ich sie an den Meistbietenden verkaufe«, erklärte Mrs Morgan. »Und Ihr Verehrer natürlich. Ich habe ihn informiert, dass Sie hier sind. Aber er verschläft gern den halben Tag und wird gewiss erst nach dem Dinner eintreffen. Bis dahin müssen wir Sie natürlich noch baden und hübsch für ihn einkleiden. Er legt Wert darauf, dass ihm seine Mädchen so präsentiert werden. Da ist er, ehrlich gesagt, recht pingelig.« Sie drehte sich um.

»Oh, gut, da sind die Köchin und Gilly. Sie bringen Sie beide zu Bett. Ich habe einiges zu erledigen, aber sie werden sich gut um Sie kümmern.«

Lisa starrte sie perplex an, als sie zur Tür ging. Sie war sich vage bewusst, dass zwei Personen hereingekommen waren, konnte aber nicht aufhören, Mrs Morgan anzustarren. Ihre Freundin. Die ihr offenbar etwas in den Tee getan hatte. Ihr und Bet. Aber warum? Und was hatte das mit dem Verehrer zu bedeuten?

Das war ihr letzter Gedanke, bevor ihr die Augen zufielen.

3

Ein lautes Schnarchen riss Lisa aus dem Schlaf. Missmutig drehte sie sich um und stutzte, als sie gegen etwas Hartes stieß. Sie öffnete die Augen und erblickte Bets Ellbogen. Was um alles in der Welt machte Bet in ihrem Bett? Sie hatte ihr eigenes Zimmer im Gesindeflügel. Sie –

Lisa erstarrte, als die Erinnerung zurückkehrte. Sie richtete sich auf und sah sich um. Sie befand sich in einem kleinen, schäbigen Zimmer, das aus wenig mehr bestand als vier nackten Wänden und einem Bett. Auf der einen Seite war ein Fenster mit zugezogenen dunklen Vorhängen und auf der anderen eine große massive Tür.

Mit einem tiefen Atemzug schwang Lisa die Beine aus dem Bett und stand auf. Sie erschrak, als der Raum sich plötzlich um sie drehte, und als es aufhörte, ließ sie die Luft aus ihrer Lunge entweichen, die sie unbewusst angehalten hatte. Sie ging langsam um das Bett herum zur Tür, drehte den Knauf und stellte enttäuscht, aber nicht allzu überrascht fest, dass sie sich nicht öffnen ließ. Man hatte sie eingesperrt.

Sie ging zum Fenster und zog die schweren Vorhänge zur Seite. Die Sonnenstrahlen, die durch die Scheibe hereinfielen, tauchten den Raum in helles Licht und machten Bets Schnarchen ein Ende. Lisa hörte sie mit der Decke rascheln und vor sich hin murmeln, schenkte ihr jedoch erst einmal keine Beachtung. Sie war mit dem Fenster und der Aussicht beschäftigt. Das Zimmer befand sich im ersten Stock, und sie blickte auf die Gasse, die hinter Mrs Morgans Reihenhaus entlangführte. Sie versuchte probehalber, das Fenster zu öffnen, das sich zu ihrer Erleichterung beinahe geräuschlos hochschieben ließ.

Gott sei Dank, dachte Lisa und schloss es wieder. Hinauszuklettern und an der Hauswand abzusteigen war gewiss nicht einfach, wenn nicht gar unmöglich. Man konnte stürzen und sich schwer verletzen. Aber sie konnten auch nicht in diesem Zimmer bleiben und einfach abwarten, was Mrs Morgan mit ihnen vorhatte.

Lisa seufzte unglücklich. Sie hatte Mrs Morgan für ihre Freundin gehalten. Sie hatte sie sehr gemocht. *Hatte*, wohlgemerkt. In diesem Augenblick hätte sie ihr alle Haare vom Kopf reißen können. Wie konnte sie es wagen, ihnen etwas in den Tee zu tun und sie in diesem Zimmer einzuschließen, um … nun, um was auch immer mit ihnen anzustellen. Lisa erinnerte sich dunkel daran, dass von einem Verehrer die Rede gewesen war. Und von einem Doktor, der Bet untersuchen sollte, bevor sie verkauft wurde. Aber mehr war ihr nicht im Gedächtnis geblieben.

»Verdammt, was zur Hölle soll das?«

Lisa wandte sich ihrer Zofe zu. Bet hatte sich im Bett aufgesetzt und sah sich verwirrt um. Dann nahm sie Lisa mit finsterem Blick ins Visier.

»Ich habe Ihnen ja gesagt, dass die alte Hexe keine anständige Dame ist. Was haben Sie uns da nur eingebrockt?«

Lisa ignorierte Bets Ausdrucksweise. Ihre Zofe fluchte sonst nie, und dass sie es nun tat, war sicherlich der schlimmen Lage geschuldet, in die sie geraten waren, und so sagte sie nur: »Komm, du kannst mich später noch schelten, aber jetzt müssen wir erst einmal von hier verschwinden.«

Bet stieg verdrossen aus dem Bett und kam zu ihr herüber. »Dann sollten wir es besser mit der Tür versuchen. Wir klettern nicht aus dem Fenster!«

»Die Tür ist abgeschlossen«, erklärte Lisa.

»Na, großartig«, sagte Bet und schaute aus dem Fenster. »Auf diesem Weg kommen wir hier ganz sicher nicht heraus«, stellte sie fest. »Da ist nichts zum Festhalten, nur nacktes Mauerwerk, und es gibt nichts, das unseren Fall aufhalten könnte.«

Nachdenklich starrte Lisa nach unten. Bet hatte ihre Befürchtungen bestätigt, doch dann kam ihr eine Idee, und sie ließ ihren Blick durch den Raum schweifen. »Wir brauchen etwas, womit wir uns abseilen können.«

»Zum Beispiel?«, fragte Bet spöttisch.

Sie überlegte kurz, dann hellte sich ihre Miene auf. »Erinnerst du dich noch an die Geschichte über den niederträchtigen Lord Haroway, die ich dir vorgelesen habe? Der Lady Laticia entführte, um sie sich zu Willen zu machen?«

»Oh ja, das war eine gute Geschichte«, sagte Bet mit einem kleinen Lächeln. »Er hat ziemlich sündhafte Dinge mit ihr getrieben.«

»Ja, aber dann ist sie durchs Fenster entflohen, mithilfe eines Stricks aus …«

»Bettlaken«, fiel Bet ihr grinsend ins Wort und lief zum Bett. Sie zog die schwere Decke herunter und begann, die Laken abzuziehen. »Grundgütiger, sind die dreckig!«

»Allerdings, aber vielleicht sind sie durch den Dreck ja gefestigt«, sagte Lisa mit einer Grimasse und half ihrer Zofe.

»Igitt, und darauf haben wir gelegen!«, rief Bet voller Abscheu. »Jetzt haben wir bestimmt Flöhe … oder gar Schlimmeres.«

»Gut möglich«, entgegnete Lisa seufzend, nahm das obere Laken und begann, es in Streifen zu reißen.

»Gott, in was für Schwierigkeiten Sie mich mit Ihren Eskapaden bringen!«, brummelte die Zofe und zerriss das untere Laken.

»Mach mich nicht dafür verantwortlich!«, protestierte Lisa sogleich. »Du hast mich erpresst und mich gezwungen, dich mitzunehmen. Hättest du es nicht getan, säßest du jetzt wohlbehalten zu Hause.«

»Und was wäre aus Ihnen geworden, wenn ich nicht mitgekommen wäre?«, erwiderte Bet. »Eingesperrt wären Sie und zur Hurerei gezwungen.«

»Nun, das bin ich so auch. Nur dass wir jetzt beide … Wie bitte? Hurerei?«

»Na, was glauben Sie, was das mit dem Freier und dem Doktor, der hier alle Mädchen untersucht, zu bedeuten hat?«, entgegnete Bet. »Das ist wie in dem anderen Buch, das Sie mir vorgelesen haben. Das über die jüngste Tochter eines Barons, die von der Besitzerin eines Freudenhauses …« Sie hielt inne und riss die Augen auf. »Du liebe Güte, wir erleben es gerade selbst! In einem Zimmer eingesperrt, in Erwartung eines Freiers, der kommen wird, um uns zu schänden. Heiliger Vater im Himmel, rette uns!«, hauchte sie. »Es ist, als hätte Mrs Morgan dieses Buch auch gelesen!«

»Das hat sie wohl. Sie ist diejenige, die es mir gegeben hat«, sagte Lisa niedergeschlagen. Ihre Gedanken kreisten um den Freier, der kommen würde, um sie zu schänden … und sie *war* die jüngste Tochter eines Barons. Lieber Gott, es war, als hätte der Verfasser über sie geschrieben und das Geschehen vorausgeahnt. Als sie die Angst sah, die sich auf Bets Gesicht abzeichnete, verdrängte sie ihre verstörenden Gedanken und straffte die Schultern. »Wir werden entkommen!«

»Jawohl«, entgegnete Bet, und sie setzten flink ihre Arbeit fort. Binnen weniger Minuten hatten sie die Laken in Streifen gerissen, verflochten sie miteinander und knoteten sie zu einem langen behelfsmäßigen Strick zusammen.

»Zum Fenster!«, sagte Lisa, sobald der letzte Streifen mit

den anderen verknüpft war. Sie ging mit ihrer Hälfte des Stricks voran, während Bet die andere Hälfte trug, stolperte jedoch und wäre um ein Haar gestürzt. Einen Fluch unterdrückend bückte sie sich, um die schwere Decke aufs Bett zu werfen, über die sie beinahe gefallen wäre. Dann eilte sie zum Fenster. Bet folgte ihr mit dem Rest des Stricks.

»Und wo binden wir ihn fest?«, fragte Bet.

Lisa sah sich um. Das Einzige, was infrage kam, war das Bett. Sie lief rasch hin, kniete sich auf den Boden und knotete ihr Ende an einem Fuß des Betts fest.

»Wird es halten?«, fragte Bet unsicher.

»Es muss«, entgegnete Lisa grimmig und erhob sich. »Binde dir dein Ende fest um die Taille.«

Bet nickte, und sie drehte sich zum Fenster um und öffnete es. Zu ihrer Erleichterung ließ es sich ebenso geräuschlos hochschieben wie zuvor und fiel nicht wieder herunter. Als sie sich umdrehte, hatte Bet sich den Strick umgebunden.

Lisa lächelte ihr aufmunternd zu. »Und jetzt setz dich auf das Fensterbrett und schwing die Füße nach draußen. Dann kletterst du vorsichtig an dem Strick hinunter. Wenn du unten ankommst, bindest du ihn los und ich ziehe ihn hoch und komme nach.«

Bet setzte sich gehorsam auf das Fensterbrett, doch dann hielt sie inne. »Vielleicht sollten Sie den Anfang machen. Sie …«

»Wenn ich nicht wäre, wärst du jetzt nicht hier, Bet. Und nun beeil dich«, redete Lisa ihr zu und stupste sie sachte an.

Bet kletterte widerstrebend aus dem Fenster und ließ sich herunter, bis sie sich am Fenstersims festklammern konnte. Dort hielt sie inne und schaute in die Tiefe. »Ich hoffe, der Strick ist lang genug!«

Das hoffte Lisa auch, aber sie sagte nichts, sondern warf nur rasch den Rest des Stricks aus dem Fenster. Dann lächelte sie noch einmal aufmunternd und forderte Bet mit einer Handbewegung auf, sich abzuseilen.

Seufzend löste Bet eine Hand vom Sims und ergriff den Strick. Dann folgte die zweite Hand. Augenblicklich war ein lautes schabendes Geräusch zu hören, denn das Bett geriet ins Rutschen. Rasch packte Lisa den Strick und hielt ihn mit aller Kraft fest, damit das Bett nicht weiter über den Boden schrammte. »Schnell! Nun mach schon!«

»Aber was ist mit Ihnen? Wie wollen Sie –«

»Dann muss ich eben hier ausharren, während du Hilfe holst«, fiel Lisa ihr ins Wort. Sie wollte Bet möglichst schnell loswerden. Wenn jemand den Lärm gehört hatte und nachsehen kam … »Beeil dich einfach, Bet!«

»Aber wen soll ich holen?«, fragte Bet mit vor Entsetzen geweiteten Augen. »Lady Christiana und Lady Suzette sind zum Tee und –«

»Geh zu Lord Langley. Bring ihn her, und bitte mach schnell«, zischte sie und stöhnte, als ihre Arme zu schmerzen begannen. »Bet, ich bitte dich! Ich kann den Strick nicht mehr lange halten.«

Bet sah aus, als wollte sie widersprechen, doch dann nickte sie grimmig und bewegte sich langsam nach unten. Als sie außer Sichtweite war, schloss Lisa die Augen und versuchte, die Schmerzen in ihren Armen zu ignorieren, während sie sich weiter gegen den Strick stemmte. Es schien eine Ewigkeit zu dauern, bis der Zug plötzlich nachließ. Beinahe wäre sie auf den Rücken gefallen, weil sie sich weit zurückgelehnt hatte.

Sie ließ den behelfsmäßigen Strick erleichtert los, lief ans Fenster und beobachtete, wie Bet die Gasse hinunterlief. Dann zog sie den Strick geschwind nach oben und schloss das Fenster.

Als Nächstes raffte sie ihn zusammen und band ihn vom

Fuß des Betts los. Sie sah sich nach einem Versteck um, dann stopfte sie das Bündel einfach unter die Decke. Als sie im Begriff war, sich wieder aufzurichten, kam ihr eine Idee, und sie bückte sich erneut, um das knubbelige Bündel in eine längliche Form zu bringen und die Decke so zu arrangieren, dass es aussah, als läge ihre Zofe noch im Bett. Zufrieden mit ihrem Werk begann sie auf und ab zu gehen und darüber nachzudenken, wie weit Bet auf ihrem Weg zum Stadthaus von Robert Langley inzwischen gekommen sein mochte.

Das Problem war, dass sie nicht wusste, wie lange Bet für die Strecke brauchen würde. Sie hatte nicht einmal daran gedacht, nach ihrer Handtasche zu suchen und ihr Geld zu geben, damit sie sich eine Kutsche nehmen konnte – doch als sie sich nun umsah, konnte sie die Tasche ohnehin nirgends entdecken. War Bet so vernünftig gewesen, eine Kutsche zu nehmen, mit dem Versprechen, dass bei Ankunft bezahlt wurde? Oder hatte sie sich zu Fuß auf den Weg gemacht? Lieber Gott, wenn sie sich keine Kutsche genommen hatte, kam Robert womöglich zu spät! Lisas Verzweiflung wuchs. Sie ging wieder zum Fenster und überlegte, ob sie den Strick erneut am Bett festknoten und den Versuch wagen sollte, ohne Hilfe aus dem Fenster zu klettern.

Sollte sie das Bett vielleicht ans Fenster schieben? Aber das machte sicherlich zu viel Lärm und jemand würde nachsehen kommen. Sie konnte sich natürlich einfach den Strick um die Taille binden, nachdem sie ihn am Bett befestigt hatte, und sich vorsichtig aus dem Fenster hangeln. Wenn das Bett dann wieder ins Rutschen geriet, würde sie nur ein paar Meter in die Tiefe absacken und konnte den Rest hinunterklettern. Sie würde gewiss unten ankommen, bevor jemand wegen des Lärms ins Zimmer kam. Sie –

Lisa zuckte zusammen, als sie Schritte im Korridor vernahm. Zuerst erstarrte sie, doch als sie hörte, wie die Tür aufgeschlossen wurde, ging sie eilig darauf zu, um den Blick auf das Bett mit ihrem Körper zu versperren. Sie war nur noch wenige Schritte von der Tür entfernt, als diese aufging und Mrs Morgan eintrat.

»Oh, gut, Sie sind wach. Es wird Zeit.«

Lisa erschrak und bekam vor Aufregung einen ganz trockenen Mund. »Wofür?«, krächzte sie.

Mrs Morgan neigte nur den Kopf zur Seite, um an ihr vorbei zum Bett zu schauen. »Bet schläft noch, wie ich sehe.«

»Ja«, entgegnete Lisa und rührte sich keinen Zentimeter vom Fleck.

Mrs Morgan zuckte mit den Schultern. »Das ist wohl nicht verwunderlich. Sie hat den Tee recht gierig in sich hineingeschüttet. Aber was soll's, der Doktor ist sowieso noch nicht da, um sie zu untersuchen. Dann kommen Sie mal mit. Wir müssen Sie herrichten.«

»Wofür herrichten?«, fragte Lisa, als Mrs Morgan sie am Arm nahm und zur Tür drängte.

»Für Ihren Verehrer.« Mrs Morgan lächelte, und Lisa fiel zum ersten Mal auf, dass ihr Lächeln einem ziemlich breiten, wölfischen Grinsen gleichkam.

»Ich möchte nicht …«, begann sie, verstummte aber gleich wieder und riss die Augen auf, als sie recht unsanft in den Korridor geschubst wurde. Sie sah sich einem großen, kräftigen, kahlen Mann gegenüber, der das unfreundlichste Gesicht hatte, das sie jemals gesehen hatte.

»Das ist Gilly«, erklärte Mrs Morgan vergnügt, zog die Tür zu und schloss sie wieder ab. »Wenn Sie Sperenzchen machen, wird er Sie baden und anziehen!«

»Oh«, stieß Lisa entsetzt hervor, verkniff sich jeden weiteren Protest und ließ sich von Mrs Morgan den Korridor hinunterführen. Der furchtbare Mann ging dicht hinter ihr.

»Mylord?«

Robert richtete sich ruckartig in seinem Sessel auf und öffnete die Augen, um Mosby anzusehen, seinen Butler, der in der Tür stand. Er zog fragend eine Augenbraue hoch. »Ja?«

»Da ist eine … Dame, die Sie zu sehen wünscht. Und ein Herr«, erklärte Mosby mit einem Hauch von Zweifel in der Stimme, der darauf hindeutete, dass die Dame vielleicht gar keine Dame war und der Herr alles andere als ein feiner Herr und Robert die beiden wahrscheinlich nicht empfangen wollte. »Sie warten vor der Haustür. Vielleicht möchten Sie einen Blick nach draußen werfen, um zu entscheiden, ob Sie sie überhaupt einlassen wollen.«

Ob dieses Vorschlags zog Robert beide Augenbrauen hoch. Doch dann erhob er sich und trat ans Fenster, um neugierig hinauszuschauen. Sein Arbeitszimmer befand sich auf der Vorderseite des Hauses, und das Erkerfenster ging auf die Straße hinaus. Er spähte durch die dünne Gardine und runzelte verwundert die Stirn. Er hatte keine Ahnung, wer der stämmige Kerl vor seiner Tür war, aber die Frau kam ihm bekannt vor. Sie sah wie Lisa Madisons Zofe Bet aus, und er zog die Gardine zur Seite, um sie sich genauer anzusehen.

Nun wunderte er sich noch mehr. Die junge Frau war so bleich im Gesicht, dass ihre Sommersprossen deutlich hervortraten. Sie rang verzweifelt die Hände und trat nervös von einem Bein aufs andere, während der Mann sie am Arm festhielt.

»Führen Sie sie herein«, sagte Robert und zog die Gardine wieder zu.

»Wie Sie wünschen«, entgegnete Mosby ruhig, wenn auch mit einem Unterton, der erkennen ließ, dass es in seinen Augen keine gute Idee war. Aber er stand ohnehin vielen Dingen ablehnend gegenüber, die Robert tat, seit er in die Stadt gezogen war. Vermutlich war sein Butler der Ansicht, er solle sich endlich eine Frau suchen und einen Erben produzieren, damit die Langleys nicht ausstarben. Dieser Meinung schien offenbar jeder zu sein. Er hatte jedoch nicht die Absicht, sich zu binden – da konnten sie ihn kritisieren, so viel sie wollten.

Seufzend ging er zum Schreibtisch und setzte sich wieder in seinen Sessel, um auf das Eintreffen seiner Gäste zu warten, während er darüber rätselte, was Lisa Madisons Zofe zu ihm führen mochte. Vielleicht hatte sie eine Nachricht von Lisa und Christiana für ihn. Doch die Anwesenheit des Mannes, der Bet festhielt, konnte er sich beim besten Willen nicht erklären.

»Oh, Mylord!«

Als Robert den Kopf hob, sah er, dass Bet Anstalten machte, auf ihn zuzustürzen, jedoch von dem Mann, der sie am Arm hielt, zurückgerissen wurde. Der schmerzerfüllte Ausdruck in ihrem Gesicht verriet ihm, dass der Griff des Kerls so unbarmherzig war, wie er ihm erschien. Aufgebracht über die grobe Behandlung erhob er sich. »Lassen Sie sie los!«

»Sobald ich das Geld bekomme, das mir versprochen wurde«, knurrte der Mann, schien seinen Griff jedoch ein wenig zu lockern.

»Das Geld?« Robert sah Bet fragend an.

»Ich bitte um Verzeihung, Mylord«, erklärte Bet eilends. »Mylady hat mich geschickt, Sie zu holen, um sie zu retten, aber ich wusste nicht, wo ich war, und hatte kein Geld für eine Kutsche. Ich habe dem Mann versprochen, dass Sie ihn bezahlen, wenn wir hier ankommen.«

»Mylady hat Sie geschickt, mich zu holen, um sie zu retten?«, wiederholte Robert erstaunt.

»Jawohl, sie … Wir …« Bet hielt bedrückt inne. Ihr Blick wanderte zu dem Mann, der sie festhielt, und wieder zurück zu ihm.

Da sie offenbar nicht vor dem Kerl sprechen wollte, bei dem es sich augenscheinlich um einen Kutscher handelte, wandte sich Robert an seinen Butler. »Bezahlen Sie den Mann und begleiten Sie ihn hinaus.«

»Jawohl, Mylord«, sagte Mosby und sah den Kutscher auffordernd an. Nach kurzem Zögern ließ er Bet los, nickte Robert zu, drehte sich um und ließ sich aus dem Raum führen.

Als Robert feststellte, dass der Butler die Tür offen gelassen hatte – zweifellos um mithören zu können, was gesprochen wurde –, erhob er sich und machte sie rasch zu.

Dann wandte er sich Bet zu. »Also, warum hat Lady Madison Sie hergeschickt?«

»Habe ich doch gesagt. Sie sollen sie retten. Wir müssen uns beeilen, Mylord! Sie ist in arger Bedrängnis.«

Robert runzelte die Stirn. »Wovor soll ich sie genau retten, Bet?«

»Oh, Mylord, es ist alles ganz schrecklich!«, rief Bet. »In dem Tee war ein Schlafmittel, und wir wurden eingesperrt und ich bin durchs Fenster geflüchtet, aber Miss Lisa musste zurückbleiben, weil das Bett nicht schwer genug war, und wir müssen sie jetzt schnell da herausholen!«

Robert sah sie verdutzt an. Lisa hatte zurückbleiben müssen, weil das Bett nicht schwer genug war? Schwer genug wofür? Bets Wortschwall ergab keinen Sinn, aber das Ganze hörte sich an wie eines dieser Melodramen, die Lisa so gern las; vermutlich steckte gar nichts Ernstes dahinter. Anscheinend hatte Lisa ihn doch noch nicht ganz aufgegeben, sondern sich in einem letzten Versuch, seine Aufmerksamkeit zu gewinnen, diese wilde Geschichte ausgedacht, um –

»Bitte!«, flehte Bet, fasste ihn am Arm und zog ihn zur Tür. »Ich werde es mir nie verzeihen, wenn Miss Lisa geschändet und ins Unglück gestürzt wird, weil ich als Erste aus dem Fenster geklettert bin. Ich hätte ihr den Vortritt lassen müssen. Ich hätte …«

»Geschändet und ins Unglück gestürzt?«, unterbrach Robert sie amüsiert. Lieber Gott, diesmal zog sie wahrhaftig alle Register! Lisa war eigentlich ein süßes, liebes Mädchen. Sie hatte ein verträumtes Wesen und schien nur halb in der Realität zu leben. In Gedanken war sie stets mit den verrückten Intrigen der wilden Geschichten, die sie fortwährend las, beschäftigt. Und mitunter ließ sie sich derart von diesen Geschichten mitreißen, dass –

»Warum lächeln Sie?«, fragte Bet entgeistert. »Das ist nicht lustig, Mylord. Wenn dieser Verehrer sie sich zu Willen macht, ist sie ruiniert. Dann –«

»Dieser *Verehrer?*«, hakte Robert nach.

»So hat Mrs Morgan ihn genannt. Ihren Verehrer«, erklärte Bet. »Sie –«

»Mrs Morgan?«, rief Robert, und seine Belustigung wandelte sich in Sorge. »Was zum Teufel hat Mrs Morgan damit zu tun?«

»Wir waren zum Tee bei ihr und –«

»Bei Mrs Morgan?«, brüllte er, und Bet zuckte zusammen, als hätte er sie geschlagen. Sie wirkte völlig verängstigt. Robert mahnte sich zur Ruhe und schlug einen sanfteren Ton an. »Warum um alles in der Welt trinkt Lisa mit Mrs Morgan Tee? Woher kennt sie so eine Frau überhaupt?«

»Vor mehr als zwei Jahren ist Mrs Morgans Kutsche auf Gut Madison liegen geblieben, und Lord Madison bat sie zum Tee herein, während der Stallmeister prüfte, ob nur ein Rad gewechselt werden musste oder der Unterwagen beschädigt war. Miss Lisa und Suzette leisteten ihr Gesellschaft. Es stellte sich heraus, dass größere Reparaturen nötig waren, und Mrs Morgan nahm sich ein Zimmer im Gasthaus, um dort zu warten, bis die Kutsche in der Werkstatt repariert wurde. Sie war fast eine Woche im Dorf, und Miss Lisa hat sie fast täglich besucht. Sie haben sich angefreundet, und Mrs Morgan hat ihr ein paar Bücher gegeben, und seitdem schreiben sie sich.«

»Herrgott!«, stieß Robert entsetzt hervor. »Weiß sie denn nicht, was für eine Frau –« Er hielt inne und schüttelte den Kopf. Natürlich wusste sie es nicht. Woher auch? Lisa verbrachte nur wenig Zeit in der Stadt. Sie war so naiv und ahnungslos wie ein Baby. »Wusste Richard, dass Lisa die Absicht hatte, sie zu besuchen?«

»Nein, nein«, entgegnete Bet. »Das war ein Geheimnis. Nicht einmal ich sollte davon erfahren. Miss Lisa hat versucht, sich allein fortzuschleichen, aber ich ahnte, dass sie etwas im Schilde führte, und habe sie erwischt. Also hat sie mich mitgenommen, aber die Kutsche hat uns an der Hintertür abgesetzt. Stellen Sie sich vor, wir mussten durch die Küche ins Haus!« Sie schnappte entrüstet nach Luft. »Mir hat das alles nicht gepasst, doch Miss Lisa wollte unbedingt zum Tee bleiben. Aber Mrs Morgan hat uns etwas in den Tee getan und die merkwürdigsten Fragen gestellt. Ob ich noch Jungfrau sei und –« Sie errötete so sehr, dass ihre Sommersprossen kaum noch zu sehen waren, und wisperte: »Und dass der Doktor es überprüfen würde.«

Ihr schauderte bei dem Gedanken, doch sie fuhr tapfer fort: »Das Letzte, woran ich mich erinnere, bevor ich einschlief, ist, dass sie sagte, wir würden in ein Zimmer gebracht, wo wir uns bis zur Ankunft des Doktors und des Verehrers von Miss Lisa ausruhen sollten.« Sie verzog den Mund. »Und als wir wach wurden, waren wir in diesem Zimmer im ersten Stock eingesperrt. Aber wir haben aus den Bettlaken einen langen Strick gemacht – wie in dem Buch über Lord Haroway, der Lady Laticia schändete –, und Miss Lisa sagte, ich solle als Erste aus dem

Fenster klettern, was ich auch tat. Doch das Bett hielt dem Gewicht nicht stand und geriet ins Rutschen und Miss Lisa musste den Strick zusätzlich festhalten. Als ihr klar wurde, dass sie sich ohne Hilfe nicht würde abseilen können, trug sie mir auf, Sie zu holen, damit Sie sie befreien.«

Robert starrte sie einen Augenblick fassungslos an; die Flut von Informationen musste er erst einmal verarbeiten. Dann schüttelte er den Kopf und ging zur Tür. »Warten Sie hier. Ich bringe sie zurück.«

»Oh, aber –«

»Warten Sie hier!«, wiederholte er energisch.

»Aber Sie wissen doch gar nicht, welches Fenster es ist«, schrie Bet.

Robert hielt inne und drehte sich zu ihr um. »Welches Fenster ist es?«

»Ich sollte Sie begleiten. Ich –«

»Sie kommen nicht mit, Bet! Es gibt schon genug, was mir Sorgen bereitet, da will ich mich nicht auch noch um Sie sorgen. Also, welches Fenster ist es?«

»Das hätten wir«, sagte Mrs Morgan und trat einen Schritt zurück, um sie zufrieden zu mustern. Dann nickte sie. »Sie sehen perfekt aus. Er dürfte hocherfreut sein.«

»Wer?«, fragte Lisa und stutzte ob des verzerrten Klangs ihrer Stimme. Mrs Morgan hatte ihr fortwährend ein Getränk aufgezwungen, während sie sich hatte baden, pudern und schließlich bekleiden müssen. Mit einem … nun, es war in der Tat ein äußerst bequemes Kleid. Es fühlte sich angenehm leicht und durchlässig an. Auch der kleinste Luftzug drang durch es hindurch und streichelte ihre Haut. Es war beinahe, als hätte sie nichts am Leib. Ein sehr eigenartiges Gefühl.

»Das werden Sie schon bald sehen«, sagte Mrs Morgan lachend und führte sie zum Bett. »Es überrascht mich, dass er ein solches Vorgehen für nötig hält, um ihre Aufmerksamkeit zu erregen. Die meisten Frauen würden sich ihm an den Hals werfen. Obwohl meine Mädchen sagen, dass er ein wenig grob werden kann, aber das werden Sie womöglich zu schätzen lernen. Eine feste Hand kann ja durchaus Vergnügen bereiten.«

Lisa brachte nur einen unartikulierten Laut als Antwort zustande. Sie hatte keine Ahnung, wovon die Frau redete. Dass jemand ihre Aufmerksamkeit gewinnen wollte, klang ganz nett, aber das mit der Grobheit … Sie hätte wohl beunruhigt sein müssen, doch dazu schien ihr benebelter Verstand nicht in der Lage zu sein. Stattdessen verspürte sie den merkwürdigen Drang zu kichern.

Was zum Teufel war in dem Getränk gewesen, das zu trinken man sie genötigt hatte?

»Setzen Sie sich hierher. Er müsste jeden Moment kommen, und dann beginnt Ihr neues Leben.«

»Warum tun Sie das? Ich dachte, Sie wären meine Freundin«, sagte Lisa vorwurfsvoll – oder hoffte zumindest, dass sie es sagte, denn für ihre Ohren klangen ihre Worte höchst sonderbar. Es kam ihr vor, als hätte sie den Mund voll Murmeln. Doch Mrs Morgan schien sie zu verstehen.

»Aber, aber«, sagte sie, setzte sich zu ihr aufs Bett und tätschelte ihr die Hand. »Was ich hier tue, mag Ihnen furchtbar erscheinen, aber er hat die Absicht, Sie zu heiraten, meine Liebe. Ihnen passiert also nichts Schlimmes. Und er bezahlt mir einen hohen Betrag dafür, dass ich es ihm ermögliche, Sie auf diese Art für sich zu gewinnen.« Nach einer kurzen Pause schob sie nach: »Mit Bet ist es natürlich anders. Aber mal im Ernst: Glauben Sie wirklich, sie will für den Rest ihres Lebens Zofe bleiben? Sie ist sehr hübsch, trotz ihrer unseligen Sommersprossen. Sie wird die feinsten Seidenwaren tragen, den besten Wein trinken und die Gesellschaft vornehmer Männer genießen, statt sich mit brünstigen Stallburschen und dergleichen begnügen zu müssen. Im Ernst, ich tue Ihnen beiden heute einen großen Gefallen … und verdiene gleichzeitig eine Menge Geld. Wenn Bet noch Jungfrau ist, kann ich den Höchstpreis für sie verlangen.« Sie stand auf und ging zur Tür. »Ich muss in Erfahrung bringen, was den Doktor so lange aufhält. Ich habe bereits zahlreiche Interessenten benachrichtigt, dass heute Abend ein neues Mädchen versteigert wird. Aber vorher brauche ich die Bescheinigung von ihm, dass Bet unberührt ist.«

Lisa sah ihr nach, während die Köchin und der große Mann namens Gilly die Badewanne hinaustrugen. Nachdem sich die Tür hinter ihnen geschlossen hatte, stand sie auf. Sie erschrak, als sich unvermittelt der Raum um sie zu drehen begann, und hielt sich am Bettpfosten fest, um tief ein- und auszuatmen, damit sich ihr nicht der Magen umdrehte. Nach einer Weile verflog der Schwindel wieder. Lisa richtete sich vorsichtig auf und sah sich benommen um.

Irgendwo war da noch eine Stimme in ihrem Kopf, die sie verzweifelt anschrie, etwas zu unternehmen. Doch diese Botschaft war genauso verzerrt und verschwommen wie ihre gesprochenen Worte. Sie konnte einfach nicht begreifen, was ihr Verstand ihr mitteilen wollte. Sie ahnte allerdings, dass es etwas Wichtiges sein musste.

4

Robert kauerte auf dem Sims und spähte vorsichtig durchs Fenster. Er stutzte, dann sah er genauer hin. Auf den ersten Blick war ihm der Raum leer vorgekommen, doch nun entdeckte er die Wölbung unter der Bettdecke. Lisa. Gott, wie konnte sie nur in dieser Situation schlafen? Mit einem unterdrückten Fluch setzte er sich auf den Sims und klopfte an die Scheibe; so leise, dass er keine Aufmerksamkeit erregte, aber laut genug, dass Lisa es hören konnte. Das Bett war nicht weit vom Fenster entfernt. Doch sie rührte sich nicht. Er klopfte erneut, diesmal etwas kräftiger, aber als sie immer noch nicht reagierte, öffnete er das Fenster und kletterte hinein.

Erst als er neben dem Bett stand, merkte er, dass mit der Gestalt unter der Decke etwas nicht stimmte. Er warf die Decke zurück und richtete sich mit einem gezischten Fluch auf, als er das Bündel aus zerrissenen Laken sah. Er breitete die Decke wieder darüber aus und ging rasch zur Tür. Als er feststellte, dass sie sich nicht öffnen ließ, fiel ihm Bets Aussage wieder ein, sie und Lisa seien eingesperrt worden.

Abermals fluchend schritt er zurück zum Fenster. Einen Augenblick später war er wieder auf dem Sims und zog das Fenster zu, aber dann wusste er nicht weiter. Er konnte wohl kaum unverrichteter Dinge abziehen. Er musste irgendwie ins Haus gelangen und Lisa finden.

Er beschloss, es mit einem anderen Zimmer zu versuchen, und schaute nach rechts, dann nach links. Das Fenster zu seiner Linken war ihm näher. Von dort war er auch gekommen. Er war an dem Spalier neben diesem Fenster hochgeklettert und über den Sims zu dem Fenster gelangt, vor dem er nun hockte. Das Zimmer war allerdings nicht leer gewesen.

Um nicht entdeckt zu werden, hatte sich Robert so schnell daran vorbeigehangelt, wie er konnte, und nur einen kurzen Blick auf die Frau erhascht, die sich darin aufhielt.

Dummerweise war das Fenster zu seiner Rechten weiter von ihm entfernt, und er glaubte nicht, dass es ihm gelingen würde, es zu erreichen. Er konnte Lisa nicht befreien, wenn er mit gebrochenen Knochen auf dem Boden lag, also würde er es zuerst mit dem anderen Fenster versuchen. Er musste einfach darauf hoffen, dass der Raum inzwischen leer war oder die Frau darin ein freundliches Wesen hatte und nicht gleich Alarm schlug, wenn er durchs Fenster hereinkam. Notfalls musste er sie mit Geld zum Schweigen bringen, dachte er grimmig.

Er holte tief Luft und hielt sich mit einer Hand am Fensterrahmen fest, während er die andere und ein Bein nach links ausstreckte. Es war eine schwierige Angelegenheit, und er erreichte mit Mühe und Not das andere Fenster. Nachdem es ihm gelungen war, auf dem Sims Fuß zu fassen, ließ er sich mit einem erleichterten Seufzen darauf nieder.

Er wartete, bis sich sein Herzschlag beruhigt hatte, dann schaute er in den Raum und schnitt eine Grimasse, als er feststellte, dass sich entgegen seiner Hoffnung jemand darin aufhielt. Die Frau war immer noch da; eine kleine, blonde, üppige Dirne. Sie stand am Bett und erwartete den ersten Kunden des Abends.

Und sie trug etwas, das … Verdammt, sie könnte ebenso gut gar nichts am Leib haben, dachte er, während er den Blick über ihre Rundungen schweifen ließ, die von dem beinahe durchsichtigen Stoff kaum verhüllt wurden. Mrs Morgan hatte die besten Mädchen in der Stadt. Er musste es wissen, denn er war im Lauf der Jahre oft bei ihr gewesen. Das Etablissement war für seine hübschen, drallen und talentierten Frauen bekannt. Robert konnte nicht fassen, dass Lord Madison diese Frau in sein Haus gelassen und ihr sogar Tee angeboten hatte. Herrgott noch mal! Dass der Mann seiner unverheirateten Tochter gestattet hatte, Zeit mit der Frau zu verbringen, war im Grunde skandalös.

Sicher, Lord Madison weilte die meiste Zeit auf dem Lande und hatte wahrscheinlich nicht geahnt, welcher Frau er Zutritt in sein Gutshaus gewährt hatte. Dennoch fragte sich Robert, wie es sein konnte, dass er bislang nicht von der Bekanntschaft zwischen den Madisons und dieser Frau erfahren hatte.

Verwunderlich war es allerdings nicht. Er hatte Lord Madison und Lisa seit dem Tod seines Vaters nicht oft gesehen, genau genommen nur ein Mal. Damals, als Suzette und Daniel sich kennengelernt und geheiratet hatten, war Lisa für kurze Zeit in London gewesen. Um die Wahrheit zu sagen, war er ihr aus dem Weg gegangen, um ihre alberne Schwärmerei nicht noch zu fördern.

Er hatte Lisa gern, ebenso gern wie Suzette und Christiana. Aber das war es auch schon, und er hatte nicht die Absicht, ihr das Herz zu brechen. Es würde seine Beziehung zu ihren Schwestern und deren Ehemännern erheblich belasten. Suzette und Christiana hatte er schon immer nahegestanden, und er war ihnen mit der Zeit noch nähergekommen. Die beiden und Daniel und Richard waren in den vergangenen Jahren seine engsten Freunde geworden.

Als sich die Frau im Zimmer langsam umdrehte und zum Fenster schaute, fuhr Robert aus seinen Gedanken auf. In der Gewissheit, dass sie ihn durch die dünne Gardine nicht sehen konnte, beäugte er sie interessiert. Sie erinnerte ihn an Lisa.

Besser gesagt daran, wie Lisa aussehen könnte, wenn sie nicht ständig diese züchtigen pastellfarbenen Rüschenkleider tragen würde und die Haare nicht zu den komplizierten Gebilden hochgesteckt hätte, wie die Frauen in den gehobenen Kreisen sie meist trugen. Er taxierte ihre Figur mit bewunderndem Blick.

Sie war appetitlich wie ein kleiner saftiger Pfirsich. Ihre Rundungen waren verlockend und ihre Beine wohlgeformt. Ihr goldenes Haar umrahmte ihr Gesicht und fiel ihr in seidigen Locken über die Schultern. Und was für ein Gesicht! Es hatte die Form eines Herzes, ihre Augen waren riesengroß und ihre vollen Lippen einfach zum Küssen.

Vielleicht sollte er dieser kleinen Dirne später am Abend einen Besuch abstatten, nachdem er Lisa in Sicherheit gebracht hatte – falls es ihm gelang, sie zu retten, ohne erwischt oder gesehen zu werden. Mrs Morgan würde ihn wohl kaum als Kunden empfangen, wenn sie herausfand –

Robert wurde aus seinen Träumereien gerissen, als die junge Frau plötzlich den Kopf schüttelte, als wollte sie ihre Gedanken klären, und sich die Haare aus dem Gesicht strich.

»Verdammt!«, stieß er hervor. Großer Gott, die verführerische kleine Dirne war gar keine Dirne, sondern Lisa Madison!

Er starrte sie mit offenem Mund an und ließ den Blick abermals über ihre üppigen Rundungen schweifen, die für gewöhnlich von ihren verdammten Rüschenkleidern verhüllt wurden. Dann wurde ihm jedoch bewusst, dass er auf einem Fenstersims kauerte und eine beinahe nackte Lisa Madison begaffte, ja regelrecht mit Blicken verschlang. Lisa Madison, die wie eine kleine Schwester für ihn war.

Fluchend beugte sich Robert vor, um das Fenster zu öffnen, und steckte den Kopf ins Zimmer.

»Lisa!«, zischte er beinahe tonlos, aber laut genug, dass sie sich umdrehte. Ihre Augen weiteten sich, als sie ihn sah, und sie eilte auf ihn zu.

Robert konnte nicht umhin zu bemerken, wie verlockend ihre Brüste bei jedem Schritt auf und ab hüpften und wie sie ihre gerundeten Hüften schwang. Verdammt, wer hätte gedacht, dass sie unter ihren wallenden Kleidern so einen verführerischen Körper versteckte? Richard und Daniel hatten recht: Lisa war eindeutig erwachsen geworden. Wann zum Teufel war das passiert?

Seine Gedanken wurden jäh unterbrochen, als Lisa ihm mit einem Freudenschrei um den Hals fiel und ihn beinahe vom Sims des Fensters gestoßen hätte.

Indem er sich reflexartig am Rahmen festhielt, konnte sich Robert gerade noch retten – und nicht nur sich selbst, denn Lisa wäre mit ihm in die Tiefe gestürzt. Dann löste er eine Hand von dem Fensterrahmen, um den Arm um sie zu legen.

»Oh, Robert. Gott sei Dank! Ich wusste, dass du kommst«, nuschelte sie an seiner Halsbeuge, und ihm fiel ihre schleppende Sprache auf.

»Hast du getrunken?«, fragte er und sah ihr prüfend ins Gesicht.

»Hmm, ja.« Sie nickte entschuldigend. »Mrs Morgan hat mir so eine Art Gewürzwein zu trinken gegeben. Ich meine, das Getränk hat nach Wein geschmeckt, aber ich wusste, dass noch etwas anderes darin ist. Sie sagte, es würde mich für das in Stimmung bringen, was mich erwartet. Ich glaube, es war wie mit dem Tee. Nur war es diesmal kein Schlafmittel. Ich fühle mich federleicht, als würde ich schweben.«

»Hmmm.« Robert zog die Augenbrauen zusammen. Sein Blick fiel auf ihr Kleid. Es verdeckte verdammt noch mal gar nichts, weder die prallen Rundungen ihrer Brüste noch ihre rosafarbenen Brustwarzen, die sich unübersehbar durch den dünnen Stoff drückten. »Was zur Hölle hast du da an?«

»Mrs Morgan hat mich gezwungen, es anzuziehen. Sie sagte, ich würde meinem Verehrer darin gefallen. Gefalle ich dir darin, Robert?« Sie schaute an sich hinunter. »Ich mag es, weil es sich so leicht und luftig anfühlt.«

Das Gefühl der Leichtigkeit schien vorherrschend in ihrem Denken, und da Lisa schwankte und sich der Tatsache überhaupt nicht bewusst war, dass sie fast splitternackt vor ihm stand, vermutete Robert, dass das, was Mrs Morgan ihr verabreicht hatte, verantwortlich dafür war.

»Ja?«

Robert riss den Blick von ihren Brustwarzen los und schaute ihr ins Gesicht. »Was, ja?«

»Gefalle ich dir in dem Kleid?«, fragte Lisa. »Findest du es nicht auch hübsch?«

»Ich …« Sein Blick wanderte abermals über ihren Körper; über ihre Brüste und ihren weichen Bauch bis zu ihren geschwungenen Hüften und dem Nest aus blonden Löckchen zwischen ihren Beinen. Oh ja, dachte er, das Kleid war wirklich hübsch und sie gefiel ihm darin. Viel zu sehr, tadelte er sich grimmig und besann sich auf das Wesentliche. »Lisa, wir müssen hier verschwinden!«

»Oh ja! Mir gefällt es hier nicht, Robert. Mrs Morgan hat mich gezwungen, mich vor diesem Mann namens Gilly auszuziehen und zu baden. Er ist sehr groß und furchteinflößend, und es war mir ganz und gar nicht recht, aber sie hat sich geweigert, ihn wegzuschicken, und gesagt, wenn ich nicht kooperiere, zieht er mich aus und wäscht mich. Ich wollte natürlich nicht, dass er mich anfasst, und deshalb habe ich so getan, als wäre er nicht da, und habe mich gebadet, aber es war schrecklich beschämend und peinlich.«

Den Dreckskerl bringe ich um!, dachte Robert erbost. Gilly war Mrs Morgans Schläger; ein hünenhafter mondgesichtiger stummer Kerl, der die Mädchen beaufsichtigte und sich um schwierige Kunden kümmerte. Er würde ihn dafür umbringen, dass er Lisa angesehen und derart in Verlegenheit gebracht hatte – sobald er mit Mrs Morgan fertig war. Aber zuerst musste er Lisa befreien.

»Hör mir zu, Lisa«, sagte er. »Ich möchte, dass du auf meinen Rücken kletterst.«

»Auf deinen Rücken?«, fragte sie verwundert.

»Ja, du kletterst auf meinen Rücken, und ich klettere mit dir die Hauswand hinunter.«

»Wie willst du die Wand hinunterklettern, Robert? Du bist doch keine Spinne. Am besten machen wir einen Strick aus Laken, wie Bet und ich es –«

»Keine Sorge! Ich bin hochgeklettert und ich klettere auch wieder nach unten. Komm bitte auf meinen Rücken, Lisa«, sagte er, streckte die Hand nach ihr aus und zog sie hinter sich.

Sie murrte zwar leise vor sich hin, kletterte aber gehorsam auf das Fensterbrett und schlang die Arme um seine Schultern.

»Und jetzt leg deine Beine um meinen Bauch«, befahl er.

Während Lisa ihm ins Ohr brummelte, legte sie die Beine um ihn und verschränkte ihre nackten Füße vor seinem Bauch. Robert hielt inne und starrte sie wie gebannt an. Ihre Füße waren äußerst wohlgeformt und ihre winzigen Zehen absolut hinreißend und –

»Und jetzt?«

Robert schüttelte den Kopf. Nun war er derjenige, der im Flüsterton vor sich hin murmelte. Er stieß einen Seufzer aus, dann sagte er: »Halt dich einfach gut fest.«

Er wartete, bis sie seiner Aufforderung nachgekommen war, und drehte sich langsam um. Mit Lisa auf dem Rücken war jede Bewegung viel schwieriger als zuvor, und er biss die Zähne zusammen. Er versuchte, sich auf das zu konzentrieren, was er tat, war jedoch zugleich in Sorge, dass sie den Halt verlieren und in die Tiefe stürzen könnte – und er hatte keine Hand frei, um sie festzuhalten.

»Sag mir Bescheid, wenn du dich nicht mehr halten kannst«, raunte er ihr zu und schob sich Zentimeter für Zentimeter auf das Rankgitter zu.

»Ja, Robert«, murmelte sie an seinem Hals, und als ihr Atem sein Ohr streifte, erschauderte er. Verdammt, so hatte er noch nie auf sie reagiert! Aber sie hatte ja auch noch nie so ausgesehen. So …

»Aua!«

Robert hatte gerade einen Fuß auf das Spalier gesetzt und hielt inne. »Was ist?«

»Nichts. Ich habe mir nur den Zeh angestoßen«, antwortete Lisa und schlang die Beine fester um ihn, um sich nicht an der Hauswand oder dem Holzgitter zu verletzen. Als er sich auf dem Fenstersims aufgerichtet hatte, war sie ein Stückchen an ihm hinuntergerutscht, und ihre Füße umklammerten nicht mehr seinen Bauch, sondern drückten gegen seine Leisten. Das Gefühl, das Lisa damit unabsichtlich hervorrief, hatte jedoch mit Schmerz nichts zu tun. Robert verkniff sich ein Stöhnen und beugte sich leicht vor, um ihre Füße besser zu schützen. Dann kletterte er mit etwas mehr Eile als Umsicht an dem Spalier hinunter. Er war einigermaßen erstaunt, dass er es ohne einen Fehltritt nach unten schaffte, und sobald er mit beiden Beinen auf dem Boden stand, schob er Lisa von seinem Rücken.

Erleichterung durchflutete ihn, als ihre Füße nicht mehr seine intimen Stellen berührten, doch er drehte sich sogleich zu ihr um und hob sie hoch. Es war ein Versuch, ihre Blöße zumindest teilweise zu bedecken und ihre armen nackten Füße zu schonen … und rührte keineswegs von dem Verlangen her, sie in den Armen zu halten, sagte er sich, als er Lisa zu der in der Gasse wartenden Kutsche trug.

Er hielt im Laufschritt darauf zu, um sie in Sicherheit zu bringen und vor neugierigen Blicken zu schützen, vor allem aber, um jede Konfrontation mit Mrs Morgan oder ihrem Schläger zu vermeiden. Mit ihnen würde er sich auseinandersetzen, wenn er Lisa gerettet hatte. Er wollte nicht riskieren, dass sie erneut eingesperrt wurde, falls Gilly ihm mehr Probleme bereitete als erwartet oder ihn gar mit einem Faustschlag niederstreckte.

»Oh, Robert, ich wusste, dass du mich rettest«, hauchte Lisa und schmiegte sich an ihn.

Robert brummte nur etwas und versuchte zu ignorieren, wie sich ihre Brüste gegen seine Rippen drückten.

»Du bist so klug und mutig. Und so stark und schön«, fuhr sie mit einem kleinen Seufzer fort. »Du wirst wunderbare Babys zeugen!«

Robert zuckte zusammen, und augenblicklich begannen seine Gedanken um die Zeugung von Babys zu kreisen – um den Akt als solchen, nicht um das Ergebnis. Als ihm klar wurde, auf welch gefährliches Terrain er sich damit begab, schüttelte er den Kopf und lief noch schneller.

Der Fahrer sah ihn kommen und sprang vom Kutschbock, um die Tür zu öffnen, damit Robert gleich mit seiner Bürde einsteigen konnte. Er ließ sich auf die Sitzbank fallen, als der Fahrer die Tür schloss, doch es widerstrebte ihm, Lisa auf der gegenüberliegenden Bank abzusetzen. Angesichts ihrer dürftigen Bekleidung schien es ihm keine gute Idee zu sein. Das war selbstverständlich der einzige Grund, aus dem er sie weiter in den Armen hielt und an sich drückte, sagte er sich, als der Fahrer wieder auf den Kutschbock stieg.

»Bringst du mich nach Hause?«, fragte Lisa, als die Kutsche losfuhr.

»Großer Gott, nein! So kann ich dich doch nicht nach Hause bringen«, erwiderte er, während sein Blick über ihr durchsichtiges Kleid glitt. Als er spürte, wie sehr ihn allein dieser Anblick erregte, zwang er sich wegzusehen. »Ich bringe dich in mein Stadthaus. Da wartet Bet. Ich werde sie zu Richard und Christiana schicken, damit sie dir etwas Angemesseneres zum Anziehen besorgt.«

»Die beiden würden wohl merken, dass etwas nicht in Ordnung ist, wenn ich in dem Kleid einer anderen Frau auftauche«, stimmte sie ihm zu und rutschte auf seinem Schoß herum, um eine bequemere Position zu finden. »Mir ist noch nie aufgefallen, dass du so knochige Beine hast, Robert.«

»Das ist nicht mein Bein«, brummelte er und hätte sich im selben Moment die Zunge abbeißen können.

»Sondern?«, fragte sie und rutschte abermals hin und her. »Hast du etwas in der Tasche?«

»Ja«, knurrte er und fasste sie an den Hüften, damit sie stillhielt. Ohne dass er es wollte, fiel sein Blick erneut auf ihren Körper. Rasch schaute er weg und rief sich energisch zur Ordnung. Das war Lisa Madison, die wie eine kleine Schwester für ihn war! Ein süßes, unschuldiges, verträumtes … Verdammt, wann zur Hölle war sie derart herangereift?

Lisa legte den Kopf schräg und musterte ihn neugierig. »Kann ich es sehen?«

»Was?«, fragte er zerstreut und sah sie wieder an, hielt den Blick jedoch stur auf ihr Gesicht gerichtet.

»Das große, harte Ding, das du in der Tasche hast«, entgegnete sie. »Was ist es? Zeig es mir.«

Robert starrte sie eine ganze Weile perplex an und spürte, wie das große, harte Ding allein bei dem Gedanken, es ihr zu zeigen, noch größer und härter wurde. Dann riss er sich jedoch zusammen, packte Lisa bei der Taille und verfrachtete sie kurzerhand auf die gegenüberliegende Bank.

»Es dauert nicht mehr lange, bis wir da sind«, sagte er, um das Thema zu wechseln. »Ich habe den Fahrer angewiesen, in der Gasse hinter dem Haus zu halten, damit dich niemand sieht.«

»Das war sehr freundlich von dir«, entgegnete sie. »Obwohl mir kein Grund einfällt, warum mich niemand beim Betreten deines Hauses sehen darf. Außer natürlich, dass ich ledig bin. Aber jeder weiß, dass unsere Familien befreundet sind, und niemand würde sich etwas dabei denken. Es ist schließlich helllichter Tag und Bet ist auch dabei.«

»Lisa, Bet ist schon im Haus, also kann dich niemand in ihrer Begleitung sehen«, erklärte er geduldig, dann fügte er wesentlich unbeherrschter hinzu: »Und ob es Morgen, Mittag oder Nacht ist, spielt offen gesagt keine Rolle. So, wie du gekleidet bist, sollte man dich zu keiner Tageszeit sehen, und schon gar nicht beim Betreten des Hauses eines Mannes.«

»Was ist falsch daran, wie ich gekleidet bin?«

»Dein Kleid ist durchsichtig!« Er konnte nicht fassen, dass sie überhaupt fragte. Sein Hinweis hatte natürlich zur Folge, dass seine Augen wieder über ihren herrlichen, nahezu unverhüllten Körper streiften, und diesmal hatte er arge Mühe, den Blick von ihren Rundungen loszureißen.

»Tatsächlich?«, sagte sie überrascht. Ihr Erstaunen schien echt zu sein, und sie schaute an sich herunter, die Augen krampfhaft aufgerissen.

»Stimmt etwas nicht mit deinen Augen?«, fragte Robert.

»Ja. Nein. Also, vielleicht«, stammelte sie und gestand: »Seit dem zweiten Getränk, das Mrs Morgan mir aufgezwungen hat, sehe ich alles etwas verschwommen. Mal sind die Dinge scharf, dann wieder unscharf. Meistens unscharf.« Sie seufzte. »Ich habe nur erkannt, dass du am Fenster warst, weil der Wind deinen Geruch hereingeweht hat, als du es geöffnet hast.« Sie atmete geräuschvoll aus. »Du hast wirklich einen ganz besonders herrlichen Geruch, Robert. Würzig und ein wenig erdig und durch und durch angenehm. Er macht mich ganz kribbelig.«

»Kribbelig«, wiederholt Robert matt.

Lisa lächelte ihn glückselig an und nickte. »Ja, kribbelig. Überall. Als ich auf deinem Schoß gesessen habe, hat mich dein Geruch umfangen. Das hat mir gefallen, Robert. Kann ich nicht wieder auf deinen Schoß kommen?«

»Nein«, knurrte er und kämpfte verzweifelt gegen den Drang an, Ja zu sagen und sie auf der Stelle zu sich herüberzuziehen. »Das gehört sich nicht.«

»Oh, natürlich«, sagte sie mit einem kleinen enttäuschten Seufzer und lehnte sich zurück. »Aber ich liebe dich, Robert. Dann ist es doch gewiss in Ordnung, oder?«

»Ich liebe dich auch«, murmelte er. Dabei achtete er darauf, dass sein Blick nicht wieder auf Abwege geriet. »Du bist wie eine kleine Schwester für mich.«

Lisas Miene verfinsterte sich. »Ich bin nicht deine kleine Schwester.«

»Für mich fühlt es sich so an«, erwiderte Robert, und als sein Blick erneut über ihren Körper gleiten wollte, sah er rasch fort. In energischem Ton fügte er hinzu: »Du, Suzette und Christiana, ihr drei wart für mich immer die Schwestern, die ich nie hatte.«

»Schwestern!«, fuhr sie ihn entrüstet an. »Ich bin nicht deine Schwester, Robert Langley!«

»Aber als die betrachte ich dich, Lisa Madison. Als meine süße kleine Schwester.« Meistens jedenfalls, dachte er. In diesem Augenblick hatte sie weiß Gott nichts Schwesterliches an sich, und weder seine Gedanken noch die Reaktionen seines Körpers waren auch nur im Entferntesten geschwisterlicher Natur.

»Tja, wie gesagt, ich bin nicht deine kleine Schwester, Robert. Ich bin schon lange kein Kind mehr. Ich bin jetzt eine erwachsene Frau, und wenn du zu beschränkt bist, um das zu erkennen, sollte ich mir vielleicht einen intelligenteren Mann suchen, dem ich meine Liebe schenken kann!«

Als sein Blick abermals von ihrem Körper angezogen wurde, entledigte er sich hastig seines Umhangs und legte ihn ihr um. »Ich wünschte, du würdest es tun«, sagte er leise.

Lisa erstarrte, als die ersten echten Gefühle, die sie empfand, seit sie dieses Getränk hatte zu sich nehmen müssen, durch den Nebel drangen, der ihren Geist umwölkte. Und diese Gefühle waren Enttäuschung und Zorn. Der Liebe, die sie seit Kindertagen für Robert empfunden hatte, maß er ungefähr so viel Bedeutung bei wie einem alten, auf dem Misthaufen entsorgten Paar Schuhe.

»Wie du willst«, sagte sie kalt und zog seinen Umhang fester um sich. Als die Kutsche langsamer wurde, schaute sie aus dem Fenster. »Da ist das Stadthaus von Richard und Christiana!«

»Ja«, sagte Robert, ohne hinzusehen. »Es liegt auf dem Weg zu meinem Haus. Zieh den Vorhang zu, Lisa. Einer der Diener könnte aus dem Fenster schauen und dich sehen.«

Lisa zuckte mürrisch mit den Schultern. »Ich kann genauso gut gleich nach Hause gehen, statt dir weiter zur Last zu fallen. Schick Bet bitte zu mir, wenn du wieder daheim bist.«

»Du wirst nicht … Lisa!«, rief er, als sie die Tür öffnete und von der anhaltenden Kutsche sprang. Erst als sie das Straßenpflaster unter ihren Füßen spürte, merkte sie, dass sie keine Schuhe anhatte. Ohne diesem Umstand Beachtung zu schenken, schaute sie nach vorn, um herauszufinden, warum die Kutsche überhaupt angehalten hatte. Die Wortheys, die Nachbarn von Richard und Christiana, waren soeben von einer Ausfahrt zurückgekehrt, und ihre Kutsche blockierte die Straße, während sie ausstiegen.

»Lisa!«, zischte Robert, doch sie ignorierte ihn und eilte auf das Tor zu, von dem ein Gehweg zum Hauseingang führte. Sie hörte seine Schritte, lief jedoch zur Tür, ohne sich umzudrehen, und verschwand im Haus.

Der Eingangsflur war leer. Das konnte nur gut sein, befand Lisa, obwohl sie immer noch etwas benebelt war. Nachdem sie die Tür geschlossen hatte, hastete sie die Treppe hoch und rannte durch den Flur in ihr Zimmer, ohne auch nur einmal innezuhalten.

Dort angekommen, lehnte sie sich erschöpft gegen die Tür und schloss die Augen. Eigentlich hätte sie das Bedürfnis haben müssen zu weinen. Oder zu schreien und etwas an die Wand zu werfen. Und sie spürte auch, dass sie es tief im Inneren wollte, doch der Zorn und die Enttäuschung, die ihre Benommenheit durchbrochen hatten, waren bereits wieder abgeflaut und zu einer blassen Erinnerung geworden. Es kam ihr vor, als könnte sie nie wieder etwas empfinden. Sie wollte nichts mehr sehen, nichts mehr tun, nur noch liegen.

Sie löste sich von der Tür, durchquerte mit unsicherem Gang das Zimmer und ließ sich einfach aufs Bett fallen.

Robert lief Lisa hinterher, blieb jedoch nach wenigen Schritten unschlüssig stehen. Wenn sie jemand hatte ankommen sehen, verursachte er mit seinem Auftauchen vielleicht nur noch mehr Ärger. Falls Richard inzwischen zurückgekehrt war und sie in ihrem Aufzug – beziehungsweise in ihrer Blöße – gesehen hatte, würde er eine Erklärung verlangen. Falls Lisa hingegen ins Haus gelangt war, ohne gesehen zu werden, lenkte er die Aufmerksamkeit womöglich auf ihre Ankunft und ihren Zustand, indem er zur Tür ging.

Er zögerte und überlegte, was er tun sollte, doch als nach einer gewissen Zeit niemand aus dem Haus gekommen war, um ihn zur Rede zu stellen, machte er kehrt und stieg wieder in seine Kutsche. Mit einem kurzen Klopfen gegen die Wand gab er dem Kutscher das Zeichen zur Weiterfahrt. Er würde nach Hause fahren und Bet herbringen lassen, damit sie Lisa helfen konnte. Lisa war nicht ganz bei sich und würde sicherlich Hilfe beim Ablegen dieses Hauchs von Nichts brauchen, den man eigentlich nicht als Kleid bezeichnen konnte.

Danach würde er zu Mrs Morgan fahren und ein bisschen Krach schlagen, um die Frustration abzulassen, die sich seiner bemächtigt hatte. Und wenn er mit der Frau fertig war, würde sie nie wieder auf die Idee kommen, etwas derart Verderbliches zu tun, und er würde ganz genau wissen, wer dieser »Verehrer« war. Und dann würde er diesem Dreckskerl ebenfalls einen Besuch abstatten.

»Miss!«

Lisa öffnete schlaftrunken ein Auge, um zu sehen, wer sich da über sie beugte. Bet. Sie zwang sich, auch das andere Auge zu öffnen, und lächelte sie etwas benommen an. »Oh, gut. Du bist wieder da.«

»Ja. Und Sie sind es Gott sei Dank auch«, sagte Bet mit einem schiefen Grinsen und setzte sich auf die Bettkante. »Ich habe mir solche Sorgen gemacht, bis Lord Langley zurückgekommen ist und mir erzählt hat, dass er Sie befreien konnte.«

Lisa rümpfte die Nase, schloss die Augen wieder und brummelte: »Ein abscheulicher Mann.«

»Ein abscheulicher Mann?«, fragte Bet verwirrt. »Dann haben Sie den Verehrer also kennengelernt? Lord Langley sagte, er habe Sie noch rechtzeitig gerettet.«

»Ich meinte Robert«, knurrte sie.

»Oh.« Eine Pause trat ein. Dann fragte Bet unsicher: »Hat er sich ungebührlich verhalten?«

»Nein ... Der furchtbare Kerl war vollkommen korrekt«, erklärte sie verärgert und drehte sich seufzend auf den Rücken. »Ich habe ihm gestanden, dass ich ihn liebe, Bet, aber er hat mir geradeheraus gesagt, dass er mich als seine kleine Schwester betrachtet.«

»In diesem Aufzug?«, fragte Bet verwundert.

Lisa schaute gleichgültig an sich hinunter. Ihr Kleid war in der Tat recht gewagt, und es hätte ihr eigentlich peinlich sein müssen, so etwas zu tragen, doch sie schien keine Scham empfinden zu können. Sie fühlte sich vielmehr abgeschnitten von allen ihren Gefühlsregungen. Selbst ihre Wut auf Robert schien in weite Ferne gerückt zu sein. Als wären ihre Gefühle außerhalb von ihr – zwar vorhanden, jedoch unerreichbar. Es war wirklich äußerst sonderbar, dachte Lisa, und es hätte sie wohl auch beunruhigen müssen, aber dem war nicht so.

Sie fragte sich nicht zum ersten Mal, was zum Teufel Mrs Morgen ihr verabreicht hatte. Dann sah sie Bet an. »Bist du gerade erst von Robert nach Hause gekommen?«

»Nein, nein, ich bin schon seit Stunden hier. Lord Langley meinte, Sie würden bestimmt Hilfe beim Ablegen dieses Kleides benötigen, aber als ich nach oben kam, haben Sie tief und fest geschlafen, und ich bin wieder gegangen. Aber wenn Sie heute Abend auf den Ball wollen, dann müssen Sie sich allmählich zurechtmachen.« Sie hielt inne. »Sie wollen doch auf den Ball?«

Lisa dachte kurz nach und hätte fast Nein gesagt und dass sie lieber schlafen wollte, aber dann überlegte sie es sich anders. Robert war nicht an ihr interessiert. Offenbar hatte sie ihre Liebe all die Jahre an ihn vergeudet. Sie war inzwischen einundzwanzig – in den Augen vieler schon eine alte Jungfer –

und hatte brav die ganze Zeit abgewartet und gehofft, er würde eines Tages merken, dass sie erwachsen geworden war. Doch wenn er sie selbst in diesem Kleid nur als die »kleine Schwester« sah, dann würde ihn wohl gar nichts davon abbringen können. Nun war Schluss mit der Warterei. Es wurde Zeit, dass sie sich einen Mann suchte!

Lisa setzte sich entschlossen auf und warf die Decke zur Seite. »Oh ja, ich besuche den Ball. Es wird Zeit, dass ich einen Ehemann finde, Bet, und die gesamte feine Gesellschaft wird auf dem Saisoneröffnungsball bei den Landons zugegen sein. Was bedeutet, dass auch sämtliche begehrten Junggesellen der Stadt anwesend sein werden.«

Als sie Bets besorgte Miene bemerkte, lächelte sie und stand auf. »Vielleicht ist ja auch Findlay wieder dabei, dieser gut aussehende, blonde Herr, der mich vor zwei Jahren zum Tanz aufgefordert hat. Ich fand ihn sehr attraktiv, und er schien mich zu mögen. Wenn er immer noch ledig ist, bittet er mich vielleicht erneut zum Tanz.« Sie machte ein entschlossenes Gesicht. »Wenn ja, dann schenke ich ihm diesmal mehr Aufmerksamkeit und lasse mir von ihm den Hof machen.«

»Sind Sie sicher?«, fragte Bet besorgt und stützte Lisa, als sie leicht schwankte. »Lord Robert hat gesagt, dass man Ihnen irgendeine Tinktur verabreicht hat, und ich glaube, die Wirkung ist noch nicht ganz abgeklungen.«

»Sie wird vergangen sein, wenn ich fertig angezogen und abfahrbereit bin«, entgegnete Lisa unbekümmert, obwohl sie sich da gar nicht so sicher war. Sie fühlte sich einfach … nun, sie fühlte sich irgendwie unbesiegbar, unverwundbar … Oder vielleicht war ihr auch nur alles egal.

5

»Robert, es überrascht mich, dich hier zu sehen. Ich dachte, du wolltest solche Anlässe dieses Jahr meiden wie die Pest«, sagte Richard, als Robert zu ihm und Daniel stieß, mit dem er am Rand der Tanzfläche einen Drink nahm.

»Genau«, pflichtete Daniel ihm bei. »Ich dachte, du wärst glücklich mit deinem Junggesellendasein und nicht daran interessiert, von heiratswilligen Jungfern und deren Müttern gejagt zu werden.«

»Bin ich auch«, entgegnete Robert und ließ den Blick über die Anwesenden im Ballsaal schweifen. »Wo ist Lisa?«

»Oho, sag bloß, du hast endlich gemerkt, dass sie erwachsen geworden ist!«, neckte ihn Daniel.

Robert schüttelte verdrossen den Kopf. Das hatte er allerdings gemerkt, aber deshalb hatte er nicht nach ihr gefragt. Er überlegte kurz, wie viel er seinen Freunden von der heutigen Begebenheit preisgeben sollte, seufzte und sagte ernst: »Ich würde gern mit euch beiden sprechen. Im Vertrauen.«

Richard zog die Augenbrauen hoch und sah Daniel an, aber dann wandten sie sich gleichzeitig der Tür zu, um den Ballsaal zu verlassen, wobei Robert abermals nach Lisa Ausschau hielt. Erst als er sie zwischen ihren Schwestern in einer ganzen Gruppe von Frauen auf der anderen Seite des Raumes stehen sah, entspannte er sich und folgte Richard und Daniel.

»Lisa Madison!«, sagte Suzette belustigt, als der letzte potenzielle Verehrer enttäuscht davonzog. »Warum lügst du die

Männer alle an und behauptest, deine Tanzkarte wäre voll? Ich weiß ganz genau, dass du noch drei Tänze übrig hast.«

»Die spare ich auf«, erklärte Lisa achselzuckend.

»Für Robert?«, fragte Christiana leise.

»Sicherlich nicht«, entgegnete Lisa trocken. »Ich würde keinen Tanz mehr an ihn verschwenden, selbst wenn er der letzte Mann auf Gottes Erde wäre!«

Da ihr weder die hochgezogenen Augenbrauen ihrer Schwestern entgingen noch die Blicke, die sie wechselten, überraschte es sie nicht, dass Suzette vorsichtig fragte: »Hattest du einen Streit mit Robert, von dem wir nicht wissen?«

»Keineswegs«, sagte sie leichthin. »Es ist nur offensichtlich, dass seine Gefühle für mich nicht über eine geschwisterliche Zuneigung hinausgehen, und ich bin zu dem Schluss gekommen, dass es sich mit meinen ebenso verhält. Als Ehemann wäre er mir auch viel zu dumm. Unsere Kinder wären wahre Einfaltspinsel! Also richte ich meine Aufmerksamkeit von nun an auf interessantere, intelligentere Beute.«

»Beute?«, wiederholte Suzette fassungslos und klopfte Christiana auf den Rücken, die sich an ihrem Punsch verschluckt hatte. Als Christiana wieder sprechen konnte, fragte sie amüsiert: »Dann sind wir also auf der Jagd?«

»Auf der Jagd nach einem Ehemann«, bestätigte Lisa nickend. »Ich bin bereit, mich zu verheiraten und eine Familie zu gründen.«

»Hmmm«, machte Christiana. »Wenn du die Tänze nicht für Robert aufsparst, für wen dann?«

»Für …« Lisas Augen leuchteten auf und ein Lächeln spielte um ihre Lippen, als sie den Mann wiedererkannte, der auf sie zukam: Charles Findlay, groß, blond und über das ganze Gesicht strahlend. »Ihn!«

»Lord Findlay?«, fragte Suzette und musterte ihn interessiert. »Du hast mit ihm getanzt, als wir vor zwei Jahren diesen Ball besucht haben, nicht wahr?«

»Oh ja«, raunte Lisa ihr zu. Sie taxierte ihn und fragte sich, was sie sich damals gedacht hatte. Wie hatte sie sich nur nach Robert sehnen können, während ein Mann wie Findlay sie in seinen Armen gehalten hatte? Er war wirklich eine äußerst gut aussehende Erscheinung; hellblondes Haar, markante Gesichtszüge, breite Schultern und schmale Hüften. Im Grunde sah er sogar besser aus als Robert, gestand sie sich ein. Er war wahrhaftig ein Adonis. Wenn sie schon allmorgendlich beim Aufwachen in dasselbe Gesicht würde blicken müssen, konnte sie es wesentlich schlechter treffen, als von Findlay angelächelt zu werden.

»Meine Damen«, sagte Lord Findlay, blieb vor ihnen stehen und verbeugte sich elegant. Als er sich aufrichtete, blickte er lächelnd in die Runde. »Darf ich Ihnen sagen, dass Sie alle drei ungemein liebreizend aussehen?«

»Sie dürfen«, entgegnete Suzette lachend. »Und wir könnten sogar geneigt sein zu glauben, dass Sie es ernst meinen.«

Lord Findlay grinste anerkennend und wandte sich Lisa zu. »Ich bin später eingetroffen als beabsichtigt und weiß, dass wahrscheinlich keine Hoffnung mehr besteht, aber hätten Sie vielleicht noch einen Tanz für mich frei?«

»Zufällig haben wir uns auch verspätet, Mylord«, flunkerte Lisa und nahm ihre Tanzkarte zur Hand. »Und ich glaube, ich habe noch einige wenige Tänze frei.« Sie studierte die Karte, als wüsste sie nicht genau, welche Tänze es waren, dann fragte sie: »Was wäre Ihnen lieber, ein Walzer oder eine Quadrille?«

»Beides«, sagte er prompt und fügte grinsend hinzu: »Wenn ich so kühn sein darf?«

Lisa sah, wie ihre Schwestern die Augen zusammenkniffen, beachtete sie aber nicht weiter. »Nun, dann schreibe ich Sie für den Walzer auf. Wenn die Quadrille an die Reihe kommt, werde ich vermutlich ziemlich erschöpft sein und eine Erfrischungspause benötigen.«

»Dann wird es mir eine Freude sein, Ihnen ein Getränk zu besorgen und Sie auf die Terrasse zu begleiten«, erklärte er und fügte sofort hinzu: »Gemeinsam mit Ihren Schwestern, natürlich.«

Lisa notierte lächelnd seinen Namen auf ihrer Karte. Dann nickte sie und erwiderte Findlays Gruß, als er sich entschuldigte.

»Wer bist du und was hast du mit meiner Schwester angestellt?«, fragte Suzette, kaum dass er gegangen war, fasste Lisa am Arm und drehte sie zu sich und Christiana um.

»Was willst du damit sagen?«, fragte Lisa mit gespielter Ahnungslosigkeit. Sie wusste jedoch genau, was Suzette meinte: Sie hatte ein Selbstbewusstsein an den Tag gelegt, das sie normalerweise nicht besaß, vermutlich eine Nachwirkung von Mrs Morgans Gebräu. Ihr war zwar nicht mehr schwindelig, doch sie fühlte sich immer noch etwas distanziert von ihren Gefühlen. Sie hatte keine feuchten Hände bekommen und war auch nicht nervös geworden, wie es bisher stets bei den Tänzen auf dem Lande gewesen war. An diesem Abend war sie jedem Mann souverän und selbstsicher begegnet, sogar dem attraktiven Lord Findlay; und das, obwohl sie sehr darauf gehofft hatte, dass er sie ansprach.

Die ungewohnte Selbstsicherheit und Gelassenheit hatten es ihr ermöglicht, die Dinge nach ihrem Wunsch zu arrangieren, und dafür war sie dankbar. Ein Gutes hatte das heutige Abenteuer immerhin gehabt. Wenn Robert sie niemals so lieben würde, wie sie ihn liebte, war es besser, es auf der Stelle zu akzeptieren und einen Schlussstrich zu ziehen, statt weiter abzuwarten, bis sie eines Tages zu alt war, um noch einen Mann abzubekommen.

Entschlossen hob sie ihr Kinn. Robert war Geschichte. Er würde als einsamer alter Mann sterben, aus eigener Schuld, weil er die einzige Frau abgewiesen hatte, die imstande war, ihn mitsamt all seinen Fehlern zu lieben.

»Du …«, begann Suzette, hielt jedoch inne, als die Musik einsetzte und Rotham, der erste Mann auf Lisas Tanzkarte, ihre Schwester holen kam.

Lisa war eine gute Tänzerin. Obwohl noch leicht desorientiert, führte sie Schritte und Figuren mit Anmut und Leichtigkeit aus, während sie von einem Bewunderer nach dem anderen über das Parkett gewirbelt wurde. Doch ihre Bewegungen waren mechanisch, und sie hielt die ganze Zeit über nach zwei Männern Ausschau: nach Lord Findlay und Robert. Sie verfolgte genau, mit wem der Lord tanzte und wer ihre Konkurrentinnen waren. Und nach Robert suchte sie, weil … Wahrscheinlich aus Gewohnheit, dachte sie und konzentrierte sich wieder auf ihren Tanzpartner.

Nein, sie hatte wirklich kein Interesse mehr an Robert. Außerdem hatte er sich auch gar nicht dazu bequemt, zum Ball zu erscheinen. Und warum sollte er auch? Als Christiana Richard auf der Herfahrt in der Kutsche gefragt hatte, ob Robert auch kommen werde, hatte Richard lachend verneint und gesagt, Robert wolle sich nirgendwohin begeben, wo eheversessene Jungfern und ihre Mütter auf ihn lauern könnten.

Na prima, dachte sie. Sie konnte ihn im Moment ohnehin nicht gebrauchen, er würde sie nur ablenken. Ein kleiner Teil von ihr wünschte allerdings, er wäre da und könnte ihrem gesellschaftlichen Erfolg beiwohnen.

Und der war ihr weiß Gott beschieden. Jeder Mann, der sie um einen Platz auf ihrer Tanzkarte gebeten hatte, hatte ihr wegen ihrer Schönheit, ihres Charmes und ihrer Scharfsinnigkeit Komplimente gemacht. Es war Balsam für ihre Seele, nachdem Robert ihr Selbstvertrauen mit dieser Kleine-Schwester-Geschichte erschüttert hatte. Anscheinend sahen nicht alle Männer das ewige Schulmädchen in ihr.

»Mein Tanz, glaube ich.«

Lisa blieb neben ihrem letzten Partner stehen, der sie galant von der Tanzfläche geführt hatte, und drehte sich lächelnd zu Lord Findlay um. »So ist es, Mylord.«

»Nun denn«, sagte Lord Pembroke, gab ihren Arm frei und verbeugte sich. »Danke für Ihre charmante Gesellschaft, Miss Madison. Es war mir ein Vergnügen, mit einer so liebreizenden und anmutigen Dame wie Ihnen zu tanzen.«

Lisa schenkte ihm ein strahlendes Lächeln. Der Tanz mit dem dunkelhaarigen Pembroke, der beinahe so attraktiv war wie Lord Findlay, war äußerst amüsant und spaßig gewesen, bis ihre Gedanken auf Abwege geraten waren.

»Vielen Dank, Mylord. Es war mir eine Freude«, entgegnete sie.

»Wären Sie dann so freundlich, mir erneut einen Tanz zu gewähren, falls Sie morgen Abend den Ball bei den Hammonds besuchen?«, fragte er hoffnungsvoll.

»Ganz gewiss, Mylord. Ich freue mich schon darauf«, sagte sie mit einem vielversprechenden Lächeln.

»Die Freude ist ganz auf meiner Seite«, gab er zurück, als Lord Findlay sie auf die Tanzfläche führte.

»Da haben Sie aber ein Herz erobert«, bemerkte er mit einiger Belustigung und legte zum Tanzen die Arme um sie. »Das ist Ihnen allerdings, wie ich hinzufügen muss, heute Abend schon mehrfach gelungen. So gut wie jeder Mann, der mit Ihnen getanzt hat, ist sehr glücklich darüber, Ihre Bekanntschaft gemacht zu haben.«

»Mylord, man könnte den Eindruck gewinnen, Sie hätten mich den ganzen Abend beobachtet«, scherzte sie.

»Das habe ich auch getan«, gab er unumwunden zu. »Man kommt gar nicht umhin. Ihre selbstbewusste Ausstrahlung und Schönheit sind nicht zu übersehen.«

Lisa stutzte ob seiner Worte, dann lachte sie fröhlich. Ihr Selbstvertrauen rührte sowohl von der Nachwirkung von Mrs Morgans Trank her, als auch von den vielen Komplimenten, die sie bekommen hatte. Erst an diesem Abend war ihr klar geworden, wie sehr ihr Selbstwertgefühl unter Roberts mangelndem Interesse an ihr gelitten hatte. Es war zwar nicht seine Absicht gewesen, aber dadurch, dass er ihre Gefühle nicht erwidert hatte, hatte er sie verunsichert und oft zur Verzweiflung getrieben, die ständige Angst genährt, nicht hübsch oder nicht intelligent oder geistreich genug zu sein. Doch nachdem sie von den anwesenden Herren regelrecht mit Komplimenten überhäuft worden war, waren diese Sorgen von ihr abgefallen. Anscheinend war Robert nur ein Dummkopf, der zu blind war, um zu erkennen, wie glücklich er sich schätzen konnte, dass sie ihm derart zugetan war.

»Haben Sie Ihren Aufenthalt in London bislang genossen?«, zog Lord Findlay ihre Aufmerksamkeit wieder auf sich.

»Nun, bisher ist er äußerst interessant verlaufen«, entgegnete Lisa trocken, und damit er nicht nachhakte, fügte sie hinzu: »Aber ich bin mit meiner Zofe erst vor zwei Tagen eingetroffen. Es ist herrlich, meine Schwestern wiederzusehen. Wir haben uns viel zu erzählen!«

»Das denke ich mir. Ihre Besuche in der Stadt sind ja selten genug.« Als Lisa die Augenbrauen hochzog, weil sie sich wunderte, woher er wusste, wie oft sie nach London kam, schob er nach: »Ich war sehr enttäuscht, als Sie vorletztes Jahr nach ein paar Bällen gleich wieder von hier verschwunden sind – und zutiefst bestürzt, weil sie im vergangenen Jahr nicht wiedergekommen sind.«

Lisa musste angesichts seiner Behauptung kichern. Er hatte zwar eine Schmollmiene aufgesetzt, doch seine Lippen zuckten, und in seinen Augen lag ein verschmitztes Funkeln. Er neckte sie offenbar und flirtete mit ihr. Und das machte Spaß. Viel mehr Spaß, als sich nach dem unwilligen Robert zu verzehren.

»Ich kann mir nicht vorstellen, dass es einem gut aussehenden Mann wie Ihnen an Gesellschaft mangelt«, sagte sie leichthin.

»Ganz und gar nicht«, entgegnete er. »Aber nachdem ich Sie in meinen Armen gehalten habe, erscheinen mir alle anderen jungen Frauen langweilig und unattraktiv.«

Lisas Augen weiteten sich ein wenig. Solche Worte hätten sie normalerweise erröten lassen und in Verlegenheit gebracht, doch nun entlockten sie ihr ein Lächeln. Die Dinge, die Findlay sagte, hätten aus einem der Bücher stammen können, die sie las. Sie waren entzückend, um nicht zu sagen schmeichelhaft und charmant. Sie gaben ihr das Gefühl, schön zu sein und begehrt zu werden. Und sie fand Gefallen daran.

»Ich habe unseren Tanz an dem Abend damals auch genossen«, sagte sie freiheraus.

Lord Findlay zog zweifelnd eine Augenbraue hoch. »Und ich dachte, Sie seien abgelenkt gewesen, als wir miteinander getanzt haben.«

Lisa lachte. »Ein wenig schon, das muss ich zugeben. Es war eine turbulente Zeit, aber Sie sind mir dennoch in Erinnerung geblieben, Mylord.«

»Warum? Bin ich Ihnen etwa auf die Zehen getreten?«, scherzte er.

Lisa schüttelte grinsend den Kopf. »Sie tanzen sehr gut und das wissen Sie auch.«

»Aus welchem Grund bin ich Ihnen dann in Erinnerung geblieben?«, fragte Findlay beinahe herausfordernd.

»Weil Sie ein sehr attraktiver Mann sind, Mylord«, entgegnete sie ohne Umschweife, denn er wusste zweifellos, dass er gut aussah. »Sie sehen so gut aus, dass man Sie nicht so schnell vergisst.«

»Tatsächlich?«, hakte er nach. »Sie finden mich attraktiv?«

»Oh ja, sehr«, versicherte sie ihm amüsiert. »So sehr, dass ich Ihnen von vornherein einen Tanz freigehalten habe, ohne zu wissen, ob Sie wirklich kommen.«

Lord Findlay sah sie überrascht an. Die meisten Frauen hätten so etwas wohl niemals zugegeben, vermutete Lisa. Sie hätten sich geziert und so getan, als fühlten sie sich nicht zu ihm hingezogen. Solche Mätzchen fand sie einfach albern. Wenn der Mann auch nur einen Funken Verstand hatte, durchschaute er das Spiel ohnehin. Warum sich also die Mühe machen?

»Wie außerordentlich erfrischend! Bei Gott, Sie sind wirklich die ehrlichste Frau, die mir seit Langem begegnet ist«, flüsterte Lord Findlay ihr ins Ohr, schloss seine Arme etwas fester um sie und zog sie unerhört nah an sich heran.

»Hmmm«, machte Lisa, als sie merkte, wie ernst es ihm war, und rückte lächelnd ein Stück von ihm ab, um nicht unschicklich zu erscheinen. »Und schön, intelligent und geistreich dazu – laut den vielen Männern, mit denen ich heute getanzt habe.«

»Durchaus, dem kann ich nur zustimmen«, pflichtete er ihr ohne Zögern bei. »Sie sprühen vor Intelligenz und Geist, und Ihre Lippen … Sie wecken in einem den Wunsch, Sie zu küssen.«

»Wirklich?«, fragte sie. »Heißt das, Sie möchten mich küssen, Mylord?«

»Auf jeden Fall«, versicherte Findlay ihr ohne jede Neckerei, und Lisa erlaubte sich, in Gelächter auszubrechen. Sie fühlte sich so … stark und mächtig. Nachdem sie jahrelang vergeblich auf Komplimente von dem einzigen Mann, dem ihr Interesse gegolten hatte, gehofft hatte, waren die zahlreichen Schmeicheleien von so vielen verschiedenen Männern geradezu berauschend. Sie fühlte sich schön und begehrt, und das machte sie glücklich.

»Ich fürchte, unser Tanz ist vorbei«, sagte Lord Findlay mit Bedauern, als die Musik endete, und löste sich von ihr.

»Wie betrüblich«, entgegnete sie lächelnd.

»In der Tat«, sagte er und legte ihre Hand in seine Armbeuge, um sie von der Tanzfläche zu führen. »Wann kommt die Quadrille?«, raunte er ihr zu. »Ich möchte mir die Gelegenheit nicht entgehen lassen, Ihnen eine Erfrischung zu besorgen oder Sie an die frische Luft zu geleiten.«

»Jetzt gleich«, antwortete Lisa, als die Musik wieder einsetzte.

»Dann bin ich wahrlich ein glücklicher Mann«, sagte Findlay grinsend. »Während Sie Ihre Schwestern fragen, ob sie uns auf die Terrasse begleiten möchten, hole ich Ihnen rasch einen Drink.«

»Mrs Morgan war also verschwunden, als du in ihr Etablissement zurückgekehrt bist?«, fragte Richard aufgebracht, während er in der Bibliothek auf und ab schritt.

Robert nickte. Er hatte gerade davon berichtet, wie er Lisa gerettet hatte und erneut zum Bordell gefahren war, nachdem er Bet abgeholt und vor Richards Haustür abgesetzt hatte – nur um bei seiner Ankunft festzustellen, dass Mrs Morgan in aller Eile gepackt und Hals über Kopf geflohen war.

»Anscheinend hat sie fast unverzüglich gemerkt, dass Lisa und Bet weg waren, und beschlossen, eine Reise auf das europäische Festland zu unternehmen.« Robert gab wieder, was er am Nachmittag erfahren hatte: »Die Köchin sagte, Morgan habe so schnell gepackt, wie sie konnte, und sei nur wenige Momente vor meinem Eintreffen davongefahren.«

»Was ihr sehr zum Vorteil gereichte«, bemerkte Daniel finster.

»Hmmm.« Richard nickte. »Dumm war Morgan noch nie. Sie wird geahnt haben, dass wir drei nicht gerade begeistert sein würden. Wir hätten sie vielleicht nicht hinter Schloss und Riegel bringen können, ohne Lisas Ruf zu schädigen und einen Skandal zu erregen, aber dass sie die Zofe gefangen gehalten und betäubt hat, hätten wir sehr wohl gegen sie verwenden können. Aus Angst, im Gefängnis zu landen, wird sie wohl nicht so schnell nach England zurückkehren.« Er kniff die Lippen zusammen und sah Robert an. »Aber wenn sie erst kurz vor deiner Ankunft geflohen war –«

»Ich habe meinen Kutscher gleich angewiesen, die Verfolgung aufzunehmen. Ich bin sogar zum Hafen gefahren, aber von ihr fehlte jede Spur«, erklärte er verdrossen. Es ärgerte ihn immer noch, dass ihm die Frau entkommen war.

»Sie kann an die Küste gefahren sein und von einem beliebigen Ort aus ein Boot genommen haben«, meinte Daniel.

»Genau«, entgegnete Robert. »Deshalb habe ich auch nicht weitergesucht. Ich werde morgen früh einen Ermittler beauftragen, die Frau aufzuspüren. Er soll ihr entlocken, wer der Verehrer ist, oder sie herbringen, damit wir sie vor Gericht stellen können. Angesichts dieser Alternative wird sie wohl damit herausrücken, wer sie engagiert hat, um Lisa zu betäuben und für ihn festzuhalten.«

»Zweifelsohne«, pflichtete Richard ihm bei. »Es überrascht mich nur, dass du den Ermittler nicht schon angeheuert hast, bevor du hergekommen bist.«

»Hätte ich Zeit dazu gehabt, hätte ich es längst getan«, versicherte Robert ihm. »Aber es war schon spät, als ich die Suche aufgegeben habe. Und ich wusste, dass Lisa den Ball besuchen wollte. Ich halte es für das Beste, sie nicht unbeaufsichtigt zu lassen, bis wir herausfinden, wer dieser ›Verehrer‹ ist. Er könnte einen weiteren Versuch unternehmen, sie sich zu holen.« Stirnrunzelnd fügte er hinzu: »Mir gefällt es überhaupt nicht, dass sie gerade dort draußen ist, ohne dass jemand auf sie achtgibt, aber ich wollte nicht im Saal über diese Angelegenheit sprechen, die nicht für fremde Ohren bestimmt ist, und informieren musste ich euch schließlich, damit ihr gewappnet seid.«

»Christiana und Suzette werden schon auf sie aufpassen«, beschwichtigte ihn Daniel. »Die Köchin wollte dir also nicht sagen, wer dieser merkwürdige Verehrer ist?«

Robert schüttelte den Kopf. »Sie wusste es nicht. Und die anderen Frauen, die ich befragt habe, wussten es auch nicht. Offenbar ist es ein gut gehütetes Geheimnis.«

»Oder die Frauen sind loyal«, warf Richard ein.

Robert lachte. »Glaub mir, keine der Frauen hat sich sonderlich loyal verhalten, als ich mit ihnen gesprochen habe. Sie waren alle wütend auf Morgan. Anscheinend hat sie ihnen nur bis morgen früh Zeit gegeben, aus dem Haus zu verschwinden und sich eine neue Bleibe zu suchen. Dann kommt jemand, um das Etablissement zu schließen und zu verkaufen.«

»Hmmm«, sagte Daniel. »Dann fühlen sie sich Morgan wohl kaum verpflichtet.«

Robert zeigte auf Richard. »Du musst jemanden engagieren, der Lisa bewacht, bis die Sache vorbei ist. Sie – «

»Das kann er nicht«, fiel Daniel ihm ins Wort.

Robert stutzte. »Natürlich kann er das.«

»Nein, kann er nicht«, sagte Daniel. »Christiana trägt ein Kind unter dem Herzen, und um jemanden zu engagieren, müsste er ihr erklären, was passiert ist, und er will ihr im Augenblick keine Aufregung zumuten. Wir sprachen gerade darüber, als du kamst.«

»Was?« Robert sah Richard mit großen Augen an. »Christiana ist schwanger?«

Richard reagierte nicht gleich. Sein Blick ruhte auf Daniel, doch dann lächelte er leise und nickte.

»Na, das ist doch großartig!« Robert klopfte ihm lachend auf die Schulter. »Im wievielten Monat ist sie?«, fragte er, dann runzelte er die Stirn. »Und warum hat sie es mir nicht erzählt?«

»Sie ist noch nicht sehr weit, und im Moment soll es noch keiner erfahren«, antwortete Daniel an Richards Stelle. »Wie du siehst, kann er also keinen Bewacher engagieren. Es würde Christiana nur in Unruhe und Sorge versetzen.«

»Stimmt, sie neigt dazu, sich Sorgen zu machen. Wir wollen nicht, dass sie noch einmal ein Kind verliert«, sagte Robert. Christiana war zum zweiten Mal schwanger. Der Verlust des ersten Kindes hatte sie schwer erschüttert, und falls sie auch das zweite verlöre, würde sie völlig am Boden zerstört sein. Er warf Daniel einen Blick zu. »Nun, vielleicht könntest du Lisa zu dir und Suzette holen und einen Bewacher …« Er verstummte, denn Daniel schüttelte sofort den Kopf.

»Du weißt doch, dass Suzette nichts für sich behalten kann«, sagte er. »Sie darf es auch nicht erfahren, denn sie würde es Christiana sofort weitererzählen. Und außerdem: Wie sollten wir Lisas Umzug erklären? Christiana würde sofort nach dem Grund fragen.«

Robert rieb sich verdrossen die Stirn. »Aber was sollen wir sonst machen? Wir können Lisa nicht unbewacht lassen. Dieser Verehrer könnte auf andere Weise versuchen, sie in die Finger zu bekommen.«

»Das könnte er allerdings«, stimmte Richard ihm zu und sah Daniel aus irgendeinem Grund aufgebracht an.

»Tja, wir können keinen Außenstehenden hinzuziehen, ohne dass alles herauskommt und Christiana und Suzette davon erfahren«, sagte Daniel resolut.

»Das ist mir klar«, sagte Robert. »Aber sie muss bewacht werden, bis wir den Verehrer entlarvt und dafür gesorgt haben, dass er es nicht noch einmal versucht.«

»Dann müssen wir drei eben die Bewachung übernehmen«, schlug Daniel achselzuckend vor.

»Wie zum Teufel sollen wir –«, begann Robert frustriert.

»Du hast doch sicher nichts gegen Hausgäste einzuwenden, oder, Richard?«, unterbrach Daniel ihn.

»Hausgäste?«, fragte Richard überrascht.

»Robert, Suzette und ich, wir könnten doch eine Weile bei euch wohnen«, antwortete Daniel. »Du könntest sagen, dass Robert sein Stadthaus renovieren lässt und du ihm für diese Zeit ein Zimmer angeboten hast, und … nun ja, ich fürchte, es gibt keinen guten Vorwand, unter dem Suzette und ich bei euch unterschlüpfen könnten.« Er dachte nach. »Aber wenn ihr beide nachts über sie wacht, müssen wir gar nicht bei euch schlafen. Wir werden einfach tagsüber häufiger zu Besuch kommen. Das wird niemand ungewöhnlich finden, weil Lisa erst vor Kurzem angereist ist. Den ersten Tag haben die Mädchen ausschließlich mit Plaudern verbracht, und heute hätten sie nichts anderes getan, wären Christiana und Suzette nicht zum Tee verabredet gewesen.«

»Du bist ein cleveres Bürschchen«, sagte Richard langsam. »Robert kann natürlich gern bei uns wohnen und seine Zeit damit verbringen, auf Lisa aufzupassen.«

Die beiden Männer lächelten sich versonnen an, doch Robert schenkte ihnen kaum Beachtung, denn seine Gedanken kreisten bereits um die Frage, wie er am besten für Lisas Sicherheit sorgen konnte. Er nickte bedächtig. »Das könnte funktionieren. So kann ich bei ihrer Beaufsichtigung helfen, und wir drei stellen gemeinsam sicher, dass sie nie allein ist, bis der Fall erledigt ist.«

»Dann ist es also abgemacht«, sagte Daniel, strahlte Robert an und klopfte ihm auf die Schulter. »Du kannst gleich nach dem Ball einziehen.«

Robert nickte, dann zog er jedoch die Augenbrauen zusammen. »Apropos Ball: Wir sind jetzt schon eine ganze Weile weg. Ich sollte besser nach Lisa sehen. Es ist zwar nicht sehr wahrscheinlich, dass sie jemand mitten aus dem Getümmel entführt, aber Vorsicht ist besser als Nachsicht.«

»Ja, es ist wohl das Beste, wenn immer einer von uns in ihrer Nähe bleibt«, sagte Daniel. »Keiner von uns würde es sich verzeihen, wenn ihr etwas passiert. Ganz zu schweigen davon, dass Christiana und Suzette es uns auch niemals verzeihen würden.«

»Allerdings.« Robert ging zur Tür und ließ seine beiden Freunde in der Bibliothek zurück.

»Eine wunderbare Nacht«, sagte Lisa seufzend, lehnte sich gegen die Terrassenbrüstung und schaute hinauf in den sternenübersäten Himmel. Die Sterne schienen zwar nicht so hell zu leuchten wie auf dem Lande, boten aber dennoch einen herrlichen Anblick.

»Wenn Sie es sagen«, entgegnete Lord Findlay ohne besonderes Interesse.

Lisa sah ihn überrascht an und stellte fest, dass er sie mit verhangenem Blick betrachtete. Suzette und Christiana hatten nicht auf die Terrasse mitkommen wollen. Sie waren allein. So allein jedenfalls, wie man es auf dem beliebtesten Ball der Saison eben sein konnte, bei dem oftmals sogar die Terrasse überfüllt war. In diesem Moment war es jedoch nicht allzu schlimm.

Außer ihnen waren nur noch zwei weitere Paare dort, und jedes hatte sich ein anderes ruhiges Plätzchen gesucht.

»Mir bleibt nichts anderes übrig, als Ihnen zu glauben. Ich kann mich leider nicht selbst davon überzeugen, denn ich habe nur Augen für Sie.«

Lisa schüttelte lächelnd den Kopf. »Dann verpassen Sie etwas, Mylord. Der Himmel ist wirklich wunderschön.«

»Genau wie Sie«, entgegnete er. »Ihre Schönheit übertrifft die der Sterne sogar noch.«

»Oh.« Lisa machte große Augen und konnte sich nur mit größter Mühe beherrschen, angesichts seiner Schmeichelei nicht in Gekicher auszubrechen. Der Trank von Mrs Morgan wirkte offensichtlich immer noch. »Ich habe den Verdacht, dass Sie ein gefährlicher Mann für unschuldige junge Debütantinnen sind, Lord Findlay.«

»Nennen Sie mich Charles«, schlug er mit verführerischer Stimme vor.

»Gut, dann also Charles«, sagte sie lachend. »Wie viele Frauen haben Sie schon mit Ihren blumigen Worten betört?«

Kaum hatte sie den Satz ausgesprochen, fragte sie sich, woher er gekommen war. Eine solche Äußerung aus ihrem Mund war höchst sonderbar. Sie war einfach nicht so unbekümmert im Umgang mit Männern und ihren Aufmerksamkeiten. Wobei sie wohl kaum so entspannt und heiter gewesen wäre, wenn Robert so etwas zu ihr gesagt hätte.

»Ich versichere Ihnen, dass ich solche Dinge in der Regel nicht zu Debütantinnen sage«, entgegnete Charles und trat näher, um ihr das Glas aus der Hand zu nehmen. Er stellte es vorsichtig auf der Brüstung ab, fasste sie bei den Armen und zog sie an sich. »Eigentlich meide ich derlei Zusammenkünfte sogar, um den Fesseln der Ehe zu entrinnen.«

»Tatsächlich?«, fragte Lisa. »Warum sind Sie dann heute Abend hier?«

Sein Gesicht kam dem ihren immer näher. »Mir kam zu Ohren, dass Sie wieder in der Stadt sind, und ich hoffte, Sie wiederzusehen«, flüsterte er ihr zu. Seine Lippen waren nur noch Millimeter von ihren entfernt.

»Warum?«, fragte sie. Ihr Blick wanderte von seinen Augen zu seinem Mund und wieder zurück, während sie überlegte, wie es sich wohl anfühlen würde, von ihm geküsst zu werden.

»Weil ich seit dem Ball vor zwei Jahren vollkommen bezaubert von Ihnen bin. Ihr Lächeln und Ihre Schönheit sind mir seitdem nicht mehr aus dem Kopf gegangen, und ich habe nur noch daran gedacht, Sie in die Arme zu schließen und zu küssen –«

»Da steckst du also!«

Lisa fuhr erschrocken auf und drehte sich um. Robert steuerte auf sie zu wie ein verärgerter Vater. Sie registrierte vage, dass Charles sie losließ und zurücktrat, während sie Robert grimmig ins Visier nahm, nachdem er gerade ihren ersten Kuss verhindert hatte. Doch er bemerkte ihren finsteren Blick nicht einmal. Er war viel zu beschäftigt damit, sie missbilligend anzustieren.

»Was machst du allein hier draußen?«, fragte er, nahm sie am Arm und zog sie zur Terrassentür.

»Ich bin nicht allein, Robert!«, fuhr Lisa ihn an und versuchte, sich zu befreien. »Lord Findlay ist bei mir.«

»Aber Christiana und Suzette sind nicht hier«, entgegnete er, ohne sie loszulassen. »Anständige junge Damen gehen nicht mit fremden Männern nach draußen, um –«

»Ich kenne ihn doch!«, zischte Lisa und senkte die Stimme, um kein Aufsehen zu erregen, während Robert sie nach drinnen schleifte. »Und hör auf, mich durch die Gegend zu zerren wie ein aufsässiges Kind. Du benimmst dich wie ein eifersüchtiger Esel und sorgst nur für Aufruhr.«

Robert lockerte seinen Griff und ging langsamer, sodass es so aussah, als würde er sie in den Raum geleiten. Dann hielt er inne und sah sie ernst an. »Ich bin nicht eifersüchtig, Lisa. Aber nach dem, was heute passiert ist, solltest du mit niemandem nach draußen gehen. Womöglich ist Lord Findlay der unbekannte Verehrer, mit dem Mrs Morgan dich verkuppeln wollte. Es könnte jeder der anwesenden Männer sein. Du musst vorsichtig sein.«

Lisa sah ihn erstaunt an. Sie hatte nicht vergessen, dass sie am Nachmittag nur mit knapper Not davongekommen war, aber sie war nicht auf die Idee gekommen, dass sie immer noch in Gefahr sein könnte. Nachdem Mrs Morgans Plan fehlgeschlagen war, hatte sie einfach angenommen, die Sache sei erledigt. Das war vielleicht naiv gewesen, aber … Sie gab Robert schweren Herzens recht. »Na schön, ich werde in Zukunft vorsichtiger sein.«

»Allerdings wirst du das. Ich werde nämlich dafür sorgen«, sagte er bestimmt und setzte sich wieder in Bewegung.

»Was soll das heißen, du wirst dafür sorgen?«, fragte sie argwöhnisch, als er sie durch die Menge führte.

»Ich habe mit Richard und Daniel geredet, und wir haben Vorkehrungen getroffen, um dich zu schützen, bis wir diesen sogenannten Verehrer finden.«

»Du hast Richard und Daniel von heute Nachmittag erzählt?«, fragte Lisa mit schriller Stimme.

»Ich musste sie informieren, damit sie mir helfen, für deine Sicherheit zu sorgen«, entgegnete er.

»Herrgott«, murmelte sie entsetzt. Sie hatte den Eindruck, dass die Wirkung des Tranks endlich abgeklungen war. Sie spürte ihre Gefühle wieder, und hauptsächlich empfand sie

Scham, weil die Ehemänner ihrer Schwestern nun Bescheid wussten.

»Hast du gerade geflucht?«

Lisa sah auf und stellte fest, dass Robert stehen geblieben war und sie schockiert anstarrte. Sie hob das Kinn und erwiderte trotzig seinen Blick. »Ja und? Ich bin kein Kind mehr, Robert. Ich fluche, wann ich will. Und ich gehe auf die Terrasse, mit wem ich will, und … Vorkehrungen? Was für welche?«

»Ich werde eine Weile im Radnor-Stadthaus wohnen und Tag und Nacht auf dich aufpassen, bis das Problem gelöst ist«, erklärte er.

Lisa fiel aus allen Wolken. Vor dem Gespräch am Nachmittag in der Kutsche wäre sie angesichts dieser Nachricht völlig aus dem Häuschen gewesen. Allein die Vorstellung, ihm so nah zu sein, hätte sie so glücklich gemacht wie Weihnachten und Geburtstag zusammen. Sie hätte vor Freude gestrahlt und getanzt. Doch nun, nachdem er ihr das Herz gebrochen hatte, erschien es ihr wie der reinste Albtraum, Robert, der lediglich geschwisterliche Gefühle für sie hegte, permanent um sich zu haben. Da spielte sie nicht mit!

»Miss Madison?«

Froh, sich von Robert abwenden zu können, schenkte sie Lord Findlay ein übermäßig herzliches und strahlendes Lächeln. »Ja, Mylord?«

»Sie haben Ihren Drink draußen stehen lassen«, sagte er freundlich, reichte ihr das Glas und ignorierte Robert vollkommen, dessen Miene sich abermals verfinsterte.

»Oh, vielen Dank.« Lisa nahm das Glas und sagte ein wenig schelmisch: »Ich muss mich dafür entschuldigen, dass Lord Langley so unhöflich war, mich einfach wegzuzerren.«

»Keineswegs. Es war ja nicht Ihre Schuld«, sagte Lord Findlay leichthin, ohne Robert auch nur eines Blickes zu würdigen.

Lächelnd fragte er: »Kommen Sie morgen Abend auch zu dem Ball bei den Hammonds?«

»Nein«, antwortete Robert an ihrer Stelle und trat näher.

»Oh ja«, sagte Lisa und ignorierte ihn ebenfalls. »Meine Schwestern und ich haben gestern darüber gesprochen. Wir beabsichtigen hinzugehen und haben auch schon unsere Zusage geschickt.«

»Dann hoffe ich, dass Sie dort noch einen Walzer mit mir tanzen, Miss Madison«, sagte Lord Findlay grinsend.

»Ich werde Ihnen einen reservieren«, versprach sie. »Und die Quadrille halte ich auch für Sie frei.«

»Überaus freundlich von Ihnen«, raunte er ihr zu und ergriff ihre Hand, um sie zu küssen. Dazu kam es jedoch nicht, denn Robert war offenbar mit seiner Geduld am Ende. Er zerrte Lisa fort und hastete erneut mit ihr durch die Menge.

»Ich bitte dich, Robert!«, sagte Lisa empört. Sie hatte Mühe, ihren Drink nicht zu verschütten. »Du benimmst dich unglaublich rüpelhaft!«

»Und du benimmst dich wie eine Idiotin!«, knurrte er. »Machst Findlay schöne Augen wie ein liederliches –«

Er verstummte, als sie sich von ihm losriss, und drehte sich zu ihr um. In diesem Moment spritzte ihm der Inhalt ihres Glases ins Gesicht, und seine Miene versteinerte sich im Schock.

»Du –«, setzte er wutschnaubend an.

»Miss Madison?«

Lisa wandte sich von Robert ab und sah den Mann fragend an, der an ihre Seite getreten war. Es handelte sich um Lord Tibald. »Ja?«

»Ich glaube, das ist unser Tanz«, sagte er und Lisa nickte grimmig.

»Oh ja, Lord Tibald. Sie haben recht. Das ist unser Tanz.«

Sie setzte ein Lächeln auf, das jedoch gleich wieder verschwand, als sie sich zu Robert umdrehte und ihm wortlos ihr leeres Glas in die Hand drückte. Dann reichte sie Lord Tibald die Hand.

Er ergriff sie lächelnd und legte sie auf seinen Arm, um Lisa auf die Tanzfläche zu führen.

»Geht es Ihnen gut?«

Lisa wandte ihren wütenden Blick von Robert ab, der zum Büfett gegangen war, um sich mit einer Serviette abzutrocknen, und sah Lord Tibald an. »Was haben Sie gesagt?«

»Sie scheinen ein wenig aufgebracht zu sein«, entgegnete er. »Möchten Sie vielleicht lieber an die frische Luft gehen, statt zu tanzen?«

»Oh nein«, sagte sie seufzend und verzog den Mund. »Langley würde mich sowieso wieder ins Haus schleifen.«

»Ah.« Lord Tibald schwieg einen Augenblick, dann fragte er zögernd: »Hat Lord Langley ein Anrecht auf Ihre Zuwendung? Sollte ich – «

»Nein«, fiel Lisa ihm ins Wort. »Er hat keinerlei Recht. Robert ist … Nun ja, er ist ein alter Freund der Familie und für mich wie ein lästiger großer Bruder. Und heute Abend ist er mir besonders lästig.«

»Ah«, machte Lord Tibald erneut, und sie sah zu ihm auf. Diesmal schaute sie ihn jedoch richtig an und stellte fest, dass er ebenso gut aussah wie Lord Findlay, nur war er ein dunkler, rassiger Typ. Er hatte dunkelbraune Augen und ein bezauberndes Lächeln.

»Verzeihen Sie bitte, Mylord«, sagte sie, zwang sich zu entspannen und lächelte ihn an. »Es war nicht recht von mir, meine Verärgerung über Robert an Ihnen auszulassen.«

»Oh, das haben Sie nicht getan«, versicherte er ihr galant. »Sie schienen nur abgelenkt und bekümmert zu sein.«

Sie zuckte lächelnd mit den Schultern. »Nun, wenn ich es war, so bin ich es jetzt auf jeden Fall nicht mehr. Es ist Ihnen gelungen, mich von meiner Abgelenktheit abzulenken.«

Er lachte kurz auf. »Sie sehen hinreißend aus, wenn Sie lächeln, Miss Madison.«

»Und Sie sind ein attraktiver Mann, Lord Tibald, da passen wir gut zusammen«, entgegnete sie grinsend.

Lord Tibald schmunzelte über ihre Forschheit und zog sie etwas enger an sich.

»Wie ich sehe, geht es ihr gut, und sie wurde nicht entführt«, sagte Richard, als er mit Daniel auf Robert zuging, der ihnen finster entgegenblickte. Mit hochgezogenen Augenbrauen fügte er hinzu: »Du scheinst mir hingegen ein wenig verärgert zu sein … und nass.«

»Sie wird –« Robert brach ab und schaute verdrossen in Lisas Richtung, als ihr fröhliches Lachen erklang. Sie amüsierte sich offenbar blendend mit Lord Tibald – und sie tanzte viel zu eng mit ihm. »Sie wird uns Schwierigkeiten machen«, knurrte er schließlich.

»Lisa?«, fragte Richard überrascht und schaute zu ihr hinüber. »Ach was, sie ist doch nicht schwierig. Sie ist genauso liebreizend wie Christiana.«

»Vielleicht sogar noch liebreizender«, bemerkte Daniel. »Suzette ist die Schwierige im Bunde.«

Robert fiel das Grinsen seines Freundes auf. Es schien darauf hinzudeuten, dass ihm das »Schwierige« an seiner Frau gefiel. Kopfschüttelnd schaute er wieder zu der in Rede stehenden Frau und verzog das Gesicht. »Nun, heute Abend *ist* Lisa schwierig. Ich fand sie mit Findlay auf der Terrasse. Er wollte sie gerade küssen, als ich kam«, sagte er und fügte fassungslos hinzu: »Und sie hätte ihn gelassen!«

»Das ist doch nichts Schlimmes. Vielleicht mag sie ihn«, sagte Daniel.

Robert runzelte die Stirn. Diese Vorstellung behagte ihm aus irgendeinem Grund überhaupt nicht. »Ja, aber als ich sie ins Haus geholt und ihr erklärt habe, dass sie vorsichtiger sein muss, bis wir wissen, wer ihr Verehrer ist, hat sie mir ihren Drink ins Gesicht geschüttet!«

Einen Augenblick herrschte Schweigen, dann räusperte sich Daniel und fragte: »Bist du sicher, dass deine Erklärung der Auslöser dafür war?«

»Nun, es geschah gleich danach«, entgegnete er niedergeschlagen. »Ich muss etwas gesagt haben, das ihr missfallen hat.«

»Aha«, sagte Richard, »und das wäre?«

Robert wand sich zunächst, dann räumte er ein: »Ihr Verhalten war etwas ... Nun, sie hat gelacht und mit Findlay geflirtet, und ich habe möglicherweise angedeutet, dass sie sich etwas liederlich benimmt.«

»Soso«, sagte Daniel belustigt. »Und dann hat sie dir ihren Drink ins Gesicht geschüttet?«

Robert nickte.

»Nun, ich würde sagen, da hast du noch Glück gehabt«, bemerkte Daniel trocken. »Suzette würde mich wahrscheinlich schlagen, wenn ich andeuten würde, ihr Benehmen sei ... äh ... liederlich. Es überrascht mich, dass du so etwas gesagt hast. Wenn sie nur gelacht und geplaudert – «

»Wie gesagt, er wollte sie küssen, als ich auf die Terrasse kam, und sie hätte es zugelassen«, protestierte Robert.

»Was geht dich das an?«, fragte Richard. »Du willst sie ja nicht.«

»Oder vielleicht doch?«, hakte Daniel nach.

»Nein, natürlich nicht«, brummelte Robert und schaute wieder zu Lisa hinüber. Zumindest wollte er nicht das von ihr, was seine Freunde meinten. Er wollte sich keine Frau ans Bein binden, auf dass sein Leben zur Ehehölle mutierte. Allerdings begehrte er etwas anderes von Lisa, woran er allerdings nicht einmal denken durfte.

Daran war nur dieses verdammte durchsichtige Kleid schuld! Er bekam den Anblick ihres nackten Körpers unter dem hauchdünnen Stoff nicht mehr aus dem Kopf. Ihre üppigen Rundungen, ihre rosigen Brustwarzen … Verdammt! Er hätte ein glückliches Leben führen können, wenn er das alles niemals gesehen hätte. Doch nun tobten in ihm jede Menge ganz und gar ungeschwisterliche Gefühle, und er wusste nicht, was er mit ihnen anfangen sollte.

Er musste diesen Ermittler engagieren und das Problem so schnell wie möglich aus der Welt schaffen. Und er brauchte schleunigst eine Nacht mit seiner Mätresse. Ein Stelldichein mit Giselle würde hoffentlich das verlockende Bild von Lisa löschen, das er ständig vor Augen hatte. Vielleicht konnte er sie dann wieder wie früher als die süße kleine, verträumte Lisa Madison ansehen.

6

Als ihre Zimmertür laut zuschlug, fuhr Lisa aus dem Schlaf. Blinzelnd öffnete sie die Augen und erblickte Bet.

»Sie werden es nicht glauben«, rief Bet und stürzte auf sie zu. Ihr Gesicht war ganz rot vor Aufregung. »Lord Langley ist hier! Die Köchin hat gesagt, er hat die Nacht hier verbracht und bleibt ein paar Tage. Er hat wohl die Maler im Haus, und Lord Radnor hat ihn eingeladen, so lange hier zu wohnen.«

Lisa zog sich stöhnend das Kissen über den Kopf, aber Bet nahm es ihr gleich wieder weg.

»Haben Sie nicht gehört, was ich gesagt habe? Lord Langley ist hier«, sagte sie laut und deutlich, als fürchtete sie, dass Lisa sie nicht richtig verstanden hatte.

»Ich habe es gehört«, entgegnete Lisa. »Und ich weiß Bescheid. Die Malerarbeiten sind nur eine Ausrede. Er wohnt hier, weil er mich im Auge behalten will, bis sie herausfinden, wer der Verehrer ist. Die Männer glauben, dass er einen weiteren Versuch unternehmen könnte, meiner habhaft zu werden.«

Bets Augen waren immer größer geworden, während Lisa sprach, und nun malte sich Besorgnis in ihrem Gesicht. »Wirklich? Auf die Idee bin ich gar nicht gekommen. Ich dachte, die Angelegenheit sei erledigt, nachdem Robert Sie befreien konnte.« Sie biss sich beunruhigt auf die Lippen. »Dann müssen Sie wirklich vorsichtig sein.«

Lisa seufzte und nahm Bet das Kissen weg, um es sich wieder unter den Kopf zu schieben. »Ich werde vorsichtig sein. Aber jetzt will ich noch ein bisschen schlafen.«

»Möchten Sie nicht doch aufstehen und zum Frühstück nach unten gehen?«, fragte Bet. »Lord Radnor und Lord Langley haben sich gerade erst an den Tisch gesetzt. Wenn wir uns beeilen, können Sie sich noch zu ihnen gesellen.«

»Warum um alles in der Welt sollte ich mit einem Mann frühstücken, der sich kein bisschen für mich interessiert?«, fragte Lisa, drehte sich auf die Seite und schloss die Augen.

»Sind Sie sich da so sicher?«, erwiderte Bet. »Dass er auf Sie achtgeben möchte, zeigt doch, dass er Sie mag. Das haben Sie immer gesagt und – «

»Ich habe mich geirrt«, unterbrach Lisa sie verärgert. »Er hat deutlich genug gemacht, dass er nichts anders in mir sieht als eine kleine Schwester, Bet.«

»Oh«, sagte Bet betroffen. »Was … werden Sie denn jetzt tun?«

»Ihn vergessen und mir einen der Junggesellen, die noch zu haben sind, als Ehemann aussuchen«, entgegnete Lisa bestimmt. »Aber um das tun zu können, muss ich mich erst einmal ausruhen.«

»Ich verstehe«, sagte Bet leise. »Dann lasse ich Sie jetzt schlafen.«

»Danke«, wisperte Lisa und lauschte, als ihre Zofe das Zimmer verließ. Dann versuchte sie sich zu entspannen und wieder einzuschlafen, aber es war nicht so einfach, wie sie gedacht hatte. Sie war hellwach und würde wohl nicht so schnell in den Schlaf zurückfinden.

Sie wälzte sich von einer Seite auf die andere, dann drehte sie sich auf den Rücken und starrte an die Decke. Als ihr Magen zu knurren begann, kapitulierte sie seufzend und erhob sich. Sie hatte Hunger. Also musste sie wohl oder übel doch nach unten gehen. Das Problem war nur, dass sie Bet weggeschickt hatte.

Lisa zuckte mit den Schultern. Sie konnte sich auch selbst ankleiden, und die Haare würde sie einfach offen tragen. Es lag ihr ohnehin nichts daran, für Richard oder Robert gut auszusehen.

Entschlossen ging sie zu ihrer Truhe, kniete sich davor auf den Boden und sah ihre Kleider durch. Nach einer Weile wandte sie sich unzufrieden ab. Jedes einzelne Kleid, das sie besaß, war voller Rüschen und Kräusel, und aus irgendeinem Grund widerten sie diese allzu femininen Kreationen plötzlich an. Sie hatte sie immer hübsch gefunden, aber auf dem Ball am vergangenen Abend war ihr aufgefallen, dass die anderen Frauen ziemlich jung und niedlich in diesen Kleidern wirkten. Kein Wunder, dass Robert sie die ganze Zeit als kleines Mädchen betrachtet hatte, dachte sie und wünschte, sie hätte schlichtere Modelle ohne diesen ganzen Firlefanz dabei.

Nach kurzem Zögern nahm sie ein roséfarbenes Kleid heraus und betrachtete die Rüschen. Sie mussten weg, beschloss sie, griff beherzt zu und begann sie abzureißen.

»Triffst du dich auswärts mit dem Ermittler oder kommt er hierher?«

Robert kaute und schluckte den Happen Blutwurst hinunter, den er sich gerade in den Mund gesteckt hatte. »Vor dem Frühstück habe ich meinen Butler mit der Nachricht zu ihm geschickt, dass er mich hier aufsuchen möchte. Ich wusste nicht, wie deine Pläne für heute aussehen und hielt es für das Beste, das Haus nicht zu verlassen – für den Fall, dass du Termine hast und nicht auf Lisa aufpassen kannst.«

Richard nickte. »Sehr gut, ich habe nämlich heute tatsächlich Termine. Ich muss … Oh, guten Morgen, Lisa.«

Robert hatte soeben in seine Toastscheibe gebissen, sah jedoch ruckartig von seinem Teller auf, als Richard Lisa begrüßte – und hätte sich bei ihrem Anblick beinahe verschluckt. Sie trug ein roséfarbenes Kleid, das wunderbar zu ihrem Teint passte. Der Farbton glich dem ihrer Haut so sehr, dass er sie auf den ersten Blick fast für nackt gehalten hatte. Das Kleid war zudem äußerst tief ausgeschnitten und gab so viel von ihrem Dekolleté preis, wie er noch nie gesehen hatte. Es war außerdem schlichter als die Kleider, die sie sonst trug. Die Rüschen fehlten. Und das Haar wallte ihr in zerzausten, losen Locken über die Schultern. Deshalb hätte er sich beinahe verschluckt: Ihre offenen Haare erinnerten ihn daran, wie sie am Vortag ausgesehen hatte, als er sie in dem Zimmer bei Mrs Morgan entdeckt hatte, und sein Körper reagierte auf die gleiche Weise wie in jenem Moment. Er nahm sozusagen Haltung an.

»Guten Morgen, Richard. Hast du gut geschlafen?«, sagte Lisa freundlich und ging zur Anrichte, um sich einen Teller zu nehmen und ihr Frühstück zusammenzustellen.

»Sehr gut, danke der Nachfrage«, entgegnete Richard. »Und du?«

»Auch gut, danke«, sagte Lisa vergnügt, während sie sich etwas Rührei auftat. »Aber nach dem Ball war ich ja auch sehr müde. Ich habe geschlafen wie ein Murmeltier.«

»Das glaube ich gern. Es überrascht mich, dass du schon so früh aufgestanden bist«, bemerkte Richard.

Lisa lachte. »Nun, das hatte ich eigentlich nicht vor. Aber Bet hat mich geweckt. Sie hatte gesehen, dass Robert hier ist, und dachte irrtümlich, ich wolle mit ihm frühstücken«, sagte sie. »Was ich gar nicht vorhatte«, fügte sie belustigt hinzu. »Doch als ich einmal wach war, konnte ich nicht wieder einschlafen, und so …« Sie zuckte mit den Schultern und nahm neben Richard Platz, sodass sie Robert direkt gegenüber saß.

»Aha«, machte Richard und schaute Robert an, um zu sehen, wie er die Information aufnahm, aber Robert konnte nicht aufhören, Lisa anzustarren. Seit sie hereingekommen war, hatte sie noch nicht einmal in seine Richtung geschaut, und sie ignorierte ihn auch weiterhin. Das gab ihm die Möglichkeit, eingehend diese neue Erscheinung zu betrachten, die ihm so gar nicht vertraut war. Bis zum Vortag hatte er Lisa noch nie mit offenem Haar gesehen. Früher hatte sie immer geflochtene Zöpfe getragen oder einen Pferdeschwanz und später dann diese überladenen, verschnörkelten Hochsteckfrisuren, mit denen sich alle Frauen auf den Bällen schmückten. Ihm gefiel sie so besser. Sie sah natürlich und sinnlich aus, als sei sie gerade erst aus dem Bett gestiegen.

»Was hast du heute vor?«, fragte Richard nach einer Weile, um ein Gespräch in Gang zu bringen.

»Also, eigentlich hatte ich keine Pläne für heute«, erklärte Lisa und lächelte ihrem Schwager zu. »Aber als ich nach unten kam, habe ich auf dem Silbertablett am Eingang eine Menge Visitenkarten liegen sehen. Ich habe sie mir angeschaut, und wie es aussieht, habe ich für heute mehrere Besuchsanfragen.«

Robert runzelte die Stirn. Er hatte die Karten auf dem Tablett neben der Tür zwar registriert, sie aber nicht genauer in Augenschein genommen.

»Ja, sie sind mir auch aufgefallen«, sagte Richard amüsiert. »Wie es scheint, warst du gestern Abend sehr erfolgreich. Da liegen mindestens sechs Karten von Herren, die darauf hoffen, dich besuchen zu dürfen.«

»Hmm.« Lisa nickte und nahm einen Bissen von ihrem Rührei. »Ich hatte viel Spaß, und erfreulicherweise sind alle Karten von Männern, die ich gern wiedersehen würde. Ich sollte ihnen wohl antworten und zusagen.«

»Stimmt irgendetwas nicht, Robert?«, fragte Richard, denn sein Freund blickte finster drein.

»Sie sollte keine Besucher empfangen, bis wir den Verehrer entlarvt haben«, knurrte Robert unwirsch.

»Nun, sie werden sie wohl kaum aus dem Haus zerren und verschleppen«, entgegnete Richard. »Es wird sicherlich keine Probleme geben. Obwohl ich davon abraten würde, alle sechs am heutigen Tag zu empfangen«, schob er nach und sah Lisa an. »Sonst gibt es am Ende noch eine Schlägerei im Salon.«

Bei dieser Vorstellung musste Lisa lachen. »Oh, gewiss nicht, Richard. Jeder von ihnen ist ein Gentleman.«

»Nur der eine nicht, der Mrs Morgan dafür bezahlt hat, dass sie dir etwas ins Getränk mischt und dich zu seinem Vergnügen nackt auszieht«, bemerkte Robert und erlangte damit schließlich doch ihre Aufmerksamkeit.

Lisa bedachte ihn mit einem hitzigen Blick. Ihre Stimme hingegen war eiskalt, als sie das Wort ergriff. »Ich war nicht nackt, Robert. Wenn du das denkst, hast du wohl nicht genau genug hingeschaut. Ich hatte ein wunderschönes Kleid an. Es ist so schön, dass ich in der Tat gedenke, es zu behalten, um es in der Hochzeitsnacht für meinen Ehemann zu tragen.«

»Für deinen Ehemann?«, fragte er ungläubig.

»Ja, für meinen Ehemann«, sagte sie achselzuckend und widmete sich wieder ihrem Frühstück. »Ich beabsichtige, noch in diesem Jahr zu heiraten. Ich habe nur noch nicht entschieden, wer der Glückliche sein wird, der mich bekommt.«

Robert sah sie perplex an. Seine Welt war gerade komplett aus den Fugen geraten. Vermutlich, weil er es gewohnt war, Lisas stille Bewunderung zu genießen, und es nie in Betracht gezogen hatte, dass er sie auch verlieren konnte. Es war dem Ego eines Mannes in der Tat zuträglich, wenn ihm ein hübsches Mädchen bewundernde Blicke zuwarf und ihm mit jeder Äußerung schmeichelte. Doch Richard und Daniel hatten anscheinend recht. Lisa hatte ihn aufgegeben und hielt nun aktiv nach einem Ehemann Ausschau. Nach jemandem, dem sie an seiner statt ihre Zuneigung zukommen lassen konnte.

»Es ist töricht, diese Männer hierher einzuladen, wenn einer von ihnen keine ehrenwerten Absichten hegt. Ich verbiete es!«, sagte Robert aufbrausend und merkte sofort, dass er einen Fehler gemacht hatte. Als er sah, wie Lisa erstarrte und ihn mit eisiger Miene taxierte, wünschte er, er hätte seine Worte mit mehr Bedacht gewählt.

»Du verbietest es?«, fragte sie. »Tut mir leid, Robert, aber obwohl du eine kleine Schwester in mir siehst, bist du *nicht* mein großer Bruder und hast nicht das Recht, mir *irgendetwas* zu verbieten. Davon abgesehen wäre wohl niemand so dumm, mich zu besuchen und mich dann vor aller Augen zu entführen.«

»Ich habe vielleicht nicht das Recht, dir zu verbieten, diese Männer zu sehen, aber Richard schon«, sagte Robert leise und sah seinen Freund in Erwartung auf Unterstützung an.

Stattdessen sagte Richard nach kurzem Zögern: »Entschuldige, Robert, aber sie hat recht. Falls der Verehrer unter den heutigen Besuchern ist, wird er sie wohl kaum vor den Augen des gesamten Haushalts entführen. Eher wird er es mit einem weiteren heimtückischen Trick wie bei Mrs Morgan versuchen. Es sollte kein Problem sein, dass Lisa Herrenbesuch empfängt. Außerdem hast du ja ein wachsames Auge auf die Dinge.«

Robert runzelte die Stirn, aber gegen diese Argumente konnte er nichts vorbringen. Obwohl ihm der Protest auf den Lippen lag. Die Vorstellung, dass eine Horde Männer durch das Haus streifte, um Lisa zu besuchen, war ihm ein Gräuel. Nicht nur, weil er befürchtete, dass einer von ihnen womöglich in der Absicht, Lisa zu schänden, Vorkehrungen für eine Entführung getroffen hatte. Wäre er nicht rechtzeitig bei Mrs Morgan gewesen … Das Bild eines gesichtslosen Mannes, der Lisa in dem durchsichtigen Kleid betatschte, erschien vor seinem geistigen Auge. Dann sah er vor sich, wie er selbst sie liebkoste und küsste, durch den dünnen Stoff an ihren Brüsten saugte, mit der Zunge über ihren Bauch glitt und sie zum Bett drängte …

»Dann werde ich den Herren Antwort geben, bevor ich ein Bad nehme und mir von Bet die Haare richten lasse«, sagte Lisa, schob ihren Teller weg und erhob sich.

Der Teller war leer, stellte Robert fest und fragte sich, wie lange er sich wohl seinen Fantasien hingegeben hatte. Die kleine Lisa Madison. Das Mädchen, das er fast zwei Jahrzehnte lang als Schwester betrachtet hatte. Gott, er verlor allmählich den Verstand, dachte er, während er Lisa nachsah, als sie den Raum verließ.

»Geht es dir gut?«

Robert zuckte ob Richards Frage zusammen und sah ihn verdutzt an.

»Du wirkst etwas verärgert«, sagte Richard. »Ich hoffe, du bist mir nicht böse, weil ich für Lisa Partei ergriffen habe. Ich sehe einfach keinen Grund, warum sie keinen Besuch empfangen sollte. Ich kann mir nicht vorstellen, dass der Verehrer, falls er unter den Männern ist, es wagt, hier im Haus irgendetwas zu versuchen. Das wäre unglaublich töricht!«

»Nein. Du hast natürlich recht. Ich bin nicht verärgert«, entgegnete Robert und fügte rasch hinzu: »Es ist alles in Ordnung. Ich bin nur ein wenig besorgt, das ist alles.«

»Natürlich«, sagte Richard, aber Robert hätte schwören können, dass in seinen Augen Belustigung aufblitzte, und nahm an, dass Richard ahnte, in welche Richtung seine Gedanken gegangen waren.

»Alle Kleider?«, fragte Bet erstaunt.

»Jawohl«, sagte Lisa bestimmt, zog das roséfarbene Kleid aus, das sie beim Frühstück getragen hatte, und stieg in die Wanne. »Jedes einzelne.«

»Aber … die Rüschen sind sehr hübsch. Sie sehen –«

»Sie sehen nach einem süßen kleinen Mädchen aus«, warf Lisa verdrossen ein. »Und damit ist jetzt Schluss! Ich bin hier, um einen Mann zu finden, Bet. Ich will wie eine Frau aussehen, nicht wie ein Kind.«

Bet schwieg eine Weile, dann hielt sie zwei Kleider hoch und sagte: »Aber alle unverheirateten Damen tragen solche Kleider.«

»Dann werde ich mich zukünftig von ihnen abheben«, entgegnete Lisa achselzuckend und ließ sich seufzend in das warme Wasser sinken. Sie nahm die Seife zur Hand und fügte hinzu: »Und ich denke, wir sollten eine schlichtere Frisur ausprobieren. Etwas in der Art, wie Christiana ihr Haar trägt.«

»Wie Sie wünschen«, sagte Bet kopfschüttelnd. »Ich fange mit den Kleidern an, während Sie baden. Sagen Sie mir Bescheid, wenn ich Ihnen beim Haarewaschen helfen soll.«

Lisa nickte und begann sich einzuseifen. Ein kleines Lächeln spielte um ihre Mundwinkel. Ihr war Roberts Reaktion, als sie den Frühstücksraum betreten hatte, nicht entgangen. Er hatte sie mit geradezu lodernden Blicken bedacht. Bis zu diesem Moment hatte sie ihn wirklich aufgegeben, aber nach einer solchen Reaktion … Tja, er schien doch nicht so unempfänglich für ihre Reize zu sein, wie er vorgab. Sie würde also ihre Bemühungen um ihn verstärken und lediglich ihre Taktik ändern. Wenn sie mit ihrer Verwandlung fertig war, würde er sie nie wieder als ein kleines Mädchen betrachten können.

Lisa war jedoch nicht so naiv zu glauben, dass dies allein ernsthafte Absichten bei ihm auslösen könnte. Sie würde sich ein Beispiel an der Geschichte über Lady Silvia und Lord James nehmen und andere Männer dazu benutzen, Robert eifersüchtig zu machen. Und wenn das nicht funktionierte … nun, dann würde sie ihn wirklich aufgeben. Aber einmal wollte sie es noch versuchen. Was vermutlich bedeutete, dass sie eine Idiotin war. Sie sollte ihn wirklich vergessen, schon allein ihres Stolzes wegen. Schließlich hatte er sie arg beleidigt mit seinem Kommentar über ihre »Liederlichkeit«, und im Moment benahm er sich auch nicht gerade nett ihr gegenüber. Allerdings war er früher niemals zuvor auch nur ansatzweise unhöflich gewesen, und sie kannte ihn immerhin ihr Leben lang. Sie war bereit, es seiner momentanen Verwirrtheit zuzuschreiben. Zumindest hoffte sie, dass sie der Grund für seine Ruppigkeit war.

»Ich werde sofort einige Männer darauf ansetzen. Sie werden jeden befragen, den sie im Londoner Hafen finden können, und dann mit den Küstenstädten weitermachen. Wir werden herausfinden, welches Schiff sie genommen hat und wohin sie wollte, und dann nehmen wir die Verfolgung auf.«

»Gut, gut.« Robert nickte Mr Smithe zu, dem Ermittler des Gerichts in der Bow Street, den er einbestellt hatte. Er war, wie es hieß, der Beste seines Fachs, wofür auch sein fürstliches Honorar sprach, aber Robert zahlte es gern, wenn er das Problem auf diese Weise aus der Welt schaffen und schnell wieder zu seinem friedlichen Leben in seinem Stadthaus zurückkehren konnte. Zu einem Leben, in dem er nicht mit ansehen musste, wie Lisa Madison in tief ausgeschnittenen Kleidern herumstolzierte und mit jedem verdammten Mann tändelte, der zur Tür hereinkam.

Sein Blick wanderte zur Tür des Arbeitszimmers, als er im Korridor Gelächter hörte. Der nächste Verehrer war offenbar eingetroffen. Fünf waren bereits aufgetaucht, bevor Mr Smithe gekommen war. Das Theater schien kein Ende zu nehmen … Und trotz der Ankunft weiterer Konkurrenten wollte sich anscheinend keiner der Männer verabschieden.

»Halten Sie mich auf dem Laufenden«, knurrte Robert

schließlich. »Und bemühen Sie sich, Mrs Morgan so schnell wie möglich ausfindig zu machen.«

»Selbstverständlich.« Mr Smithe nickte eifrig. Dann legte er sein ergrauendes Haupt schräg und fragte: »Soll ich vor dem Haus ein paar Männer abstellen, die die junge Dame im Auge behalten, bis der Fall gelöst ist?«

Robert seufzte. Der Vorschlag gefiel ihm, aber da Christiana schwanger war … »Nein«, sagte er. »Darum kümmern wir uns selbst. Suchen Sie Morgan und finden Sie heraus, wer dieser dubiose Verehrer ist.«

»Alles klar.« Smithe nickte und stand auf. »Schwierige Sache, auf so ein Fräulein aufzupassen.«

»Ich werde sie nicht aus den Augen lassen«, versicherte Robert ihm und erhob sich ebenfalls, um ihn zur Tür zu bringen. »Sie wird keine Minute allein sein, bis die Angelegenheit geklärt ist.«

»Gut, dann werde ich alles Nötige in die Wege leiten«, sagte Smithe, als sie in den Korridor traten.

Robert nickte nur und schaute zur Tür des Salons, in dem Lisa mit ihren Besuchern beim Tee saß. Nach dem Gelächter war es still geworden, und er fragte sich, was sie wohl dort drinnen machten. Doch dann wandte er sich wieder Smithe zu und erteilte dem Mann noch einige Anweisungen, während er ihn hinausbegleitete.

Nachdem er die Tür hinter ihm geschlossen hatte, blieb er einen Augenblick stehen und rieb sich erschöpft das Gesicht. Eigentlich hatte er keine Lust, in den Salon zurückzukehren. Die anderen Männer dabei zu beobachten, wie sie Lisa umwarben und Komplimente machten, während diese ihnen zulächelte und schöne Augen machte, war einfach … Nun ja, es war äußerst enervierend. Um nicht zu sagen ekelerregend. Aber er war nun einmal da, um auf sie aufzupassen, und hatte keine Wahl.

Er straffte die Schultern, setzte eine freundliche Miene auf und ging auf den Salon zu. Das Lächeln gefror ihm jedoch im Gesicht, als er die Tür öffnete und den Raum leer vorfand. Er blieb einen Augenblick wie angewurzelt stehen, dann drehte er sich um und rief laut nach Handers.

Der Butler erschien unverzüglich. Er kam aus der Küche und hielt würdevollen Schrittes auf ihn zu. Ein höheres Tempo pflegte ein guter Butler nicht vorzulegen. Ungeduldig ging Robert ihm entgegen. »Wo sind sie?«

»Wenn Sie Miss Lisa und ihre Gäste meinen, so glaube ich, dass sie in den Park gegangen sind, damit Lord Findlay und Lord Pembroke prüfen können, wer den schnelleren Phaeton hat«, entgegnete Handers gelassen.

Robert starrte ihn einen Augenblick ungläubig an, dann machte er auf dem Absatz kehrt und ging zur Haustür. Er tobte innerlich vor Wut. Er hatte sein schönes Bett gegen ein Gästezimmer im Radnor-Stadthaus eingetauscht, um auf Lisa aufzupassen, und was machte sie? Sie rannte mit einer Schar von Herren in den Park, von denen jeder der mysteriöse Verehrer sein konnte, der vorhatte, sie zu entführen und sich zu Willen zu machen!

Sie war anscheinend verrückt geworden. Denn die Lisa Madison, die er kannte und die ihn seit Kindertagen angehimmelt hatte, wäre niemals so dumm und leichtsinnig gewesen. Legte sie es etwa darauf an, entführt und geschändet zu werden? Setzte es ihr derart zu, dass er sie nur als kleine Schwester ansah, dass sie sich solchen Gefahren aussetzte? Er würde ihr ihren hübschen Hals umdrehen, wenn er sie in die Finger bekam.

»Bravo!«, rief Lisa, sprang auf und klatschte, als der Phaeton, in dem sie saß, als Erster die vereinbarte Ziellinie überquerte. Sie hatten das Rennen gewonnen. Nun ja, besser gesagt hatte

Charles es gewonnen. Sie hatte nur das Glück gehabt, mitfahren zu dürfen. Lisa strahlte den Mann an, der die Zügel in den Händen hielt.

Findlay schmunzelte über ihre Begeisterung, nahm die Zügel in eine Hand und hob die andere, um sie am Arm zu fassen und zu stützen. »Ich freue mich zwar darüber, dass Sie sich freuen, Miss Madison, aber Sie sollten sich wieder hinsetzen. Ich möchte nicht, dass Sie von der Kutsche fallen, wenn ich abbremse.«

»Nennen Sie mich Lisa«, sagte sie lachend und ließ sich neben ihn fallen. Dann umarmte sie ihn stürmisch. »Sie haben es Pembroke gezeigt, Lord Findlay! Um mindestens drei Kutschenlängen haben Sie ihn geschlagen! Alle Achtung, Mylord!«

»Ich sagte doch schon, nennen Sie mich Charles«, raunte er ihr ins Ohr und legte den Arm um ihre Taille, um die Umarmung, die nur als kurze Gratulation gedacht gewesen war, zu verlängern.

Als Lisa merkte, dass sie das offene Gelände verlassen hatten und sich auf einem abgeschiedenen Waldweg befanden, löste sie lächelnd die Umarmung. »Also gut, Charles. Aber wir sollten umkehren. Die anderen werden sich wundern, wo wir abgeblieben sind.«

Sie schaute über seine Schulter und fragte sich, wo Pembrokes Kutsche abgeblieben war. Er war drei Längen hinter ihnen gewesen, als Charles den Phaeton in den Wald gesteuert hatte, dessen Rand als Endpunkt des Rennens festgelegt worden war. Aber nun war Pembroke nirgends zu sehen. Genau genommen war niemand auf dem Weg zu sehen. Sie waren mutterseelenallein, wurde ihr klar, als Charles das Tempo verlangsamte.

»Ich wende bei nächster Gelegenheit«, versicherte er ihr und nahm seinen Arm weg, als sie von ihm abrückte und sich anständig hinsetzte. »Gleich dort vorne rechts können wir abbiegen und drehen.«

Lisa nickte und bemühte sich, nicht nervös zu erscheinen. Findlay war gewiss nicht der Verehrer. So attraktiv und kultiviert, wie er war, hatte er es nicht nötig, junge Frauen zu entführen. Und falls er doch der Verehrer war, dann war er sicher nicht so töricht, einfach mit ihr davonzufahren, denn Bet, Lord Pembroke, Lord Tibald und zwei weitere Herren wussten, wo sie war – oder zumindest, bei wem.

»Da wären wir«, sagte Charles und riss sie aus ihren Gedanken. Er lenkte die Kutsche auf eine kleine Lichtung, um sie kreisförmig zu umfahren.

»Das ist ja wunderschön hier!«, rief Lisa, als sie die lilafarbenen Blumen am Rand der Lichtung erblickte.

»Oh ja«, pflichtete er ihr bei und hielt die Kutsche an.

»Wie heißen diese Blumen?«, fragte sie und neigte sich zur Seite, um sie sich genauer anzuschauen.

»Ich habe keine Ahnung. Mit Blumen kenne ich mich leider nicht aus«, sagte er entschuldigend und beugte sich über sie, um die Blütenpracht ebenfalls zu betrachten. Sein Atem streifte ihre Wange, als er nachschob: »Aber sie sind wunderschön. Sie passen zu Ihrem Kleid. Möchten Sie welche haben?«

Lisa schaute auf ihr lavendelfarbenes Kleid hinunter, das sie nach dem Baden angezogen hatte. »Sie haben tatsächlich die gleiche Farbe, nicht wahr?«, stellte sie überrascht fest.

»Ja«, sagte er nur, dann fragte er: »Soll ich Ihnen ein paar pflücken, als Erinnerung an unseren Sieg?«

Sie nickte lächelnd. »Ja, bitte! Das wäre hinreißend. Ich stelle sie in meinem Zimmer in eine Vase, und wenn ich sie ansehe, werde ich jedes Mal an Sie denken!«

»Dann müssen Sie einfach welche haben«, sagte Charles und legte die Zügel beiseite, um von der Kutsche zu steigen.

Als Lisa ebenfalls aufstand, hob er die Hand. »Bleiben Sie, wo Sie sind. Es ist ein wenig schlammig hier und Sie würden Ihre Schuhe ruinieren. Ich bin gleich wieder da.«

Lisa ließ sich mit einem wohligen Seufzer auf ihren Sitz sinken. Ach, wie herrlich! Es war ein sonniger Tag, und sie hatte das Rennen sehr genossen. Und sie hatte es auch genossen, wie die Männer den ganzen Nachmittag über um ihre Aufmerksamkeit gewetteifert hatten, und zu beobachten, wie Robert sich darüber geärgert hatte, bis er sich wegen des Termins mit dem Ermittler zurückgezogen hatte. Zumindest vermutete sie, dass es sich bei dem Mann um einen Ermittler gehandelt hatte. Sie hatte gesehen, wie Handers einen großen Mann mit grau meliertem Haar zum Arbeitszimmer geführt hatte und Robert mit ihm darin verschwunden war. Wenig später hatten ihre Gäste begonnen, freundschaftlich darüber zu streiten, wer den schnellsten Phaeton und das schnellste Pferd hatte, und der kleine Teufel in ihr hatte sie dazu bewogen, ein Wettrennen vorzuschlagen. Die Männer hatten freudig zugestimmt, und so waren sie losgezogen.

Lisa hatte natürlich gewusst, dass Robert vor Wut kochen würde, aber das war schließlich der halbe Spaß an der Sache. Sie war zu dem Schluss gekommen, dass seine Verärgerung über sie am vergangenen Abend hauptsächlich von Eifersucht herrührte. Er mochte zwar behaupten, er hege nur geschwisterliche Gefühle für sie, aber vor diesem Abend hatte er noch nie etwas Böses zu ihr gesagt. Auch in der Kindheit nicht. Daher hatte sie die Hoffnung, dass Eifersucht der Grund für seine Entrüstung auf dem Ball gewesen war. Falls es sich tatsächlich so verhielt und es noch eine Chance für sie beide gab, würde sie sich freuen. Wenn nicht … Nun, sie wurde von einem halben Dutzend gut aussehender, netter Männer umschwärmt, die um ihre Aufmerksamkeit buhlten. Sie fühlte sich gut. Sie hatte zur Abwechslung eine große Auswahl. Und das war wunderbar.

»Bitte sehr!«

Lisa drehte sich um. Findlay trat mit einem großen Blumenstrauß in der Hand zu ihr. Sie beugte sich lächelnd vor, um sie anzunehmen, und hielt erstaunt inne, als er sie ihr nicht gleich aushändigte. Seine Miene war ernst, sein Blick auf ihren Mund gerichtet, und sie war nicht sonderlich überrascht, als er noch etwas näher kam und den Kopf hob. Er wollte sie küssen.

Noch während ihr dieser Gedanke durch den Kopf ging, hörte sie ein rhythmisches Getrappel, das sie als Hufschläge erkannte. Charles' Lippen hatten die ihren gerade berührt, da kam ein Pferd auf die Lichtung galoppiert. Sie lösten sich augenblicklich voneinander und drehten sich um.

Auf dem Pferd saß Robert, der einen sehr gehetzten und zornigen Eindruck machte, und Lisa wusste nicht, ob sie lachen oder weinen sollte. Mittlerweile war sie ziemlich gespannt auf ihren ersten Kuss, aber Robert vereitelte jeden Versuch von Charles, ihr ihn zu geben. Andererseits wollte sie ihren ersten Kuss vielleicht lieber von Robert haben. Sie war sich noch nicht darüber schlüssig.

»Lisa, du … Ich kann nicht glauben … Das ist …« Offensichtlich um Worte verlegen verstummte Robert und starrte sie nur wütend an.

Lisa biss sich auf die Unterlippe, um nicht laut über seine sauertöpfische Miene zu lachen. Dann sagte sie entschuldigend zu Charles: »Wir sollten wohl besser zu den anderen zurückkehren.«

»Nach Hause!«, knurrte Robert. »Auf dem schnellsten Wege!«

»Oh, aber –«

»Es ist schon spät und du willst dich sicherlich für den Ball bei den Hammonds zurechtmachen«, unterbrach er sie resolut.

»Ah ja, der Ball«, sagte Charles leise. »Vergessen Sie nicht, dass Sie mir einen Walzer und eine Quadrille versprochen haben.«

Lisa entspannte sich und lächelte. »Ganz gewiss nicht!«

Er erwiderte ihr Lächeln, drückte ihr die Blumen in die Hand und ging schweigend um die Kutsche herum, um wieder auf den Sitz zu klettern. Lisa warf einen Blick über die Schulter, als der Phaeton sich in Bewegung setzte. Robert war unmittelbar hinter ihnen; mit geradem Rücken, grimmiger Miene und lodterndem Blick.

»Langley scheint äußerst besorgt um Ihr Wohlergehen zu sein.«

Lisa sah Charles an und verzog den Mund. »Er ist nur sehr fürsorglich. Wir sind zusammen aufgewachsen und ich bin für ihn wie eine kleine Schwester.«

»Wie eine kleine Schwester?«, sagte Findlay und ließ seinen Blick über ihr neues rüschenloses, lavendelfarbenes Kleid wandern. »Das ist schwer zu glauben.«

»Vielen Dank«, entgegnete sie lachend.

Charles lächelte zwar, fügte jedoch hinzu: »Dafür, dass er ein Freund der Familie ist, scheint mir sein Interesse etwas überzogen zu sein.«

Lisa schaute zur Seite. Sie musste Robert klarmachen, dass er die Leute mit seinem Verhalten auf dumme Gedanken brachte, wenn er sich nicht vorsah. »Nun ja, mein Schwager Lord Radnor hat Robert gebeten, ein Auge auf mich zu haben, solange ich in London bin. Da ich auf dem Lande aufgewachsen bin, befürchten sie wohl, dass ich mir der Gefahren und Tücken der Stadt nicht bewusst bin.«

»Hmm«, machte Charles. Sein Blick fiel auf ihr Dekolleté,

bevor er ihr ins Gesicht sah. »Dann wird es mir eine Freude sein, ebenfalls auf Sie aufzupassen.«

»Mylord, ich vermute, dass Sie eine der möglichen Tücken sind«, entgegnete Lisa, und er machte ein trauriges Gesicht.

»Jetzt haben Sie mich ernstlich verletzt, Miss Madison. Ich war die ganze Zeit ein Gentleman.«

»Bis jetzt schon«, pflichtete sie ihm vergnügt bei.

»Bis jetzt«, sagte er. »Und ich verspreche, dass es in Ihrer Anwesenheit so bleibt ... im Großen und Ganzen zumindest«, schob er schmunzelnd nach. »Eines Tages wird es mir gelingen, Ihnen den Kuss zu geben, den ich die ganze Zeit zu erhaschen versuche.«

Lisa lächelte leise und überlegte, ob es zu gewagt war, ihre Vorfreude darauf zum Ausdruck zu geben. Sie hatte immer davon geträumt, ihren ersten Kuss von Robert zu bekommen. Doch wie es aussah, sollte es nicht dazu kommen. Deshalb musste sie sich wohl damit abfinden, ihn stattdessen von dem äußerst attraktiven Lord Findlay in Empfang zu nehmen. Was ihr mit einem Mal als kein schlimmes Schicksal erschien. Ihr Interesse galt zwar in erster Linie Robert, doch er war nicht sehr nett zur ihr, während Lord Findlay ein wahrer Schatz war. Er machte ihr Komplimente, tanzte mit ihr, pflückte ihr Blumen ... und *wollte* sie wenigstens küssen – was eine schöne Abwechslung zu Roberts beharrlichen Behauptungen war, er betrachte sie lediglich als Schwester.

7

»Du hättest das Haus nicht verlassen dürfen!«

»Niemand hat mir verboten, das Haus zu verlassen«, entgegnete Lisa und ging gefolgt von Bet die Treppe hoch. Auf dem Heimweg hatten sie angehalten, um ihre Zofe mitzunehmen und den anderen Herren einen Guten Tag zu wünschen, und dann hatte Lord Findlay sie und Bet zum Stadthaus von Richard und Christiana gebracht. Robert war die ganze Zeit hinter ihnen gewesen und hatte mit Argusaugen über sie gewacht.

»Tu nicht so unschuldig, Lisa«, wetterte Robert und folgte ihnen nach oben. »Ich bin hier, um auf dich aufzupassen. Wie kann ich das tun, wenn du nicht im Haus bist?«

»Tja, wenn du tatsächlich da gewesen wärst, um auf mich aufzupassen, wäre ich wohl nicht ohne dich gegangen, oder?«, erwiderte sie. »Abgesehen davon war ich nicht in Gefahr.«

Er kam an ihre Seite, um zu verhindern, dass die Dienerschaft mithörte. »Ich hatte einen Termin mit einem Ermittler von der Bow Street, um die Ergreifung von Mrs Morgan zu veranlassen«, zischte er. »Das war dringend notwendig. Außerdem war ich nur ein Zimmer von dir entfernt! Und du weißt gar nicht, ob du in Gefahr warst oder nicht. Findlay hatte womöglich geplant, mit dir durchzubrennen.«

»Ich glaube nicht, dass er das vorhatte«, sagte Lisa gelassen, als sie den Treppenabsatz erreichte und den Korridor hinunterging.

»Stimmt, er war zu beschäftigt damit, dich zu küssen«, brummelte Robert.

»Er hat *versucht*, mich zu küssen«, korrigierte sie ihn. »Aber du vereitelst seine Versuche ständig. Ich wünschte, du würdest damit aufhören, Robert.«

»Du wünschtest … Du *willst*, dass er dich küsst?«, stammelte Robert wutentbrannt.

Lisa blieb vor ihrer Zimmertür stehen und drehte sich zu ihm um, während Bet die Tür öffnete und hineinging. »Natürlich will ich, dass er mich küsst. Warum denn nicht? Er ist attraktiv und begehrenswert, und ich wurde noch nie geküsst. Ich möchte wissen, wie es ist. Schließlich würde ich ihn nicht heiraten, wenn mir seine Küsse nicht gefallen.«

»Heiraten?«, krächzte er verblüfft.

»Nun, aus diesem Grund bin ich in der Stadt, Robert. Ich möchte einen Ehemann finden, und Lord Findlay ist bislang der attraktivste Kandidat. Deshalb möchte ich von ihm geküsst werden, damit ich sehen kann, ob es mir gefällt oder ob ich meine Aufmerksamkeit lieber einem der anderen Herren schenken sollte. Einem, dessen Küsse mir besser gefallen.«

»Soll das heißen, du wirst dich einfach von ihm küssen lassen? Und wenn es dir nicht gefällt, gestattest du es dem Nächsten und dann womöglich noch einem anderen?«, fragte er fassungslos.

Lisa nickte. »Das erscheint mir sehr vernünftig. Wenn ich ihr Äußeres attraktiv finde, rede ich mit ihnen, um herauszufinden, ob ich ihre Persönlichkeit mag, und wenn ja, dann prüfe ich, ob mir ihre Küsse gefallen.«

»Was?«, rief er entgeistert.

Sie verdrehte die Augen. »Zu einer Ehe gehört schon etwas mehr, als sich jeden Morgen beim Frühstück gegenüberzusitzen«, erklärte sie. »Ich denke, ich sollte in Erfahrung bringen, ob der Mann, den ich zu heiraten gedenke, auch eine gewisse Leidenschaft in mir wecken kann. Ich möchte eine so wunderbare und feurige Ehe führen, wie sie Christiana und Suzette das Glück hatten zu finden.«

»Grundgütiger«, murmelte Robert und schüttelte den Kopf. »Lisa, du kannst dich nicht einfach von jedem Mann in London küssen lassen, bis du denjenigen findest, den – «

»Warum nicht?«, unterbrach sie ihn. »Es ist doch nur ein Kuss, aber laut Sophia verrät einem ein Kuss sehr viel darüber, was für ein Liebhaber ein Mann ist. Wenn ich in die Ehe gehe, kann ich mich doch nicht nur auf die Hoffnung verlassen, dass ich die eheliche Pflicht genießen werde.«

Robert machte den Mund auf, ohne dass etwas herauskam, dann fragte er irritiert: »Wer zum Teufel ist Sophia?«

»Sie ist … äh … vielleicht etwas unkonventionell, eine Art Paradiesvogel«, wisperte sie und schaute den Korridor hinunter, um sich zu vergewissern, dass niemand von der Dienerschaft in der Nähe war.

»Ein Paradiesvogel?«, fuhr Robert sie an. »Um Himmels willen, Lisa! Du bist mit einer Bordellbesitzerin *und* einem Paradiesvogel befreundet?«

Sie bedachte ihn mit einem strafenden Blick, weil er so laut geworden war. »Natürlich nicht, Robert. Ich habe Sophias Memoiren gelesen. Und ich wusste nicht, dass Mrs Morgan ein Bordell betreibt.«

»Die Memoiren eines Paradiesvogels«, murrte er und fuhr sich entnervt mit den Fingern durch die Haare. »Lieber Gott, du liest wirklich die abscheulichsten … Weiß dein Vater von deiner Lektüre?«

Lisa verdrehte abermals die Augen und wandte sich ihrer Tür zu, aber Robert hielt sie am Arm fest.

»Lisa Madison, ich verbiete dir, dich von irgendjemandem küssen zu lassen!«, herrschte er sie an. »Das ist – «

»Meine Entscheidung«, fiel sie ihm resolut ins Wort, dann

sagte sie in sanfterem Ton: »Robert, ich liebe dich zwar wie einen großen Bruder, aber du bist nicht mein Bruder und hast nicht das Recht, mir irgendetwas zu verbieten.« Sie entzog ihm ihren Arm und betrat kopfschüttelnd ihr Zimmer. »Ich werde küssen, wen immer ich küssen möchte. Ich verstehe nicht, warum du dich so aufregst. Wenn ich es nicht besser wüsste, würde ich glauben, du wärst eifersüchtig.«

Als die Tür hinter Lisa ins Schloss fiel, blieb Robert davor stehen wie vom Donner gerührt. Sie liebte ihn wie einen großen Bruder? Seit wann das denn? Sie hatte ihn doch immer so angehimmelt. Rührte der plötzliche Umschwung etwa daher, dass sie ein paar Stunden von Männern wie Findlay, Pembroke und Tibald umschmeichelt worden war? Das war doch nicht möglich!

Oder etwa doch? Abgesehen von den Dienern war er früher der einzige Mann im Umfeld der Madison-Schwestern gewesen. Da war es eigentlich keine große Überraschung, dass Lisa für ihn geschwärmt hatte. Aber nun war sie von vielen Männern umgeben. Sie umschwirrten sie wie Bienen den Honigtopf. Und das genügte offenbar, um ihre Begeisterung für ihn abflauen zu lassen und ihre Anbetung in geschwisterliche Zuneigung zu wandeln.

Eigentlich sollte er erleichtert sein. Aber eigentümlicherweise war er es nicht. Er fühlte sich … verraten. Sitzen gelassen. Und er war sogar … Ja, er war wahrhaftig eifersüchtig. Schon bei der Vorstellung, dass sie einen Mann küsste – oder gar mehrere Männer –, sträubten sich ihm die Nackenhaare. Er wusste nur nicht, ob er eifersüchtig war, weil er es gewohnt war, dass sie in ihn verliebt war, oder weil er sie tatsächlich begehrte.

Er hatte Lisa in der Tat jahrelang als kleine Schwester betrachtet und ihre Anhimmelei abwechselnd amüsant und lästig gefunden. Doch sie in diesem Bordell zu sehen, in diesem verflucht durchsichtigen Kleid, das sie in ihrer Hochzeitsnacht für einen anderen Mann tragen wollte …

Aber es war nicht nur das. Lisa veränderte sich, und zwar schnell. Die Aufmerksamkeiten von so vielen Männern stärkten ihr Selbstvertrauen. Sie lachte lauter als früher: Aus dem zaghaften Gekicher, das er von ihr gewohnt war, war ein offenes, ansteckendes Lachen geworden. Sie ging aufrechter, mit erhobenem Haupt, und ihre Augen funkelten förmlich vor Lebendigkeit und Lebensfreude. Sie blühte auf wie eine Rose. Und so wurde aus einem hübschen, stillen Mädchen eine unwiderstehlich schöne und bezaubernde Frau. Eine Frau zum Verlieben, die von vielen Männern umworben wurde.

»Verdammt!« Er wandte sich verdrossen von der Tür ab. Er hatte keine Ahnung, was er mit diesen Erkenntnissen anfangen sollte. Er wollte solche Gefühle nicht für Lisa hegen. Und er wollte schon gar nicht heiraten und die Demütigungen und das Leid ertragen müssen, die eine untreue Ehefrau zufügen würde. Das Schlimme an der Sache war, dass er zuvor niemals geglaubt hätte, dass Lisa überhaupt untreu sein konnte. Aber nun, nachdem sie jeden Mann in London küssen wollte, erschien es ihm wesentlich wahrscheinlicher. Und untreue Ehefrauen waren so etwas wie ein Fluch, der auf den Männern in seiner Familie lastete, sodass es – völlig unabhängig von ihrem Verhalten – eines Tages ohnehin zu einem Treuebruch kommen würde.

Alles in allem erschien es Robert besser, seine sich wandelnden Gefühle zu ignorieren und sich Lisa vom Leib zu halten. Er würde das Problem mit dem Verehrer regeln, und dann würde er sich davonmachen und sie ihr Leben leben lassen. Es war zu ihrem wie auch zu seinem Besten: So konnte sie ihr Glück finden, und er konnte es umgehen, verletzt zu werden.

»Was ist eigentlich zwischen dir und Robert im Gang?«

Lisa sah Suzette überrascht an. »Ich weiß nicht, was du meinst. Da ist gar nichts im Gang.«

»Soso«, sagte Suzette trocken. »Er steht den ganzen Abend wie angewurzelt dort drüben auf der anderen Seite des Ballsaals und lässt dich nicht aus den Augen.«

»Und du vermeidest es den ganzen Abend geflissentlich, ihn anzusehen«, fügte Christiana amüsiert hinzu.

»Ich habe keinen Grund, ihn anzusehen. Und was das Beobachten angeht – ich habe keinen Einfluss auf das, was er tut«, entgegnete Lisa achselzuckend und wünschte sich im Stillen, es wäre anders. Robert hatte sie seit ihrer Ankunft beobachtet, und sie schaute nicht in seine Richtung, weil sie es gar nicht musste: Sie spürte, dass er sie mit Blicken durchbohrte. Wenn er doch nur damit aufhören würde!

Hätte in seinen Blicken Bewunderung gelegen, hätte er sie ruhig ansehen können, doch Robert hatte sich innerlich zurückgezogen. Das spürte sie deutlich. Er beobachtete sie mit geschäftsmäßiger Gleichgültigkeit; wie ein Leibwächter. Sie wusste nicht, aus welchem Grund, aber irgendetwas hatte dazu geführt, dass er eine Mauer zwischen ihnen errichtet hatte.

Dagegen konnte sie natürlich nichts tun, und so akzeptierte Lisa es einfach und lächelte und tanzte mit den Männern auf ihrer Karte, um herauszufinden, wen sie mochte und wen nicht. Sie wollte nicht herumsitzen und auf einen Mann warten – nicht einmal auf Robert.

»Miss Madison.«

Lisa schaute auf und lächelte fröhlich. »Lord Pembroke. Ist das Ihr Tanz?«

»Ich glaube schon«, sagte er mit einem Lächeln, das wohl die Herzen der meisten Mädchen hätte höher schlagen lassen. Lisas Herz blieb ungerührt, aber er war ein netter Mann und sie fand ihn äußerst attraktiv, und so strahlte sie ihn an, als sie ihre Hand auf seinen Arm legte, um sich von ihm auf die Tanzfläche führen zu lassen.

»Ich hoffe, Sie denken nicht schlecht von mir, weil ich das Rennen verloren habe«, sagte Pembroke geknickt.

Lisa sah ihn erstaunt an und schüttelte den Kopf. »Selbstverständlich nicht, Mylord. Das war doch nur ein kleiner Spaß. Ich dachte sogar, Sie haben Findlay absichtlich gewinnen lassen, damit es vergnüglicher für mich ist«, erklärte sie leichthin, und es überraschte sie nicht, dass er sich ein wenig in die Brust warf.

»Nun, Sie schienen wirklich großes Vergnügen daran zu finden«, entgegnete er lächelnd und tat so, als hätte er tatsächlich mit Absicht verloren, obwohl sie ziemlich sicher war, dass es sich anders verhielt. Aber es machte ihr nichts aus, denn nun war er wieder obenauf und strahlte.

»Oh, ich habe mich sehr amüsiert«, versicherte sie ihm lachend. »Es war außerordentlich erheiternd.«

»Dann bin ich froh, dass ich verloren habe und Ihnen auf diese Weise Freude bereiten konnte«, entgegnete er.

Lisa schmunzelte. »Ich weiß es wirklich zu schätzen, Mylord. Das war sehr nett von Ihnen.«

»Woran haben Sie sonst noch Vergnügen, Miss Madison?«, fragte er und wirbelte sie über die Tanzfläche. »Vielleicht können wir für morgen Nachmittag etwas Nettes vorbereiten. Wobei ich mit ›wir‹ mich und Ihre zahlreichen anderen Bewunderer meine.« Er grinste spöttisch.

Lisa kicherte über seine Neckerei, bevor sie seine Frage beantwortete. »Ich reite gern, zumindest auf dem Lande, und ich liebe lange Spaziergänge. Und auf dem Fluss in der Nähe unseres Landsitzes fahre ich gern Boot.« Sie zuckte mit den Schultern. »Mehr fällt mir auf Anhieb nicht ein, Mylord.«

»Wie verhält es sich mit Theateraufführungen und dergleichen?«, fragte er.

»Oh ja, natürlich! Ich habe zwar erst ein paar gesehen, aber es hat mir viel Spaß gemacht.«

»Und mögen Sie auch Blumen?«

»Natürlich, Mylord. Blumen sind entzückend und ein steter Quell der Freude.«

»Und Ihre Lieblingssüßigkeit?«

»Meine Lieblingssüßigkeit?« Lisa grinste. »Wollen Sie sie für mich zubereiten?«

Er lachte. »Nein, nein, ich nicht. Aber meine Köchin macht die besten Süßspeisen von London, und es wäre mir eine Freude, bei ihr in Auftrag zu geben, was immer Sie möchten. Ich könnte es Ihnen morgen mitbringen, wenn Sie gestatten.«

Lisa dachte kurz darüber nach, dann sagte sie: »Aber selbstverständlich. Ich würde mich freuen, Sie morgen wiederzusehen. Und was die Süßspeise angeht, überraschen Sie mich doch, Mylord! Lassen Sie Ihre Köchin zubereiten, was sie am besten kann. Etwas, das Sie auch mögen.«

»Ich weiß schon genau, was«, versicherte er ihr. »Sie werden es lieben!«

»Ich freue mich schon darauf, Mylord«, entgegnete sie lachend.

»Die Freude ist ganz auf meiner Seite«, sagte Pembroke und sah sich stirnrunzelnd um, als die Musik endete. Mit trauriger Miene sagte er: »Ich fürchte, unser Tanz ist schon vorbei.«

»Oh«, machte sie überrascht und sah sich um. Sie hatten sich so angeregt unterhalten, dass die Zeit im Nu verflogen war. »Nun, dann vielen Dank für diesen Tanz, Mylord«, sagte sie.

»Ich danke Ihnen, Miss Madison. Es ist jedes Mal ein Vergnügen«, entgegnete er.

»Das ist es in der Tat«, ertönte es neben ihr.

Lisa drehte sich um. Lord Findlay war an ihre Seite getreten.

»Mein Walzer, denke ich«, sagte er grinsend und nickte dem anderen Mann zu. »Pembroke.«

»Findlay«, brummelte Lord Pembroke und reichte Lisa an ihn weiter. Bevor er ging, lächelte er ihr noch zu und sagte: »Bis morgen dann.«

»Ja.« Sie lächelte und wandte Charles ihre Aufmerksamkeit zu, als der Walzer begann.

»Morgen?«, fragte Findlay leise, während er sich mit ihr zu drehen begann. »Pembroke hat also vor, Sie noch einmal zu besuchen?«

»Offenbar«, sagte Lisa mit einem Lächeln. »Er bringt mir etwas Süßes von seiner Köchin mit, die seiner Behauptung nach die beste von London ist.«

»Na, dann muss ich wohl auch kommen und Ihnen etwas mitbringen, das sein Geschenk übertrifft«, entgegnete Findlay.

Lisa gluckste. »Um die besten Süßspeisen Londons zu übertreffen, muss es schon etwas Besonderes sein, Mylord.«

»Da haben Sie natürlich recht«, sagte er. »Ich muss mir sorgfältig überlegen, was ich mitbringe.«

»Oh ja«, sagte sie amüsiert. Es war ein berauschendes Gefühl, dass die zwei begehrtesten und zudem attraktivsten Junggesellen der Stadt derart um sie buhlten.

»Doch einstweilen, denke ich, sollten wir uns mit dem Kuss befassen, den ich Ihnen seit geraumer Zeit abzuluchsen versuche.«

»Ach ja, der Kuss«, sagte sie und ihre Mundwinkel zuckten. »Aber Sie werden doch gewiss nicht versuchen, mich hier mitten auf der Tanzfläche zu küssen, Mylord? Das wäre ein echter Skandal!«

»Oh, das würde ich niemals tun. Ich will doch Ihren Ruf nicht beschädigen.«

»Ich bin erfreut, das zu hören.«

»Und wenn ich Sie während der Quadrille an die frische Luft führe, folgt uns garantiert Ihr Aufpasser Lord Langley und entreißt Sie mir, bevor ich Sie auch nur in die Arme schließen kann.«

»Zweifelsohne«, pflichtete Lisa ihm bei.

»Glücklicherweise habe ich das bedacht und entsprechende Vorkehrungen getroffen.«

»Tatsächlich?«, fragte sie neugierig. »Und was für Vorkehrungen sind das?«

»Nun, in diesem Augenblick unterhalten sich Freunde von mir mit ihm und versperren ihm die Sicht. Völlig unabsichtlich natürlich.«

»Oh, natürlich«, sagte sie lachend und sah in Roberts Richtung. Und tatsächlich: Er war umgeben von drei Männern.

»Außerdem bin ich unauffällig mit Ihnen zur Terrassentür getanzt«, fügte Findlay hinzu.

Lisa schaute auf die andere Seite und stellte fest, dass sie nur zwei, drei Meter von der Tür entfernt waren.

»Ich warte nur noch auf Ihre Erlaubnis, Sie auf einen Kuss auf die Terrasse entführen zu dürfen«, sagte er leise. »Habe ich Ihre Erlaubnis?«

Lisa studierte sein Gesicht, während sie über ihre Antwort nachdachte. Es war eine Sache, dazu bereit zu sein, sich von einem Mann küssen zu lassen, wenn er den Versuch unternahm. Eine ganz andere war es jedoch, gefragt zu werden und es explizit zu erlauben. Aus irgendeinem Grund erschien es ihr etwas verwegen, Ja zu sagen. Sich küssen zu lassen oder jemandem einen Kuss zu geben war ein großer Unterschied, fand sie. Aber dieser Gedanke war vermutlich albern. Sie wollte doch endlich ihren ersten Kuss bekommen, oder? War sie nicht enttäuscht gewesen, als Robert sie zweimal gestört hatte? Sie wollte wirklich wissen, wie es sich anfühlte, geküsst zu werden, und ob sie daran Gefallen fand.

Lisa zwang sich, den Kopf zu heben, und öffnete den Mund, fand aber nicht den Mut, Ja zu sagen. Stattdessen schloss sie den Mund wieder, schluckte und antwortete nur mit einem raschen Nicken.

Mehr war glücklicherweise nicht nötig. Im nächsten Moment wendete Charles und wirbelte so schnell mit ihr durch die offene Tür auf die Terrasse, dass sie sicher war, dass es niemand bemerkt hatte. Draußen angekommen, löste er sich von ihr und geleitete sie in eine dunkle Ecke. Lisa ließ sich schweigend von ihm führen und senkte den Kopf, als sie von einer ungeahnten Nervosität befallen wurde. Er würde sie gleich küssen. Lieber Gott! Ihr erster Kuss, und sie würde ihn nicht von Robert bekommen.

Das tat jedoch nichts zur Sache, rief sie sich in Erinnerung. Die Frage war vielmehr … was, wenn sie selbst sich als schlechte Küsserin entpuppte? Sie hatte keine Ahnung, was sie bei einem Kuss tun musste. Musste sie einfach nur mit geschlossenen Augen dastehen und die Lippen spitzen? Musste sie den Kuss erwidern? Wenn ja, dann wie? Sie hatte ihre Schwestern und deren Männer zwar schon beim Küssen beobachtet, aber es waren nur schnelle, flüchtige Küsschen gewesen. Aus ihren Büchern wusste sie jedoch, dass zu einem richtigen Kuss mehr gehörte als die bloße Berührung der Lippen. Da war von Zungenspiel, von Knabbern und Saugen und von allen möglichen anderen Dingen die Rede gewesen, die zwar reichlich närrisch anmuteten, allem Anschein nach aber sehr angenehm waren. Doch vielleicht würde ihr Charles gar keinen richtigen Kuss geben. Vielleicht würde er ihre Lippen dieses Mal lediglich mit den seinen streifen und –

»Ich kann beinahe hören, wie Ihre Gedanken rasen.«

Lisa sah überrascht auf und stellte fest, dass Charles sie inzwischen gegen die Brüstung gedrängt und sich vor ihr aufgebaut hatte.

»Sie machen einen nervösen Eindruck«, sagte er, legte einen Arm um ihre Taille, um sie an sich zu ziehen, hob mit der freien Hand ihr Kinn und fuhr mit den Fingern an ihrem Hals entlang. »Haben Sie noch nie einen Kuss bekommen, Lisa?«

Sie bekam eine Gänsehaut, sah ihn mit großen Augen an und schüttelte stumm den Kopf.

»Ah.« Aus irgendeinem Grund lächelte er, dann wurde seine Miene jedoch wieder ernst. »Haben Sie keine Angst. Es ist wie beim Tanzen. Der Mann führt, die Frau folgt. Ich bringe es Ihnen bei, ja?«

Sie antwortete mit einem knappen Nicken und hielt die Luft an, als sich sein Mund dem ihren näherte. Ein Teil von ihr wartete regelrecht darauf, dass Robert ihren Namen rief und sie abermals unterbrach. Sie war sehr erstaunt, als sich ihre Lippen berührten, ohne dass es dazu kam. Und sie staunte noch mehr, als sich der Druck von Charles' Lippen verstärkte und dann wieder schwächer wurde, während er den Mund leicht öffnete und spielerisch an ihren Lippen saugte.

Lisa schmiegte sich unwillkürlich an ihn und spürte, wie sich die Wärme, von der sie gelesen hatte, in ihrem Körper ausbreitete und sie das Verlangen nach mehr überkam. Sie öffnete ebenfalls den Mund, saugte Charles' Beispiel folgend an seinen Lippen und legte die Arme um seine Schultern. Als er sie fester an sich zog, wurde ihr Busen plötzlich gegen seine Brust gedrückt, und sie empfand einen wohligen Schauer, woraufhin sie sich noch enger an ihn schmiegte.

Als seine Hand über ihren Nacken nach oben wanderte, um ihren Kopf zu stützen und ein wenig zu neigen, verspürte sie abermals einen kleinen Wonneschauer. Ihr gefiel, wie er mit ihr umging. Sie hatte schließlich keine Ahnung, was sie mit ihrem Kopf machen sollte. Alles, was er tat, fand sie sehr angenehm, und sie wurde ganz kribbelig. Und als er plötzlich den Kuss beendete, öffnete sie die Augen und sah ihn enttäuscht an.

»Ist das alles?«

Findlay musste lachen. Dann schüttelte er den Kopf und sagte ernst: »Nein, meine Liebe, das ist gewiss nicht alles. Aber mehr kann sich ein Gentleman gegenüber einer Dame wie Ihnen nicht erlauben.«

»Oh«, hauchte Lisa und lächelte, als er sich von ihr löste. Dass sie sich nach mehr sehnte, war gewiss ein gutes Zeichen. Doch im Grunde war sie frustriert. Als hätte sie etwas zu schmecken bekommen, das möglicherweise sehr delikat war, was sie aber nicht mit Sicherheit sagen konnte, weil die Kostprobe nicht ausgereicht hatte.

»Wir sollten wieder hineingehen«, sagte Findlay und bot ihr seinen Arm. »Meine Freunde können Langley nicht ewig ablenken.«

»Wohl wahr«, stimmte Lisa ihm zu und ließ sich von ihm über die Terrasse führen. Sie hatten die Tür fast erreicht, als sie aus dem Augenwinkel eine Bewegung bemerkte und zur Seite schaute. Sie blieb stehen und ihre Augen weiteten sich, als sie den Mann sah, der sie offenbar beobachtet hatte. Robert. Er stand stockstill mit unergründlicher Miene am Rand der Terrasse. Anscheinend hatten Charles' Freunde ihn so gut wie gar nicht ablenken können. Lisa fragte sich, wie lange er schon dort gestanden hatte … und warum er diesmal nicht eingeschritten war … und was er wohl dachte, als er sie zurück in den Ballsaal gehen sah.

8

»Allem Anschein nach ist Mrs Morgan mit ihrer Kutsche nach Dover gefahren«, erklärte Smithe und nippte an seinem Tee, bevor er fortfuhr. »Dort hat sie ein Schiff nach Calais genommen. Ich habe für mich und zwei meiner Männer eine Überfahrt für morgen früh gebucht. Wir werden sie suchen und ihr folgen, falls sie von dort weitergereist ist, und wenn wir sie noch in Calais antreffen, verhören wir sie.«

»Gut«, sagte Robert. Falls Mrs Morgan sich noch in Calais aufhielt, konnte die Sache schnell erledigt werden. Je eher sie herausfanden, wer der Verehrer war, desto schneller konnte er sich mit dem Kerl befassen und sich wieder seinem eigenen Leben widmen und musste sich nicht mehr damit quälen, Lisa und ihre Bewunderer zu beobachten.

Nachdem er hatte mit ansehen müssen, wie sie am Vorabend mit fast allen anderen Junggesellen der Stadt getanzt hatte und wie Findlay sie obendrein auf der Terrasse begrapscht und geküsst hatte, zweifelte er schon, ob er seiner selbst auferlegten Aufgabe gewachsen war. Er hatte gehofft, dass Daniel oder Richard am heutigen Tag im Haus sein würden, um auf Lisa aufzupassen, denn er hätte gern seine Mätresse besucht, um die überschüssige Energie und Frustration loszuwerden, die sich in ihm aufgestaut hatten.

Doch weil niemand mit einer solchen Entwicklung der Dinge gerechnet hatte, hatten Richard und Daniel bereits ältere Verpflichtungen, und Robert musste abermals Wachdienst schieben. Auch Christiana und Suzette waren wieder ausgegangen. Sie waren bei einer der Teegesellschaften zu wohltätigen Zwecken, bei denen sie regelmäßig halfen. Nicht dass er Lisa allein der Aufsicht der Frauen überlassen hätte, aber ihre Anwesenheit im Salon hätte die seine erübrigt und er hätte einfach bei offener Tür im Arbeitszimmer sitzen können, um zu verhindern, dass Lisa nicht wieder mit ihren Bewunderern zu einem Kutschenrennen oder etwas Ähnlichem aufbrach.

»Ich bezweifle allerdings, dass Morgan in Calais geblieben ist. Paris scheint mir für ihr Geschäft doch sehr viel geeigneter zu sein«, sagte Smithe. »Ich gehe davon aus, dass Calais nur ein Täuschungsmanöver war, um uns auf die falsche Fährte zu locken.«

Robert lehnte sich seufzend in seinem Sessel zurück. Paris war eine große Stadt, und Mrs Morgan würde ihre Anwesenheit nicht gerade an die große Glocke hängen. Sie wollte natürlich nicht gefunden werden. Es konnte Tage dauern, sie aufzuspüren. So lange wollte er nur ungern warten und auf Lisa aufpassen.

»Aber ich komme zurück, so schnell ich kann, entweder mit der Information, wer Morgan für die Gefangennahme von Miss Madison bezahlt hat, oder mit der Frau selbst«, versicherte ihm Smithe.

»Ja, vielen Dank«, sagte Robert. Mehr konnte er von dem Mann nicht verlangen. Er konnte schließlich keine Wunder vollbringen.

»Danken Sie mir erst, Mylord, wenn ich Ihnen bringe, was Sie haben wollen«, entgegnete Smithe. »Und dann können Sie mir mit barer Münze danken.«

Robert lächelte matt. »Selbstverständlich. Apropos Geld, Sie benötigen sicher einen Vorschuss zur Deckung Ihrer Kosten.«

»Das ist richtig«, sagte Smithe und schlug eine Summe vor, die Robert akzeptabel erschien. Er stellte rasch einen Scheck aus und schob ihn über den Schreibtisch, dann erhob er sich, um den Mann hinauszubegleiten.

Als er diesmal in den Salon zurückkehrte, waren Lisa und ihre Bewunderer noch da. Mühsam nahm er Haltung an, und mit einem höflichen Lächeln im Gesicht platzierte er sich unauffällig hinter dem größten der zahlreichen Blumensträuße im Raum. Während Pembroke Lisa Gebäck mitgebracht hatte, hatten Tibald und die anderen Männer ihr Blumen geschenkt. Der Salon quoll geradezu über von frischen, bunten Blüten.

Die schönste Blume von allen war jedoch Lisa. Rotwangig und freudestrahlend hielt sie Hof, lächelte und lachte, scherzte und plauderte. Er hatte sie noch nie so glücklich und bezaubernd erlebt. Die Bewunderung der vielen Männer ließ sie in Schönheit erstrahlen, wodurch sie nur noch mehr Aufmerksamkeit auf sich zog.

»Ich hatte gehofft, eine Flussfahrt für heute Nachmittag organisieren zu können, weil Sie erwähnten, dass sie daran Vergnügen haben, aber leider war es in der Kürze der Zeit nicht möglich«, sagte Pembroke. Robert horchte auf und lauschte dem Gespräch. »Es ist mir jedoch gelungen, für übermorgen ein Boot zu mieten, um mit einer größeren Gesellschaft zu einem Picknick die Küste hinaufzufahren.«

»Oh, wie entzückend!«, sagte Lisa und klatschte vergnügt in die Hände. »Wer wird alles dabei sein?«

»Die Einladungen werden in diesem Moment zugestellt«, erklärte Pembroke. »Alle Anwesenden habe ich selbstverständlich eingeladen.« Seine Miene war angespannt, als er auf die anderen Männer deutete, und es war – zumindest für Robert – offensichtlich, dass er es nicht gern getan hatte. »Und Ihre Schwestern nebst ihren Ehegatten und Lord Langley.« Er nickte Robert zu, der gehofft hatte, sein Eintreffen sei unbemerkt geblieben. »Dazu habe ich einige ledige junge Damen eingeladen, die dieses Jahr ihr Debüt geben, um die Teilnehmerzahl zu erhöhen.«

Und um die anderen Männer zu beschäftigen, dachte Robert belustigt. Er glaubte allerdings nicht, dass es funktionieren würde. Seiner Meinung nach waren andere Frauen chancenlos gegen Lisa. Sie würde im Vergleich zu ihnen nur noch begehrenswerter erscheinen. Aber es war Pembroke hoch anzurechnen, dass er zumindest den Versuch unternommen hatte.

»Das klingt wirklich wunderbar«, sagte Lisa fröhlich, und die Männer stimmten ihr zu, allerdings etwas weniger begeistert, wie Robert bemerkte. Wahrscheinlich wünschte jeder von ihnen, er hätte diese Idee gehabt.

Zu seiner großen Erleichterung endete der Besuch kurz darauf, als Findlay andeutete, dass Lisa noch ein wenig Ruhe brauche, bevor sie sich für den Ball am Abend zurechtmachen musste. Zustimmendes, wenn auch enttäuschtes Gemurmel wurde laut, und die Gäste suchten langsam ihre Sachen zusammen, um aufzubrechen.

Robert stand schweigend dabei, als Lisa sich lächelnd von den Männern verabschiedete und ihnen versicherte, wie sehr sie ihre Gesellschaft genossen habe. Findlay war zwar derjenige gewesen, der das Ende der Veranstaltung eingeläutet hatte, doch er ging als Letzter. Er bummelte so lange herum, bis Pembroke schließlich verärgert vor ihm das Haus verließ.

Lisa sah Charles Findlay gespannt an, nachdem die anderen gegangen waren. Und auch Robert musterte ihn argwöhnisch. Der Mann hatte sicherlich darauf gehofft, dass er ihn einen Moment mit Lisa allein ließ, doch er hatte erst am vergangenen Abend tatenlos zugesehen, wie Findlay sie begrapscht hatte, und das hatte ihm gereicht. Es würde nicht wieder vorkommen, und so zog Robert nur eine Augenbraue hoch, als Findlay ihn erwartungsvoll ansah.

Nachdem Findlay begriffen hatte, dass er ihn nicht mit Lisa allein lassen wollte, griff er mit einem säuerlichen Lächeln in die Innentasche seiner Jacke und zog drei schmale Bücher heraus.

»Die wollte ich Ihnen nicht vor den anderen geben«, sagte er und überreichte sie ihr.

»Oh, Charles«, hauchte Lisa und nahm die Bücher entgegen, als wären sie die kostbarsten Juwelen.

Roberts Miene verfinsterte sich, als sie Findlay beim Vornamen nannte, was den beiden jedoch völlig entging.

»Ich wusste nicht, was sie gern lesen, und ich habe keines der Bücher selbst gelesen, aber mir wurde versichert, dass sie Ihnen gefallen werden«, sagte Findlay und schob stirnrunzelnd nach: »Ich hoffe, Sie kennen sie noch nicht.«

»Nein«, sagte Lisa sofort und prüfte die Titel, um sicherzugehen. Dann sah sie strahlend auf, schlang die Arme um ihn und drückte ihn ganz fest. »Was für ein wunderbarer Mann! Das ist das perfekte Geschenk!«

»Oh, nun ja …« Findlay gluckste leise und umarmte sie ebenfalls, doch dann fiel sein Blick unvermittelt auf Robert und er ließ sie gleich wieder los und trat zurück. »Ich sollte gehen. Sie möchten sich gewiss noch ein bisschen ausruhen, bevor Sie sich für den Ball heute Abend herrichten.«

»Vielen Dank«, sagte Lisa und drückte die Bücher an ihre Brust, während sie ihn zur Haustür brachte. »Ich werde sofort eines anfangen und Sie meine Meinung heute Abend wissen lassen.«

»Ich würde mich freuen«, entgegnete Findlay. »Und vielleicht machen wir im Verlauf der Woche ein Picknick und Sie lesen mir etwas vor. Oder ich lese Ihnen etwas vor. Oder wir lesen uns abwechselnd etwas vor.«

»Das klingt großartig«, sagte sie lächelnd.

Ganz und gar nicht, dachte Robert verärgert. Genau das hatten er und Lisa früher gemacht, als sie noch jünger gewesen waren: Sie hatten Sandwiches und eine Decke mitgenommen und es sich an dem Fluss zwischen ihren Anwesen zum Lunch gemütlich gemacht und einander etwas vorgelesen. Es war ein völlig unschuldiges Vergnügen gewesen, doch wenn Findlay im Spiel war, konnte von »unschuldig« keine Rede sein.

»Schauen Sie in Ihren Kalender und sagen Sie mir heute Abend, wann Sie Zeit haben. Dann lasse ich uns von meiner Köchin einen Korb zurechtmachen«, sagte Findlay und öffnete die Tür.

»Das werde ich«, versicherte Lisa ihm, und ihre Miene wurde ernster. Das störte Robert aus irgendeinem Grund noch mehr als ihre offensichtliche Freude zuvor. Ihre Worte hatten wie ein Versprechen geklungen; so als habe sie sich zu viel mehr bereit erklärt als zu einem einfachen Picknick. Er hatte den Eindruck, dass Findlay sich auf Lisas Anwärterliste für einen Ehemann soeben an die Spitze gesetzt hatte – und dieser Gedanke beunruhigte ihn weit mehr, als er sich eingestehen wollte. Solange ihr mehrere Männer zur Auswahl standen, musste er sich keine Gedanken darüber machen, dass einer ihr Herz eroberte, aber unter diesen Umständen …

Er sah Findlay grimmig an, als dieser Lisa zum Abschied über die Wange strich, bevor er sich umdrehte und davonging. Lisa sah ihm einen Augenblick nach, dann schloss sie die Tür mit einem zufriedenen kleinen Seufzer und ging unverzüglich nach oben. Die Bücher barg sie an ihrer Brust wie einen Schatz.

Robert blieb im leeren Korridor stehen und machte ein langes Gesicht. Lisa hatte ihn keines Blickes gewürdigt, als sie zur Treppe gegangen war. Als hätte sie ihn völlig vergessen! Doch genau das hatte er gewollt, rief er sich in Erinnerung. Sie sollte weiterziehen. Er war nicht an einer Heirat interessiert. Hätte er sich vermählen wollen, wäre Lisa seine erste Wahl gewesen, aber er wollte es nun einmal nicht. Die Männer in seiner Familie hatten kein Glück mit der Ehe. Es war gut, dass sie jemand anderen ins Visier genommen hatte. Er wünschte nur, er könnte sich wirklich darüber freuen.

»Oje, vielleicht sollten wir den Kittriches absagen und auch nicht zum Ball gehen.«

Lisa sah von der Schüssel auf, über die sie sich seit Stunden beugte, und schüttelte niedergeschlagen den Kopf. »Nein, ist schon gut. Geht nur. Suzette und Daniel erwarten euch. Außerdem könnt ihr nichts für mich tun. Ich muss einfach …« Über der Schüssel hocken und mir die Seele aus dem Leib speien, dachte sie, als sie sich abermals übergeben musste. Lieber Gott, ihr taten schon die Seiten weh von der Würgerei und sie spuckte nur noch Galle, und trotzdem drehte sich ihr immer wieder der Magen um.

»Oje«, stöhnte Christiana erneut und strich ihr mitfühlend über den Rücken. »Und du hast heute wirklich nichts anderes gegessen als das Gebäck, das Lord Pembroke mitgebracht hat?«

Lisa nickte jämmerlich und sackte erschöpft zusammen.

»Du hast nicht einmal gefrühstückt?«, hakte Christiana stirnrunzelnd nach.

Lisa schüttelte den Kopf. »Ich bin spät aufgestanden und erst kurz vor Pembrokes Ankunft nach unten gegangen. Ich fürchte, deshalb habe ich die Süßigkeiten in mich hineingestopft wie ein gefräßiges Kind. Wahrscheinlich habe ich einfach nur zu viele gegessen.«

»Das kann nicht der Grund dafür sein, dass es dir so schlecht geht«, sagte Christiana und rieb ihr erneut den Rücken, als sie wieder zu würgen begann.

»Ach, Christiana, geh nur«, sagte sie matt. »Sobald sich mein Magen beruhigt hat, lege ich mich ins Bett.«

»Aber ich will dich in diesem Zustand nicht allein lassen«, erwiderte Christiana bekümmert.

»Sie wird nicht allein sein«, vermeldete Robert von der Tür aus.

Lisa schaute zur Seite und sah ihn durch den Raum auf sich zukommen. Ein Teil von ihr wollte nicht, dass er sie so sah. Sie kauerte vor dem Bett auf dem Boden; mit dem Kopf über der Waschschüssel, die Bet ihr gebracht hatte. Der andere Teil von ihr war indes viel zu schwach und kränklich, um sich mit solchen Dingen zu befassen.

»Ich bleibe bei ihr, bis sie eingeschlafen ist, und danach halte ich für den Fall, dass ihr wieder übel wird, die Ohren offen«, versprach er Christiana und schob sie behutsam zur Seite, um sich an ihrer Stelle neben Lisa zu knien.

»Und du gehst jetzt! Richard ist unten und die Kutsche steht vor dem Haus. Amüsiert euch. Ich kümmere mich um Lisa.«

»Bist du sicher?«, fragte Christiana.

»Absolut«, entgegnete Robert entschieden und strich Lisa über den Rücken, wie Christiana es getan hatte. Es fühlte sich jedoch nicht annähernd so wohltuend an, stellte Lisa fest. »Nur zu! Ich gebe euch Bescheid, falls sich ihr Zustand verschlechtert oder nicht bessert.«

»Also gut«, sagte Christiana. »Aber du musst uns wirklich benachrichtigen, wenn es ihr schlechter geht. Und versuch bitte, ihr etwas zu trinken zu geben.« Als Lisa allein bei der Vorstellung erneut zu würgen begann, fügte sie trocken hinzu: »Natürlich erst, wenn sie wieder etwas bei sich behalten kann.«

Durch den Nebel ihres Elends vernahm Lisa den schweren Seufzer ihrer Schwester, dann ihre Schritte, als sie das Zimmer verließ und den Korridor hinunterging.

»Verschwinde!«, keuchte sie, sobald die Schritte verklungen waren.

»Nein«, entgegnete Robert und legte die Hand unter ihre Stirn, als sie sich wieder über die Schüssel beugte. Als ihr Magen zur Ruhe kam, fragte er: »Pembrokes Gebäck ist also das Einzige, was du gegessen hast?«

»Das hast du doch gehört, oder?«, gab sie patzig zurück.

»Ja«, sagte er, strich ihr die Haare aus dem Gesicht und schaute sie an. Lisa seufzte nur. Sie sah sicherlich grauenhaft aus, aber nun war sie endgültig zu erschöpft, um sich Gedanken darüber zu machen. Doch was immer Robert sah, ließ ihn die Stirn in Falten legen. Es hatte irgendetwas mit ihren Augen zu tun, aber vor Ermattung konnte sie nicht einmal danach fragen.

»Hatte Pembroke vor, den heutigen Ball zu besuchen?«, fragte Robert.

Lisa überlegte, dann schüttelte sie den Kopf. »Nein. Alle anderen Männer haben mich gebeten, ihnen einen Tanz zu reservieren, aber als ich ihn ansah, um in Erfahrung zu bringen, ob er auch mit mir tanzen will, sagte er, dass er leider nicht kommen könne, weil er eine ältere Verpflichtung habe.«

»Soso, eine ältere Verpflichtung«, sagte Robert grimmig.

»Hmm«, machte sie müde, lehnte sich gegen seine Schulter und schloss die Augen. Eigentlich wollte sie nur noch schlafen, befürchtete aber, dass der Brechreiz zurückkehrte, wenn sie sich ins Bett legte, und das wollte sie um jeden Preis vermeiden. Ihr Magen und ihre Rippen schrien bereits vor Schmerz.

»Arme kleine Lisa«, murmelte Robert und strich ihr sanft über den Kopf. »Du fühlst dich hundeelend, nicht wahr?«

Sie nickte, ohne die Augen zu öffnen, und spürte, wie er ihr einen Kuss auf den Scheitel gab, doch ihr fehlte die Energie, sich über die liebevolle Geste zu freuen. Was bedeutete das auch schon? Es war nur eine harmlose, geschwisterliche Liebkosung, dachte sie, während sie langsam wegdämmerte. Als Robert sie zum Bett trug, regte sie sich wieder und murmelte schläfrig vor sich hin, doch als sie die weiche Matratze unter sich spürte, entspannte sie sich und versank in Schlaf. Schlafen war viel besser als würgen, und Letzteres hatte sie gründlich satt.

Robert richtete sich auf, nachdem er Lisa ins Bett gelegt hatte. Er deckte sie zu und betrachtete sie nachdenklich. Selbst krank sah sie noch liebreizend aus. Die dunklen Schatten um ihre Augen und ihre Blässe taten ihrer Schönheit keinen Abbruch. Und das weite, weiße Nachthemd, das sie trug, wirkte zwar uralt und bequem und nicht unbedingt anziehend, doch es vermochte ihre Rundungen nicht zu verbergen, die er klar und deutlich gesehen hatte, als sie das durchsichtige Kleid von Mrs Morgan getragen hatte.

»Hat sich ihr Magen endlich beruhigt?«

Robert drehte sich um. Bet war hereingekommen und trat an seine Seite, um nach ihrer Herrin zu sehen. Er nickte und entgegnete leise: »Hoffentlich ist es vorbei und fängt nicht wieder von Neuem an.«

»Ja«, sagte Bet seufzend. »Sie hat sich stundenlang gequält. Es fing an, als sie in ihr Zimmer kam.«

»Gleich nachdem die Männer gegangen waren«, sagte Robert.

»Ja, Gott sei Dank«, wisperte Bet. »Sie wäre doppelt so bestürzt gewesen, wenn es ihr in deren Anwesenheit so ergangen wäre.«

»Hmm«, machte Robert und ging zur Tür. »Ich bin in Richards Arbeitszimmer. Rufen Sie mich, falls es wieder losgeht oder irgendetwas anderes passiert.«

»Ja, Mylord«, entgegnete Bet leise und setzte sich in den Sessel neben dem Bett, um über ihre Herrin zu wachen.

Robert ließ die Tür offen stehen, damit er Bet hören konnte, falls sie nach ihm rief. Er ging zur Treppe, um wie beabsichtigt das Arbeitszimmer aufzusuchen, machte jedoch auf halbem Wege kehrt und ging in sein Zimmer. Er wollte sich die Zeit mit Lesen vertreiben, doch das Buch, in dem er am vergangenen Abend vor dem Schlafengehen gelesen hatte, lag noch auf seinem Nachttisch. In seinem Zimmer angekommen hielt er es für besser, dortzubleiben, und ließ auch seine Tür offen stehen. So war er näher bei Lisa und konnte schneller reagieren, falls er gebraucht wurde.

Lisa drehte sich schlaftrunken auf den Rücken und erwachte. Ihr Kopf kippte zur Seite, und als sie die Augen öffnete, fiel ihr Blick auf Bet, die zusammengesackt in dem Sessel neben dem Bett schlief. Es brannten zwar keine Kerzen oder Petroleumlampen im Raum, doch die Tür stand weit offen und aus dem Korridor kam so viel Licht herein, dass sie ihre Zofe mühelos ausmachen konnte. Sie lächelte unwillkürlich. Bet war die beste Zofe, die man sich wünschen konnte. Sie waren mehr oder weniger zusammen aufgewachsen und die besten Freundinnen.

Ein kratzendes Geräusch lenkte ihre Aufmerksamkeit auf das Fenster und sie stellte fest, dass ein Ast an der Scheibe scheuerte. Als sie den Blick wieder abwenden wollte, fiel ihr die Bewegung des Astes auf. Er wippte auf und ab, was ihr merkwürdig vorkam. Sie brauchte einen Augenblick, um sich darüber klar zu werden, warum: Im Wind hätte der Ast eigentlich hin und her schwingen müssen und nicht auf und ab.

Nach kurzem Zögern setzte sie sich vorsichtig auf. Als ihr Magen nicht sofort rebellierte, atmete sie erleichtert auf, schwang die Beine aus dem Bett und erhob sich zitterig. Der Brechreiz mochte vergangen sein, aber die Nachwirkungen spürte sie deutlich. Ihre Bauchmuskeln beklagten sich bitterlich über die Strapazen, und sie hatte wacklige Beine und das Verlangen nach Flüssigkeit, wenn nicht gar nach einer üppigen Mahlzeit.

Das alles ignorierte sie allerdings erst einmal und ging zum Fenster, um herauszufinden, woher die seltsamen Bewegungen des Astes rührten. Noch bevor sie es erreichte, hörten sie jedoch abrupt auf. Neugierig schaute sie hinaus, doch das Licht aus dem Korridor spiegelte sich in der Scheibe und sie konnte nichts sehen. Also öffnete sie das Fenster kurzerhand.

Als sie sich hinauslehnte, war draußen alles still. Der Baum rührte sich nicht mehr. Lisa vermutete, dass eine Eule oder ein anderes Geschöpf der Nacht auf dem Ast gesessen hatte, und schaute hinauf in den Himmel. Er war sternenlos und pechschwarz, stellte sie fest und atmete die kühle Nachtluft in tiefen Zügen ein.

Erst dann merkte sie, dass es im Zimmer etwas unangenehm roch. Sie ließ das Fenster auf, um frische Luft hereinzulassen, und ging wieder zum Bett. Dabei überlegte sie, ob sie sich anziehen und nach unten gehen sollte, um etwas zu essen. Ihr knurrte vor Hunger der Magen. Kein Wunder, dachte Lisa, er war ja auch ganz leer.

Ob der Erinnerung an das scheinbar stundenlange Erbrechen – das der Grund für ihren leeren Magen war – verzog sie angewidert das Gesicht und griff zu ihrem Morgenmantel, der am Fußende des Betts ausgebreitet war, als plötzlich ein Geräusch an ihr Ohr drang. Sie erstarrte, und als sie sich umdrehen wollte, wurde sie von hinten gepackt. Gleichzeitig hielt ihr eine Hand den Mund zu und erstickte den entsetzten Schrei, der ihr entfuhr.

Bevor ihr richtig klar wurde, was geschah, strampelte sie mit den Beinen, als sie hochgehoben und zum Fenster getragen wurde. Was sie schließlich rettete, war eine glückliche Fügung. Ihr Entführer kam dem Sessel, in dem sie gern saß und las, zu nah, und bei ihrem wilden Gestrampel schlug ihr Fuß hart gegen das Möbel und brachte es ins Wanken.

Lisa ächzte vor Schmerz, und als der Sessel zu Boden krachte, sah sie, wie Bet aus dem Schlaf aufschreckte. Im nächsten Moment schrie ihre Zofe aus vollem Halse und sprang auf, um ihr zu Hilfe zu eilen.

Ob sie den Angreifer mit ihrem Ansturm vertrieb oder ob er die Flucht antrat, weil ihr Schrei gewiss nicht ungehört bleiben würde und Rettung nahte, wusste Lisa nicht, doch sie wurde augenblicklich losgelassen und schlug mit den Knien auf dem Holzboden auf. Bet hockte sich sogleich neben sie, und ihr Blick wanderte von Lisa zu dem flüchtenden Mann. »Alles in Ordnung, Miss?«

»Ja«, keuchte Lisa, und als sie einen Blick über die Schulter warf, sah sie den Angreifer aus dem Fenster klettern.

»Was zum Teufel geht hier vor?«

Robert stürzte herein, und sie wollte es ihm erklären, doch er hatte den Mann am Fenster offenbar schon bemerkt und hielt auf ihn zu. Lisa rutschte hastig zur Seite, um ihm Platz zu machen, doch als Robert das Fenster erreichte, war der Mann bereits verschwunden. Das hielt Robert jedoch nicht auf. Blitzschnell kletterte er ebenfalls aus dem Fenster und nahm die Verfolgung des Angreifers auf.

»Ach herrje«, jammerte Lisa und ließ sich von Bet aufhelfen. Sie wankte zum Fenster und zuckte zusammen, als ihre Knie, Schienbeine und Bauchmuskeln alle gleichzeitig protestierten. Aber sie ignorierte die Schmerzen und lehnte sich hinaus, um das Geschehen zu beobachten. Sie sah, wie ihr Angreifer von dem Baum sprang und davonlief. Robert war noch ein gutes

Stück über dem Boden, als er sich von einem Ast ins Gras fallen ließ. Er ächzte, als er landete, und sprang gleich wieder auf, aber der Angreifer hatte sich bereits einen ordentlichen Vorsprung verschafft. Und er rannte, als wäre der Leibhaftige hinter ihm her, während Robert sich offenbar verletzt hatte und leicht humpelte.

»Lord Langley wird ihn niemals kriegen«, sagte Bet enttäuscht.

»Nein«, pflichtete Lisa ihr seufzend bei und schloss das Fenster, als Robert aus ihrem Blickfeld verschwand.

»Sollten Sie es nicht für Lord Langley offen lassen?«, fragte Bet.

»Ich bin sicher, dass er zur Haustür hereinkommen und nicht den Baum hochklettern wird«, entgegnete Lisa.

»Oh, natürlich«, sagte Bet und zog die Vorhänge rasch zu, bevor sie Lisa folgte, die zum Bett ging, um sich ihren Morgenmantel anzuziehen, wie sie es hatte tun wollen, bevor sie von hinten gepackt worden war. »Wie fühlen Sie sich jetzt?«, fragte Bet besorgt.

»Mein Bauch, meine Knie und meine Schienbeine tun mir weh, und ich habe Hunger«, entgegnete Lisa matt, dann fügte sie mit festerer Stimme hinzu: »Ich würde alles dafür geben, einen Tee zu bekommen.«

»Meinen Sie, Sie behalten ihn bei sich?«, fragte Bet. »Sie wollen sich gewiss nicht wieder übergeben.«

»Ich denke schon«, sagte Lisa und knotete den Gürtel ihres Morgenmantels zu. »Zumindest hoffe ich es, denn zur Beruhigung meiner Nerven könnte ich wahrlich eine Tasse vertragen.«

»Das glaube ich«, sagte Bet mitfühlend. »Dann setzen Sie sich einfach und entspannen sich und ich hole Ihnen etwas.« Sie richtete den umgekippten Sessel wieder auf und drängte sie, Platz zu nehmen.

Lisa setzte sich hin. Vor allem, weil sie sich zittriger fühlte als zuvor beim Aufstehen. Sie protestierte auch nicht, als Bet eine Decke über ihren Beinen ausbreitete und diese rings um sie feststopfte, atmete jedoch erleichtert auf, als Bet von ihr abließ und nach unten ging, um ihr etwas zu trinken und zu essen zu besorgen.

Endlich allein, lehnte Lisa sich erschöpft zurück und ließ die Ereignisse mit geschlossenen Augen Revue passieren. Sie hatte keine Ahnung, woher der Angreifer gekommen war, denn sie war sich ziemlich sicher, dass der Baum leer gewesen war, als sie aus dem Fenster geschaut hatte. Es war allerdings stockdunkel draußen, und vermutlich hatte sich der Mann in dem dichten Blattwerk ihrem Blick entzogen. Und sie hatte das verflixte Fenster auch noch offen gelassen, sodass er leichtes Spiel gehabt hatte, dachte sie verärgert.

»Lisa?«

Sie öffnete blinzelnd die Augen und sah Robert mit einer brennenden Kerze hereinkommen. Er stellte sie auf dem Nachttisch ab und trat zu ihr.

»Geht es dir gut?«, fragte er besorgt.

»Ja«, entgegnete Lisa und setzte sich etwas aufrechter hin. »Und dir, Robert? Du hast gehumpelt, als du ihm nachgelaufen bist.«

Er verzog verärgert das Gesicht. »Ich bin nur falsch aufgekommen und mit dem Fuß umgeknickt. Daher war ich leider zu langsam und musste ihn ziehen lassen.«

»Setz dich«, sagte sie und zeigte aufs Bett. Doch statt ihrem Vorschlag zu folgen, humpelte er zu dem Sessel, in dem Bet geschlafen hatte, und stellte ihn vor ihrem ab. Dann ließ er sich hineinfallen, fuhr sich mit der Hand durch die Haare und sagte: »Erzähl mir, was passiert ist.«

Lisa berichtete ihm rasch, wie sie aufgewacht war und den

auf und ab wippenden Ast bemerkt hatte, wie sie danach aus dem Fenster geschaut hatte und von dem darauf folgenden Angriff. Als sie fertig war, lehnte sie sich zurück und harrte seiner nächsten Frage. Sie ließ nicht lange auf sich warten.

»Hast du sein Gesicht gesehen?«

»Er hatte eine Art Kapuze mit Löchern für die Augen auf, aber nicht einmal seine Augen konnte ich genau erkennen. Tut mir leid«, entgegnete sie.

»Du kannst doch nichts dafür. Er wollte offensichtlich nicht erkannt werden«, tröstete Robert sie und schaute nachdenklich zum Fenster.

»Du glaubst, dass es mein Verehrer war«, sagte sie leise. »Jemand, den ich erkannte hätte, wenn ich sein Gesicht gesehen hätte.«

»Oder jemand, der für ihn arbeitet und den du ebenfalls erkannt hättest«, ergänzte Robert achselzuckend.

Lisa nickte. Auch das war möglich.

»Ich möchte, dass du dich künftig von Pembroke fernhältst«, sagte Robert und sie sah überrascht auf.

»Von Pembroke? Wieso ausgerechnet von ihm?«, fragte sie. Er war der Zweite auf ihrer Liste potenzieller Ehemänner und rangierte gleich hinter Findlay. Er sah gut aus, war aufmerksam und bemühte sich sehr, ihr mit einem Picknick und dergleichen zu Gefallen zu sein.

»Weil du heute Abend auf dem Ball wärst, wenn dich sein Gebäck nicht krank gemacht hätte.«

»Es ist doch nicht seine Schuld, dass ich mich von den Süßigkeiten seiner Köchin übergeben musste«, erwiderte Lisa belustigt.

»Es ist sehr wohl seine Schuld, falls er etwas hineingetan hat, um dich absichtlich krank zu machen, Lisa«, erklärte Robert und sie erbleichte vor Entsetzen.

»Das glaubst du im Ernst?«

»Alle anderen Männer haben damit gerechnet, dass du heute Abend den Ball besuchst«, erläuterte er. »Und wahrscheinlich geht ihnen just in diesem Moment auf, dass sie vergeblich auf dich gewartet haben. Aber derjenige, der dich angegriffen hat oder dich hat angreifen lassen, hat schon vorher gewusst, dass du zu Hause bleibst.«

»Oh, es ist gewiss schon so spät, dass – «

»Es ist exakt eine Stunde vergangen, seit du eingeschlafen bist und ich das Zimmer verlassen habe, Lisa«, sagte er. »Länger als ein paar Minuten können Christiana und Richard noch nicht auf dem Ball sein. Wenn sie es überhaupt schon geschafft haben, aus der Kutsche zu steigen und den Eingang zu erreichen.«

»Oh«, machte Lisa. Robert hatte recht.

Bei beliebten Bällen konnte es eine mühsame Angelegenheit sein, in den Saal zu gelangen. Die schmalen Straßen waren jedes Mal überfüllt, es herrschte reger Verkehr und die Schlange der Kutschen, aus denen die Gäste ausstiegen, war endlos lang. Danach stand man noch einmal vor dem Eingang zum Ballsaal Schlange, bis man angekündigt wurde. Das Ganze gestaltete sich meist äußerst langwierig. Auf dem Rückweg war es nicht mehr so schlimm, aber auch der konnte zu einer harten Prüfung werden, wenn man so lange wartete, bis alle anderen ebenfalls nach Hause aufbrachen.

»Halt dich einfach vorläufig von ihm fern«, wiederholte Robert und dieses Mal nickte sie, wenn auch etwas widerstrebend. Pembroke schien so ein netter Mann zu sein. Und sie hatte sich auf die Flussfahrt und das Picknick gefreut. Besser gesagt freute sie sich darauf, seit sie nicht mehr mit dem Kopf über der Schüssel hing. Wenn allerdings seine Köchin das Picknick vorbereitete, war es vermutlich klug, darauf zu verzichten. Schließlich wollte sie nicht erneut so enden.

»Bitte sehr!«, sagte Bet fröhlich und kam mit einem Tablett ins Zimmer. »Ich habe auch Ihnen Tee und etwas zu essen mitgebracht, Lord Langley. Ich dachte, Sie könnten eine Stärkung gebrauchen.«

»Vielen Dank, Bet.« Robert erhob sich und platzierte den Tisch zwischen Lisas Sessel und seinem, damit Bet das Tablett darauf abstellen konnte. »Das ist sehr freundlich von Ihnen.«

»Gern geschehen, Mylord«, entgegnete Bet und errötete ob seines Lobs. Nachdem sie das Tablett abgesetzt hatte, zögerte sie einen Moment, dann ging sie zur Tür. »Die Köchin hat mich gebeten, ihr beim Ausbessern ihrer Schürze zu helfen. Ich werde sehen, was ich für sie tun kann, während Sie essen. Rufen Sie nach mir, wenn Sie mich brauchen.«

Lisa bedankte sich bei Bet, als sie das Zimmer verließ. Dann wandte sie ihre Aufmerksamkeit dem Tablett zu. Darauf befanden sich zwei Teller mit kalten Hähnchenkeulen, Gurkensandwiches und Brombeertörtchen, eine Kanne Tee und zwei Tassen. Lisa leckte sich die Lippen und zog einen Teller näher an sich heran, um mit der Hähnchenkeule zu beginnen, doch als sie sie zum Mund führte, hielt sie erschrocken inne und ihre Augen weiteten sich, denn Robert begann, den Tee auszuschenken.

»Entschuldige!«, sagte sie und legte die Keule ab. »Ich mache das schon.«

Es war grundsätzlich die Aufgabe der Frau, den Tee auszuschenken, aber Robert schmunzelte nur. »Nein, iss bitte. Du bist offensichtlich sehr hungrig. Ich kümmere mich schon um den Tee.«

»Vielen Dank«, sagte Lisa, griff wieder zu der Hähnchenkeule und nahm einen großen Bissen. Sie stöhnte vor Wonne, als sich ihr Mund mit dem Aroma von gebratenem Hähnchen füllte. Selbst kalt schmeckte es himmlisch. Allerdings war sie so hungrig, dass sie wohl auch Porridge schmackhaft gefunden hätte, und Porridge war ihr äußerst zuwider.

»Langsam!«, mahnte Robert, als sie schluckte und gleich wieder in die Keule biss. »Dein Magen ist wahrscheinlich noch etwas empfindlich. Du willst doch nicht, dass dir wieder schlecht wird.«

»Nein, natürlich nicht«, entgegnete Lisa, zwang sich, die Keule abzulegen, und griff zu dem Tee, den Robert ihr gerade eingeschenkt hatte. Danach schwiegen sie eine Weile, aßen und genossen ihren Tee. Erst nachdem sie beide ihren Teller zur Seite geschoben hatten, sah Lisa ihn wieder an und sagte leise: »Danke, Robert.«

»Wofür?«, fragte er verdutzt. »Ich habe das Essen nicht gebracht. Das war Bet.«

Sie lächelte. »Nicht dafür, sondern für … alles andere. Dafür, dass du mich gerettet hast, als ich bei Mrs Morgan festsaß. Dafür, dass du seitdem auf mich aufpasst und dass du den Eindringling verfolgt hast. Ich weiß, ich habe dir das Leben schwer gemacht, aber ich weiß deine Bemühungen zu schätzen. Nach der Sache in der Kutsche war wahrscheinlich mein Stolz ein wenig verletzt, aber du hattest recht«, erklärte sie rasch, ohne innezuhalten. »Ich habe zwar für dich geschwärmt, als wir jung waren, aber wir sind uns schon viel zu lange zu nah gewesen, als dass aus unserer Beziehung mehr als eine geschwisterliche werden könnte. Ich kann mir nicht einmal mehr vorstellen, dass du mich küsst oder meine Wange streichelst, wie Charles es getan hat. Schon der Gedanke ist lächerlich.«

Lisa erhob sich, kam um den Tisch herum, um ihm einen Kuss auf die Wange zu geben, und zog sich auf dem Weg zum Bett ihren Morgenrock aus.

»Gute Nacht, Robert«, sagte sie gähnend. »Und schlaf gut.

Ich werde ganz gewiss gut schlafen, weil ich weiß, dass du hier bist, in Rufweite, und über mich wachst.«

Damit kletterte sie ins Bett, zog sich die Decke bis ans Kinn und schloss die Augen.

Robert blieb eine ganze Weile vor dem Bett stehen und starrte sie an, während ihm ihre Worte durch den Kopf gingen. Sie konnte sich nicht einmal vorstellen, von ihm geküsst oder liebkost zu werden wie von Findlay? Nun, er konnte es sich verdammt gut vorstellen! Und er hätte es auf dem Ball am Vorabend verflucht noch mal um einiges besser gemacht als Findlay, der eine äußerst schwache Leistung geboten hatte.

Dieser Gedanken wurde im nächsten Moment von einer wahren Bilderflut verdrängt. Er hatte noch vor Augen, wie ihr Morgenrock und ihr Nachthemd aufgeklafft waren, als sie sich zu ihm vorgebeugt hatte, um ihn auf die Wange zu küssen. Er hatte beinahe bis hinunter zu ihrem Nabel schauen können, aber er war sicher, dass sie nicht geahnt hatte, was für einen Ausblick er gehabt hatte. Und als sie den Morgenrock abgestreift hatte, um ins Bett zu gehen, war der Halsausschnitt ihres Nachthemds verrutscht, und er hatte ein gutes Stück ihrer milchweißen Schulter zu sehen bekommen. Nun lag Lisa dort, nur ein paar Meter von ihm entfernt, nackt bis auf ein dünnes Hemdchen und vollkommen unbesorgt, obwohl ein heißblütiger Mann vor ihr saß. Und er war verdammt heißblütig. Er spürte, wie das Blut regelrecht in seinen Adern kochte.

Aber kümmerte es Lisa? Nein, zum Teufel! Offenbar war sie zu dem Schluss gekommen, dass er recht hatte und sie sich besser mit einem dieser hohlköpfigen Idioten, die sie in den vergangenen Tagen umworben hatten, abgab.

Verdammt. Sie brachte ihn noch ins Grab, wenn er diese Angelegenheit nicht schnell erledigt bekam und sich von ihr zurückzog. Er stand auf, um das Tablett aus dem Zimmer zu tragen.

»Gute Nacht, Robert«, murmelte Lisa, als er die Tür erreichte, und es war das Reizendste, was er jemals gehört hatte: ein sanftes, verträumtes, verführerisches Säuseln. Er konnte sich gut vorstellen, wie sie seinen Namen genau auf diese Weise sagte, wenn er zu ihr ins Bett schlüpfte und seinen nackten Körper an ihren schmiegte.

Ja, sie brachte ihn ganz sicher eines Tages ins Grab, befand Robert. Er gab keine Antwort, sondern ging schweigend und in trüben Gedanken versunken den Korridor hinunter.

9

»Ich hoffe, es geht Ihnen besser, Miss Madison.«

Lisa wandte sich von Suzette ab, um den Mann anzuschauen, der das Wort an sie gerichtet hatte. Ihre Augen weiteten sich, als sie sah, dass es Lord Pembroke war, von dem sie sich fernhalten sollte. Ihr hätte klar sein müssen, dass er den Ball ebenfalls besuchte.

»Oh ja, ich …«, begann sie zu erklären, dann fragte sie argwöhnisch: »Woher wissen Sie, dass ich krank war?«

Pembroke zog angesichts ihrer forschen Frage die Augenbrauen hoch, entgegnete jedoch freundlich: »Ich habe Ihnen heute Mittag eine Visitenkarte geschickt, und Ihre Schwester hat mir geantwortet, dass Sie wegen Unpässlichkeit keinen Besuch empfangen und sich vor dem Ball lieber noch ausruhen möchten. Und Tibald hat mir gerade erzählt, dass Ihnen gestern Abend offenbar auch unwohl war und Sie nicht auf dem gestrigen Ball erschienen sind.«

»Das ist richtig«, sagte Lisa seufzend und bekam wegen ihres Argwohns ein schlechtes Gewissen. Nach nochmaliger Überlegung fiel es ihr wahrhaftig schwer zu glauben, dass Pembroke etwas mit ihrer plötzlichen Erkrankung zu tun hatte. Sie fand ihn sehr nett und sympathisch. Und sie konnte sich nicht vorstellen, dass er es bei seinem guten Aussehen nötig hatte, junge Frauen zu entführen. Die meisten warfen sich ihm wahrscheinlich aus freien Stücken an den Hals. Dieser Gedanke erinnerte sie an etwas, das Mrs Morgan über den Verehrer gesagt hatte, und schürte ihren Argwohn von Neuem.

»Geht es Ihnen denn besser?«, wiederholte Pembroke seine Frage.

»Oh ja, danke«, entgegnete sie und lächelte etwas gezwungen. »Viel besser.«

»Gut«, sagte er nickend. »Dann hoffe ich, dass Sie mir einen Tanz reserviert haben.«

»Oh … Ich befürchte …« Sie begann mit großem Getue in ihrer Hüfttasche nach ihrer Tanzkarte zu suchen, während sie fieberhaft überlegte, wie sie die Lüge formulieren sollte, dass sie keinen einzigen Tanz mehr frei hatte.

Suzette vereitelte jedoch ihre Bemühungen, Roberts Befehl Folge zu leisten und Pembroke aus dem Weg zu gehen: »Ich habe deine Karte, Liebes. Daniel hatte doch um einen Tanz gebeten und ich habe ihn für dich auf der Karte eingetragen.«

»Oh ja, natürlich«, murmelte Lisa und wandte sich ihrer Schwester zu.

»Und du hast noch ein paar Tänze frei«, erklärte Suzette vergnügt. »Siehst du? Eine Quadrille und einen Walzer. Und der Walzer ist sogar der erste Tanz des Abends und sollte jeden Moment beginnen.«

Lisa erstarrte, als Suzette ihr die Karte vor die Nase hielt.

»Wunderbar! Ich würde sehr gern den Walzer mit Ihnen tanzen«, sagte Lord Pembroke erfreut.

»Nun, dann ist es mir selbstverständlich ein Vergnügen«, sagte Lisa und nahm die Karte, um seinen Namen darauf zu notieren. Was sollte sie auch sonst tun?

Leider fiel ihr nichts Besseres ein und sie sah sich unwillkürlich nach Robert um. Er würde sehr verärgert sein, aber daran konnte sie im Augenblick nichts ändern, und so war sie beinahe erleichtert, als sie ihn mit Daniel und Richard den Saal verlassen sah. Er wollte ihnen zweifelsohne von den Ereignissen des Vorabends berichten. Sie wusste, dass er dazu noch keine Gelegenheit gehabt hatte. Christiana und Richard waren am gestrigen Abend sehr spät von dem Ball zurückgekehrt, und Robert hatte gesagt, er sei eingenickt und habe ihre Ankunft verschlafen. Und als er am Morgen aufgestanden war, war Richard bereits wieder unterwegs gewesen und zwischendurch nur kurz nach Hause zurückgekehrt, um sich für den Ball umzuziehen.

Sie war sich ziemlich sicher, dass Richard und Daniel nun die neuesten Nachrichten erfuhren.

»Es geht los. Wollen wir?«

Lisa setzte ein Lächeln auf und hakte sich bei Lord Pembroke unter, als er ihr seinen Arm bot. Es würde alles gut werden, redete sie sich zu. Er würde wohl kaum versuchen, sie schreiend und um sich schlagend von der Tanzfläche zu zerren. Und der Walzer würde hoffentlich vorbei sein, bevor Robert in den Saal zurückkehrte.

»Sind Sie sicher, dass Sie sich wohlfühlen, Miss Madison?«

Lisa sah auf. »Ja, ich … ehrlich gesagt, nein, eigentlich nicht«, sagte sie und glaubte, schließlich doch einen Weg gefunden zu haben, den Tanz zu umgehen. »Vielleicht sollte ich diesen Tanz auslassen, Mylord.«

»Selbstverständlich«, sagte er und war plötzlich ganz besorgt um sie. »Ich hätte es mir denken sollen, nachdem Sie gestern noch so krank waren. Vielleicht hätten Sie auch heute noch zu Hause bleiben sollen.«

»Ja, vielleicht«, pflichtete Lisa ihm bei, als er sie von der Tanzfläche führte, doch im selben Moment wurde ihr klar, dass sie einen Fehler gemacht hatte. Ihre Tanzkarte war voll. Wie würde es aussehen, wenn sie mit jedem anderen tanzte, nachdem sie behauptet hatte, sich nicht wohl genug zu fühlen, um mit Lord Pembroke zu tanzen? Verärgert über die missliche Lage, in die sie sich gebracht hatte, merkte sie erst, als ihr eine kühle Brise ins Gesicht wehte, dass er sie auf die Terrasse geleitet hatte. Gott, das war noch schlimmer, als mit ihm zu tanzen! Robert würde außer sich sein vor Wut.

»Ich dachte, ein wenig frische Luft würde Ihnen guttun«, sagte Pembroke fürsorglich. Ihre Bestürzung war ihm offenbar nicht entgangen. »Sie haben eine volle Tanzkarte und einige Herren werden Ihnen vermutlich nicht so viel Verständnis entgegenbringen wie ich und auf ihrem Tanz beharren. Vielleicht hilft Ihnen die frische Luft, den restlichen Abend durchzustehen.«

»Oh, ich … Selbstverständlich. Das hoffe ich«, stammelte sie, sah sich nervös um und stellte erleichtert fest, dass sie nicht allein auf der Terrasse waren. Ihre Erleichterung schwand jedoch, als er mit ihr zu der Treppe ging, die hinunter in den Garten führte.

»Mylord, ich denke, wir sollten uns nicht so weit entfernen. Meine Schwestern werden sich Sorgen machen«, sagte sie beklommen und blieb stehen.

»Es ist nicht weit«, versicherte er ihr und drängte sie zum Weitergehen. »Gleich da vorn ist eine Bank, und ich dachte, es tut Ihnen gut, sich eine Weile ruhig hinzusetzen und tief durchzuatmen. Dann fühlen sie sich bestimmt besser.«

»Oh.« Lisa biss sich auf die Lippe und schaute vom Haus zu der Bank, auf die er zeigte. Sie war wirklich nicht weit weg, lag jedoch im Dunkeln. Es war denkbar, dass Pembroke beabsichtigte, sie bewusstlos zu schlagen und abzutransportieren oder sie einfach wegzuschleppen, wie es der Mann am vergangenen Abend versucht hatte. Das hieße allerdings, dass er sie über die hohe Mauer schaffen musste, die den großen Garten umgab. Aber dem Angreifer vom Vortag hatte es anscheinend keine Sorgen bereitet, dass er sie aus dem Fenster und einen Baum hinunter hätte befördern müssen.

Lisa fragte sich plötzlich, wie er sich das überhaupt vorgestellt hatte, und bevor sie über ihr eigentliches Problem nachdenken konnte, waren sie schon fast bei der Bank angelangt. Aber egal, sie hatte ohnehin nicht die leiseste Idee, wie sie Pembroke dazu bewegen konnte, ins Haus zurückzukehren. Sie musste einfach hoffen, dass er nichts Schändliches im Schilde führte und sie wohlbehalten wieder in den Saal brachte – möglichst bevor Robert sein Gespräch mit Richard und Daniel beendet hatte.

Was allerdings ziemlich aussichtlos war, gestand sich Lisa ein, als Pembroke sie die letzten Meter zu der Bank geleitete.

»Da wären wir«, sagte er. »Bitte nehmen Sie Platz, und wir genießen eine Weile die angenehme Nachtluft. Draußen ist es sowieso viel schöner. Hier können wir uns besser unterhalten. Obwohl ich Sie dabei natürlich nicht in den Armen halten kann wie beim Tanzen.« Er ließ sich neben ihr nieder. »Aber vielleicht ist ja beides möglich.«

»Äh«, machte Lisa unsicher und unterdrückte einen überraschten Aufschrei, als er sie unvermittelt in die Arme schloss und an sich zog.

»Entspannen Sie sich«, beschwichtigte er sie. »Ich halte Sie nur ein wenig, während wir hier sitzen. Wenn ich Sie auf der Tanzfläche in den Armen halte, ist es im Grunde genommen das Gleiche, nicht wahr?«

Lisa starrte mit großen Augen die Schulter an, gegen die sie gedrückt wurde. Für sie war es ein großer Unterschied! Auf der Tanzfläche würde er es nicht wagen, sie derart zu umklammern. Und er würde seine Hände gewiss nicht so freizügig über ihren Rücken gleiten lassen.

»Mylord«, sagte sie und stemmte einen Arm gegen seine Brust, um sich zu befreien. »Das gehört sich nicht!«

»Ich weiß, aber ich kann nicht anders«, gestand Pembroke und zog sie noch fester an sich. »Ich bin jedes Mal überwältigt, wenn Sie in meiner Nähe sind, Lisa. Ich darf Sie doch Lisa nennen?« Bevor sie antworten konnte, fuhr er fort: »Mir ist noch nie ein so herrliches Geschöpf wie Sie begegnet. Wenn Sie wüssten, was ich in meinen Träumen mit Ihnen anstelle …« Ihm entfuhr ein sehnsüchtiger Seufzer. »Und ich wäre natürlich hocherfreut, wenn Sie sich bereit erklären würden, meine Frau zu werden.«

»Äh …« Lisa versuchte immer noch, sich von ihm zu lösen. Sie bekam allmählich keine Luft mehr, weil er sie so fest an sich drückte, und ihr kam der Verdacht, dass er es genau darauf anlegte. Womöglich wollte er ihr die Luft abdrücken, bis sie das Bewusstsein verlor, und sie entführen, um sie sich zu Willen zu machen und zu heiraten. Mrs Morgan hatte beides erwähnt, als sie von dem Verehrer gesprochen hatte.

Lieber Gott, sie hätte niemals mit ihm nach draußen gehen dürfen! Panik stieg in ihr auf, dicht gefolgt von einem plötzlichen Kraftschub, durch den es ihr gelang, Pembroke zu überrumpeln und sich zu befreien. Sie stieß ihn so heftig weg, dass er beinahe von der Bank gefallen wäre, aber er fing sich im letzten Moment. Bis er jedoch das Gleichgewicht wiederfand und sich aufrichtete, war Lisa bereits aufgesprungen und lief auf das Haus zu.

»Miss Madison!«

»Miss Madison.«

Der erste Ruf kam von Pembroke, doch der zweite kam von der Terrasse her. Als Lisa aufschaute, sah sie zu ihrer Erleichterung Lord Tibald die Treppe herunterkommen, und schenkte ihm ein strahlendes Lächeln.

»Mylord«, begrüßte sie ihn ein wenig atemlos und warf einen bangen Blick über die Schulter. Da Pembroke ihr hinterhereilte, blieb sie nicht stehen und hastete an Lord Tibald vorbei die Treppe hoch.

»Gehen Sie nur«, sagte Tibald zuvorkommend. »Ich kümmere mich um ihn. Er hatte vor dem Ball ein paar Drinks zu viel, und wenn er betrunken ist, macht er immer Schwierigkeiten.«

»Vielen Dank, Mylord«, rief Lisa ihm zu und überquerte die Terrasse. Sie hatte den Eingang fast erreicht, als jemand aus dem Dunkeln trat, ihren Arm mit eisernem Griff umklammerte und sie zu der Tür eines unbeleuchteten Nebenraums zog. Lisa war so überrascht, dass sie weder schrie, noch sich wehrte, bis es zu spät war und sie in den finsteren Raum gedrängt wurde.

»Was zum Teufel hast du dir dabei gedacht? Ich habe dir gesagt, du sollst dich von Pembroke fernhalten, und dann musste ich von Suzette erfahren, dass du mit ihm Walzer tanzt. Nur dass du gar nicht auf der Tanzfläche warst! Du hast dich von ihm in den Garten geleiten lassen!«

»Robert«, stieß Lisa erleichtert hervor, als sie seine Stimme erkannte und er die Tür zur Terrasse schloss.

»Verdammt, Lisa, ich tue alles, um für deine Sicherheit zu sorgen«, schimpfte er, riss ein Streichholz an und zündete damit die Kerze an, die auf einem Beistelltisch stand. »Aber es wäre sehr hilfreich, wenn du deinen Verstand benutzen und dich nicht bei jeder Gelegenheit in Gefahr bringen würdest!«

»Ich bringe mich bei jeder Gelegenheit in Gefahr?«, wiederholte sie erstaunt, als er sie zornig anstarrte.

»Ja, du trinkst Tee in Bordellen, öffnest Entführern dein Fenster und verschwindest mit einem Mann im Garten, der womöglich der Verursacher aller Probleme ist. Was zum Teufel hast du dir dabei gedacht?«

»Ich wusste nicht, dass Mrs Morgan ein Bordell führt!«, protestierte Lisa aufgebracht. »Und ich habe diesem Mann ganz gewiss nicht das Fenster geöffnet, ich wollte nur ein bisschen frische Luft und … Verdammt noch mal! Ich wollte den Ballsaal nicht verlassen. Ich wollte nicht, dass er mich so befingert. Ich habe vielmehr versucht, mich zu wehren.«

»Nun, es hat beileibe nicht so gewirkt, als hättest du gegen Pembrokes Umarmung angekämpft«, knurrte er. »Du hast so unbekümmert ausgesehen wie ein billiges –«

Er wurde jäh unterbrochen, als sie ihm eine schallende Ohrfeige verabreichte.

Lisa konnte nicht fassen, was sie getan hatte. Sie hatte das nicht beabsichtigt, ihr war nicht einmal bewusst gewesen, was sie tat, bevor ihre Hand in sein Gesicht geklatscht war. Stumm sah sie Robert an, der lediglich eine Augenbraue hochzog und sich an die Wange fasste.

»Interessant. Mich schlägst du, ihn aber nicht, obwohl dir sein Verhalten doch angeblich so sehr missfallen hat. Das lässt ja tief blicken.«

Lisas Hand flog erneut empor, doch diesmal fing er sie ab.

»Einmal genügt«, knurrte er und hielt sie am Handgelenk fest. »Wenn du es wieder tust, muss ich dich bestrafen.«

Prompt holte Lisa mit der anderen Hand aus. Sie war so wütend, dass sie sich am liebsten auf ihn gestürzt hätte, um ihn zu schlagen, zu treten und zu kratzen und ihm obendrein die Haare auszureißen. Doch ihre Wut rührte nicht allein von dem her, was Robert beinahe gesagt hätte. Sie war zornig, weil er zu beschränkt war, um sie zu lieben. Sie war aufgebracht, weil sie sich so hilflos in Lord Pembrokes Armen gefühlt hatte, bevor sie sich hatte befreien können. Sie war völlig außer sich, weil eine Frau, die sie für ihre Freundin gehalten hatte, versucht hatte, sie zu betäuben und an einen unbekannten Mann zu verschachern, und sie war ausgesprochen entsetzt darüber, dass dieser unbekannte Mann glaubte, er könne und dürfe sie schänden und heiraten, auch gegen ihren Willen. Sie war unglaublich wütend wegen alldem, und Robert bot sich als Zielscheibe an.

Einen Moment lang starrten sie einander an, schwer atmend unter dem Ansturm der Gefühle, dann zog Robert sie plötzlich an sich, nahm ihre Arme und hielt sie hinter ihrem Rücken fest, um sie noch enger an sich zu ziehen und sie zu küssen.

Wenn das eine Strafe sein sollte, dann war sie äußerst angenehm, dachte Lisa, als er seinen Mund fest auf ihren presste und sie nötigte, die Lippen zu öffnen. Robert küsste eindeutig anders als Lord Findlay; seinem Kuss ging jede Sanftheit ab. Von einer leichten Berührung der Lippen konnte keine Rede sein. Auch kam nicht das Gefühl in ihr auf, mehr zu wollen, ohne dieses »mehr« genauer definieren zu können. Denn nun bekam sie mehr. Roberts Zunge umspielte die ihre und wich wieder zurück, nur um ihre Zunge von Neuem zu umschlingen. Das hatte ihr bei Findlay gefehlt, stellte Lisa fest, als sie den Kuss erwiderte und sich unwillkürlich enger an Robert schmiegte.

»Herr im Himmel«, murmelte Robert und riss seinen Mund von ihrem los, um erst ihre Wange, dann ihren Hals mit Küssen zu bedecken und hier und da an ihr zu knabbern.

Lisa stöhnte vor Wonne und versuchte, ihre Hände zu befreien, um ihn anfassen zu können.

»Du treibst mich in den Wahnsinn«, knurrte er, umfing ihre Handgelenke mit einer Hand, um die andere ihre Taille hinaufwandern zu lassen.

Lisa rang nach Atem und ging auf die Zehenspitzen, als seine Hand eine ihrer Brüste umfing. Sie versuchte, sich der Liebkosung zu entziehen, während sie ihr gleichzeitig entgegendrängte. Sie stöhnte abermals, als sich sein Mund über ihr Schlüsselbein auf ihr Dekolleté zubewegte, und flüsterte inständig seinen Namen, als sie spürte, wie er am Ausschnitt ihres Kleides nestelte, um ihre Brust zu befreien, deren obere Hälfte seine Zunge inzwischen erreicht hatte.

Zu ihrer großen Erleichterung ließ er ihre Handgelenke los, sodass sie die Arme um seine Schultern legen konnte, während er sich nun mit beiden Händen an ihrem Ausschnitt zu schaffen machte, bis er eine Brust befreit hatte, die er sogleich fest mit den Händen umschloss, um begierig daran zu saugen.

»Robert!«, stieß Lisa verblüfft über die Wellen der Erregung hervor, die durch ihren Körper jagten. Das war also das warme Prickeln, von dem sie in den Büchern von Fanny und Sophia gelesen hatte. Sie hatten es allerdings nicht sehr gut beschrieben, fand sie und klammerte sich an Roberts Schultern fest, bis sie es nicht mehr aushalten konnte und ihn bei den Haaren packen musste, um seinen Kopf wieder nach oben zu ziehen.

Robert kam ihrer stummen Aufforderung nach, und diesmal war sein Kuss noch fordernder. Dabei hörte er nicht auf, ihre nackte Brust zu liebkosen. Seine andere Hand ruhte inzwischen auf ihrem Gesäß und presste ihre Hüften gegen seine.

Lisa merkte zwar, dass er sie durch den Raum schob, ahnte aber nicht, was er vorhatte, bis sie etwas Hartes im Kreuz spürte und Robert sie an der Taille fasste und auf den harten Gegenstand setzte. Ein Tisch, vermutete sie, vielleicht ein Schreibtisch. Und während sie sich neugierig umsah, kehrte seine Hand zu ihrer Brust zurück. Mit der anderen schob er ihren Rock hoch und fuhr vom Knie aus an der Außenseite ihres Schenkels entlang.

Lisa wand sich stöhnend unter der Berührung, rutschte unruhig auf der harten Oberfläche herum, auf der sie saß, und erwiderte den Kuss mit großer Leidenschaft. Sie krallte die Finger in sein Haar, und als seine Hand ihren Schenkel hinunterglitt, nur um an der Innenseite wieder hinaufzuwandern, krümmte und wand sie sich noch viel mehr und stöhnte wollüstig in seinen Mund. Als seine Fingerspitzen die Löckchen zwischen ihren Beinen berührten, bäumte sich Lisa geradezu auf und presste die Schenkel zusammen, um seine Hand dort festzuhalten.

Abgelenkt von dem, was Robert tat, merkte Lisa zunächst nicht, dass der Tisch, auf dem sie saß, im Begriff war umzustürzen. Robert schaltete etwas schneller und versuchte noch, das Schlimmste zu verhindern, doch er verlor das Gleichgewicht und strauchelte und ging mit ihr zu Boden. Er landete mit seinem ganzen Gewicht auf ihr, als sie mit dem Rücken auf den harten Dielen aufschlug. Lisa ächzte vor Schmerzen. Sie rührten nicht nur von dem Aufprall her, sondern strahlten auch von ihren Kniekehlen aus, gegen die sich die Tischkante drückte.

»Verdammt«, brummte Robert und beeilte sich, von ihr herunterzukommen und aufzustehen. »Hast du dich verletzt?«

Lisa zuckte zusammen, öffnete jedoch die Augen und lächelte ihn schief an. »Ich denke schon. Ich bekomme vielleicht ein paar blaue Flecke, aber sonst ist alles in Ordnung.«

»Es tut mir leid«, entschuldigte er sich und half ihr auf.

Lisa erhob sich vorsichtig und verzog ob ihrer Schmerzen das Gesicht.

Sobald Robert sicher war, dass Lisa sich nichts gebrochen hatte, richtete er den Tisch wieder auf und stellte die Dinge an ihren Platz zurück, die sich außer ihnen darauf befunden hatten. Als Lisa bewusst wurde, dass ihre Brust immer noch entblößt war, richtete sie rasch ihr Dekolleté. Dann strich sie sich prüfend über die Haare und versuchte, eventuelle Schäden an ihrer Frisur zu beheben, was sich allerdings recht schwierig gestaltete.

Sie schaute sich im Raum um und entdeckte einen Spiegel. Als sie sich darin betrachtete, stellte sie erleichtert fest, dass ihre Frisur nicht sehr gelitten hatte. Sie zupfte sie zurecht, dann strich sie ihr Kleid glatt, bevor sie sich nervös zu Robert umdrehte, der bereits mit dem Aufräumen fertig war und sie schweigend betrachtete. Diesen Blick kannte sie. Sie hatte ihn schon oft bei ihm gesehen, wenn er über ein Problem nachdachte, das er nicht recht zu lösen wusste.

Es war ziemlich demütigend, nach dem, was sie gerade getan hatten, als Problem angesehen zu werden, fand Lisa und straffte unwillkürlich die Schultern, um sich gegen das zu wappnen, was immer Robert nun sagen würde.

Doch er meinte lediglich: »Wir sollten besser in den Saal zurückkehren. Deine Tanzkarte ist voll, wie Suzette sagte, und deine Abwesenheit wird nicht unbemerkt bleiben.«

Lisa starrte ihn einen Augenblick lang wortlos an – so enttäuscht, als hätte er sie beleidigt oder geschlagen. Dann wandte sie sich jedoch einfach zum Gehen.

»Du hast natürlich recht«, sagte sie, als sie die Tür erreichte. »Hier kann ich schließlich keinen Ehemann finden, nicht wahr?«

Sie öffnete die Tür und hielt raschen Schrittes auf die Musik und die Stimmen zu, die aus dem Ballsaal zu hören waren.

»Da sind Sie ja! Ich habe Sie schon überall gesucht. Unser Tanz beginnt jeden Moment.«

Lisa blieb ruckartig stehen und setzte ein Lächeln auf, als Lord Findlay sie am Eingang des Saals abpasste.

»Ich …« Sie hielt inne und warf einen Blick über die Schulter, als er an ihr vorbeischaute und die Augen zusammenkniff. Er hatte Robert entdeckt, der ihr gefolgt war. Leider hatte Lord Langley nicht daran gedacht, sein Erscheinungsbild zu überprüfen, und sein Haar war ebenso derangiert wie seine Kleidung. Er sah aus, als … nun, als hätte er sich über eine junge Frau hergemacht. Lisa fragte sich bestürzt, ob ihre Lippen ebenso geschwollen und wund waren wie seine.

»Die Musik setzt ein, Mylord«, sagte sie schnell.

Lord Findlay richtete den Blick wieder auf sie und nickte lächelnd. »Dann sollten wir tanzen.«

Lisa atmete erleichtert auf. Seine Reaktion bedeutete hoffentlich, dass man ihr nicht ansah, was gerade vorgefallen war. Sie ließ sich von ihm auf die Tanzfläche führen, doch alle Hoffnung war dahin, als er sie in die Arme nahm und fragte: »Muss ich Langley zum Duell fordern, um Ihre Ehre zu verteidigen?«

Sie zuckte zusammen, dann straffte sie jedoch die Schultern und sagte: »Wir haben uns gestritten.«

Charles zog zweifelnd eine Augenbraue hoch.

»Und dann habe ich ihn geschlagen«, fuhr sie zögernd fort, bevor sie plötzlich alles in einem Schwall ausplauderte: »Und dann habe ich ihn noch einmal geschlagen und er hat mich zur Strafe geküsst und dann ist der Tisch umgekippt und er hat ihn wieder aufgestellt und wir haben den Raum verlassen.« Sie verzog das Gesicht, als sie merkte, dass sie heftig errötete.

Lord Findlay schwieg einen Augenblick, dann räusperte er sich und fragte: »Bestraft Langley Sie denn häufiger mit Küssen?«

»Nein, natürlich nicht, das hat er noch nie getan«, versicherte ihm Lisa und plapperte nervös weiter. »Außer heute Abend, aber wissen Sie, er wollte, dass ich mich von Lord Pembroke fernhalte, doch wegen Suzette musste ich mit ihm tanzen. Pembroke ahnte jedoch, dass mir unwohl war, und dachte, es läge daran, dass ich krank gewesen war. Deshalb bestand er darauf, mich an die frische Luft zu führen. Dann fiel er über mich her und ich bin weggelaufen und Lord Tibald hat ihn aufgehalten, sodass ich wieder ins Haus gelangen konnte. Aber Robert hatte alles gesehen und zerrte mich weg, um mich auszuschimpfen, und da habe ich ihn geschlagen und so weiter, und wir sind in den Saal zurückgekehrt.«

»Verstehe«, sagte Charles.

Lisa vermied es, ihn anzuschauen. Sie hatte Angst vor dem, was sie in seinen Augen sehen würde. Doch als seine Schulter unter ihrer Hand zu beben begann, musterte sie ihn verstohlen und stellte zu ihrem Erstaunen fest, dass er sich mit aller Macht das Lachen zu verbeißen versuchte.

»Lachen Sie über mich, Mylord?«, fragte sie.

»Entschuldigen Sie bitte«, entgegnete er ernsthaft, konnte jedoch seine Erheiterung nicht lange verbergen. »Aber Sie sind einfach zu köstlich. Manchmal kann ich mir einfach keinen Reim auf das machen, was Sie sagen.«

»Oh«, machte sie. Ihre Schilderung war wohl nicht besonders schlüssig gewesen.

»Warum sollen Sie sich von Pembroke fernhalten?«, fragte Findlay.

»Weil –« Lisa hielt inne und umging es, die Wahrheit zu sagen, indem sie wiederholte, was Lord Tibald gesagt hatte. »Weil er immer Schwierigkeiten macht, wenn er ein paar Drinks zu viel hatte.«

»Oh ja, das stimmt«, entgegnete Findlay. »Und ich nehme an, das ist heute der Fall?«

»Das schien Lord Tibald zu denken«, sagte Lisa.

»Aha.« Er nickte. »Und wieso mussten Sie wegen Suzette mit Pembroke tanzen?«

Sie seufzte bekümmert. »Er hat mich um einen Tanz gebeten, und Suzette hat ihm auf die Nase gebunden, dass der erste Walzer noch frei ist, also musste ich natürlich mit ihm tanzen.«

»Natürlich«, pflichtete Charles ihr trocken bei. »Und hat Ihnen Langleys strafender Kuss gefallen?«

Lisa war so verblüfft über die unerwartete Frage, dass sie sich tatsächlich vertanzte und ins Stolpern geriet. Charles hielt sie fest und zog sie enger an sich, um sie vor einem Sturz zu bewahren, und sie suchte Zuflucht an seiner Schulter, um eine Antwort zu umgehen.

»Alles in Ordnung?«, fragte er und schob sie ein Stück von sich weg, was sehr klug war, denn es war wahrhaftig nicht schicklich, sich derart an einen Mann zu klammern.

Lisa nickte, ohne ihn anzusehen. »Ich … Ja, vielen Dank.«

Es entstand eine kleine Pause, dann bemerkte er: »Sie haben meine Frage noch nicht beantwortet – aber vielleicht ist das ja schon Antwort genug.« Er klang enttäuscht.

»Ich … Also, es ist nicht, wie Sie … Mir hat Ihr Kuss gefallen«, stammelte sie.

»Tatsächlich?«, entgegnete Charles erfreut und legte den Kopf schräg. »Und fanden Sie ihn besser oder schlechter als seinen?«

Das musste er natürlich fragen, dachte Lisa verärgert. »Die beiden Küsse waren völlig unterschiedlich. Ihrer war sanft und … äh … süß. Seiner war …« Sie suchte nach einem akzeptablen Wort. »Heiß«, »leidenschaftlich« oder »berauschend« gingen gewiss nicht an. Schließlich sagte sie: »Hart.«

Charles stutzte. »Hart? Wer?«

»Sein Kuss«, entgegnete sie stirnrunzelnd. »Darüber reden wir doch, Mylord. Wenn Sie diese Frage unbedingt erörtern wollen, bemühen Sie sich wenigstens, dem Gespräch zu folgen!«

»Ja, selbstverständlich, Verzeihung«, sagte Findlay rasch und seine Mundwinkel begannen wieder zu zucken.

»Die Küsse waren so verschieden, dass man sie gar nicht vergleichen kann.«

»Das kann ich mir vorstellen.«

Lisa kam eine Idee. »Wenn Sie mich einmal ebenso unnachgiebig küssen würden wie er, dann könnte ich vielleicht einen Vergleich anstellen«, schlug sie vor. Roberts Küsse waren überwältigend gewesen. Er hatte mühelos die leidenschaftlichsten Gefühle in ihr geweckt. Es war die aufregendste, vergnüglichste Erfahrung ihres Lebens gewesen. Und mit weniger Leidenschaft wollte sie sich in der Ehe nicht begnügen. Es war jedoch nicht sehr wahrscheinlich, dass sie Robert dazu bewegen konnte, sie zu heiraten, doch er konnte unmöglich der Einzige sein, der imstande war, solche Gefühle in ihr zu wecken.

Wenn Charles beispielsweise etwas mehr Temperament in seine Küsse legte und sie nicht wie ein rohes Ei behandelte … Nun, dann konnte vielleicht auch er diese Leidenschaft in ihr schüren.

Der Gedanke erschien ihr völlig einleuchtend. Charles hatte sie schon einmal geküsst, nur mit weniger Feuer als Robert, aber möglicherweise hatte er nur darauf Rücksicht genommen, dass sie eine Dame war.

Sie hob den Kopf, um ihn zu fragen, was er von ihrem Vorschlag hielt. Er starrte sie völlig perplex an.

»Haben Sie …« Er räusperte sich und fragte bedächtig: »Haben Sie gerade angedeutet, dass Sie gern einen harten, strafenden Kuss von mir bekommen würden?«

»Nun, das wäre mir jedenfalls lieber, als Robert um einen sanften Kuss zu bitten«, entgegnete sie trocken, und Charles schüttelte sich vor Lachen. Lisa war froh, dass es ihr gelungen war, ihn zu amüsieren, und ehe sie sichs versah, tanzte er mir ihr zur Tür hinaus.

Sie sah sich überrascht um, als er sie über die Terrasse führte. Während sie sich unterhalten hatten, hatte sie gar nicht gemerkt, dass sie in der Nähe der Tür gewesen waren. Und sie hatte nicht damit gerechnet, dass der Moment so schnell kommen würde. Im Grunde hatte sie überhaupt nicht nachgedacht, als sie den Vorschlag gemacht hatte. Sie hatte sich nur sehnlichst gewünscht, dass Lord Findlay die Erinnerung an Roberts

Kuss aus ihrem Gedächtnis löschte und sie ebenso in Erregung versetzte wie er. Wenn ihm das gelang, würde alles doch noch ein gutes Ende nehmen.

Als sie stehen blieben, stellte sie fest, dass Charles sie in den dunkelsten Winkel geführt hatte, wo sie niemand sehen konnte. Sie trat nervös von einem Bein aufs andere und schaute überallhin, nur nicht in sein Gesicht.

»Strafend, hm?«, murmelte er nachdenklich und etwas zögernd.

Lisa wollte sich schon von ihm lösen und ihn vom Haken lassen, da fasste er sie plötzlich bei den Armen, zog sie an sich und presste seinen Mund auf ihren. Das war wahrhaftig eine Strafe, dachte Lisa, als ihre Lippen grob gegen ihre Zähne gedrückt wurden. Hatte Robert sie wirklich bestrafen wollen? Wohl eher nicht, denn sein Kuss hatte sich ganz anders angefühlt. Sie war entsetzt, als Charles sie in die Lippe biss und gewaltsam mit der Zunge in ihren Mund eindrang. Statt forschend und verführerisch wie Robert bewegte er sie mit Übereifer und stopfte sie so tief in sie hinein, dass sie glaubte zu ersticken.

Robert hatte seinen Kuss zwar als Strafe bezeichnet, aber im Vergleich zu dieser Tortur war er wahrhaftig keine gewesen. Lieber Gott, und ich habe auch noch darum gebeten!, dachte Lisa, während Lord Findlay weiter an ihr herumschmatzte. Was um alles in der Welt hatte sie sich dabei gedacht?

Der Kuss – wenn man ihn denn so nennen wollte – schien nicht enden zu wollen, und Lisa war über die Maßen erleichtert, als Charles irgendwann doch den Kopf hob und sich von ihr löste.

»Und?«, fragte er etwas atemlos.

Lisa sah ihn einen Augenblick lang verdutzt an, dann räusperte sie sich und sagte: »Er war wesentlich kraftvoller als … äh … Sie wissen schon.«

Es war das Beste, was sie unter den gegebenen Umständen tun konnte. Sie konnte ihn ja schlecht kritisieren, nachdem er genau das getan hatte, worum sie ihn gebeten hatte.

»Lisa!«

Sie erkannte die Stimme sofort und drehte sich seufzend zu Robert um, der über die Terrasse auf sie zukam. Die Hände hatte er zu Fäusten geballt und sein Rücken war stocksteif. Er war natürlich wütend auf sie – aber das war er ja in letzter Zeit ständig, dachte sie unglücklich.

»Ich bin hier, Mylord«, sagte sie grimmig. »Es ist nicht nötig, mich anzubellen wie ein Hund.«

»Ab ins Haus!«, knurrte er, was ihrer Meinung nach nicht viel besser als Bellen war.

10

»Hast du die Rosinenbrötchen probiert?«, fragte Suzette und beugte sich vor, um erneut zuzugreifen. »Du solltest dir eins gönnen.«

»Nein, danke«, sagte Lisa, obwohl ihr der Magen knurrte. Sie hatte nicht vor, auch nur eine der Speisen zu kosten, die Pembroke zu dem Picknick mitgebracht hatte. Sie hatte zwar Hunger, aber ein bisschen Hunger war besser, als sich stundenlang zu erbrechen und danach noch ewig zu würgen. Sie hatte ihre Lektion gelernt. Dennoch war es nicht einfach, den anderen mit knurrendem Magen beim Essen zuzusehen. Aber das war vermutlich in Roberts Augen eine gerechte Strafe.

Sie schaute verstohlen zu ihm hinüber. Er hatte sich an einen anderen Tisch gesetzt und nicht zu ihr, Christiana, Suzette, Richard und Daniel.

Sie war davon ausgegangen, dass sie nicht an Pembrokes Picknick teilnehmen würden. Christiana hatte die Einladung jedoch entdeckt, bevor Robert sie aus dem Verkehr ziehen konnte, und sie hatte unbedingt dabei sein wollen. Sie hatten also nicht absagen können, ohne ihr die Wahrheit zu sagen, und das widerstrebte Robert aus irgendeinem Grund. Er hatte lediglich gesagt, es sei besser, Christiana nicht in Aufregung zu versetzen. Lisa wusste nicht, warum ihm das so wichtig war. Sie selbst in Aufregung zu versetzen schien ihm keine Probleme zu bereiten.

Er war seit dem vergangenen Abend ein echtes Scheusal und knurrte und blaffte sie alle paar Minuten an. Man konnte fast meinen, er sei eifersüchtig, weil er sie und Charles in – wie es für ihn ausgesehen haben musste – inniger Umarmung erwischt hatte. Falls er eifersüchtig war, würde er es jedoch niemals zugeben. Der Mann war die Sturheit in Person.

Bei dem Gedanken an Charles sah sie sich unwillkürlich um, obwohl sie wusste, dass er nicht anwesend war. Pembroke hatte gesagt, er habe mit der Begründung abgesagt, eine ältere Verpflichtung zu haben, aber sie vermutete, dass er ihn gar nicht eingeladen hatte. Lord Tibald war nämlich auch nicht da – ebenfalls wegen einer älteren Verpflichtung. Offensichtlich hatte Pembroke seine Konkurrenten ganz einfach ausgeschaltet, indem er ihnen keine Einladung geschickt hatte. Der Grund dafür war ihr allerdings schleierhaft, denn seit Beginn der Fahrt war er noch nicht an sie herangetreten. Ob er nun verlegen wegen des Gerangels auf der Gartenbank war oder verärgert, weil sie ihn zurückgewiesen hatte, oder ob er einfach zu beschäftigt mit den anderen Gästen war, um mit ihr zu sprechen – er hatte jedenfalls die meiste Zeit damit verbracht, Aufhebens um seine Mutter zu machen und für ihr Wohl zu sorgen. Er war ein echtes Muttersöhnchen.

Der Ausflug, den er organisiert hatte, war allerdings beeindruckend. Sie hatten sich alle am Hafen getroffen, waren in ein Boot gestiegen und ein Stück die Küste hinaufgesegelt zu dieser wunderhübschen Bucht. Pembroke hatte sie am Ufer aussteigen lassen, und während sie herumgewandert waren und sich die hübschen Blumen, den Wald und eine nahe gelegene Quelle angesehen hatten, hatte eine kleine Armee aus Dienern Tische, Stühle, Tafeltücher, Schüsseln und Platten mit Speisen an Land gebracht. Im Grunde war es kein Picknick, sondern ein Festessen unter freiem Himmel. Und das Angebot der Speisen war ebenfalls sehr beeindruckend. Lisa wollte jedoch kein Risiko eingehen und erneut eine Nacht über der Schüssel hängen. Außerdem war ihr Magen immer noch sehr empfindlich.

»Hmmm, und die Torte ist auch sehr köstlich«, schwärmte Christiana begeistert. »Diesmal hat sich Pembrokes Köchin wirklich selbst übertroffen.«

Lisa setzte ein Lächeln auf und erhob sich.

»Ich gehe ein Stück am Ufer spazieren, bis ihr mit dem Essen fertig seid«, sagte sie und machte sich davon, bevor jemand protestieren konnte.

Ein Teil ihrer Nervosität fiel von ihr ab, sobald sie sich von den Tischen entfernt hatte, aber so richtig entspannte sie sich erst, als sie so weit weg war, dass sie das Geplauder an den Tischen nicht mehr hörte. In der Stille bemerkte sie jedoch Schritte hinter sich, blickte stirnrunzelnd über die Schulter und seufzte, als sie Robert entdeckte, der wenige Meter hinter ihr ging: Ihr Aufpasser war da. Sie hätte wissen müssen, dass sie nicht einmal einen kleinen Moment für sich haben würde. Frieden fand sie inzwischen nur noch in ihrem Zimmer bei Christiana und Richard. Nur wenn sie sich dort aufhielt, ließ Robert sie in Ruhe. Aber allmählich fühlte sie sich darin eingeengt und bekam zuweilen regelrecht Platzangst. Dabei war das Zimmer durchaus nicht klein. Es war nur so, dass selbst der größte Raum zusammenschrumpfte, wenn man sich darin gefangen fühlte.

Mit einem unterdrückten Murren setzte sie ihren Spaziergang fort und ignorierte Robert einfach. Ursprünglich hatte sie nicht vorgehabt, viel weiter zu gehen, doch dass er hinter ihr war, trieb sie dazu an, dem Weg am Ufer über die nächste Biegung hinaus zu folgen, sodass sie aus dem Blickfeld der anderen verschwand.

»Wir sollten wohl besser zurückgehen«, sagte Robert plötzlich, und Lisa erschrak darüber, wie nah seine Stimme war. Er hatte ihr die Worte praktisch ins Ohr gesagt. Sie reagierte jedoch nicht und ging schweigend weiter.

»Lisa.«

»Was, Robert?«, fragte sie matt, drehte sich um und bedachte ihn mit einem finsteren Blick. Dann wich sie hastig einige Schritte zurück, denn er war ihr tatsächlich so nah, dass er sie hätte küssen können.

»Wohin willst du?«, fragte er, statt seine Forderung zu wiederholen.

»Einfach … irgendwohin«, entgegnete sie mit einer vagen Handbewegung. »Ich brauche einfach ein paar Minuten Ruhe.«

Robert nickte und kam an ihre Seite. »Du hast eine ganze Menge Bälle und Teegesellschaften besucht, aber normalerweise lebst du ja auf dem Lande und bist diesen Rummel und die vielen Leute gar nicht gewöhnt.«

»Ja, genau«, erwiderte Lisa sarkastisch. »Das Problem sind die vielen Leute rings um mich. Nicht das große grantige Scheusal, das mir überallhin folgt.«

Er blieb stehen und sah sie erstaunt an. »Ich versuche, für deine Sicherheit zu sorgen.«

»Und ich verstehe gar nicht, warum. Du verhältst dich, als wäre ich dir zuwider«, entgegnete sie schnippisch. »Warum bemühst du dich um meine Sicherheit, wenn du mich nicht leiden kannst? Und warum bist du überhaupt derjenige, der mich bewacht? Warum nicht einfach jemanden engagieren? Dann könntest du dich deinem fröhlichen Junggesellenleben widmen und mich vergessen.«

»Wir können niemanden engagieren. Christiana würde Fragen stellen und Richard möchte sie in ihrem Zustand nicht beunruhigen.«

Nun blieb Lisa ruckartig stehen. Sie wandte sich ihm verdutzt zu und fragte: »In ihrem Zustand?«

»Sie ist wieder schwanger, aber vorläufig soll es noch keiner erfahren … Es könnte ja sein, dass sie es erneut verliert.«

Lisa sah ihn verblüfft an, während ihr verschiedene Gedanken durch den Kopf gingen. In erster Linie empfand sie es als Vertrauensbruch, dass Robert vor ihr von Christianas Schwangerschaft erfahren hatte. Dabei war sie ihre Schwester! Es kam ihr vor, als behandelte sie jeder wie ein Kind, dem man keine wichtigen Nachrichten anvertraute.

Sie schüttelte verbittert den Kopf und ging weiter.

»Und ich hasse dich nicht, Lisa«, sagte Robert zögernd. »Das Ganze strapaziert nur ein wenig meine Geduld.«

Lisa schnaubte angesichts der Untertreibung.

»Was ist gestern Abend zwischen dir und Lord Findlay passiert?«, stieß er unvermittelt hervor.

Lisa biss sich auf die Lippe und schwieg eine Weile. Dann zuckte sie mit den Schultern. »Du hast gesehen, was passiert ist.«

»Er hat dich geküsst, aber ich hatte den Eindruck, dass er ziemlich grob mit dir umgegangen ist«, sagte Robert verdrossen.

»Er … Ich …«, stammelte Lisa und runzelte die Stirn. Dann schüttelte sie den Kopf, weil es ihr unmöglich erschien, auch nur zu versuchen, ihm die Katastrophe zu erklären, die sie selbst herbeigeführt hatte.

»Wenn er sich dir gewaltsam aufgedrängt hat –«

»Nein, nein«, fiel sie ihm rasch ins Wort, und weil es ihr unvermeidlich erschien, erklärte sie: »Er hat uns gestern Abend gesehen, nachdem du … als wir in den Saal zurückgekehrt sind. Er ahnte, dass etwas vorgefallen war. Ich gestand ihm, dass du mich mit einem Kuss für diesen Unsinn mit Pembroke bestraft hast, und er fragte, ob mir der Kuss gefallen habe und ob er besser gewesen sei als seiner. Ich sagte, die beiden seien völlig unterschiedlich gewesen, und bat ihn, mir ebenfalls einen strafenden Kuss zu geben, damit ich ihn mit deinem vergleichen kann.« Noch während sie sprach, wurde Lisa bewusst, wie dumm sie sich verhalten hatte, und verdrehte die Augen.

»Und er hat ihn dir gegeben«, sagte Robert beinahe tonlos.

Lisa nickte. »Aber er war ganz anders als deiner. Er war ruppig und … ziemlich unangenehm. Eine echte Strafe, könnte man sagen – genau wie ich verlangt hatte.« Nach einer Pause fügte sie hinzu: »Wodurch mir klar wurde, dass dein Kuss gar keine Strafe gewesen war.«

»Wir sollten wirklich zurückgehen«, sagte Robert und machte kehrt.

»Ich habe dich nie als Feigling betrachtet«, bemerkte Lisa, und als sie sich umdrehte, sah sie, wie Robert erstarrte. »Aber du bist einer, nicht wahr? Du hast Angst zu heiraten und zuzugeben, dass du mich willst. Du hast Angst zuzugeben, dass dieser Kuss gar keine Strafe war, sondern eine Ausrede, um deine leidenschaftlichen Gefühle für mich herauszulassen. Und du hegst leidenschaftliche Gefühle für mich!«

»Wir müssen zu den anderen zurückkehren«, knurrte Robert, ohne sie anzusehen.

»Dann geh doch! Mir droht hier draußen keine Gefahr. Pembroke wird seiner Mutter und seinen Gästen kaum entfliehen können, um mich zu entführen. Und was sollte er dann auch mit mir tun? Mich für die Rückfahrt bei den Dienern unter Deck einsperren?«

Robert zögerte, aber dann nickte er, marschierte davon und ließ sie allein.

Damit hatte Lisa nicht gerechnet. Sie hatte einen Streit erwartet. Ja, sie hatte sogar darauf gehofft und sich gewünscht, dass ihn erneut die Leidenschaft übermannen würde. Denn nach seinem Kuss am vergangenen Abend war sie wieder genau da, wo sie am Anfang gewesen war: Sie wollte ihn und keinen anderen. Lord Findlay und die anderen waren alle sehr nett und höflich, aber Robert versetzte sie in Erregung, und sie hielt es nicht mehr für möglich, dass einer der anderen Männer ihr solche Gefühle bescheren konnte wie er. Sie wollte es auch gar nicht. Für sie hatte es immer nur Robert gegeben. Und sie ahnte, dass er sie auch begehrte. Sie wusste nur nicht, wie sie die Mauern einreißen sollte, die er um sich errichtet hatte, sodass er endlich tun würde, was er insgeheim doch wollte – sie erobern. Sie verstand nicht einmal, warum er zögerte.

Seufzend wandte sie sich zum Gehen und erstarrte, als sie sich unversehens einem großen Mann gegenübersah, der ganz in Schwarz gekleidet und maskiert war. Er trug die gleiche Kapuze wie der Mann, der in ihr Zimmer eingedrungen war und sie zu entführen versucht hatte.

»Ro –!«, rief sie, doch ihr Schrei endete abrupt, als sie einen Faustschlag gegen die Schläfe bekam und das Bewusstsein verlor.

Zuerst widerstrebte es Robert, sich auf Lisas Ruf hin umzudrehen. Er hatte nur den Anfang seines Namens vernommen, den Rest hatte wohl der Wind davongetragen. Dann seufzte er jedoch und blieb stehen. Wie sehr er sich auch über Lisa und ihre Behauptungen ärgerte, konnte er sie nicht einfach ignorieren. Er musste sich ihr endlich stellen und ihren Argumenten irgendwie widersprechen. Sie hatte zwar recht, aber das konnte er nicht zugeben. Weil sie auch damit recht hatte, dass er Angst hatte.

Als er sich schließlich umdrehte, nahm er eine Bewegung aus dem Augenwinkel wahr und ging instinktiv in Deckung, sodass ihn die fleischige Faust, die auf seinen Kopf zuschnellte, knapp verfehlte. Ein großer Kerl hatte ihn überrumpelt, und kurz sah er, dass Lisa bewusstlos im Sand lag. Dann griff der Mann erneut an, und Robert warf sich zur Seite.

Als er wieder aufgesprungen war und sich innerlich auf den nächsten Schlag gefasst machte, zog der Kerl ein langes Messer aus der Gesäßtasche und kam in leicht geduckter Haltung auf ihn zu.

Na großartig, dachte Robert. Sich mit jemandem eine Schlägerei zu liefern war eine Sache, aber gegen jemanden zu kämpfen, der ein Messer hatte, war nicht gut. Ganz und gar nicht. Wenn es ihm nicht gelang, den Dreckskerl zu überwältigen, war Lisa verloren. Was bedeutete, dass er um jeden Preis siegen musste, um sie zu retten.

Robert sah sich nach etwas um, das er als Waffe benutzen konnte. Das einzig Greifbare war in diesem Moment der Sand zu seinen Füßen, und er bückte sich und nahm eine Handvoll, während er gleichzeitig dem Messer auswich, das auf ihn zuschoss. Er war nicht schnell genug, und die Messerspitze erwischte ihn in der Bauchgegend und schrammte über seine Rippen, aber er ignorierte den stechenden Schmerz und schleuderte seinem Gegner beim Aufrichten den Sand in die Augen.

Der Trick funktionierte. Der Mann griff sich strauchelnd ins Gesicht, und Robert attackierte ihn, indem er ihm die Schulter in die Brust rammte. Der Kerl ging zu Boden, und im nächsten Moment saß Robert bereits auf ihm und boxte ihm so lange in Gesicht und Magen, bis ihm die Kraft ausging.

As er von ihm abließ, rührte sich der Mann zu seiner großen Erleichterung nicht mehr. Er schien bewusstlos zu sein. Zumindest konnte er durch die Löcher in der Kapuze sehen, dass seine Augen geschlossen waren.

Robert richtete sich auf, verzog jedoch das Gesicht, als er an sich hinunterschaute und den langen Schlitz in seinem Hemd sah, auf dem sich rote Blutflecken ausbreiteten. Dann schaute er zu Lisa hinüber. Es war wahrscheinlich gut, dass sie bewusstlos war. Sie wäre ohnehin in Ohnmacht gefallen, wenn sie das Blut gesehen hätte … Den Anblick von Blut hatte sie noch nie ertragen können.

Sein Blick fiel wieder auf den Angreifer, und er beugte sich vor, um ihm die Haube vom Kopf zu reißen, hielt jedoch ruckartig inne, als die Stichwunde in seinem Bauch protestierte. Seufzend kletterte er von dem Mann herunter. Er würde Richard und Daniel schicken, ihn zu holen. Sie konnten ihn demaskieren und ihm sagen, wer er war. Das Wichtigste war jetzt, Lisa sicher zu den anderen zurückzubringen. Seine Wunde blutete ordentlich, und er wurde immer schwächer. Er wusste nicht, ob er noch dagegenhalten konnte, falls der Maskierte zu sich kommen und ihn abermals angreifen würde.

Er atmete tief durch, rappelte sich mühsam auf und stolperte durch den Sand auf Lisa zu.

Lisa rollte sich stöhnend auf die Seite und fragte sich, warum sich ihr Kopf anfühlte, als trampele jemand darauf herum. Dann öffnete sie langsam die Augen. Sie lag in ihrem Zimmer im Haus von Christiana und Richard im Bett.

»Gott sei Dank! Du bist wieder wach«, sagte Christiana, die unvermittelt in ihrem Blickfeld erschien.

»Chrissy?«, fragte Lisa unsicher. »Was ist passiert?«

»Weißt du das nicht mehr?«

Die Frage kam von Suzette, die sich auf der anderen Seite des Betts befand. Mühsam sah Lisa zu ihr hinüber, dann wandte sie sich wieder Christiana zu, und ihr fiel auf, dass ihre Schwestern noch dieselben Kleider trugen wie bei Pembrokes Picknick.

»Oh«, wisperte sie, als sie sich an ihren Spaziergang am

Strand, ihr Gespräch mit Robert und den großen Mann mit den eisernen Fäusten erinnerte. »Hat Robert mich gerettet?«

»So ist es. Und er wäre fast dabei gestorben«, entgegnete Suzette grimmig.

»Was?« Lisa fuhr entsetzt auf.

»Beruhige dich, es geht ihm gut«, sagte Christiana und sah Suzette böse an, weil sie ihr einen solchen Schreck eingejagt hatte. »Er hat sich allerdings eine unangenehme Bauchverletzung zugezogen. Und er hat ziemlich geblutet, während er dich zu uns zurückgetragen hat. Der Doktor sagt aber, er wird wieder vollständig genesen.«

»Er hat mich getragen, obwohl er verwundet war?«, fragte Lisa bestürzt.

»Ja, er wollte dich nicht bewusstlos und ohne Schutz dort am Ufer liegen lassen«, erklärte Christiana. »Und wie sich herausstellte, war das sehr klug von ihm. Er hatte den Angreifer zwar bewusstlos geschlagen, aber als Richard und Daniel sich ihn holen wollten, war er wieder zu sich gekommen und verschwunden. Hätte Robert dich zurückgelassen …«

Sie verstummte, aber Lisa war klar, was sie hatte sagen wollen. Wenn Robert das Risiko eingegangen wäre, sie dort liegen zu lassen, um Hilfe zu holen, wäre sie vermutlich auch verschwunden. Sie rieb sich stöhnend die Stirn.

»Hast du Kopfschmerzen?«, fragte Christiana besorgt.

»Oh ja«, stöhnte Lisa, und ihre Schwester nahm ein Glas vom Nachttisch.

»Der Doktor hat eine Tinktur für dich dagelassen. Er sagte, dass sie hilft, dich aber etwas benommen machen wird. Also steh nicht allein auf, nachdem du sie eingenommen hast.«

Lisa setzte sich mit Suzettes Hilfe auf, um die Medizin zu trinken. Sobald sie das Glas geleert hatte, legte sie sich wieder hin und fragte: »Ist Robert hier?«

»In dem Zimmer gleich gegenüber«, entgegnete Christiana und stellt das Glas weg.

»Oh«, machte Lisa, dann sah sie ihre Schwester scharf an. »Und wie geht es dir?«

Christiana zog die Augenbrauen hoch. »Gut. Auf mich hat ja auch keiner eingeschlagen oder eingestochen.«

»Ja, aber die ganze Aufregung ist nicht gut für das Baby. Du solltest dich ausruhen«, entgegnete Lisa resolut.

»Das Baby?«, sagte Christiana verdutzt.

»Robert hat mir gesagt, dass du schwanger bist«, erklärte Lisa. »Ich wünschte, du hättest es mir selbst gesagt. Ich –«

»Schwanger?«, kreischte Suzette und sah Christiana böse an. »Und das hast du mir nicht gesagt?«

»Ich habe es dir nicht gesagt, weil ich nicht schwanger bin«, entgegnete Christiana trocken, bevor sie sich wieder Lisa zuwandte. »Robert hat es dir gesagt?«

»Ja. Er hat gesagt, dass er deshalb selbst auf mich aufpassen muss und wir keinen Bewacher engagieren können. Du würdest Fragen stellen und dich aufregen und das Baby am Ende wieder verlieren.«

»Nun, die Sorge wäre berechtigt, wenn ich tatsächlich schwanger wäre. Aber ich bin es nicht«, sagte Christiana gereizt. Dann fragte sie verwundert: »Wie ist Robert überhaupt auf die Idee gekommen?«

»Ähem.«

Die drei Schwestern schauten ruckartig auf und sahen Richard in der Tür stehen. Daniel befand sich unmittelbar hinter ihm. Doch Richard packte ihn unversehens am Kragen und schob ihn vor sich her in den Raum. »Das müsst ihr den hier fragen, den Mann mit dem tollen Plan.«

»Daniel?« Suzette sah ihren Mann überrascht an. »Hast du Robert gesagt, Christiana sei schwanger?«

»Ja, mein Liebling, in der Tat«, gestand er ganz ungeniert, ging um das Bett herum und stellte sich hinter sie. Als sie den Kopf zur Seite neigte, um ihn anzusehen, gab er ihr einen Kuss auf die Stirn und sagte mit einem Achselzucken: »Ich konnte nicht anders.«

»Warum um alles in der Welt konntest du nicht anders?«, fragte Christiana verwundert, und als Richard hinter sie trat, ergriff sie seine Hand, die er ihr auf die Schulter legte.

»Weil wir vor diesem Hintergrund keinen Aufpasser für Lisa engagieren konnten und Robert diese Aufgabe deshalb selbst übernehmen musste«, erklärte Daniel. »Was er eigentlich ohnehin tun wollte. Ich habe ihm nur den nötigen Vorwand geliefert, um hier einzuziehen und für Lisas Sicherheit zu sorgen.«

»Wie bitte?«, fragte Lisa fassungslos.

Daniel lächelte ihr zu. »Lisa, Robert liebt dich. Und mitnichten wie eine kleine Schwester. Aber er lässt sich von seinen Ängsten daran hindern, etwas zu unternehmen. Er brauchte einen Anstoß, und für den habe ich gesorgt. Nach dieser Sache mit Mrs Morgan schlug er vor, dich rund um die Uhr bewachen zu lassen, aber ich gab zu bedenken, dass Christiana ein Kind erwarte und es vor lauter Sorge verlieren könne und wir deshalb selbst die Aufsicht übernehmen müssten.«

»Aber du und Richard, ihr habt doch gar nicht auf mich aufgepasst«, warf Lisa ein. »Robert war derjenige, der Tag und Nacht über mich gewacht hat, seit –«

»Einen Augenblick bitte! Welche Sache mit Mrs Morgan?«, unterbrach Christiana sie. »Hast du die Frau etwa hier in London getroffen?«

Als Lisa nur eine Grimasse schnitt, sprang Richard rasch ein und berichtete von der Einladung zum Tee und allem, was danach geschehen war.

»Verflixt!«, schimpfte Suzette. »Wir hätten wissen müssen,

dass sie nichts Gutes im Schilde führt. Eine anständige Dame würde jungen Mädchen niemals Bücher wie ›Fanny Hill‹ schenken.«

»Das ist doch jetzt unwichtig«, sagte Christiana ungeduldig und wandte sich ihrem Mann zu. »Warum hast du uns nichts von dieser Sache erzählt?«

»Weil ihr zwei Lisa dann nicht mehr aus den Augen gelassen hättet«, antwortete Daniel für ihn.

»Wo er recht hat, hat er recht«, bemerkte Suzette trocken.

»Dann wäre Robert die Gelegenheit versagt geblieben, sich seiner Gefühle bewusst zu werden«, fuhr Daniel fort. »Und nein, Lisa, Richard und ich haben nicht auf dich aufgepasst. Das haben wir Robert überlassen. Wir waren sogar so viel wie möglich mit Suzette und Christiana unterwegs, damit er hier mit dir allein sein konnte.« Er zog fragend eine Augenbraue hoch. »Wie ist es gelaufen?«

Lisa sah ihren Schwager böse an. »Nicht so gut, vielen Dank! Er ist störrisch und töricht und … eben ein Mann«, stieß sie entrüstet hervor.

»Hat er dich geküsst oder so?«, fragte Suzette.

Lisa kniff die Lippen zusammen, spürte jedoch, wie ihre Wangen glühten.

»Er hat dich geküsst!«, rief Suzette triumphierend.

»Ein Mal«, gestand sie in schroffem Ton. »Aber er war auch ein entsetzliches Scheusal, garstig und unbeherrscht und äußerst unwirsch.«

»Er ist nur eifersüchtig wegen deiner zahlreichen Verehrer«, sagte Daniel achselzuckend. »Das ist ein gutes Zeichen.«

Lisa sah ihn unsicher an. Sie war zu dem traurigen Schluss gelangt, dass Robert sie einfach nicht liebte und deshalb kein Interesse an der Ehe hatte. Und dass er seine Meinung ändern würde, wenn die Richtige käme, in die er sich tatsächlich verliebte. Doch Daniel hatte behauptet, Robert liebe sie. Sie biss sich auf die Lippe und fragte: »Warum glaubst du, dass er mich liebt?«

Als Daniel in Gelächter ausbrach, erklärte Richard: »Lisa, wenn wir mit ihm zusammen sind, ist jedes zweite Wort, das aus seinem Mund kommt, dein Name: Lisa mag dieses Mandelgebäck auch. Lisa kommt nächsten Monat in die Stadt, nächste Woche, morgen. Lisa hätte dieses Theaterstück gefallen. Lisa hätte das gefallen, und so weiter.« Er lächelte. »Wir wissen schon eine ganze Weile, wie sehr ihm an dir liegt, und wir hatten gehofft, er würde von allein über seine Befürchtungen wegen des vermeintlichen Langley-Fluchs hinwegkommen.«

»Ein Fluch?«, fragte Suzette überrascht.

»Du kennst doch gewiss die Gerüchte über die Ehe seines Vaters? Über die Affäre von Lady Langley mit Gower?«

»Ach so, ja«, räumte Suzette ein. »Aber das ist nur dummes Geschwätz.«

»Leider nicht, fürchte ich«, sagte Daniel ernst. »Gower brüstet sich schon seit Jahren mit seinem Dauerverhältnis zu Lady Langley.«

»Oje!«, machte Christiana betroffen.

»Hmm.« Richard nickte und tätschelte ihr die Schulter. »Und sie ist nur die Letzte in einer langen Reihe untreuer Ehefrauen der Lords of Langley. Roberts Erziehung gründete auf der Überzeugung, dies sei ein Fluch, der auf den Männern der Familie laste, und sein Vater hat ihm immer gesagt, dass er sich schon einmal an die Vorstellung gewöhnen könne, dass er seine Frau eines Tages mit seinem Stallmeister im Stroh erwischt.«

»Meine Güte«, sagte Christiana, »das ist ja grauenvoll.«

»Warum hat uns Robert nie davon erzählt?«, fragte Suzette.

»Es ist nicht gerade ein geeignetes Thema für ein Gespräch

mit Damen«, bemerkte Daniel trocken, und als sie protestieren wollte, fügte er hinzu: »Ich weiß, dass ihr drei und er praktisch wie Geschwister aufgewachsen seid. Und das hat ihn wahrscheinlich gerettet. Aber –«

»Gerettet? Wie meinst du das?«, unterbrach ihn Lisa.

Daniel zog die Augenbrauen hoch. »Nun, was für ein Mann wird wohl aus einem Jungen, der so einen Unsinn von seinem verbitterten Vater erzählt bekommt?«

Lisa überlegte und ihre Augen weiteten sich, als ihr klar wurde, dass aus Robert ebenso ein verbitterter Frauenhasser hätte werden können.

»Genau«, sagte Daniel, als hätte sie es laut ausgesprochen. »Ich nehme an, die Freundschaft mit euch dreien und die Tatsache, dass er euch als anständige Mädchen und treue Freundinnen kennengelernt hat, haben verhindert, dass er so verbittert und zornig wurde wie sein Vater und sein Großvater.«

Nach einer kurzen Pause fuhr er fort: »Ganz konnte eure Freundschaft die Auswirkungen dieser Erziehung allerdings nicht beseitigen. Robert befürchtet, dass er, wenn er seinen Gefühlen nachgibt und Lisa heiratet, den Fluch ebenfalls auf sich ziehen könnte und auch als gehörnter Ehemann endet.«

»Er denkt, ich würde ihn betrügen?«, rief Lisa empört.

»Nimm es nicht persönlich«, versuchte Richard sie zu besänftigen. »Ich vermute, diese Angst ist so tief in ihm verwurzelt, dass er gar nicht anders denken kann. Er geht einfach davon aus, dass der Fluch dich dazu bringen würde.«

»Was für ein Unfug!«, sagte Lisa. »Nichts und niemand bringt mich dazu, etwas zu tun, was ich nicht tun will. Und ich wäre meinem Ehemann niemals untreu, ganz egal, wer er ist oder was er tut. Ein vor Gott abgelegtes Gelübde würde ich niemals brechen.«

»Nein, das würde sie wirklich niemals tun«, bestätigte Christiana. »Unsere Lisa ist so treu und loyal wie ein Hund.«

»Vielen Dank«, sagte Lisa, dann runzelte sie jedoch die Stirn, denn »treu und loyal wie ein Hund« klang nicht gerade schmeichelhaft.

»Mich braucht ihr nicht überzeugen. Ich bin nicht derjenige, der denkt, dass du deinem Mann untreu werden würdest«, warf Daniel ein. »Und in seinem tiefsten Herzen glaubt Robert es wahrscheinlich auch nicht. Es wurde ihm einfach eingebläut, und so entstand eine durch und durch irrationale Angst, die ihm das verwehrt, was er sich eigentlich am meisten wünscht.«

Lisa zupfte nachdenklich an ihrer Decke herum, bis sie schließlich in klagendem Ton fragte: »Und wie soll ich ihm über diese Angst hinweghelfen?«

»Ich weiß nicht, ob du das wirklich kannst«, gestand Daniel mit Bedauern. »Ich schätze, das Beste ist, ihn zu kompromittieren und zu zwingen, dich zu heiraten.«

Lisa fiel vor Verblüffung die Kinnlade herunter. Dann fragte sie: »Schlägst du etwa vor, ich soll ihn verführen und dafür sorgen, dass wir ertappt werden und er mich heiraten muss?«

»Nein, natürlich nicht«, sagte Richard bestimmt und sah seinen Freund böse an.

»Aber natürlich!«, sagte Suzette im selben Moment. »Das könnte funktionieren! Robert ist viel zu sehr Gentleman, um dich nicht zu heiraten, wenn ihr in einer kompromittierenden Situation erwischt werden würdet. Und wenn ihr erst verheiratet seid, wird er erkennen, dass du eine treue, gute Ehefrau bist, und seine Ängste hinter sich lassen.«

»Ach, Suzette, ich weiß nicht«, sagte Christiana unsicher. »Zur Heirat gezwungen zu sein könnte Robert sehr verärgern. Und das wäre ein schlechter Anfang.«

»Aber es *wäre* ein Anfang«, erwiderte Suzette. »Und das ist allemal besser, als wenn Lisa einen anderen heiratet und sich ihr Leben lang nach Robert sehnt, während er Trübsal bläst und sich Vorwürfe macht, weil er sie verloren hat. Zumindest wären sie dann vereint, Verärgerung hin oder her. Geteiltes Leid ist halbes Leid.«

»Eine Lösung ohne Ärger und Leid wäre natürlich schöner«, warf Richard ein.

»Also gut«, sagte Suzette achselzuckend. »Habt ihr einen besseren Vorschlag?«

Während sich Schweigen im Raum ausbreitete, wechselten Christiana und Richard stumme Blicke, dann seufzte Christiana. »Ich weiß nicht. Wir sollten alle noch einmal gründlich darüber nachdenken.«

»Dann aber zügig«, sagte Daniel. »Jetzt ist Robert noch hier und liegt im Bett, was es Lisa erleichtern würde, ihn zu verführen. Sobald der Ermittler mit dem Namen des Verehrers zurückkehrt, hat er keinen Grund mehr zu bleiben. Ich nehme an, dass er sich dann schnellstmöglich zurückziehen und abtauchen wird. Und wenn er das tut, hat sie keine Chance mehr.«

Lisa wusste, dass Daniel recht hatte. Ihr lief die Zeit davon. Wenn sie Robert für sich gewinnen wollte, musste sie sich beeilen. Es war in der Tat ihre letzte Chance.

11

»Bist du sicher, dass du das tun möchtest?«, fragte Christiana besorgt.

»Natürlich ist sie sicher«, antwortete Suzette an Lisas Stelle. »Sie hat Robert schon immer geliebt. Es wird schon werden.«

»Suzette, bitte dräng sie nicht dazu«, sagte Christiana. »Das ist kein Spiel. Er könnte sehr böse werden, wenn er herausfindet, dass es eine abgekartete Sache war. Womöglich wird er es ihr niemals verzeihen.«

Lisa biss sich auf die Lippe, während ihr Christianas Worte durch den Kopf gingen. Der Gedanke war zwar beängstigend, aber nicht so beängstigend wie die Vorstellung, Robert nicht zu bekommen. Sie befürchtete, dass sie ihn verlieren würde, wenn sie jetzt zurückschreckte. Besser gesagt, dass es ihr nie gelingen würde, ihn zu erobern – verlieren konnte man ja nur jemanden, der einem bereits gehörte.

Sie straffte die Schultern und nickte entschlossen. »Ich will es tun.«

»Braves Mädchen«, sagte Suzette fröhlich und tätschelte ihren Arm. »Du schaffst das. Du hast diese Bücher gelesen und weißt, wie du es anstellen musst. Tu einfach so, als wärst du Fanny oder Sophia und mach die verführerischen Dinge mit ihm, von denen du gelesen hast. Er wird dir nicht widerstehen können.«

»In Ordnung«, murmelte sie und versuchte, sich an die vielen Informationen zu erinnern, die sie sich im Lauf der Jahre angelesen hatte. Doch auf Anhieb fiel ihr nur ein, dass das erste

Mal angeblich eine sehr schmerzhafte und blutige Angelegenheit sein sollte. Der Gedanke war nicht gerade eine Ermunterung und bot keinen Anlass zur Vorfreude. Sie merkte, dass sie den Mut zu verlieren drohte. Dann entsann sie sich jedoch, wie Robert sie auf dem Ball in dem dunklen Raum geküsst und liebkost hatte, und diese Erinnerung vertrieb ihre Angst und Beklommenheit.

»Gut.« Suzette klopfte ihr auf die Schulter. »Wir fahren also zum Ball, und du setzt dich zum Essen zu ihm und dann verführst du ihn. Wir kommen früher als erwartet nach Hause, sehen nach ihm und erwischen dich hoffentlich nackt in seinem Bett. Du schaffst das.«

»Ich schaffe das«, gab Lisa zurück und richtete sich auf. Dann fragte sie besorgt: »Um wie viel Uhr kommt ihr zurück?«

»Wir haben keine bestimmte Zeit festgelegt«, sagte Christiana, als Suzette zögerte.

»So ist es besser für dich. Dann musst du nicht vorgeben, überrascht zu sein«, redete Suzette ihr zu.

»Und wenn ich ihn bis zu eurer Rückkehr noch nicht verführt habe?«, fragte Lisa.

»Nun, du solltest dir nicht zu viel Zeit lassen«, sagte Suzette. »Du musst gleich damit anfangen, sobald du in seinem Zimmer bist. Der Arzt hat ihm eine Medizin verabreicht, sodass er ansprechbar und schmerzfrei sein sollte.«

»Aber –«

»Lösch die Kerze, wenn du es geschafft hast«, schlug Christiana vor. »Wenn wir zurückkehren und die Kerze in seinem Zimmer brennt noch, warten wir mit dem Hereinkommen.«

»Oh, gut«, sagte Lisa beruhigt. Es wäre eine Katastrophe, wenn ihre Schwestern nach Hause kämen, bevor sie den Mut fand, Robert zu verführen – dann wäre ihre einzige Chance dahin.

»Dann ist es also abgemacht.« Suzette lächelte ihr aufmunternd zu. »Kopf hoch! Es wird gelingen! Nächstes Jahr um diese Zeit seid ihr glücklich verheiratet und lacht über das Ganze.«

»Wenn er ihr verzeiht«, warf Christiana kritisch ein. Sie war zwar immer noch nicht erbaut von dieser Idee, unterstützte sie aber, weil sie Lisa liebte und sie glücklich sehen wollte. Und weil sie keinen besseren Vorschlag hatte.

»Chrissy, nun sei doch nicht so pessimistisch!«, wies Suzette sie zurecht. »Wir haben uns zwei Tage mit dem Problem befasst und es gibt keine andere Möglichkeit. Und es muss schnell gelöst werden! Dieser Ermittler kann jeden Augenblick mit dem Namen des Verehrers zurückkehren.«

»Ja, ich weiß«, entgegnete Christiana seufzend. »Das ist der einzige Grund, warum ich keine Einwände mehr erhebe.« Sie rang sich ein Lächeln ab und klopfte Lisa auf die Schulter. »Alles wird gut, da bin ich sicher.«

Lisa nickte, obwohl sie sich keineswegs so sicher war.

»Sind die Damen abfahrbereit?«

Die drei Schwestern schauten zur Tür. Daniel kam mit einem strahlenden Lächeln herein. »Richard lässt gerade die Kutsche vorfahren. Wir müssen uns auf den Weg machen, wenn wir um das schlimmste Gedränge herumkommen wollen.«

»Ja, wir sind bereit«, sagte Suzette und drückte Lisa noch einmal ermunternd den Arm, bevor sie zu ihrem Mann ging und ihn umarmte.

»Gut«, entgegnete er und küsste sie liebevoll auf die Stirn. An Lisa gewandt sagte er: »Viel Glück, kleine Schwester!«

Lisa nickte und schenkte ihm ein Lächeln, bevor sie Christiana ansah, die sich von ihr verabschieden wollte.

»Mach dir keine Gedanken«, flüsterte Christiana ihr zu und schloss sie in die Arme. »Du musst es nicht tun, wenn du nicht willst. Aber es wird schon klappen. Das hoffe ich zumindest. Es wird gut ausgehen. Bestimmt.«

Mit dieser verwirrenden Äußerung löste sie sich von ihr und folgte Suzette und Daniel aus dem Zimmer.

Lisa sah ihnen nach, dann ging sie zum Fenster und schaute in den Abendhimmel. Sie bemühte sich, nicht über das nachzudenken, was vor ihr lag: Roberts Verführung. Lieber Gott, sie hatte keine Ahnung, was sie tun sollte. Wie um alles in der Welt sollte sie ihn verführen? Darin war sie nicht gerade geübt. Konnte man so etwas überhaupt üben? Gab es eine Schule für alle Arten von leichten Mädchen mit Unterricht im Küssen und Liebkosen? Oder darin, nicht wie eine Irre zu schreien, wenn das Jungfernhäutchen durchstoßen wurde und das Blut hervorströmte?

»Lieber Gott«, murmelte sie und verdrängte diesen Gedanken gleich wieder.

Sie würde einfach in sein Zimmer gehen und … Nun, sie würde mit ihm essen, reden und lachen, und hoffentlich kam ihr dann eine zündende Idee. Viel einfacher wäre es allerdings, wenn er das Verführen übernähme und sie nur zu reagieren bräuchte. Diese Variante war jedoch sehr unwahrscheinlich.

»Bitte sehr!«

Lisa wandte sich vom Fenster ab, als Bet mit einem Tablett in der Hand hereinkam. »Die Köchin hat ein wahres Festessen für Sie beide zubereitet. Sie sagt, Lord Langley muss wieder zu Kräften kommen. Ich habe es mir verkniffen, dazu mehr zu sagen und sie aufzuklären«, verkündete Bet mit einem anzüglichen Grinsen.

Lisa brachte lediglich ein mattes Lächeln zustande und nahm Bet das Tablett ab. Alle waren so verflixt fröhlich und begeistert von diesem Plan. In den meisten Häusern wäre man wohl wesentlich weniger angetan von der Vorstellung, dass die junge unverheiratete Tochter ihre Defloration absichtlich herbeiführte. Sie hatte wahrhaftig eine außergewöhnliche Familie.

»Viel Glück«, sagte Bet. »Ich werde an Sie denken.«

»Oh nein, Gott, bitte nicht!«, wisperte Lisa mit zittriger Stimme. »Wenn ich weiß, dass du gerade daran denkst, was ich mache, fällt es mir noch viel schwerer.«

»Oh, verstehe«, gab Bet zurück. »Dann … äh … denke ich an etwas anderes.«

»Danke«, entgegnete Lisa schmunzelnd und ging in den Korridor. Vor der Tür des Zimmers, in dem Robert untergebracht war, blieb sie stehen und blickte von dem Tablett in ihren Händen zum Türknauf. Dann schaute sie sich seufzend um. Zum Glück hatte Bet das Problem erkannt und kam herbeigeeilt, um ihr die Tür zu öffnen.

»Viel Glück«, flüsterte Bet ihr zu, als sie den Raum betrat. »Gott sei mit Ihnen!«

Lisa drehte sich verdutzt um, doch da fiel die Tür bereits ins Schloss.

Gott sollte mit ihr sein? Sie hatte vor, sich zu kompromittieren und einen Mann zu verführen und ihn zur Ehe zu zwingen. Es war höchst unwahrscheinlich, dass Gott ihren Plan guthieß und ihr bei der Umsetzung zur Seite stand. Du liebe Güte, sie waren alle verrückt geworden!

»Lisa?«

Sie setzte Robert zuliebe ein Lächeln auf und ging auf sein Bett zu.

»Guten Abend. Ich habe dir dein Dinner mitgebracht und dachte, ich bleibe zum Essen und leiste dir ein bisschen Gesellschaft«, sagte sie wohlgelaunt.

»Das ist nett von dir«, entgegnete Robert und versuchte sich aufzurichten.

»Moment, ich helfe dir!«, rief Lisa, als er plötzlich zusammenzuckte und innehielt.

Sie setzte das Tablett rasch auf dem Nachttisch ab und beugte sich zu Robert vor. Sie registrierte, dass sein Blick auf ihre Brust fiel, als ihr Morgenrock aufklaffte, aber sie ließ sich nichts anmerken und half ihm, sich aufzusetzen.

»Äh … Lisa?«, sagte Robert, als sie anfing, die Bettdecke rings um ihn festzustopfen.

»Möchtest du deinen Morgenrock haben? Ist dir kalt?«, fragte sie und richtete sich auf.

Roberts Oberkörper war nackt bis auf den Verband, den der Doktor ihm angelegt hatte. »Ein Hemd genügt.«

»Kommt sofort.« Sie ging zu der Truhe am Fußende des Betts und bückte sich, um darin zu kramen. Sie wusste, dass sie Robert auf diese Weise noch einmal einen tiefen Einblick in ihren Ausschnitt gewährte.

»Was zum Teufel hast du da an?«, knurrte er, als sie ein Hemd hervorholte und es prüfend in Augenschein nahm.

»Oh, einen Morgenmantel und Nachtwäsche«, antwortete Lisa, als ob nichts wäre, richtete sich auf und trat zu ihm, um ihm beim Anziehen zu helfen.

»Welche Art von Nachtwäsche?«, fragte er und ließ sich das Hemd von ihr überstreifen. Lisa hielt sich nicht damit auf, die Knöpfe zu schließen.

»Ein Nachtkleid, Robert«, antwortete sie lachend und wandte sich dem Tablett zu. »Was sollte ich sonst anhaben?«

»Ja, aber … ist das nicht das Kleid, in das Mrs Morgan dich gesteckt hat?«, hakte er nach.

Lisa sah ihn mit gespielter Überraschung an. »Ja, genau. Woher weißt du das?«

»Als du dich vorgebeugt hast, konnte ich dir fast bis zum Bauchnabel gucken. Meinem Blick war lediglich ein hauchdünnes Stöffchen im Weg«, entgegnete er. »Warum zur Hölle trägst du das verdammt Ding? Was denkst du dir dabei?«

»Es ist sehr bequem«, sagte sie achselzuckend und räumte ihren Teller und ihr Weinglas zur Seite, bevor sie das Tablett nahm und sich Robert zuwandte, um es ihm auf den Schoß zu stellen. Dann hielt sie jedoch inne, zog die Augenbrauen hoch und stellte es zurück auf den Nachttisch. Sie setzte sich auf die Bettkante und begann, sich an seinem Hemd zu schaffen zu machen. »Du hast dir das Hemd nicht zugeknöpft«, sagte sie. »Mit der Verletzung, die du dir zugezogen hast, ist es wahrscheinlich nicht so einfach.«

»Ich kann mir das Hemd selbst zuknöpfen«, murrte er, ließ sie aber gewähren, und sie versuchte, ihn beim Schließen der Knöpfe so oft wie möglich zu berühren; ganz zufällig natürlich. Er schien es jedoch nicht wahrzunehmen. Sein Blick war auf ihren Ausschnitt gerichtet, der anscheinend bei jeder Bewegung, die sie machte, weiter auseinanderklaffte. »Ich kann nicht fassen, dass du das verdammte Ding tatsächlich trägst!«

»Wie gesagt, Robert, es ist bequem«, entgegnete Lisa unbekümmert und ließ ihre Finger von einem Knopf zum nächsten gleiten. »Es fühlt sich an, als hätte man praktisch nichts am Leib, und streichelt die Haut geradezu, wenn man sich bewegt. Das ist ziemlich angenehm. Hier, fühl mal!«

Sie zog die Kragenaufschläge ihres Morgenrocks auseinander, griff nach seiner Hand und legte sie auf das seidige Material zwischen ihren Brüsten. »Schön, nicht wahr?«

Als sie seinen Handrücken auf den Stoff presste, drehte er die Hand jedoch um und begann, mit den Fingern ihren Ausschnitt entlangzufahren.

»Wunderschön«, murmelte er mit feurigem Blick.

Lisa hielt den Atem an. Seine Berührungen lösten ein Kribbeln aus, das sich rasch ausbreitete und ihre Brüste erreichte. Sie konnte sehen, wie ihre Brustwarzen unter dem dünnen Stoff ihres Morgenrocks und dem noch dünneren Nachtkleid hervortraten, was auch Robert nicht zu entgehen schien. Wie gebannt starrte er ihre Brüste an.

»Du solltest nicht hier sein«, knurrte er, fuhr jedoch fort, sie durch den dünnen Stoff zu streicheln.

»Und ob! Du musst doch etwas essen«, erwiderte sie im Flüsterton und schmiegte sich so eng an ihn, dass ihr Mund nur noch wenige Zentimeter von seinem entfernt war.

Robert sah ihr ins Gesicht, und als er die Augenbrauen zusammenzog, wusste sie, dass er im Begriff war, wieder in Grübeleien zu verfallen. Sie musste rasch handeln.

»Küss mich, Robert«, bat sie. »Ich habe deine Küsse auf dem Ball so genossen. Sie haben mich ganz kribbelig gemacht. Nur einen Kuss, ja?«

Ihm war deutlich anzusehen, wie er mit sich rang, und Lisa beschloss, noch ein wenig nachzuhelfen. Sie ließ seine Hand los, löste rasch den Gürtel ihres Morgenrocks und entblößte ihren Oberkörper. Sicher, sie hatte zwar noch das Nachtkleid von Mrs Morgan an, doch es verhüllte nichts. Sie hätte genauso gut nackt sein können.

Robert ächzte, und seine Hand bewegte sich wie von allein. Sie umfing eine Brust, und sein Daumen fuhr über die aufgerichtete Brustwarze.

Lisa drängte sich ihm stöhnend entgegen und bot ihm ihren Mund dar. Robert stieß sie nicht fort, sondern griff ihr mit der freien Hand ins Haar und umfasste ihren Kopf, um sie zu küssen. In diesem Moment wusste sie, dass sie gewonnen hatte. Sie hatte es tatsächlich geschafft: Sie hatte Robert verführt.

Donnerwetter, dachte sie verwundert. Es war wesentlich leichter gewesen als sie erwartet hatte. Dann hörte sie jedoch auf zu denken, denn während er sie begierig küsste, glitten seine Hände über ihren Oberkörper und streiften ihr den Morgenrock von den Schultern, um sogleich zu ihren Brüsten zu wandern und sie durch den hauchdünnen Stoff zu kneten und zu liebkosen.

Als Robert sie plötzlich von sich wegschob, befürchtete Lisa einen Augenblick lang, er wolle sie wegschicken und dass sie womöglich doch nicht gewonnen hatte. Doch er unterbrach den Kuss nur, um sie an der Taille zu fassen und zu sich aufs Bett zu ziehen.

Lisa stockte der Atem, als sich seine Lippen um ihre harte, empfindsame Brustwarze schlossen. Ihre Begierde wuchs, und sie krallte die Finger in sein Haar, drückte seinen Kopf an ihre Brust und gab kleine, sinnlose Laute der Ermutigung von sich, während er an ihrer Brustwarze leckte und saugte.

Als er mit einer Hand unter ihr Nachtkleid fasste und ihr Bein entlangfuhr, wand sich Lisa stöhnend unter seiner Berührung und presste kurz ihre Schenkel zusammen, als es zwischen ihnen zu kribbeln begann. An dieses Gefühl erinnerte sie sich nur allzu gut, und in freudiger Erwartung ließ sie ihn gewähren. Doch als Robert ihre Hüfte erreichte, wanderte seine Hand nicht wieder an ihrem Bein hinunter wie beim letzten Mal, stattdessen umkreisten seine Finger ihren Hüftknochen und glitten über ihren Bauch zwischen ihre Beine.

Lisa schnappte nach Luft und öffnete die Beine ein wenig, presste sie jedoch gleich wieder zusammen, als Robert ihre intimste Stelle berührte. Er ließ sich jedoch nicht beirren, und statt seine Hand zurückzuziehen, drang er noch entschlossener vor, bis seine Finger das Nest erreichten, in dem sich das Zentrum ihrer Lust verbarg.

»Robert!«, stöhnte sie, als er die wonnigsten Gefühle in ihr weckte.

Als Antwort zerrte er am Ausschnitt ihres Nachtkleids und

zog ihn über ihre Schulter hinunter. Lisa dachte schon, er würde den dünnen Stoff zerreißen, doch er dehnte sich, und binnen Sekunden hatte Robert ihre Brust enthüllt. Er ließ von der anderen ab und begann an der nun entblößten zu saugen.

Lisa rang nach Atem und richtete sich etwas auf, als er energisch an der anderen Seite des Nachthemds zog und es ihr von der Schulter riss. Dann umfing er ihre Brust mit der Hand, knetete sie und zupfte mit den Fingern an der Brustwarze, wie er es mit den Lippen an der anderen tat.

»Oh«, stieß Lisa hervor und umklammerte seine Schultern, bevor sie seinem Drängen nachgab, seiner Hand mehr Freiraum zu gewähren, und die Beine spreizte.

»Gott, du bist so feucht und heiß«, murmelte er.

Lisa nahm kaum wahr, was er sagte, denn unversehens zog er seine Hand zurück, rutschte zur Seite und warf die Decke vom Bett. Dann packte er sie, zog sie auf die Matratze und rollte sie auf den Rücken. Plötzlich war sie unter ihm, und er beugte sich über sie und glitt ein Stück an ihrem Körper hinunter, sodass sie sich nicht mehr an seinen Schultern festklammern konnte. Seine Zunge, seine Lippen und Hände schienen überall zu sein; an ihrem Kinn, an ihrem Hals, an ihren Brüsten. Dann zog er das beinahe durchsichtige Nachtkleid weiter herunter, um ihren Bauch mit Küssen zu pflastern.

»Robert, deine Wunde«, murmelte Lisa, während sie sich unter ihm wand, und versuchte, nach seinen Schultern zu langen. Sie brauchte etwas zum Festhalten; etwas, das sie erdete. Als sie nicht an ihn herankam, krallte sie die Hände schließlich in ihr Kopfkissen und klammerte sich beinahe verzweifelt daran fest und stöhnte und japste, als er das Nachtkleid noch ein Stück herunterzog. Kurz darauf spürte sie seinen Mund auf ihrem Hüftknochen, an dem er ausgiebig zu knabbern und lecken begann.

Währenddessen fuhr er fort, an Lisas Nachtkleid zu nesteln, und sie hob beinahe automatisch das Gesäß, damit er es ihr ganz ausziehen konnte. Er hockte sich neben sie und zog es an ihren Beinen herunter, dann warf er es zu Boden und wandte sich ihr wieder zu.

Ihre Nacktheit machte sie jedoch befangen, und sie versuchte, sich zu bedecken. Sie legte einen Arm über ihre Brüste und die andere Hand auf ihre Scham. Aus irgendeinem Grund lächelte Robert angesichts ihrer Verlegenheit. Und dann packte er sie beim Fußgelenk und hob ihr Bein hoch, um darunter hindurchzutauchen und sich zwischen ihre Beine zu knien.

»Robert?«, sagte sie unsicher, denn sie dachte, dass er nun das tun würde, was in einem der Bücher, die sie gelesen hatte, als »Aufpflanzen seiner Siegesfahne in ihrem Revier« beschrieben wurde. Als es so aussah, als wolle er sich auf sie stürzen, wappnete sie sich, doch er landete gar nicht auf ihr und pflanzte seine Siegesfahne nirgendwo auf. Er kam viel zu weit unten zu liegen; mit dem Kopf in ihrem Schoß.

Lisa hielt es für ein Missgeschick und glaubte, er hätte das Ziel einfach verfehlt, und so war sie denkbar schockiert, als er ihre Schenkel auf einmal weiter auseinanderschob und den Mund auf ihre intimste Stelle presste.

Sie war verwirrt und wusste nicht, wie ihr geschah. Dann stieß sie einen spitzen Schrei aus und bäumte sich auf, als er ihre Schamlippen spreizte und mit der Zunge über ihr Allergeheimstes fuhr. So etwas war einfach nicht … Das war in keinem ihrer Bücher erwähnt worden … Grundgütiger! Ihr Inneres schrie förmlich vor Beschämung, hauptsächlich aber vor Wonne. Robert tat Dinge mit ihr, die … Zur Hölle, sie wusste nicht einmal, was er überhaupt tat. Das Einzige, was sie noch wahrnahm, war das unglaubliche, überwältigende Wohlgefühl, das sie durchströmte und sich ungeheuer rasch verstärkte. Ihr

Körper erbebte, das Blut rauschte ihr in den Ohren, und sie gab sich einer Lust hin, von der sie nie zuvor gelesen hatte.

Sie stöhnte, während Robert an ihr leckte und saugte und sie dazu anhielt, die Knie anzuziehen. Sie stemmte die Fersen in die Matratze und drängte dem entgegen, was immer er tat. Sie bekam vage mit, dass sie leise Geräusche von sich gab, flehende Laute und Stoßgebete, aber hätte sie jemand gefragt, hätte sie nicht erklären können, was sie da redete. Ihre ganze Wahrnehmung war auf diese unbeschreibliche Wonne konzentriert.

Sie war völlig hin und weg und merkte kaum, dass er sie an den Fesseln packte und ihre Füße auf seine Schultern legte. Ebenso wenig merkte sie, dass er mit einer Hand ihren Oberschenkel umklammerte und sie niederhielt, während er alle Anstrengung unternahm, sie in den Wahnsinn zu treiben. So empfand sie es zumindest. Sie verlor sich im Rausch der Gefühle. Denken war unmöglich. Sie war nur noch ein pulsierendes, bebendes Etwas, das auf die Melodie reagierte, die er spielte. Aber, Gott, es fühlte sich gut an. Sie wollte nicht, dass es jemals aufhörte. Wäre sie in diesem Moment gestorben, so wäre sie mit einem Lächeln gegangen, in der Gewissheit, alles erlebt zu haben. Aber dann löste sich die aufgestaute Spannung schlagartig wie bei einem Bogen im Augenblick des Pfeilabschusses, nur dass der Pfeil beim Abschuss explodierte und ihr durch Leib und Seele fuhr. Sie schrie, als würde sie sterben. So laut, dass wohl alle im Haus herbeigerannt wären, wenn sie nicht in diesem Moment in ihr Kissen gebissen hätte, das sie sich klugerweise übers Gesicht gezogen hatte.

Als es vorbei war und Lisa wieder zu sich kam, stellte sie fest, dass sie völlig ermattet dalag, mit dem Kissen auf dem Kopf, während Robert zuerst ihren zitternden linken Schenkel, dann den rechten küsste. Einen Augenblick später spürte sie, wie er an ihr hochrutschte, aber vor Erschöpfung konnte sie sich nicht einmal das Kissen vom Gesicht ziehen. Es war Robert, der es zur Seite legte.

Um seine Lippen spielte ein durch und durch männliches, selbstgefälliges Lächeln, und Lisa grinste ihn nur schief an. Er hatte sich dieses arrogante Lächeln verdient, das musste sie ihm lassen. Sie fand gerade noch die Kraft, die Hand zu heben und ihn zu sich herunterzuziehen, um ihm einen Kuss zu geben. Er sollte ein Zeichen der Dankbarkeit und Anerkennung sein, doch Lisa begann zu stöhnen, als unversehens mehr daraus wurde und das Feuer, von dem sie dachte, er habe es gelöscht, plötzlich wieder in ihr aufloderte.

Sie war sich sicher gewesen, dass sie keinen Funken Leidenschaft mehr im Leib hatte, doch Robert entfachte sie rasch von Neuem. Sein feuriger Kuss forderte geradezu eine Reaktion ein, und Lisa erwiderte ihn ungestüm und wand sich erregt, während er auf sie herabsank.

Als sie spürte, wie etwas Hartes gegen ihren Schoß drückte, schlang sie unwillkürlich die Beine um seine Hüften und klammerte sich gleichzeitig an seinen Schultern fest. Doch das Harte rieb nur an ihr, immer und immer wieder, während er sie küsste und ihre Begierde weiter schürte. Dann unterbrach Robert den Kuss, um abermals an ihrer Brust zu saugen, und legte Hand an sich selbst, um sich noch gezielter an ihr zu reiben. Ihre Erregung wuchs, und stöhnend warf sie den Kopf hin und her. Plötzlich spürte sie, wie er in sie vorzudringen versuchte, während er von ihrer Brust abließ, um sie auf den Mund zu küssen.

Lisa erwiderte seinen Kuss zwar, doch das, was sein Körper tat, beanspruchte ihre Aufmerksamkeit weitaus mehr. Er drang ein wenig in sie ein und zog sich zurück, bevor er abermals in sie eindrang, diesmal ein bisschen weiter. Es war ein äußerst seltsames Gefühl, und sie wusste nicht genau, ob es ihr gefiel. Es war einfach merkwürdig. Doch dann schob Robert die Hand zwischen ihre Beine, um ihr Lustzentrum zu liebkosen, und sie stöhnte vor Wonne und schlang die Beine fester um ihn. Abgelenkt durch das Vergnügen, das er ihr bereitete, bewegte sie genießerisch die Hüften. Dabei drang Robert Stück für Stück tiefer in sie ein und nahm seine Hand kurz darauf weg, um die Arme auf dem Bett aufzustützen.

Lisa öffnete verwirrt und enttäuscht die Augen, dann schnappte sie vor Schreck nach Luft, als er mit einem beherzten Stoß vollständig in sie eindrang.

Einen Moment lang erstarrten sie beide. Lisa hatte keine Ahnung, warum Robert innehielt, aber sie wartete auf den stechenden Schmerz und den Blutschwall, die jedoch ausblieben. Bis auf ein leichtes Zwicken und ein sonderbares Gefühl der Dehnung, mit der ihr Körper auf die ungewohnte Beanspruchung reagierte, spürte sie gar nichts. Und soweit sie sagen konnte, strömte auch kein Blut aus ihr heraus.

»Lisa?«

Sie öffnete die Augen und merkte erst in diesem Moment, dass sie sie fest zugekniffen hatte. Robert schaute angespannt zu ihr herunter. Allem Anschein nach war er derjenige, der ungeheure Schmerzen ertragen musste. Sein Gesicht war verzerrt, als litte er Todesqualen. Lisa war überrascht, denn in den Büchern hatte nichts darüber gestanden, dass Männer beim ersten Mal Schmerzen hatten.

»Geht es dir gut?«, fragte er.

Als sie zögernd nickte, malte sich Erleichterung in seinem Gesicht. Dann küsste er sie und setzte seine Hüften erneut in Bewegung. Er zog sich ein Stück zurück und glitt geschmeidig wieder in sie hinein. Während Lisa seinen Kuss erwiderte, fand sie unversehens eine Position, in der er bei jedem Stoß an ihrem Lustpunkt rieb und abermals diese köstliche Erregung in ihr hervorrief. Als er sich schneller bewegte und seine Stöße heftiger wurden, löste sie die Beine von ihm und stemmte die Füße in die Matratze, um ihr Becken zu heben. Sie strebte dem Gefühl der Beglückung entgegen, während ihr Körper zitternd und bebend der rauschhaften Explosion harrte, die sich bereits ankündigte.

Als es so weit war, neigte Robert den Kopf, um sie voller Ungestüm zu küssen, und fing ihren Schrei mit dem Mund ein. Einen Augenblick später löste er seine Lippen von ihren und warf den Kopf mit einem Lustschrei in den Nacken, während er wieder und wieder in sie hineinstieß. Dann sank er auf ihr zusammen, und als er von ihr herunterrollte und sich auf den Rücken drehte, nahm er sie mit, und Lisa schmiegte sich völlig erschöpft an ihn. Kurz darauf fielen ihr die Augen zu.

Sie wusste nicht, wie lange sie geschlafen hatte, als sie plötzlich wach wurde. Sie wusste nicht einmal, was sie aufgeweckt hatte, aber sie lag immer noch an Robert gekuschelt in seinem Bett. Sie hob vorsichtig den Kopf, um ihn anzuschauen, und lächelte, als sie sah, dass er tief und fest schlief. Sein Mund war leicht geöffnet und er schnarchte leise.

Womöglich war sie *davon* wach geworden, dachte Lisa amüsiert, während sie sein entspanntes Gesicht betrachtete. Im Schlaf, wenn ihn die Sorgen des Lebens nicht quälten, sah er unglaublich friedlich aus, fand sie und wünschte, er wäre immer so gelöst. Doch das war vorläufig nicht zu erwarten. Zumal Suzette, Christiana, Richard und Daniel in Kürze nach Hause kommen würden, um sie zu »ertappen«. Er würde außer sich sein. Oder sich um ihren Ruf sorgen. Oder beides. Falls er nicht herausfand, dass es ein Trick gewesen war, würde er ihr vermutlich keine Schuld zuschreiben. Aber es würde ihn sehr verdrießen, sie heiraten zu müssen, weil er nun einmal nicht in den Stand der Ehe treten wollte.

Dieser Gedanke brachte Lisa dazu, sich vorsichtig von Robert zu lösen. Sie legte sich auf den Rücken, um ohne die Ablenkung durch seinen Geruch und seine Nähe nachdenken zu können. Doch sein Geruch blieb bei ihr. Er haftete ihr an wie ein Parfüm. Eau de Lord Langley. Er hatte sie gekennzeichnet, mit seinem Körper und seinem Geruch. Sie gehörte ihm. Schade nur, dass er sich nicht vermählen wollte.

Angesichts dieser unbehaglichen Gedanken verzog sie das Gesicht, den Blick auf die Decke gerichtet. Als sie den unruhig flimmernden Schatten der Kerzenflamme sah, runzelte sie die Stirn und schaute zum Nachttisch. Die Kerze war an einer Seite heruntergebrannt, weil der Docht nicht mittig saß. Das Wachs, das auf der anderen Seite stehen geblieben war, schmolz nun allmählich und sammelte sich und drohte die Flamme zu löschen … und dann würden die anderen kommen, sie erwischen und von Robert verlangen, eine ehrbare Frau aus ihr zu machen.

Was er natürlich tun würde. Das bezweifelte Lisa nicht im Geringsten. Aber er würde sie deswegen hassen. Oder ihr zumindest grollen. Und er würde es ihr bis ans Ende ihrer Tage verübeln.

Sie konnte sich nicht vorstellen, dies zu ertragen. Und in Wahrheit wollte sie ihn auch nicht auf diese Weise gewinnen. Sie wollte, dass er sie aus freien Stücken heiratete, in vollem Vertrauen. Er sollte sie nicht aus purem Pflichtgefühl ehelichen, um sie dann ständig zu überwachen und darauf zu warten, von ihr betrogen zu werden. Ein solches Leben wäre nicht auszuhalten. Es musste einen anderen Weg geben.

In diesem Moment flackerte die Kerze ein letztes Mal auf und ging aus.

12

Das Quietschen der Tür und der Lichtstrahl, der in den dunklen Raum fiel, schreckten Robert aus dem Schlaf.

»Oh, es ist stockfinster hier, Chrissy. Ich hole schnell eine Kerze aus dem Korridor«, hörte er Suzette sagen, und aus irgendeinem Grund erinnerte er sich in diesem Moment an Lisa. Voller Panik schaute er auf die andere Bettseite, konnte sie aber in der Dunkelheit nicht ausmachen, und dann erschien Suzette mit der Kerze, die den Raum erhellte und alles sichtbar werden ließ: sie und Christiana in ihren Ballkleidern und den leeren Platz neben ihm.

Er starrte verdutzt die Stelle an, wo Lisa hätte liegen müssen, dann Suzette und Christiana, die auf halbem Weg zu seinem Bett stehen geblieben waren.

»Hallo«, sagte er matt, doch seine Gedanken rasten. Wo war Lisa, und wann war sie gegangen? Er hätte nicht gleich danach einschlafen dürfen. Er hätte wach bleiben und mit ihr reden müssen. Er hatte sie entjungfert. Nun mussten sie heiraten. Es war unvermeidlich.

»Wir sind gerade nach Hause gekommen und dachten, wir sehen kurz nach dir«, sagte Christiana.

»Ja, genau«, bestätigte Suzette und kam auf ihn zu. »Hattest du einen angenehmen Abend?«

»Fühlst du dich wohl?«, fragte Christiana und warf Suzette einen warnenden Blick zu. Er hatte allerdings keine Ahnung, wovor sie sie warnen wollte.

»Ich … ja«, entgegnete er. Er hatte einen verdammt guten

Abend gehabt und fühlte sich … Zum Teufel, er fühlte sich großartig – abgesehen davon, dass seine Wunde etwas schmerzte. Er hätte sich so kurz nach der Verletzung vermutlich nicht anstrengen dürfen, aber Lisa war in dem verdammten Nachtkleid von Morgan einfach unwiderstehlich gewesen.

»Na dann … gut«, sagte Suzette schließlich, machte jedoch einen verdrossenen Eindruck, als sie sich abwandte und mit der Kerze in der Hand zur Tür ging.

Christiana biss sich auf die Lippe und sah ihrer Schwester nach, dann entfernte auch sie sich und folgte dem Lichtschein. »Dann lassen wir dich jetzt schlafen. Wir wollten nur nach dir sehen.«

Robert nickte, doch als die beiden das Zimmer verließen, fragte er: »Wie viel Uhr ist es?«

Aus unerfindlichen Gründen hielten die Frauen ruckartig inne und sahen sich an, dann sagte Christiana: »Kurz vor Mitternacht.«

»Das ist ziemlich früh«, bemerkte er. Normalerweise blieben sie viel länger aus, manchmal bis zum Morgengrauen und sogar darüber hinaus, aber er vermutete, dass Christianas Schwangerschaft Auswirkungen auf ihre üblichen Gepflogenheiten hatte.

»Ja, nun, wir sind alle ein wenig erschöpft und indisponiert nach der ganzen Aufregung. Und wir haben uns Sorgen um dich und Lisa gemacht. Deshalb haben wir den Ball frühzeitig verlassen«, erklärte Christiana.

»Oh«, machte er. Gut, dass Lisa aufgewacht und gegangen war! Die Heirat war zwar unumgänglich, aber er war froh, dass Lisa die Demütigung erspart geblieben war, in seinem Bett erwischt zu werden.

»Gute Nacht, Robert«, sagte Christiana leise. Als sie die Tür hinter sich schloss, wurde es wieder dunkel im Zimmer.

Robert ließ sich seufzend auf sein Kissen sinken und stierte in die Finsternis. Fieberhaft dachte er darüber nach, was nun zu tun war. Zu allererst musste er mit Lisa sprechen und ihr seine Entscheidung mitteilen, sie zu heiraten. Sie würde zweifelsohne dankbar sein und ein bisschen weinen, und dann würde er ihr vorschlagen, sofort nach Gretna Green zu fahren, das erste Dorf hinter der schottischen Grenze. Er war unvorsichtig gewesen; hatte nicht einmal daran gedacht, sich rechtzeitig zurückzuziehen oder irgendwelche Maßnahmen zur Schwangerschaftsverhütung zu ergreifen. Womöglich trug sie den Langley-Erben bereits aus! Mit einem Ausflug nach Gretna Green ließ sich verhindern, dass es einen hässlichen kleinen Skandal gab und dass er allzu lange warten musste, bevor er sich wieder in ihren warmen, feuchten Körper versenken konnte.

Verdammt, Lisa war so empfänglich gewesen, wie es sich ein Mann nur wünschen konnte. Sie hatte sich gewälzt und gewunden, sie hatte gestöhnt, gewimmert und laut aufgeschrien, während ihr Körper bei dem, was er mit ihr getan hatte, vor Freude geweint hatte. Sie mochte ihn eines Tages mit einem anderen betrügen, aber bis dahin würde es ein Vergnügen sein, das Ehebett mit ihr zu teilen. Das nachfolgende Leid würde sich zumindest lohnen, dachte Robert zynisch. Er durfte nur nicht vergessen, dass sie ihn irgendwann hintergehen und für einen anderen stöhnen und schreien würde. Wenn er das im Sinn behielt und sich einfach mit ihr vergnügte, solange es ging … dann würde es vielleicht gar nicht so schlimm sein, wenn sie ihn betrog.

Ein leises Rascheln drang an sein Ohr. Er erstarrte und versuchte auszumachen, woher es kam und was es sein konnte. Es schien von unter dem Bett zu kommen, und so richtete er sich auf und sah sich um.

Seine Augen hatten sich inzwischen an das Mondlicht gewöhnt, das durch den offenen Vorhang hereinfiel, und er konnte Umrisse und Schatten erkennen. Doch er staunte nicht schlecht, als plötzlich neben dem Bett eine kleine Gestalt auftauchte. Und er staunte noch mehr, als sie sich erhob und er feststellte, dass es eine Frau war.

»Lisa?«, fragte er ungläubig.

»Leise, sonst hören sie dich und kommen zurück«, flüsterte sie ihm zu, während sie mit etwas hantierte. Es war ihr Morgenmantel, wurde ihm klar, als sie ihn anzog und den Gürtel zuknotete.

»Was hast du unter dem Bett gemacht?«, fragte er.

»Was habe ich da wohl gemacht, Robert?«, gab sie aufgebracht zurück. »Ich habe Christiana und Suzette im Korridor miteinander reden gehört und bin unter das Bett geschlüpft, um mich zu verstecken.«

Robert stutzte. »Warum?«

»Warum?«, wiederholte Lisa fassungslos. »Damit ich nicht in deinem Bett erwischt werde, natürlich. Um Himmels willen, was für einen Aufruhr hätte das gegeben! Und du wärst gezwungen gewesen, mich zu heiraten und … Robert Langley, lachst du etwa?«

»Komm her«, sagte er glucksend und ergriff ihre Hand, um sie aufs Bett zu ziehen. Sie ließ sich widerstrebend auf der Bettkante nieder, doch er ignorierte ihre Steifheit und schloss sie in die Arme. »Es war sehr süß von dir, dass du mich schützen wolltest, Lisa. Und ich bin froh, dass dir die Demütigung erspart geblieben ist, in einer derart kompromittierenden Situation erwischt zu werden, aber letztendlich spielt es keine Rolle. Wir müssen heiraten.«

Lisa kreischte weder vor Freude, noch fiel sie ihm dankbar um den Hals, wie er erwartet hatte. Zu seiner großen Verwunderung erstarrte sie vielmehr in seinen Armen.

»Lisa?«, fragte er irritiert und zog die Augenbrauen zusammen, als sie sich aus seinen Armen löste und aufrichtete.

»Du brauchst mich nicht zu heiraten, Robert. Niemand weiß, dass wir zusammen waren. Tun wir einfach so, als wäre es nie passiert«, sagte sie kühl und erhob sich.

»Was?«, fragte er voller Unglauben und sprang mit einem Satz aus dem Bett, als sie zur Tür ging. Er hielt sie am Arm fest und versperrte ihr den Weg. »Moment mal, verdammt! Wir müssen darüber reden.«

»Es gibt nichts zu bereden. Niemand weiß es und ich zwinge dich nicht dazu, mich zu heiraten. Alles ist, wie es war.«

»Ist es nicht!«, erwiderte Robert. »Lisa, du trägst womöglich schon mein Kind unter dem Herzen. Wir müssen heiraten.«

»Ich heirate keinen Mann, der mir nicht vertraut und sein Leben in der Überzeugung mit mir verbringt, dass ich ihn eines Tages betrüge«, sagte sie traurig. »Das hier war ein Fehler.«

Sie versuchte, sich an ihm vorbeizudrängen, aber er ließ sie nicht gehen.

»Lisa«, setzte er an, verstummte jedoch wieder, weil er nicht wusste, was er sagen sollte. Er konnte ihr zwar versichern, dass er sie sehr wohl wollte, aber das hatte sie nicht gemeint. Sie hatte gemeint, dass er sie nicht heiraten wollte, und im Grunde war es die Wahrheit. Er wollte niemanden heiraten. Und sie hatte recht, er würde die Jahre mit ihr in der Überzeugung verbringen, dass sie ihn irgendwann betrog, und die ganze Zeit darauf warten.

»Leg dich wieder hin, Robert«, sagte Lisa, und er registrierte die Enttäuschung in ihrer Stimme. Wahrscheinlich hatte sie gehofft, dass er ihr widersprechen würde. Sie hätte dann vermutlich nachgegeben und ihn geheiratet – selbst wenn sie ihm nicht ganz geglaubt hätte. Aber nicht einmal jetzt konnte er es über sich bringen, sie anzulügen.

»Wir reden morgen darüber, wenn wir beide ausgeschlafen sind«, sagte sie leise, und als sie dieses Mal an ihm vorbeigehen wollte, ließ er sie. Er ließ sie einfach gehen.

»Was soll das heißen, du hast dich unter dem Bett versteckt?«, fuhr Suzette sie an.

Lisa seufzte angesichts der Verärgerung ihrer Schwester und schaute kurz zu den anderen drei Anwesenden im Salon: Christiana, Richard und Daniel. Als sie Robert verlassen hatte und in ihr Zimmer geschlüpft war, hatte sie Suzette und Christiana dort vorgefunden, die Bet ausfragten und herauszufinden versuchten, wo sie steckte.

Alle drei waren erleichtert gewesen, sie zu sehen. Offenbar hatten sie die Sorge gehabt, dass etwas schiefgegangen war und der Verehrer sie auf irgendeine Weise in die Finger bekommen und entführt hatte. Sie waren im Begriff gewesen, einen Mordswirbel zu machen und die Männer zu schicken, nach ihr zu suchen. Als sie hereingekommen war, hatten sie sie mit Fragen bestürmt, und nachdem Lisa sie ermahnt hatte, leise zu sein, weil sie fürchtete, Robert könne sie hören, hatten sie sie in den Salon gezerrt. Die Männer waren dazugekommen, weil sie ebenfalls wissen wollten, warum ihr großartiger Plan gescheitert war.

»Warum zum Teufel hast du dich versteckt?« Suzette war fassungslos. »Der Sinn der Sache bestand darin, dass wir dich in seinem Bett ertappen, damit er dich heiraten muss.«

»Ja, nun …« Lisa schüttelte den Kopf. »Ich hatte den Eindruck, dass es womöglich nicht funktioniert.«

»Selbstverständlich hätte es funktioniert! Es … Du hast doch mit ihm geschlafen?«, fragte Suzette. »Oder?«

Lisa errötete bis unter die Haarwurzeln.

»Also ja«, sagte Suzette und lehnte sich seufzend in ihrem

Sessel zurück. »Ich begreife es nicht! Der Plan war doch klar. Du solltest mit ihm schlafen, und wir sollten unerwartet hereinplatzen. Wir haben uns an unseren Teil des Plans gehalten. Wir haben den Ball vor Stunden verlassen und vor dem Haus in der Kutsche darauf gewartet, dass die Kerze erlischt. Was ewig lange gedauert hat und verdammt langweilig war, wie ich hinzufügen möchte«, erklärte sie. »Aber irgendwann war sie endlich aus und wir sind nach oben gegangen – bereit, ganz entsetzt und schockiert zu tun –, nur um ihn allein in seinem Bett vorzufinden … Und jetzt sagst du, du hast dich unter dem Bett versteckt? Was zum Teufel hast du dir dabei gedacht?«

Lisa zögerte, dann rief sie: »Ich will keinen Mann, der gezwungen ist, mich zu heiraten und mir deshalb bis in alle Ewigkeit grollen wird! Und ich will Robert nicht, wenn er mir die ganze Zeit misstraut und darauf wartet, dass ich ihn mit einem anderen betrüge. Das könnte ich nicht ertragen.«

»Oh, Lisa«, sagte Christiana mitfühlend und setzte sich zu ihr auf das Sofa. »Das verstehen wir, Liebes.«

»Tun wir nicht!«, ereiferte sich Suzette. »Die zwei Idioten lieben sich. Das kann jeder sehen. Aber wenn es so weitergeht, werden sie nie ein Paar!«

Daniel schmunzelte über ihre frustrierten Worte, nahm auf der Lehne ihres Sessels Platz und legte den Arm um sie. »Du bist so eine Romantikerin, Liebling.«

Lisa starrte die beiden ungläubig an, während Daniel Suzette auf die Stirn küsste. Was ihre Schwester gesagt hatte, hatte für sie kein bisschen romantisch geklungen. Wie kam der Mann nur darauf?

»Was willst du jetzt tun?«, fragte Richard, folgte seiner Frau zu dem Sofa und setzte sich neben sie.

»Ich weiß es nicht«, entgegnete Lisa ermattet. »Ich wünschte, er würde mich lieben.«

»Aber das tut er doch!«, rief Suzette entnervt.

»Liebe geht mit Vertrauen einher«, sagte Lisa ernst. »Und ich glaube nicht, dass Robert vertrauen oder eben lieben kann, bevor er nicht über seine Kindheit hinweggekommen ist.«

»Aber –«

»Vertraust du Daniel?«, fragte sie rasch.

»Selbstverständlich«, erwiderte Suzette verwundert.

Lisa nickte. »Und vertraut er dir auch?«

»Ja«, sagte Suzette voller Überzeugung, und Daniel zog sie an sich. »Blind«, raunte er ihr zu.

Lisa nahm ihre Schwester ins Visier. »Nun, wie würde es dir gefallen, wenn Daniel dich ständig voller Argwohn belauert, weil er damit rechnet, dass du ihn irgendwie hintergehst?«

Suzette verzog angesichts der Vorstellung angewidert das Gesicht. »Verstehe.«

»Lisa«, sagte Christiana zögernd. »Ich verstehe, dass du ihn unter den gegebenen Umständen nicht heiraten möchtest. Aber du könntest schwanger sein. Und dieses Kind hat es gewiss verdient –«

»Falls ich schwanger bin, heirate ich«, sagte sie nur. »Aber bis ich es weiß …« Sie zuckte mit den Schultern und stand auf. »Ich bin unglaublich müde. Ich gehe schlafen. Gute Nacht.«

Niemand sagte etwas, als sie ging, aber kaum, dass sie die Tür geschlossen hatte, hörte sie, wie die anderen aufgeregt miteinander zu reden begannen. Sie machten sich Sorgen um sie, aber das konnte sie nicht ändern. Sie würde Robert nicht heiraten. Der Abend war wundervoll gewesen, ein unvergessliches Erlebnis. Aber sie hatte nicht vor, ihr Leben mit einem Mann zu verbringen, der ihr nicht vertraute und sich ihretwegen grämte.

Lisa wünschte nur, das alles wäre ihr viel früher klar geworden. Dann hätte sie nicht mit Robert geschlafen und nie erfahren, was ihr entginge, wenn sie einen anderen heiratete.

»Soll ich vorlesen?«, fragte Charles. »Oder lesen Sie vor?«

Lisa riss ihren Blick von Robert los und lächelte höflich. »Warum wechseln wir uns nicht ab? Fangen Sie doch an, und nach ein paar Seiten übernehme ich.«

»Sehr wohl«, sagte Charles und lehnte sich mit dem Buch zurück, das er ihr mitgebracht hatte. Er schlug es auf der ersten Seite auf, und als er vorzulesen begann, wanderte Lisas Blick wieder zu Robert hinüber. Er saß am anderen Ende der Lichtung unter einem Baum und stierte sie mit eisiger Miene an.

Das tat er nun schon den ganzen Nachmittag. Ihre Weigerung, ihn zu heiraten, schien ihm übel aufzustoßen. Vermutlich hatte er etwas anderes erwartet, nachdem sie ihn jahrelang angehimmelt hatte. Hätte er die Möglichkeit gehabt, dann hätte er sie wohl gleich morgens in eine Ecke gezerrt, um die Heirat von ihr einzufordern. Aber sie hatte ihm keine Gelegenheit dazu gegeben. Sie war den Morgen über in ihrem Zimmer geblieben und hatte auch dort gefrühstückt, um ihn zu meiden, und war erst nach unten gegangen, als ihr eins der Hausmädchen mitgeteilt hatte, dass Lord Findlay gekommen war, um sie zum Picknick abzuholen.

Charles hatte an der Tür gewartet, während Robert sich im Korridor herumgedrückt hatte, als sie die Treppe hinunterkam. Sie hatte Robert nicht beachtet und Lord Findlay angelächelt und sich von ihm zu seiner Kutsche führen lassen. Aber sie war nicht sonderlich überrascht gewesen, als Robert ihnen nach draußen folgte und sein Pferd bestieg, das gesattelt für ihn bereitgestanden hatte.

Seitdem hatte Lisa ihn so gut sie konnte ignoriert, aber es fiel ihr schwer, denn sie spürte die ganze Zeit seinen unglaublichen Zorn. Er war wütend, weil sie seinen Antrag abgelehnt hatte, weil sie am Morgen nicht wie versprochen mit ihm geredet hatte und natürlich auch, weil sie diesen Picknickausflug mit Findlay unternahm. Aber sie hatte nicht gewusst, was sie sonst tun sollte. Sie konnte ihn nicht heiraten, *wollte* ihn nach Lage der Dinge nicht heiraten, und ein Gespräch hätte nichts daran geändert. Und was das Picknick betraf: Sie hatte Lord Findlay bereits zugesagt, bevor es zu dem Angriff bei Pembrokes Ausflugsfahrt und allem, was darauf gefolgt war, gekommen war. Es wäre unhöflich gewesen, zu so einem späten Zeitpunkt abzusagen.

»Vielleicht möchten Sie von hier an fortfahren.«

Lisa wandte sich Lord Findlay zu, nahm das Buch entgegen, das er ihr hinhielt, und blickte hilflos auf die Seiten. Sie hatte nichts von dem gehört, was er vorgelesen hatte, und wusste nicht, wo er aufgehört hatte.

»Hier«, sagte Charles und zeigte auf den Anfang der rechten Seite.

»Danke.« Lisa begann vorzulesen. Gezwungen, sich auf den Text zu konzentrieren, konnte sie sich nicht von Robert ablenken lassen. Sie entspannte sich zusehends und tauchte in die Geschichte ein. Nach einer Weile war sie vollends darin vertieft und merkte erst, als Robert das Wort ergriff, dass der Schatten, der auf sie fiel, nicht von einer Wolke herrührte, die die Sonne verdeckte, sondern von ihm.

»Es ist schon spät.«

Sie schaute verdutzt auf, und als sie sich umsah, stellte sie überrascht fest, dass die Sonne bereits tief am Himmel stand. »Oh«, sagte sie. »In der Tat.«

Er nickte und ging wieder zurück zu seinem Baum, wo sein Pferd graste, und Lisa lächelte Charles entschuldigend an. »Wir sollten wohl besser nach Hause fahren, Mylord. Aber vielen Dank für einen herrlichen Nachmittag. Das Picknick war köstlich, und diese Geschichte ist wirklich grandios.«

»Allerdings«, pflichtete er ihr bei, erhob sich und reichte ihr die Hand, um ihr aufzuhelfen. »Ich fand Ihre Vortragsweise äußerst vergnüglich. Sie verstehen es, den Figuren auf entzückende Art Persönlichkeit zu verleihen.«

»Oh, vielen Dank«, murmelte sie leise errötend.

»Danken Sie nicht mir. Es ist nur die Wahrheit. Ich hoffe, Sie merken sich die Stelle und lesen mir bei nächster Gelegenheit weiter vor. Ich glaube nicht, dass mir die Geschichte ohne Sie das gleiche Vergnügen bereiten würde.«

»Oh, sehr freundlich von Ihnen«, entgegnete Lisa geschmeichelt. Als sie sich umsah, stellte sie zu Ihrer Überraschung fest, dass das Picknickzubehör bereits weggepackt war und nur noch die Decke übrig war, auf der sie gesessen hatten.

»Ich habe ein wenig aufgeräumt, während Sie gelesen haben«, sagte er fröhlich, nahm die Decke und faltete sie zusammen. »Sie waren so vertieft in die Geschichte, dass Sie es nicht bemerkt haben.«

»Oh«, machte Lisa, dann musste sie lachen. »Nun, wie gesagt, sie ist wirklich grandios.«

»Ich bin vollkommen Ihrer Meinung, und es freut mich, dass wir denselben Geschmack zu haben scheinen, was Bücher angeht«, sagte er, legte sich die Decke über den Arm und trat näher, um sie bei der Hand zu nehmen. »Es wäre schön, eine Frau zu haben, die mir abends am Kamin etwas vorliest.«

Lisas Augen weiteten sich, dann neigte sie verwirrt den Kopf. »Das klingt nett.«

»Nicht wahr?«, entgegnete er. »Möchten Sie vielleicht diese F–«

»Es fängt gleich an zu regnen«, rief Robert, kam zu ihnen herüber und fasste Lisa am Arm, um sie zu seinem Pferd zu bringen. »Du reitest mit mir zurück. Das geht schneller. Mit dem Pferd kommen wir besser durch den Verkehr als mit der Kutsche.«

Lisa warf Lord Findlay einen entschuldigenden Blick zu, erhob aber keine Einwände. Sie war ziemlich sicher, dass Charles hatte fragen wollen, ob sie diese Frau sein mochte, und sie wusste nicht, was sie darauf antworten sollte. Sie war im Grunde erleichtert, dass Robert ihn unterbrochen hatte. Sie brauchte Zeit zum Nachdenken. Zeit, um herauszufinden, was sie wollte. Eigentlich hatte sie Robert abgeschrieben gehabt und sich auf die Suche nach einem Ehemann begeben, dann hatte sie jedoch beschlossen, ihn dazu zu bringen, sie zu lieben, und dann hatte sie sich auf den Plan eingelassen, ihn zur Heirat zu zwingen, nur um zu dem Schluss zu kommen, dass sie ihn auf diese Weise nicht haben wollte. Und nun wusste sie gar nicht mehr, was sie wollte.

Das stimmte natürlich nicht so ganz, gestand sich Lisa ein, als Robert aufstieg und ihr half, hinter ihm aufzusitzen. Sie wusste, dass sie Robert wollte. Sie wollte ihn nur nicht, wenn sie ihn zur Ehe zwingen musste und er ihr nicht vertraute. Aber anders schien sie ihn nicht bekommen zu können. Und wenn sie ihn nicht haben konnte, was würde sie dann glücklicher machen: den Rest ihres Daseins allein zu verbringen und mithilfe ihrer Erinnerungen an die eine gemeinsame Nacht zu überleben? Oder einen anderen zu heiraten und vielleicht zumindest ein angenehmes Eheleben zu führen mit Bücherlesen am Kamin, netter Plauderei und Kindern, die ihr die Zeit vertrieben?

»Leg deine Arme um meinen Bauch«, sagte Robert und wartete, bis sie seiner Aufforderung nachgekommen war, bevor er seinem Pferd die Sporen gab.

Sie schwiegen, während sie die Lichtung verließen und

durch den Park ritten, um nach Hause zu gelangen. Lisa saß einfach hinter Robert; die Arme um seine Mitte, ihre Atemzüge im Einklang mit seinen. Doch ihn zu spüren und zu riechen erinnerte sie an den vergangenen Abend. Der schwache Duft seines Rasierwassers hatte noch die ganze Nacht an ihr gehaftet und sie von seinen Küssen und Zärtlichkeiten träumen lassen. Nur widerstrebend hatte sie den Geruch bei ihrem morgendlichen Bad abgewaschen. Doch es war auch eine Erleichterung gewesen. Sein Duft hatte es ihr unmöglich gemacht, nicht an ihn zu denken – und an ihn zu denken war die reinste Qual.

Es begann zu regnen, als sie in die Straße bogen, in der Richard und Christiana wohnten, und Lisa war überrascht, dass Robert das Pferd nicht vor der Eingangstür zügelte, um sie absteigen und rasch hineinlaufen zu lassen. Stattdessen ritt er mit ihr hinter das Haus und direkt in den Stall hinein. Dort warteten sie auf den Stallmeister. Als er nicht erschien, runzelte Robert die Stirn. »Harry ist anscheinend nicht da.«

»Schon gut«, sagte Lisa und löste sich von ihm. »Ich kann allein absteigen.«

»Warte, bleib sitzen!« Robert nahm die Zügel in eine Hand, schwang ein Bein über den Kopf des Pferdes und sprang auf den Boden. Er ächzte bei der Landung, aber bevor Lisa ihn fragen konnte, ob alles in Ordnung sei, streckte er die Arme aus, um ihr herunterzuhelfen.

»Und deine Wunde?«, fragte sie besorgt. Er hatte sich am vergangenen Abend übermäßig angestrengt und hätte an diesem Nachmittag sicher nicht reiten dürfen. Und sie vom Pferd zu heben, ging ganz gewiss zu weit.

»*Jetzt* machst du dir Gedanken wegen meiner Wunde? Du schienst nicht in Sorge zu sein, als du mich dazu veranlasst hast, dir und Findlay auf dem Rücken eines Pferdes nachzujagen«, bemerkte er trocken und forderte sie mit einer ungeduldigen Handbewegung auf, sich von ihm stützen zu lassen.

Lisa sah ihn böse an, ließ sich aber von ihm helfen. »Ich habe dich nicht gezwungen, das Haus zu verlassen.«

»Dann hätte ich also zulassen sollen, dass du entführt und geschändet wirst?«, gab er zurück und wandte sich seinem Pferd zu.

»*Du* beschützt mich davor, geschändet zu werden? Das ist paradox«, entgegnete sie schnippisch und hätte sich im selben Moment die Zunge abbeißen können. Verflixt, manchmal wünschte sie, sie würde nachdenken, bevor sie den Mund aufmachte. Als sie merkte, wie Robert erstarrte, seufzte sie bekümmert und sagte: »Es tut mir leid. Das war völlig unangebracht. Es war nicht gegen meinen Willen.«

Robert gab keine Antwort. Er nahm seinem Pferd den Sattel ab und warf ihn zur Seite, bevor er das Tier in eine Box führte.

Lisa folgte ihm. »Es tut mir wirklich leid, Robert.«

Schweigend griff er zu einer Bürste, und die energische Art, mit der er das Pferd zu striegelte, verriet ihr, wie wütend er war.

Sie verdrehte die Augen und überlegte, wie sie die Situation entspannen konnte, aber ihr fiel nichts ein. Schließlich wandte sie sich seufzend ab, um ins Haus zu gehen. Sie hatte den Stall gerade verlassen, als Robert mit eisiger Stimme sagte: »Du wirst Findlay nicht heiraten!«

Lisa drehte sich überrascht um. »Er hat mich nicht gefragt.«

»Er wollte dich fragen, als ich dazwischengegangen bin«, erwiderte er schroff, legte die Bürste weg und kam aus dem Stall. »Und du wirst ihn nicht heiraten.«

»Robert, du hast nicht zu bestimmen, wen ich heirate«, sagte sie sanft.

»Und ob! Du könntest schwanger von mir sein.«

Lisa biss sich auf die Lippe, dann schüttelte sie den Kopf. »Das bezweifle ich. Ein einziges Mal wird sicher nicht –«

»Ein Mal genügt, Lisa«, fiel er ihr ungeduldig ins Wort.

Lisa trat verdrossen von einem Bein aufs andere. »Dann muss ich ihm die Lage erklären, falls er wieder fragt – oder es schafft zu fragen, ohne unterbrochen zu werden –, und wenn er mich trotzdem heiraten will –«

»Das will er«, sagte Robert in barschem Ton. »Er will dich haben.«

»Das weißt du nicht«, erwiderte sie.

»Lisa, wenn er sich unbeobachtet glaubt, verschlingt er dich mit Blicken. Er begehrt dich. Vertrau mir, ich kenne diese Blicke. Ich sehe dich genauso an.«

Als sie ungläubig die Augen aufriss, fluchte er und kam zu ihr herüber. Er schloss sie kurzerhand in die Arme, küsste sie und drängte sie zurück in den Stall.

»Robert!«, stieß sie hervor, als er den Kuss unterbrach, um sich umzuschauen. Dann schob er sie in eine leere Box.

»Wir können nicht –«

Sie verstummte abrupt und schnappte nach Luft, denn er schloss die Tür mit einem gezielten Tritt und sank mit ihr auf den strohbedeckten Boden. Dann küsste er sie wieder und erstickte ihren Protest, ja sogar jeden Gedanken an Widerstand. Seine Küsse waren so berauschend wie Wein. Lisa hörte auf, sich zu wehren, und bemühte sich nicht weiter, ein braves Mädchen zu sein, sondern umklammerte seinen Kopf und erwiderte den Kuss voller Verlangen.

Robert stöhnte ob ihres Sinneswandels und begann augenblicklich, an ihrem Kleid zu nesteln. Es gelang ihm überraschend schnell, ihre Brüste zu entblößen, über die er sich hermachte, kaum dass er sie enthüllt hatte.

Lisa fuhr schwer atmend mit den Händen über seine Schultern und zerrte an seiner Jacke, während er ihre Brüste abwechselnd mit der Zunge liebkoste. Sie japste überrascht, als er ein Bein zwischen ihre Beine schob und gegen ihr Lustzentrum presste. Die Überraschung verflog jedoch rasch, und unwillkürlich hob sie die Hüften an, um sich voller Wollust an seinem Oberschenkel zu reiben. Als sie spürte, wie sich etwas Hartes gegen ihren Schenkel drückte, bewegte sie ihn zögernd hin und her und hoffte, dass Robert daran ebenso viel Vergnügen fand wie sie an dem, was er tat.

Sie wusste nicht, ob es ihm gefiel, aber er ließ plötzlich von ihren Brüsten ab, um sie mit stürmischem Verlangen auf den Mund zu küssen. Sie begann gleich wieder, an seiner Kleidung zu zerren, um sie ihm auszuziehen und seine Haut zu spüren, aber Robert packte ihre Handgelenke, nahm sie mit einer Hand über ihrem Kopf zusammen und zog mit der anderen ihre Röcke hoch.

Lisa warf den Kopf zur Seite, während sie sich unter ihm wand, und versuchte, ihm ihre Hände zu entziehen.

»Robert, bitte«, keuchte sie und schrie auf, als er ihr plötzlich die Hand zwischen die Beine schob.

»Jesus, du bist schon ganz feucht«, murmelte Robert an ihrer Halsbeuge.

»Verzeihung!«, sagte sie verlegen, und er musste lachen. Sie wusste nicht, was ihn so amüsierte, aber im nächsten Moment kümmerte sie es auch nicht mehr, denn er glitt mit einem Finger in sie hinein, sodass ihr ein überraschtes »Oh Gott« entfuhr.

»Tut es weh?«, knurrte er besorgt.

Außerstande zu sprechen schüttelte Lisa den Kopf, während ihr Körper unter seiner Berührung erbebte.

»Gott sei Dank«, sagte er und ließ ihre Hände los, um an sich hinunterzulangen, ohne aufhören zu müssen, sie zu kosen.

Lisa klammerte sich sogleich an seinen Schultern fest, während sie sich seiner Liebkosung hingab, erstarrte jedoch für einen Moment, als er seine Hand unvermittelt zurückzog und etwas anderes an ihre Stelle trat. Sie hielt den Atem an, und als er die richtige Position gefunden hatte und ihre Körper miteinander verschmolzen, entfuhr ihr ein lautes Stöhnen.

»Ja, bitte«, stöhnte sie und schlang die Beine um seine Hüften. Er beugte sich vor, um sie rasch und ungestüm zu küssen. Dann ging er auf die Knie und legte ihre Beine auf seine Schultern, sodass er sie an den Hüften festhalten und in sie eindringen konnte.

Lisa sah stumm vor Staunen über die neue Position zu ihm auf. Doch dann schloss sie die Augen und biss sich stöhnend auf die Lippe, als er eine Brust mit der Hand umfing. Mit der anderen begann er sie abermals zwischen den Beinen zu streicheln, während er immer wieder mit schnellen Stößen in sie eindrang.

Es endete so unvermittelt, wie es angefangen hatte. Binnen weniger Augenblicke wälzte sich Lisa im Stroh und schrie auf, als sie zum Höhepunkt kam. Diesmal gab es keine Verzögerung; Robert erlebte die Gefühlsexplosion mit ihr gemeinsam, und ihre ekstatischen Schreie vereinten sich. Lisa klammerte sich an ihn, bis die Wellen der Lust abebbten. Als es vorbei war, zog sie ihn an sich. Er blieb jedoch nicht lange auf ihr liegen, obwohl es sich sehr schön anfühlte, sondern rollte sich auf den Rücken und nahm sie mit.

Er hielt sie noch eine Weile in den Armen und drückte ihr mehrere Küsse ins Haar, bevor er sich entspannte. Kurz darauf verlangsamten sich seine Atemzüge und sie wusste, dass er genau wie am vergangenen Abend eingenickt war. Statt wieder mit ihm einzuschlafen, blieb Lisa jedoch wach. Sie konnten es sich nicht leisten, so im Stall erwischt zu werden.

Vorsichtig schlüpfte sie aus seinen Armen und richtete sich auf. Und während sie die Umgebung betrachtete, fragte sie sich, was aus der naiven, kleinen, romantischen Lisa geworden war. Sie hatte gerade in einem Stall ihre Röcke gelupft! Und sie bereute es kein bisschen. Dafür hatte es sich viel zu gut angefühlt.

Seufzend schob sie ihre Röcke wieder herunter, verbarg ihre Brüste in ihrem Kleid und stand auf. Sie hatte die Wahrheit gesagt, als er sie gefragt hatte, ob sie Schmerzen habe, doch nun verspürte sie doch welche. Aber das war wohl zu erwarten gewesen. Ihr Körper war solche Aktivitäten schließlich nicht gewöhnt.

Lisa strich rasch ihr Kleid glatt und wischte alles Stroh ab, das daran haftete, dann fuhr sie sich durch die Haare und entfernte sämtliche Halme, die sie ertastete. Dann drehte sie sich unsicher zu Robert um. Sie konnte ihn nicht einfach so dort liegen lassen, aber andererseits hatte sie in diesem Moment keine Lust, mit ihm zu reden. Er würde nur wieder davon anfangen, dass sie Findlay nicht heiraten durfte, oder darauf bestehen, dass sie ihn heiratete oder so etwas, und mit alldem wollte sie sich jetzt nicht beschäftigen.

Nach kurzem Zögern huschte sie aus der Box und ging zur offenen Stalltür. Dort hielt sie noch einmal inne und schaute zurück, dann trat sie hinaus in den Regen und knallte die Tür so fest zu, wie sie konnte. Sie spähte durch ein Astloch und beobachtete zufrieden, wie Robert aufschrak und sich erhob. Der Lärm hatte seinen Zweck erfüllt. Robert war wach.

Sie eilte sofort zum Haus, und um nicht Gefahr zu laufen, in der Küche jemandem zu begegnen, hielt sie auf die Flügeltür zu Richards Arbeitszimmer zu. Sie hatte allerdings nicht damit gerechnet, Richard dort vorzufinden.

Er saß an seinem Schreibtisch und sah erschrocken auf, als

sie hereinstürzte und die Tür zuschlug. Lisa hielt ebenso erschrocken inne. »Verzeihung«, sagte sie dann, durchquerte den Raum und sauste hinaus in den Korridor, um nach oben in ihr Zimmer zu laufen.

13

Christiana musterte Lisa mit Sorge. »Bist du sicher, dass du nicht mitkommen willst?«, fragte sie.

»Absolut«, entgegnete Lisa und wich ihrem Blick aus.

Eigentlich war sie hin- und hergerissen. Ein Teil von ihr wollte ausgehen; der Teil, der es um jeden Preis umgehen wollte, mit Robert reden zu müssen. Der andere Teil jedoch, der es umgehen wollte, mit Lord Findlay tanzen zu müssen und womöglich einen Heiratsantrag von ihm zu bekommen, wollte es nicht.

Und während sie Findlay meiden konnte, indem sie einfach zu Hause blieb, war die Sache mit Robert schon etwas komplizierter. Sie konnte natürlich in ihrem Zimmer bleiben, aber es gab keine Garantie, dass er nicht herüberkam und sie bedrängte. Seit sie nach dem Intermezzo im Stall heraufgekommen war, hatte er bereits dreimal an ihre Tür geklopft. Sie hatte sich jedes Mal geweigert, mit ihm zu sprechen, und in Anwesenheit von Richard und Christiana war ihm nichts anders übrig geblieben, als sie in Ruhe zu lassen. Sie befürchtete jedoch, dass er sich nicht mehr so leicht würde abspeisen lassen, wenn die beiden aus dem Haus waren.

»Na schön«, sagte Christiana schließlich und ging zur Tür. Dort blieb sie stehen. »Hast du eine Nachricht für Lord Findlay? Er wird gewiss nach dir fragen.«

»Nein«, antwortete Lisa seufzend. »Sag einfach, dass ich mich nicht wohlfühle. Nein, sag besser, dass ich mich im Regen verkühlt habe oder so etwas.«

Christiana wandte sich mit einem Nicken ab und verließ den Raum.

Als sie weg war, ging Lisa ans Fenster und schaute hinaus, während sie fieberhaft überlegte, wie sie sich Robert vom Leib halten konnte. Er würde kommen, dessen war sie sicher. Wahrscheinlich, sobald Christiana und Richard in der Kutsche saßen, und das Letzte, was sie wollte, war ein weiterer Streit mit ihm. Ihr Widerstand gegen ihn war inzwischen fast vollständig geschwunden. Die Vorstellung, ihn zu heiraten und die Freuden, die er ihr bereitete, bis an ihr Lebensende zu genießen, war äußerst verlockend. Es war die Zeit zwischen diesen Begebnissen, die ihr Sorgen bereitete. Die Tage stummen Argwohns und stiller Vorwürfe.

Sie wusste, dass sie so etwas nicht ertragen konnte. Vielleicht sollte sie einfach nach Hause fahren, überlegte sie. Sie konnte nun ohnehin niemanden heiraten. Männer wollten ihre Hochzeitsnacht mit einer unberührten Frau verbringen, nicht mit einer gebrauchten und womöglich schwangeren. Sie verzog das Gesicht. Die Wahrscheinlichkeit, dass sie Roberts Kind unter dem Herzen trug, hatte sich inzwischen verdoppelt, und sie wollte nicht, dass sie sich verdreifachte. Doch wenn sie in der Stadt blieb, dann würde es ganz sicher wieder passieren, da war Lisa sicher.

Allmächtiger, ihr Körper verlangte bereits wieder nach mehr. Seitdem er erfahren hatte, welche Sinnenfreuden möglich waren, war er unersättlich. Sie drehte sich abrupt zu Bet um.

»Wenn du nicht die ganze Nacht hier mit mir eingeschlossen sein willst, dann gehst du besser jetzt«, sagte sie und zog den Stuhl, der am Fenster stand, zur Tür.

Bet machte große Augen und erhob sich. »Ich bin unten, wenn Sie mich brauchen.«

»Ich brauche dich erst morgen früh wieder«, sagte Lisa und

wartete, bis Bet aus dem Zimmer geschlüpft war. Dann schob sie den Stuhl fest unter den Türknauf und betrachtete zufrieden ihr Werk. Sie hatte getan, was sie konnte. Als sie wieder zum Fenster ging, klopfte es.

»Geh weg, Robert!«, sagte sie mit Nachdruck.

»Wir müssen reden«, erwiderte er ebenso nachdrücklich.

»Ich will aber nicht«, lautete ihre Antwort.

Kurz darauf drehte sich der Türknauf, doch der Stuhl hielt die Tür geschlossen. Stille trat ein, dann knurrte Robert: »Hast du abgeschlossen?«

»Nein, ich habe einen Stuhl unter den Knauf geklemmt«, erklärte sie. »Ich rede nicht mit dir, Robert. Geh einfach weg.«

Sie wartete einen Moment mit angehaltenem Atem, und als keine Antwort kam, schlich sie zur Tür und lauschte. Es war jedoch nichts zu hören, und sie wusste nicht, ob Robert noch im Korridor stand oder nicht.

Stirnrunzelnd wandte Lisa sich ab und sah sich in ihrem Zimmer um. Dann ging sie unruhig aufs Fenster zu, nur um auf halbem Wege innezuhalten und voller Ungeduld zum Bett zu marschieren. Sie wollte die nächsten fünf Stunden nicht damit verbringen, wie ein eingesperrtes Tier hin- und herzulaufen. Es würde sie verrückt machen. Sie musste schlafen. Oder lesen oder sonst irgendetwas.

Nachdenken wäre nicht schlecht, sagte sie zu sich, aber das hatte sie schon seit ihrer Rückkehr zu tun versucht. Doch statt sich damit zu befassen, was sie machen sollte, schienen ihre Gedanken nur um Robert und die vielen herrlichen Dinge zu kreisen, die er mit ihr angestellt hatte. Und an diese Dinge wollte sie nun wirklich nicht denken, zumal Richard und Christiana nicht da waren, um sie davor zu bewahren, erneut eine solche Torheit zu begehen.

Lisa zog sich ihren Morgenmantel aus und legte ihn am

Fußende des Betts ab. Dann ging sie zu ihrer Truhe, um ein Nachthemd herauszusuchen. Das erste, was sie erblickte, war natürlich das durchsichtige Nachtkleid von Mrs Morgan. Lisa betrachtete es mit gemischten Gefühlen. Sie nahm sich vor, Bet anzuweisen, das verdammte Ding zu verbrennen, konnte dem Verlangen jedoch nicht widerstehen, die Finger über den seidigen Stoff gleiten zu lassen, der so berauschende Erinnerungen in ihr wachrief.

Sie schüttelte den Kopf, um die Bilder zu vertreiben, und nahm ein weißes Nachthemd aus der Truhe. Als sie sich aufrichtete, flog ihr Fenster mit einem lauten Schlag auf, und sie drehte sich erschrocken um.

»Robert!«, rief sie, als er mit einem Satz ins Zimmer sprang. »Was zum Teufel?«

»Wir müssen ein besseres Schloss an diesem Fenster anbringen lassen«, erklärte er gelassen, schob die beiden Flügel zu, versuchte aber erst gar nicht, sie zu verriegeln. Einer hing schief in den Angeln und war defekt. »Und es war unglaublich töricht von dir, die Tür mit dem Stuhl zu verbarrikadieren. Wäre der maskierte Mann zurückgekehrt, hätte ich nicht hereinkommen können, um dir zu helfen!«

»Ich war vor allem darauf bedacht, *dich* nicht hereinzulassen«, entgegnete sie trocken.

»Nun ja …« Er verzog das Gesicht. »Das ist dir nicht gelungen.«

Sie verdrehte die Augen angesichts seiner völlig überflüssigen Feststellung, doch dann erstarrte sie, als sie einen kleinen dunklen Fleck auf seinem Hemd entdeckte. »Ist das Blut?«, fragte sie mit zitteriger Stimme.

Robert schaute auf sein Hemd, dann zu ihr und verdeckte den Fleck mit der Hand. »Nein, ich muss beim Heraufklettern etwas Harz oder so etwas abbekommen haben.«

Lisa runzelte die Stirn. Sie war nicht sicher, ob er die Wahrheit gesagt hatte, wollte ihm aber gern glauben. Den Anblick von Blut konnte sie nicht ertragen. »Du solltest nicht auf Bäume klettern, Robert. Die Wunde könnte wieder aufreißen.«

»Mir geht es gut«, versicherte er ihr und ging zur Tür. »Ich ziehe mir nur rasch ein frisches Hemd an.« Er stellte den Stuhl zur Seite. »Und schieb den Stuhl nicht unter den Knauf! Sonst muss ich wieder durchs Fenster hereinkommen.«

Lisa schürzte die Lippen, gab aber mit einem Nicken ihr Einverständnis.

Robert atmete geräuschvoll aus und machte sich daran, das Zimmer zu verlassen. In der Tür blieb er noch einmal stehen. »Wo ist Bet?«

»Unten. Warum?«

»Ich habe etwas zum Flicken und hoffe, sie kann mir helfen«, brummelte er und verschwand.

Lisa starrte die geschlossene Tür einen Moment lang an, dann lief sie hin und riss sie auf, um in den Korridor zu stürzen … und hätte Robert um ein Haar umgerannt, der vor der Tür stehen geblieben war, sein Hemd aufgeknöpft und den Verband zur Seite gezogen hatte, um seine Wunde zu inspizieren.

Er wollte wahrscheinlich nachsehen, wie viel Schaden er angerichtet hatte, dachte sie und wandte sofort den Blick ab. »Geh in dein Zimmer. Ich schicke Bet, damit sie dich wieder zusammennäht.«

»Nein, ist schon gut. Die Naht ist nicht geplatzt, nur an einer Stelle ein bisschen auseinandergegangen. Ich mache die Wunde sauber und verbinde sie neu«, sagte er und begann den Verband zu lösen. »Du musst Bet nicht bemühen.«

»Du kannst dich nicht selbst verbinden, Robert. Lass mich –«

»Ich komme zurecht«, unterbrach er sie und ging in sein Zimmer.

Lisa wollte ihm folgen, hielt jedoch inne, als sie Bet mit bestürzter Miene die Treppe heraufkommen sah. Sie lief ihr entgegen. »Ist etwas?«

»Ja«, entgegnete Bet. »Ich dachte, ich warne Sie am besten. Ich habe gehört, wie Handers zu der Köchin sagte, er habe Lord Langley das Haus verlassen sehen. Das fand ich merkwürdig, weil er doch so entschlossen ist, auf Sie aufzupassen. Aber dann ist mir eingefallen, dass er vielleicht den Baum hochklettert, um durchs Fenster zu Ihnen zu gelangen.«

Lisa nickte. »Ja, genau das hat er getan. Und jetzt hat er ein Problem mit seiner Wunde. Können Sie die Salbe holen und ...« Sie verstummte. Bet war bereits losgeeilt, um alles Nötige zu besorgen.

Da sie nichts weiter tun konnte, ging Lisa zur Tür von Roberts Zimmer und spähte vorsichtig hinein. Er saß mit dem Rücken zu ihr auf der Bettkante. Den alten Verband hatte er bereits entfernt und tupfte sich nun mit einem zusammengeknüllten Teil des gebrauchten Materials die Brust ab.

»Robert, warte auf Bet, sie –«

»Ich brauche Bet nicht, es ist alles in Ordnung«, fiel er ihr ins Wort.

»Die Wunde muss ordentlich gereinigt werden. Die Salbe muss aufgetragen und dann ein frischer Verband angelegt werden. Das kannst du nicht allein machen«, sagte sie bestimmt.

»Doch, kann ich«, entgegnete er störrisch, und Lisa schüttelte den Kopf. Kurz darauf erschien Bet mit einer Schüssel Wasser, einem Tuch, Salbe und Verbänden.

Lisa wich zur Seite und ließ ihre Zofe eintreten. Sie selbst blieb sicherheitshalber an der Tür stehen, um sich vor dem Anblick von Blut zu schützen.

»Danke, Bet«, sagte Robert, als sie die Dinge, die sie mitgebracht hatte, auf dem Nachttisch abstellte. »Das wäre dann erst einmal alles.«

Bet zögerte, aber angesichts dieser klaren Ansage drehte sie sich achselzuckend um und verließ den Raum. Was sollte sie auch sonst tun?

Sobald Bet gegangen war, schloss Lisa die Tür, blieb aber dort stehen und beobachtete schweigend, wie Robert die Wunde sorgfältig reinigte und die Salbe auftrug. Erst als er versuchte, sich zu verbinden, kam er in Schwierigkeiten. Genau wie sie erwartet hatte.

»Lisa?«, sagte er schließlich, nachdem er mehrere Minuten mit dem Verbandmaterial gerungen hatte. »Könntest du vielleicht …?« Er sah sie entschuldigend über die Schulter an.

»Ts«, machte sie nur und richtete den Blick gen Himmel, bevor sie zu ihm ging. Sie verkniff es sich freundlicherweise, »Ich habe es dir ja gesagt« zu sagen. Zu ihrer Erleichterung verdeckte der Teil des Verbands, den er bereits um seine Rippen hatte wickeln können, die Wunde. Und er war schneeweiß und vollkommen frei von Blutflecken. Sie nahm ihm den Rest des Verbands ab. »Arme hoch!«

»Lisa«, sagte er und streckte die Hand nach ihr aus. »Du kannst Findlay nicht heiraten.«

»Nicht reden, Robert, das führt nur wieder zu Streit.«

»Aber –«

»Soll ich Bet holen? Willst du, dass sie es macht?«, fragte sie und zog eine Augenbraue hoch. Die Drohung ließ ihn verstummen, und er setzte sich gerade hin und hob die Arme. Lisa begann rasch, ihm den Verband um den Brustkorb zu wickeln.

»Du riechst köstlich«, raunte Robert ihr zu, als sie den Verband an seinem Rücken entlangführte. Dazu hatte sie sich vorgebeugt, sodass sich ihre Gesichter ganz nah waren.

»Danke«, sagte sie steif und holte den Verband nach vorn.

»Und du bist schön.«

»Robert«, sagte sie mahnend und wickelte den Verband ein weiteres Mal um ihn.

»Es ist wahr«, entgegnete er. »Du riechst gut, du siehst gut aus, du fühlst dich gut an.« Er ließ die Hände sinken und strich ihr über die Oberarme.

»Robert!«, bat sie eindringlich, hielt inne und schloss kurz die Augen. Schon bei dieser leichten, im Grunde harmlosen Berührung waren ihre Brustwarzen hart geworden und auch zwischen ihren Schenkeln regte sich etwas.

»Du willst mich«, murmelte er und drückte ihr einen Kuss in die Halsbeuge, der sie erschaudern ließ. Dann legte er die Hand auf eine Brust und drückte sie sanft. »Du kannst Findlay nicht heiraten. Er könnte dir niemals solche Gefühle bescheren.«

Lisa schüttelte kaum merklich den Kopf, zog den Verband straff und befestigte das Ende, indem sie es unter den Rand schob. Sie konnte seine Liebkosungen jedoch nicht ignorieren, wie sehr sie sich auch bemühte. Als sie sich aufrichtete, umklammerte er mit der freien Hand ihr Gesäß und zog sie zwischen seine Knie, während er ihr Fleisch massierte und knetete.

»Das könnten wir jeden Abend tun, wenn du mich heiratest«, sagte er leise, schob ihr von hinten die Hand zwischen die Beine und streichelte sie durch den Stoff ihres Nachthemds.

Lisa biss sich auf die Lippe, hielt sich an seinen Schultern fest, schloss die Augen und gab sich ganz der süßen Melodie hin, die sie zu vernehmen glaubte. Ihr Körper war ein Instrument, das er meisterhaft beherrschte.

»Heirate mich, Lisa.«

»Sei still«, gab sie zurück, legte die Hände um sein Gesicht und küsste ihn. Und sie sträubte sich nicht, als er sie zu sich aufs Bett zog.

Eine Lachsalve riss Robert aus dem Schlaf. Er richtete sich auf und lauschte – und entspannte sich wieder, als er die Stimmen von Christiana und Richard im Korridor hörte. Christiana schlug ihrem Mann gerade vor, nach ihm zu sehen. Ein Lächeln spielte um seine Mundwinkel, als sein Blick auf die ausgebeulte Decke neben ihm fiel. Dann ging die Tür auf, Licht fiel herein, und er stellte fest, dass die Decke lediglich zusammengeknüllt war. Lisa war weg.

»Oh, du bist wach«, sagte Richard von der Tür aus. »Alles in Ordnung?«

»Alles bestens«, entgegnete Robert und sah ihn mürrisch an. »Ich hatte schon geschlafen, aber euer Gelächter hat mich geweckt.«

Richard zog angesichts seines gereizten Tons die Augenbrauen hoch. »Oh, das tut mir leid. Gute Nacht.«

Robert bekam ein schlechtes Gewissen, als die Tür ins Schloss fiel. Er hätte Richard nicht so anblaffen dürfen. Aber verdammt, Lisa hatte sich wieder davongemacht. Dabei wären alle Probleme gelöst gewesen, wenn man sie zusammen erwischt hätte.

Er nahm sich vor, beim nächsten Mal Sorge dafür zu tragen, dass er in ihrem Zimmer mit ihr schlief. Der Gedanke ließ ihn verdutzt innehalten. Legte er es tatsächlich darauf an, Lisa zu kompromittieren, damit sie gezwungen war, ihn zu heiraten? Nun, eigentlich hatte er sie bereits kompromittiert, er musste es nur beweisen. Der springende Punkt war jedoch, dass er sich vor ein paar Tagen noch strikt geweigert hatte, überhaupt zu heiraten, und inzwischen bereit war, mit faulen Tricks zu arbeiten, um Lisa in sein Bett und zur Ehe zu zwingen.

Was doch ein, zwei Tage ausmachen konnten, dachte er schmunzelnd, dann schüttelte er den Kopf. Unfassbar, dass sie nicht bereit war, ihn zu heiraten. Die meisten Frauen würden nach dem Beischlaf Zeter und Mordio schreien und darauf bestehen, einen Ring an den Finger gesteckt zu bekommen. Lisa jedoch nicht.

Robert nahm an, dass ihre verdammte romantische Verklärtheit daran schuld war. Diese verfluchten Bücher hatten sie auf Ideen gebracht. Sie wollte Romantik, heiße Liebesschwüre und Glückseligkeit bis ans Lebensende. Doch so funktionierte die reale Welt nicht. Die Leute heirateten und fristeten bis ans Ende ihrer Tage ein unglückliches, leiderfülltes Dasein. Die meisten jedenfalls, schränkte er ein, als er an die glücklichen Ehen von Christiana und Richard sowie Suzette und Daniel dachte. Natürlich waren beide Paare auch erst seit ein paar Jahren zusammen. Das Elend hatte noch genug Zeit, um bei ihnen Einzug zu halten. Er war sicher, dass selbst sein Vater und seine Mutter am Anfang ein paar glückliche Jahre gehabt hatten.

Er drehte sich seufzend auf die Seite und zuckte zusammen, als es in seiner Brust zwickte. Seine Wunde hatte ihn an diesem Abend ebenso wenig gekümmert wie in der ersten Nacht und im Stall. Das verdammte Ding würde niemals heilen, wenn er sich nicht in Acht nahm. Aber die Wunde war ihm herzlich egal, wenn er Lisa in seinen Armen hielt, wenn sie bebend die Finger in seinen Rücken krallte und ihr Flehen ihm in den Ohren klang. Nie wieder würde er sie als kleine Schwester betrachten. Er konnte nicht glauben, dass er es jemals getan hatte. Lisa war ebenso leidenschaftlich wie er, gab sich ihm ganz und gar hin und verlangte sogar nach mehr.

Er würde sie zu seiner Frau machen. Er musste sich nur noch überlegen, wie.

Lisa drehte sich in ihrem Bett um und schaute zum Fenster, als sie hörte, wie sich die Tür des Schlafzimmers von Christiana und Richard schloss und es wieder still im Haus wurde. Sie war wenige Augenblicke vor ihrer Rückkehr wach geworden und in ihr Zimmer gelaufen. Gerade noch rechtzeitig, dachte sie und hätte beinahe laut geseufzt, weil sie eine gewisse Enttäuschung verspürte. Wäre sie ertappt worden, hätte sie Robert heiraten müssen. Er hätte dafür gesorgt. Und der Gedanke war verlockend. Jeden Abend solche Freuden genießen? Wer käme da nicht in Versuchung?

»Du kannst Findlay nicht heiraten. Er könnte dir niemals solche Gefühle bescheren.«

Roberts Worte gingen ihr durch den Kopf, und voller Unruhe warf sie sich auf den Rücken. Doch die Worte ließen sich nicht verdrängen und kamen immer wieder. Und sie geriet ins Grübeln … Könnte Findlay es wirklich nicht? Könnte es denn ein anderer? Robert war gewiss nicht der Einzige auf der Welt, der sie so küssen und liebkosen konnte, dass ihre Leidenschaft entfacht wurde, oder? Der Gedanke war deprimierend. Sie glaubte zwar nicht, dass sie mit seinem Misstrauen leben konnte, aber allmählich wurde ihr klar, dass sie auch kein eheloses Leben auf dem Lande führen konnte. Der Mann hatte ihren Körper wachgerüttelt, und unmöglich konnte sie die Freuden, die sie kennengelernt und genossen hatte, einfach wieder vergessen. Sie wollte es auch gar nicht.

Es musste doch jemanden geben, der diese Leidenschaft wenigstens in gewissem Maße in ihr wecken konnte?

Ein ruhiges Leben mit einem Mann, den sie mochte, dessen Gesellschaft sie genoss und der sie auch nur halb so viel erregte, wie sie es bislang erlebt hatte, klang um einiges besser als sämtliche Alternativen. Und sie mochte Charles Findlay. Sie tanzte und plauderte gern mit ihm, hatte es sehr genossen, mit ihm zu lesen, das Rennen mit ihm zu fahren und … Nun, sie mochte ihn eben. Sicher, sein erster Kuss hatte kaum Empfindungen bei ihr ausgelöst, und der zweite war sehr unangenehm gewesen, aber daran hatte sie Schuld gehabt. Sie hatte ihn gebeten, ihr einen strafenden Kuss zu geben, und genau das hatte er getan. Woher hatte sie wissen sollen, dass Roberts Küsse in Wirklichkeit gar nicht strafend gewesen waren? Sie überlegte, ob sich vielleicht etwas ändern würde, wenn sie Charles bat, sie voller Leidenschaft zu küssen. Es war einen Versuch wert.

Es konnte natürlich sein, dass er sie nicht mehr heiraten wollte, wenn sie ihm gestand, dass sie mit Robert geschlafen hatte. Aber sie musste es ihm sagen. Mit einem solchen Geheimnis konnte sie nicht leben. Das schlechte Gewissen würde sie umbringen. Doch selbst wenn er sich dann von ihr abwandte – wenn er sie wenigstens küsste und es ihm gelang, ihr Feuer zu schüren, würde sie wissen, dass Robert nicht der einzige Mann auf der Welt war, der dies zuwege brachte.

Das Ganze hing natürlich davon ab, dass sie nicht schwanger war. Doch Suzette und Christiana waren schon seit zwei Jahren verheiratet, und wie sie aus den Gesprächen mit ihnen wusste, kamen sie der ehelichen Pflicht häufig und gern nach. Dennoch war keine von beiden bisher schwanger geworden. Gut, Christiana einmal, aber sie hatte eine Fehlgeburt erlitten. Also wurden die Frauen in ihrer Familie vielleicht nicht so leicht schwanger, und sie musste sich keine Sorgen darum machen.

Der Gedanke gab ihr Hoffnung. »Nur« entjungfert war allemal besser als entjungfert und schwanger.

Lisa drehte sich wieder auf die Seite, schaute zum Fenster und überlegte, wie sie vorgehen sollte. Sie würde Charles zunächst bitten, sie voller Leidenschaft zu küssen. Wenn das gelang und er sie bat, seine Frau zu werden, würde sie ihm von Robert erzählen und sehen, wie er reagierte, und dann … Nun, was dann kam, hing ganz von seiner Reaktion ab.

Es war nicht viel, aber es war der erste Hoffnungsschimmer für sie seit Tagen. Vielleicht konnte sie nicht die Art von Ehe haben, wie sie ihre Schwestern führten – vielleicht aber doch. Schließlich hatten beide ihre Männer nicht lange gekannt, bevor sie sie geheiratet hatten. Es gab noch Hoffnung für sie, auch ohne Robert. Sie durfte nur nicht den Mut verlieren und musste tapfer der Versuchung widerstehen, sich abermals auf ihn einzulassen.

Die Versuchung war allerdings ihre größte Sorge. Der Mann musste sie nur berühren, und ihre Widerstandskraft fiel zusammen wie ein Kartenhaus. Es war geradezu erbärmlich, wenn sie es recht bedachte. Sie war besser erzogen worden. Aber solange er auf sie aufpasste, stand zu befürchten –

Lisa richtete sich ruckartig auf. Solange er auf sie aufpasste … Das war das Problem! In der Hoffnung, dass Robert zugab, dass er sie liebte, und sich von der Vorstellung verabschiedete, es laste ein Fluch auf den Männern seiner Familie, hatten Richard und Daniel alles so arrangiert, dass er über sie wachen musste. Doch Christiana war nicht schwanger, und ihre Schwestern wussten inzwischen von dem Verehrer. Also gab es keine Ausrede mehr: Anstatt dass Robert auf sie aufpasste, konnte man jetzt durchaus einen richtigen Leibwächter engagieren. Dann wäre sie der Versuchung nicht mehr ausgesetzt.

»Verflixt!«, stieß Lisa hervor und sank wieder auf ihr Kissen. Daran hätte sie früher denken sollen. Sie musste gleich morgen mit Richard darüber reden. Und mit ein bisschen Glück war Robert mitsamt allen seinen Verlockungen schon mittags aus dem Haus.

»Ah, du bist es.«

Robert war in Richards Arbeitszimmer auf und ab gegangen und drehte sich ruckartig um. Sein Freund stand in der offenen Tür.

»Ich habe oben im Korridor jemanden gehört und bin aufgestanden, um nachzuschauen, aber bis ich mir die Hose angezogen hatte, war niemand mehr zu sehen, also dachte ich, ich mache sicherheitshalber eine Runde durchs Haus«, erklärte Richard, kam herein und schloss die Tür hinter sich.

»Ich konnte nicht schlafen«, sagte Robert und setzte seine Wanderung durch das Zimmer fort.

»Was macht die Wunde?«, fragte Richard. Er ging zum Sideboard und schenkte sich einen Whiskey ein.

»Sie heilt«, antwortete er lapidar. Nicht seine verletzte Brust machte ihm zu schaffen, sondern Lisas Weigerung, ihn zu heiraten. Er konnte nicht glauben, dass sie seinen Antrag rundheraus abgelehnt hatte. Herrgott noch mal, sie war jahrelang hinter ihm hergelaufen wie ein kleines Hündchen und hatte ihn vergöttert. Und inzwischen hatte sie mit ihm geschlafen, Himmeldonnerwetter! Sie hatte ihn Dinge tun lassen, die nur ein Ehemann tun sollte. Sie könnte sogar von ihm schwanger sein! Und dennoch weigerte sie sich, ihn zu heiraten? Er würde die Frauen nie verstehen.

»Woran liegt es denn, dass du nicht schlafen kannst?«, fragte Richard, setzte sich in einen der Sessel vor dem Kamin und sah ihn neugierig an.

»Erklär mir die Frauen«, bat Robert ihn, statt zu antworten.

Richard zog die Augenbrauen hoch und stellte sein Glas ab, das er gerade an die Lippen geführt hatte. »Meinst du vielleicht eine bestimmte Frau?«

»Lisa«, knurrte er.

Richard nickte ernst. »Was genau möchtest du erklärt haben?«

»Ich habe sie gebeten, mich zu heiraten«, gestand er nach kurzem Zögern. »Mehrmals. Ohne Erfolg.«

Richard schnappte weder entsetzt nach Luft, noch schien er sonderlich überrascht zu sein. Er fragte nur: »Und warum hast du das getan?«

Robert wandte sich ab, weil er nicht preisgeben wollte, welche Umstände zu seinem Antrag geführt hatten.

»Ich dachte, du wolltest nicht heiraten?«, hakte Richard nach. »Und dass jede Frau dir garantiert untreu werden und dir das Leben zur Qual machen würde, solltest du jemals so töricht sein, dich zu binden.«

Robert nickte grunzend.

»Warum hast du Lisa also gebeten, deine Frau zu werden?«

Ohne zu antworten richtete Robert den Blick auf die erkalteten, geschwärzten Holzscheite im Kamin und schüttelte unwillig den Kopf.

Nach einer Weile sagte Richard: »Vielleicht hat sie abgelehnt, weil sie nicht zu Unrecht als Ehebrecherin betrachtet werden will.«

Robert drehte sich überrascht zu ihm um. »Was?«

Richard zuckte mit den Schultern. »Vertrauen gehört zur Liebe dazu und ist für eine gute Ehe unerlässlich, Robert. Ich muss Christiana jeden Tag in vielerlei Hinsicht vertrauen, bei großen und kleinen Dingen, und sie mir genauso. Würden wir einander nicht vertrauen, könnte unsere Beziehung die alltäglichen Widrigkeiten und Kümmernisse niemals überstehen.« Er nahm einen Schluck von seinem Whiskey. »Das Gleiche gilt für Daniel und Suzette. Vertrauen ist wichtig für die Ehe. Lisa weiß das. Aber du trägst ihr nur die Ehe an, nicht dein Vertrauen.«

»Ich vertraue ihr … größtenteils«, brummte er.

»Größtenteils genügt nicht«, sagte Richard. »Ich habe den Verdacht, dass du sie nie für dich gewinnen wirst, wenn du ihr nicht voll und ganz vertrauen kannst.«

Robert kehrte mit finsterer Miene zum Kamin zurück.

Eine Weile herrschte Schweigen, dann fragte Richard: »Hältst du es für richtig, dass ich Christiana mein ganzes Vertrauen schenke?«

»Selbstverständlich«, entgegnete er, ohne auch nur eine Sekunde darüber nachzudenken.

»Und kann Daniel Suzette vertrauen?«

»Ja, sicher«, sagte er sofort. »Beide sind zu keiner Täuschung fähig.«

»Nun, so weit würde ich nicht gehen«, sagte Richard schmunzelnd. »Aber dann muss ich dich fragen, warum du nicht auch Lisa vertraust? Sie ist die Schwester der beiden. Von denselben Eltern nach denselben Wertvorstellungen erzogen. Warum ist sie dann nicht vertrauenswürdig?«

»Aber ich vertraue Lisa«, erwiderte er mürrisch.

»Wenn du denkst, dass sie dich betrügen wird, vertraust du ihr nicht«, erklärte Richard entschieden.

»Das ist etwas anderes. Es ist nicht … Also, nicht dass ich denke, sie … Es liegt an …«

»Dem Fluch?«, fragte Richard, als Robert verstummte.

»Ja«, gestand er seufzend, und Richard schüttelte den Kopf.

»Du merkst nicht einmal, wie absurd das klingt, nicht wahr? Dein Vater hat dir diesen Unsinn dermaßen eingehämmert, dass du nicht erkennst, dass es nur das Geschwätz eines verbitterten alten Mannes war.«

»Das war kein Geschwätz«, erwiderte Robert leise. »Meine Mutter war ihm untreu.«

»Ist dir schon mal in den Sinn gekommen, dass er sie womöglich mit seinen Ansichten und Verdächtigungen dazu getrieben hat?«, sagte Robert. »Ich nehme an, deinem Vater wurden der Hass und das Misstrauen gegenüber Frauen von seinem Vater eingeimpft, und genau das wollte er auch an dich weitergeben. Wärst du nicht so eng mit den Madison-Schwestern befreundet gewesen, wärst du meiner Meinung nach ein Frauenhasser geworden wie er.«

Robert runzelte die Stirn. »Er hat Frauen nicht gehasst.«

»Wirklich nicht?« Richard lachte ungläubig. »Gib mir ein Beispiel für etwas Positives oder Nettes, das er je über eine Frau gesagt hat. Ich bin deinem Vater im Lauf der Jahre ein paarmal begegnet und er schien mir ein verbitterter, boshafter Mann zu sein – und ein Frauenhasser.« Richard trank seinen Whiskey aus und stand auf. »Ich lege mich wieder ins Bett und kuschele mich an meine Frau. Du solltest auch schlafen gehen. Du musst gesunden.«

Robert nickte nur. Seine Gedanken kreisten um seinen Vater. Er überlegte, wann der Mann jemals etwas Gutes über eine Frau gesagt hatte. Dass die Köchin verdammt gute Pasteten buk, war das Einzige, was ihm einfiel. Und leider hatte der Vater dann nachgeschoben, dass es zu schade sei, dass sie kein Mann war.

Nachdenklich ging er zu dem Sessel, aus dem sich Richard soeben erhoben hatte, und setzte sich, um über seine Kindheit und die Beziehung seiner Eltern nachzudenken. Er erinnerte sich an die vielen Streitereien, zu denen es so gut wie täglich gekommen war, wenn seine Mutter von Besuchen in der Nachbarschaft oder vom Tee mit einer Freundin heimgekehrt war. Er erinnerte sich daran, wie ihr Vater sie angebrüllt und mit Vorwürfen bombardiert hatte und wie sie darauf mit Frustration und Verzweiflung reagiert hatte. Damals hatte er es nicht verstanden, aber nun ging er davon aus, dass der Vater sie der Untreue bezichtigt hatte. Und da Robert die Mutter häufig bei diesen Besuchen begleitet hatte, wusste er, dass sie ihn nicht betrogen hatte – und alle diese Kämpfe grundlos gewesen waren. Ihre Ursache waren lediglich Paranoia und haltlose Anschuldigungen gegen eine Frau gewesen, die solches nicht verdient hatte.

Es musste unerträglich für sie gewesen sein, dachte Robert entsetzt. Warum war ihm das nicht viel früher bewusst geworden? Irgendwie hatte er als junger Mann immer auf der Seite seines Vaters gestanden, weil er davon ausgegangen war, dass dieser recht hatte. Und letztendlich hatte sich seine Mutter ja auch einem anderen Mann zugewandt. Aber war es möglich, dass sein Vater sie durch die jahrelange Misshandlung – man konnte es nicht anders nennen – in die Arme eines anderen getrieben hatte? Robert musste ihr auf jeden Fall zugutehalten, dass ihre einzige Affäre, von der er wusste, die mit Gower war, und die hatte erst begonnen, als seine Eltern schon getrennt gelebt hatten.

Mit einem Mal sah er seine Eltern in einem ganz neuen Licht … und nicht nur seine Eltern, sondern auch den Fluch, der angeblich auf den Langley-Männern lastete. Womöglich handelte es sich hier lediglich um ein Beispiel dafür, dass der Glaube daran, dass etwas Bestimmtes passiert, dieses Ereignis schließlich herbeiführt. Hätte Lisa in die Ehe mit ihm eingewilligt, hätte er sie dann auch dazu gebracht, ihn zu verlassen und Trost bei einem anderen zu suchen?

»Allmächtiger«, murmelte er.

14

»Bist du sicher, dass Robert noch nicht aufgestanden ist?«, fragte Lisa zum dritten Mal, während Bet sie frisierte.

»Ja. Handers sagte, Lord Langley sei fast die ganze Nacht im Arbeitszimmer auf und ab gegangen, und Lord Radnor hat uns angewiesen, ihn schlafen zu lassen. Er liegt noch im Bett.«

Lisa nickte und atmete erleichtert auf. »Und Richard ist schon weg.«

»Jawohl. Er hat schon bei Tagesanbruch das Haus verlassen«, erklärte Bet – ebenfalls zum dritten Mal.

Lisa nickte wieder, doch diesmal verzog sie unmutig das Gesicht. Sie hatte gehofft, mit Richard über die Einstellung eines Bewachers sprechen zu können, damit sie Robert schnellstmöglich loswurde. Aber wenn Richard nicht im Haus war, konnte sie in dieser Sache nichts unternehmen. Dennoch wollte sie nicht untätig herumsitzen, bis Robert erneut auf die Idee kam, sie ins Bett zu locken.

Vielleicht sollte sie selbst einen Leibwächter engagieren. Die Ermittler von der Bow Street übernahmen auch solche Aufgaben. Zumindest hoffte sie es. Wenn nicht, dann konnten sie ihr aber gewiss sagen, an wen sie sich wenden musste. Sie beschloss, Handers eine Kutsche mieten zu lassen und die Angelegenheit selbst zu regeln.

»Bitte sehr«, sagte Bet und trat zurück, als sie mit Lisas Frisur fertig war. »Kann ich sonst noch etwas tun?«

»Nein«, sagte Lisa, stand auf und ging zur Tür. »Ich muss eine Weile das Haus verlassen. Ich werde –«

»Aber nicht allein«, sagte Bet bestimmt. »Dieser mysteriöse Verehrer ist immer noch irgendwo da draußen.«

Lisa zögerte, als sie sah, wie Bet resolut die Schultern straffte, dann erklärte sie: »Ich wollte Handers eine Kutsche mieten lassen. Ich möchte nämlich in der Stadt einen Leibwächter engagieren, damit Lord Langley sich nicht mehr mit dieser Aufgabe befassen muss.«

Bet entspannte sich ein wenig und nickte verständnisvoll. »Der Fahrer und ich, wir sollten in der Lage sein, dafür zu sorgen, dass Ihnen nichts passiert. Aber wir nehmen sicherheitshalber noch einen Diener mit.«

Lisa grinste sie an. »Du lässt mich also nicht allein ausfahren?«

»Bei Ihrer Neigung, sich in Schwierigkeiten zu bringen?«, erwiderte Bet und schnaubte. »Sicherlich nicht, Miss.«

Lisa schüttelte nur den Kopf. Sie hielt sich nicht damit auf zu protestieren und schritt, gefolgt von Bet, in den Korridor. Als sie gemeinsam die Treppe hinuntergingen, klopfte es an der Haustür. Lisa ging langsam weiter und schaute neugierig nach unten, als Handers erschien, um zu öffnen. Ihre Augen weiteten sich, als sie Findlay mit grimmigem Gesicht vor der Tür erblickte, einen Blumenstrauß in der einen Hand und Bücher und eine kleine Tüte in der anderen.

»Ich bin gekommen, um –«, begann Charles und hielt inne, als er Lisa die Treppe herunterkommen sah. Seine Miene hellte sich augenblicklich auf, und sein finsterer Blick wurde von einem strahlenden Lächeln verdrängt. »Lisa«, sagte er. »Ich meine, Miss Madison«, korrigierte er sich rasch und schaute in Richtung von Bet und Handers.

»Danke, Handers. Ich werde Lord Findlay empfangen«, sagte Lisa nach kurzem Zögern.

»Wie Sie wünschen, Miss. Soll ich ihn in den Salon führen?«

Sie lächelte über die Frage. »Ich denke, das übernehme ich selbst. Aber vielleicht könnten wir einen Tee bekommen?«

»Sehr wohl, Miss.« Der Butler machte eine knappe Verbeugung und ging den Korridor hinunter.

»Soll ich in den Stall gehen und Harry bitten, eine Kutsche für uns zu mieten?«, raunte Bet ihr von hinten zu.

Lisa drehte sich um und nickte. »Ja, bitte.«

Die Zofe folgte Handers den Korridor hinunter, während Lisa auf Charles zuging, der höflich auf der Schwelle verharrte.

»Kommen Sie doch bitte herein«, sagte sie mit einem Lächeln.

Er erwiderte ihr Lächeln, trat ein und schloss die Tür. »Die sind für Sie.«

»Vielen Dank.« Lisa nahm die Blumen entgegen, die er ihr darbot. »Sie sind wunderschön.«

»Nicht so schön wie Sie«, erwiderte er ernst. »Ich freue mich, Sie gesund und wohlauf zu sehen. Ich war in Sorge, weil Sie gestern Abend nicht auf dem Ball bei den Norstroms waren. Ihre Schwester sagte, Sie haben sich im Regen erkältet. Das ist meine Schuld. Ich hätte auf das Wetter achten sollen. Es tut mir außerordentlich leid.«

»Das muss es nicht. Heute geht es mir wieder gut«, entgegnete sie und versuchte, die Gewissensbisse zu ignorieren, die sie ob seiner Entschuldigung bekam. Seufzend drehte sie sich um und führte ihn den Korridor hinunter zum Salon. »Und es war auch nicht Ihre Schuld.«

»Dennoch werde ich in Zukunft achtsamer sein«, versprach er ihr, und sie blieben stehen, als ein Dienstmädchen mit einer Vase voll Wasser aus der Küche geeilt kam.

»Mr Handers meinte, die würden Sie brauchen, Miss«, erklärte das Mädchen und hielt ihr die Vase hin.

»Ja, vielen Dank, Joan«, sagte Lisa, stellte die Blumen in die

Vase, nahm sie dem Mädchen ab und trug sie in den Salon. Sie stellte sie auf den Tisch vor dem Sofa, bevor sie Platz nahm, und begann sogleich, die Blumen in der Vase zu arrangieren, während Lord Findlay sich in den Sessel ihr gegenüber setzte.

»Das hier ist auch für Sie«, sagte Charles, sobald sie mit den Blumen fertig war, und beugte sich vor, um ihr die Bücher und die Tüte zu überreichen.

»Danke«, sagte Lisa und nahm die Geschenke an. Nachdem sie einen Blick auf die Titel geworfen hatte, lächelte sie. »Sie haben meine Schwäche erkannt, Charles. Ich lese furchtbar gern. Seit ich in London bin, hatte ich allerdings wenig Gelegenheit dazu.«

Findlay winkte ab. »In der Stadt geht es immer sehr betriebsam zu«, sagte er. »Auf dem Lande hat man viel mehr Zeit zum Lesen. Genau aus diesem Grund bevorzuge ich das Leben auf dem Lande.«

»Ich auch«, bekannte sie. Es war zwar ihr erster längerer Aufenthalt in der Stadt, aber sie fand die ewigen Bälle und Teegesellschaften etwas anstrengend. Und wegen der Entführungsversuche und Roberts ständiger Avancen war ihre restliche Zeit auch nicht gerade erholsam.

»Dann gibt es noch etwas, das wir miteinander gemein haben«, sagte Charles lächelnd.

»In der Tat.« Sie erwiderte sein Lächeln, legte die Bücher zur Seite und öffnete die Tüte. Als sie hineinschaute und die Bonbons darin entdeckte, machte sie große Augen. »Die habe ich am liebsten!«, rief sie begeistert, und Charles grinste.

»Tatsächlich? Ich auch.«

»Eine weitere Gemeinsamkeit«, sagte Lisa lachend. Dann schaute sie an ihm vorbei zur Tür, denn Bet kam mit einem Teetablett herein. Sie stellte es neben die Blumen auf den Tisch und flüsterte Lisa ins Ohr: »Harry kümmert sich um die

Kutsche, und Handers hat einen der kräftigsten Diener zu unserem Begleiter bestimmt.«

»Danke«, entgegnete Lisa.

Ihre Zofe nickte, richtete sich auf und verließ den Salon.

Als sie gegangen war, griff Lisa zu der Kanne und begann den Tee einzuschenken.

»Vielen Dank«, sagte Charles und nahm die Tasse entgegen, die sie ihm reichte.

»Möchten Sie auch ein Bonbon?«, fragte Lisa.

»Oh ja, das wäre nett«, sagte Charles und griff zu, als sie ihm die Tüte hinhielt. Dann lehnte er sich lächelnd zurück und betrachtete das Bonbon nachdenklich. »Unglaublich, dass wir so viel miteinander gemein haben. Das gefällt mir sehr.«

»Ja«, pflichtete Lisa ihm bei und steckte sich ein Bonbon in den Mund. Während sie es lutschte, musterte sie Charles. Sie schienen in der Tat viele Gemeinsamkeiten zu haben. Das war sicherlich ein gutes Zeichen. Und wenn es ihm jetzt noch gelang, ihre Leidenschaft zu wecken …

»Woran denken Sie?«, fragte Charles unvermittelt. »Sie sehen mich so eigenartig an.«

Lisa zögerte und trank einen Schluck Tee. Statt zu antworten fragte sie: »Charles, was wollten Sie mich neulich fragen, als Robert uns unterbrochen hat?«

Als er nicht gleich reagierte, sagte sie: »Ich hatte den Eindruck, Sie wollten mich bitten, Ihre Frau zu werden.«

Charles stellte seufzend seine Tasse ab und nickte. »Allerdings, das wollte ich.«

Lisa entspannte sich etwas. »Ich lag also richtig.«

Sie verfielen beide in Schweigen. Nach einer Weile zog er die Augenbrauen hoch und fragte: »Und? Möchten Sie meine Frau werden?«

Lisa biss sich auf die Lippe und senkte den Blick. Sie hätte wissen müssen, dass er auf ihre Frage hin erneut um ihre Hand anhalten würde, aber offensichtlich konnte sie derzeit nicht klar denken. Und genau da lag das Problem. Wenn sie nur ein bisschen Zeit für sich hätte, ohne dass Robert sie belauerte oder verführte oder auch nur im Zimmer gegenüber schlief, würde sie gewiss ergründen können, wie sie in dieser Situation am besten verfuhr. Aber um diese Zeit zu bekommen, musste sie einen Bewacher engagieren und dafür sorgen, dass Robert keinen Grund mehr hatte, im Haus zu verweilen. Vorher würde sie weder in Ruhe nachdenken noch darauf vertrauen können, dass ihre Entscheidungen keine spontane Reaktion darauf waren, welche Wirkung Robert auf sie hatte.

»Lisa?«, sagte Charles leise.

Sie hob seufzend den Kopf und fragte: »Dürfte ich Sie vielleicht bitten, mir Bedenkzeit zu gewähren, bevor ich antworte?«

»Bedenkzeit«, wiederholte Charles bedächtig und lehnte sich zurück.

»Es ist eine Entscheidung von großer Tragweite«, sagte sie entschuldigend. »Sie bestimmt den Verlauf meines restlichen Lebens. Und auch den Ihres Lebens.«

»Ja, in der Tat«, pflichtete er ihr bei.

»Und ich genieße zwar Ihre Gesellschaft und wir scheinen dieselben Dinge zu mögen, aber –« Sie zögerte, dann fragte sie: »Würden Sie mich vielleicht noch einmal küssen, Charles?«

Charles fuhr überrascht auf, und der Tee in seiner Tasse schwappte über und lief in die Untertasse.

»Ich weiß, es ist verwegen, Sie darum zu bitten«, fuhr sie rasch fort, weil sie merkte, dass sie errötete. »Aber ich denke, es wäre gut, dass wir vor so einer wichtigen Entscheidung in Erfahrung bringen, ob wir … äh, also … ob wir auch auf einer weniger intellektuellen Ebene zueinanderpassen.«

Charles riss die Augen auf, und Lisa war inzwischen vor Verlegenheit puterrot im Gesicht, doch sie zwang sich fortzufahren.

»Es ist einfach eine Entscheidung fürs Leben, und das ist eine sehr lange Zeit. Und Sie haben mich zwar schon geküsst – beim ersten Mal sehr behutsam und beim zweiten Mal auf mein Ersuchen eher rabiat –, aber ich –« Lisa schüttelte den Kopf. »Ich dachte nur, wenn Sie mich mit Leidenschaft küssen würden und …« Sie sah ihn hilflos an, dann stand sie abrupt auf, weil ihr das Ganze zu peinlich war. »Es tut mir leid. Es war nicht recht von mir, dergleichen überhaupt vorzuschlagen. Ich sollte wahrscheinlich –«

»Nein, nein.« Charles sprang auf und kam um den Tisch, um sie bei den Händen zu nehmen. »Sie haben mich überrascht, aber Sie haben vollkommen recht.«

»Wirklich?«, fragte Lisa unsicher.

»Ja, natürlich. Es erscheint mir durchaus vernünftig, sich mit dem einen oder anderen ordentlichen Kuss zu vergewissern, dass wir auch … äh … in anderer Hinsicht zueinanderpassen«, erklärte er mit einem schiefen Lächeln.

Lisa spürte, wie alle Anspannung von ihr abfiel, und nickte. »Mir auch.«

»Nun denn.« Nach kurzem Zögern ließ Charles ihre Hände los, um sie an den Ellbogen zu fassen und an sich zu ziehen. Lisa gelang es zwar, locker zu bleiben und sich nicht zu versteifen, doch leicht fiel ihr das nicht. Charles war nicht Robert, und ihr Körper schien sich dessen äußerst bewusst zu sein.

Charles lächelte ihr zu, neigte den Kopf und küsste sie sanft, bevor er an ihren Lippen zu knabbern begann.

Lisa wartete darauf, dass sich etwas in ihr regte … und wartete. Dann streifte er ihre Lippen mit der Zunge und sie öffnete sich ihm unwillkürlich und gewährte seiner Zunge Einlass.

Zu ihrer großen Erleichterung keimten endlich leidenschaftliche Gefühle in ihr auf. Leider waren sie nicht einmal halb so intensiv wie die Lust, die Robert in ihr zu wecken verstand. Aber Charles' Hände ruhten auch die ganze Zeit über züchtig an ihren Ellbogen. Er ließ sie nicht über ihren Körper wandern, wie Robert es tat, wenn er sie küsste. Vielleicht war das einfach der Unterschied, dachte sie.

Schritte im Korridor ließen sie auseinanderfahren, und als Lisa Robert im Türrahmen stehen sah, ärgerte sie sich darüber, dass sie die Tür nicht geschlossen hatte.

»Langley«, sagte Charles zur Begrüßung und löste sich von ihr. Nach kurzem Zögern sagte er: »Sie sind der Erste, der uns gratulieren darf. Ich habe Miss Madison gerade gebeten, meine Frau zu werden.«

Lisa biss sich auf die Lippe, zeigte aber ansonsten keine Reaktion. Er hatte in der Tat um ihre Hand angehalten. Sie hatte sich jedoch Bedenkzeit erbeten, und wie er es ausgedrückt hatte, hatte es geklungen, als hätte sie Ja gesagt. Allerdings waren sie auch in einer recht kompromittierenden Situation ertappt worden – möglicherweise war Charles einfach darauf bedacht, sie zu schützen.

»Vielleicht sollten Sie jetzt gehen«, legte Lisa ihm nahe, als Robert nichts sagte und sie nur weiter anstarrte.

»Natürlich«, entgegnete Charles. »Besuchen Sie heute Abend den Ball bei den Brewsters?«

Lisa nickte.

»Dann werde ich nach Ihnen Ausschau halten«, sagte er, küsste sie auf die Stirn und ging zur Tür.

Robert trat zur Seite und sah ihm nach, als er den Korridor hinunterging. Dann schloss er die Tür und wandte sich Lisa zu.

»Ich habe seinen Antrag noch nicht angenommen«, sagte sie rasch und hätte sich im selben Moment treten können. Sie reckte ihr Kinn in die Höhe und schob nach: »Aber ich werde es tun, wenn er mich immer noch will, nachdem ich ihm erzählt habe, was … was wir getan haben.«

»Du kannst ihn nicht heiraten«, sagte Robert leise.

Lisa runzelte die Stirn. »Ich kann und werde es tun, Robert.«

»Heirate lieber mich. Dann musst du nichts erklären.«

Sie seufzte ermattet und schüttelte den Kopf. »Ich werde nicht mein Leben mit dem Versuch verbringen, dir meine Treue zu beweisen.«

»Du könntest schwanger von mir sein«, gab er zu bedenken.

»Dann sollte ich schleunigst einen Ehemann finden«, erwiderte Lisa schnippisch, und er wich zurück, als hätte sie ihn geschlagen.

»Ich lasse nicht zu, dass ein anderer mein Kind aufzieht«, knurrte er.

»Und ich heirate keinen Mann, der mich der Untreue verdächtigt, bevor wir uns überhaupt das Jawort gegeben haben!«

»Ich verdächtige –« Robert verstummte und schaute gereizt zur Tür, als ein Klopfen ertönte. Mit einem unterdrückten Fluch ging er öffnen. »Was?«

»Ein Mr Smithe wünscht Sie zu sehen, Mylord«, sagte Handers. »Ich habe ihn ins Arbeitszimmer geführt.«

»Verdammt!« Robert hielt einen Augenblick inne, bevor er sich zu Lisa umdrehte. »Warte hier. Ich muss mit ihm sprechen, aber es wird nicht lange dauern. Wir zwei müssen uns unbedingt unterhalten.«

Ohne ihre Einwilligung abzuwarten, hastete er aus dem Salon.

Lisa hörte ihn den Korridor hinunterlaufen, und nachdem die Tür zum Arbeitszimmer auf- und wieder zugegangen war, verließ sie ebenfalls den Raum und lief schnurstracks zur Haustür hinaus. Sie konnte nicht mit Robert reden. Sie würden sich streiten, er würde sie küssen und schließlich würden sie entblößt zusammen im Salon erwischt werden – und sie würde nicht mehr zu entscheiden haben, mit wem sie den Rest ihres Lebens verbringen wollte.

Ihre Flucht war eine reine Panikreaktion. Sie hatte kein bestimmtes Ziel vor Augen, doch als sie die Kutsche erblickte, die vor dem Haus wartete, eilte sie sofort darauf zu. Sie sagte dem Fahrer, wohin sie wollte, stieg ein und warf sich auf die Sitzbank. Erst als die Kutsche losgefahren war, wurde ihr bewusst, dass sie vergessen hatte, Bet und den Diener mitzunehmen.

»Entschuldigen Sie, dass es so lange gedauert hat, Mylord«, sagte Smithe nach der Begrüßung und setzte sich in den Sessel, den Robert ihm anbot.

»Ist schon in Ordnung«, entgegnete Robert, nahm hinter dem Schreibtisch Platz und sah Smithe erwartungsvoll an. »Ich nehme an, Sie haben Mrs Morgan gefunden?«

»Ja, aber dazu war großes Geschick erforderlich. Sie war untergetaucht. Hat sich unauffällig verhalten und Urlaub gemacht. So war es schwerer, sie zu finden, als wenn sie gleich einen neuen Laden aufgemacht hätte. Wir mussten mit unzähligen Menschen reden und unsere Suche bis nach Paris ausdehnen, bis wir auf Leute stießen, die sie kannten. Es war ein glücklicher Zufall. Sie waren mit demselben Boot übergesetzt wie sie. Sie hatte ihnen erzählt, sie sei nach Paris unterwegs, aber sie sahen sie in eine Kutsche Richtung Norden einsteigen.«

»Richtung Norden?«, fragte Robert verdutzt. Paris lag südlich von Calais.

Smithe nickte. »Sie ist die Küste entlang nach Amsterdam gereist, dann in südwestlicher Richtung nach Düsseldorf, Wiesbaden, Stuttgart und danach weiter nach Mailand und Florenz.«

Robert runzelte die Stirn. Es klang, als hätte sie eine Art Rundreise auf dem Festland angetreten, ein verdammt kostspieliges Unterfangen. »Wie zum Teufel konnte sie sich das leisten?«

»Offenbar war der Verehrer bereits im Haus, als Morgan feststellte, dass Ihre Miss Madison entkommen war«, erklärte Smithe mit einem vielsagenden Lächeln.

Robert sah ruckartig auf. Anscheinend hatte er Lisa gerade noch rechtzeitig befreien können. Zwischen ihrer Rettung und seiner Rückkehr ins Bordell war nicht einmal eine Stunde verstrichen, aber Morgan hatte zu diesem Zeitpunkt bereits gepackt gehabt und war geflohen. Es hatten also nur wenige Augenblicke zwischen Lisas Befreiung aus dem Zimmer und der Ankunft des Verehrers gelegen.

»Er hat eine dicke Brieftasche«, fuhr Smithe fort. »Hat ihr genau gesagt, welches Schiff sie nehmen soll und wohin sie fahren soll, und ihr viel Geld gegeben, um sie davon abzuhalten, ein neues Etablissement aufzumachen, bevor er Entwarnung gibt.«

Robert nickte grimmig.

»Sie konnte also schnell verschwinden und ist unter verschiedenen Namen gereist. In Düsseldorf gab sie sich als Witwe aus, die ihre Tochter besuchen will. In Wiesbaden war sie eine Adelige, die unterwegs war, um sich mit ihrem Mann zu treffen. In Mailand spielte sie eine Dame, die ihren Sohn sucht, der auf Kavalierstour war, um ihm die traurige Nachricht zu überbringen, dass seine Schwester gestorben war.« Er schüttelte den Kopf. »Und jedes Mal hat sie ihr Aussehen verändert wie ein Verwandlungskünstler. Damit hat sie es uns verdammt schwer gemacht, sie zu aufzuspüren.«

»Kann ich mir vorstellen«, sagte Robert und fragte neugierig: »Und wie haben Sie es schließlich geschafft?«

»Ehrlich gesagt glaube ich nicht, dass wir es geschafft hätten, wenn da nicht diese eine Sache gewesen wäre, die immer gleich blieb, wohin sie auch reiste«, erklärte Smithe.

»Und zwar?«

»Nun, sie ist eine äußerst nervtötende Person. Hat überall, wo sie war, ein gewaltiges Tamtam gemacht, einen besseren Service verlangt und sich über alle Mögliche beschwert. Sie hat buchstäblich jeden, der ihr begegnete, dazu gebracht, sie abgrundtief zu hassen. Letztendlich mussten wir nur nach einer ›schwierigen Engländerin‹ fragen. Sie hat sich an jedem einzelnen Ort Feinde gemacht.«

»Hmm.« Robert lehnte sich zurück. »Aber irgendwann haben Sie sie dann in die Finger bekommen?«

Smithe nickte. »Ich erwische meine Kandidaten immer, auch wenn es, wie in diesem Fall, um einen garstigen alten Drachen geht«, entgegnete er grinsend.

Robert lächelte über seine Äußerung, fragte aber sogleich: »Hat Sie Ihnen gesagt, wer der mysteriöse Verehrer ist?«

»Dazu war einiges an Überzeugungsarbeit nötig. Auch wenn sie selbst nicht zimperlich ist, dieser Mann hat ihr regelrecht Angst eingeflößt«, sagte Smithe. »Erst als wir sie gefesselt haben, um sie herzubringen, hat sie den Namen herausgerückt. Der Mann, den Sie suchen, ist ein gewisser Lord Charles Findlay.«

Lisa rutschte nervös auf der Kutschensitzbank herum und dachte darüber nach, was sie dem Bow-Street-Ermittler sagen sollte. Sie wollte ihm weiß Gott nicht alles erzählen. Wie peinlich wäre es, ihm davon zu berichten, wie sie unwissentlich mit einer Bordellbesitzerin Tee getrunken hatte und betäubt, eingesperrt und für einen Mann zurechtgemacht worden war? Was für eine Schmach! Diese Geschichte wollte sie ihm keinesfalls auf die Nase binden. Andererseits musste sie ihm irgendwie erklären, warum sie einen oder mehrere Leibwächter als Ersatz für Robert brauchte.

Vielleicht konnte sie die Sache mit dem Bordell auslassen und ihm nur von den Angriffen in ihrem Zimmer und bei Pembrokes Ausflug erzählen, überlegte sie. Aber natürlich würde sich jeder Ermittler, der etwas taugte, fragen, warum sie allein zu ihm kam und warum er nicht vom Herrn des Hauses engagiert wurde.

Bei diesem Gedanken verfinsterte sich ihre Miene und sie rang besorgt die Hände. Zudem wurde ihr bewusst, dass er sich gewiss auch fragen würde, warum eine angebliche Lady nicht von ihrer Zofe begleitet wurde. Sollte sie den Fahrer vielleicht anweisen, wieder umzukehren? Sie konnte ihn zur Tür schicken, um Bet zu holen, statt selbst ins Haus zu gehen und zu riskieren, von Robert erwischt und bedrängt zu werden. Oder sollte sie die Sache abblasen und Richard bitten, sich darum zu kümmern? Aber dann musste sie sich wahrscheinlich in Geduld fassen und Roberts Nähe mindestens noch einen Tag und eine Nacht ertragen, der versuchen würde, sie zu küssen und zu liebkosen und zu Dingen zu verführen, die sie nicht tun sollte.

Nein, sie wollte auf der Stelle einen Bewacher haben! Robert musste verschwinden.

Außerdem war sie nicht einmal sicher, dass Richard tatsächlich bereit sein würde, einen Leibwächter für sie zu engagieren, der Roberts Anwesenheit im Haus überflüssig machte. Vielleicht war er gar nicht der Ansicht, dass Robert gehen musste. Schließlich wusste er, dass sie mit ihm geschlafen hatte. Alle wussten es. Und warum um alles in der Welt verlangte niemand, dass sie heirateten? Jeder einzelne von ihnen müsste eigentlich darauf bestehen, vor allem Richard. Sie war eine unverheiratete junge Frau von Adel und seine Schwägerin – und sie war in seiner Obhut, in seinem Haus, entjungfert worden. Eigentlich hätte er herumschreien und brüllen und verlangen müssen, dass Robert die Dinge wieder ins Lot brachte.

Dass er es nicht tat, war im Grunde schockierend, wenn sie es recht bedachte. Und sie hatte den Verdacht, dass irgendetwas im Gange war, das sie nicht durchschaute. Steckte er etwa mit Robert unter einer Decke? Hoffte er vielleicht, dass Robert sie dazu überredete, ihn zu heiraten, damit er es nicht einfordern musste?

Lisa unterbrach ihre Grübeleien, als die Kutsche anhielt. Sie schaute aus dem Fenster und verzog das Gesicht, als sie sah, in was für einer heruntergekommenen Gegend sie gelandet war. Die Adresse des Ermittlers hatte ihr nichts gesagt, als Tibald sie bei einer Teegesellschaft erwähnt hatte. Er hatte den Mann damit beauftragt, den Dieb aufzuspüren, der auf seinem Landgut Schmuck gestohlen hatte. Lisa hatte ihm fasziniert Fragen über den Ermittler gestellt, und Tibald hatte ihr in dem Bestreben, sie zu unterhalten, alles erzählt, was es zu erzählen gab. Und ihr außerdem die Adresse des Mannes genannt. Er hatte zwar auch davon gesprochen, wie schäbig das Viertel wäre, aber sie hatte gedacht, es wäre einfach ein ärmerer Teil der Stadt und nicht eine derart düstere, schmutzige Straße mit Gebäuden, die dem Aussehen nach jederzeit einzustürzen drohten, und Männern, die in den Ecken herumlungerten und einen bedrohlichen, gefährlichen Eindruck machten.

Lisa biss sich auf die Lippe. Unter diesen Umständen war es wohl das Beste, wieder nach Hause zu fahren, überlegte sie. Doch ihre Sorge darüber, was Richard im Schilde führen könnte, brachte sie zum Umdenken. Sie würde schließlich nicht lange auf der Straße verweilen. Sie musste nur wenige Schritte von der Kutsche zu dem Gebäude gehen, vor dem sie angehalten hatten, redete sie sich zu. Dann fragte sie sich, warum der Fahrer keine Anstalten machte, ihr die Tür zu öffnen.

Wahrscheinlich wollte er seinen Sitz nicht verlassen, weil er befürchtete, jemand könnte auf seine Kutsche aufspringen und mit ihr davonfahren, vermutete sie und öffnete kurzerhand selbst die Tür. Bet hatte recht, sie neigte wirklich dazu, sich in heikle Situationen zu bringen, dachte sie beim Aussteigen. Sie schloss die Kutschentür, sah sich nervös um und eilte auf den gegenüberliegenden Eingang zu. Sie hatte ihn fast erreicht, als sie hörte, wie hinter ihr die Kutsche abfuhr. Sie drehte sich entsetzt um und sah gerade noch, wie sie um die Ecke bog und verschwand.

Lisa war starr vor Schreck. Sie konnte nicht glauben, dass der Mann einfach abgehauen war und sie dort allein zurückgelassen hatte. Sie hatte ihn noch nicht einmal bezahlt, aber vielleicht hatte der Stallmeister ihm ja bereits etwas gegeben. Falls ja, würde sie ihn schicken, sich das Geld zurückzuholen. Doch …

Sie fuhr aus ihren Gedanken auf, als sie merkte, dass die Männer auf der Straße auf sie aufmerksam geworden waren. Sie registrierte ihre Blicke und wandte sich rasch wieder der Eingangstür zu. Der Ermittler würde ihr gewiss eine Kutsche für die Heimfahrt besorgen, sagte sie sich. Und er würde ihr einen Bewacher zur Seite stellen. Das war schließlich der Grund ihres Kommens.

Aber als sie nun vor der Tür stand, zögerte sie, weil sie nicht wusste, ob sie einfach hineingehen oder besser anklopfen sollte. In ein Geschäft wäre sie einfach hineingegangen, aber da es sich um ein Büro handelte, musste sie vielleicht klopfen. Sie trat unsicher von einem Bein aufs andere und klopfte schlussendlich an, bevor sie sich noch einmal ängstlich umsah. Im selben Moment wünschte sie, sie hätte es nicht getan. Drei

Männer hielten auf sie zu. Sie starrten sie an, als wäre sie ein Weihnachtskuchen, auf den sie großen Appetit hatten.

Mit einem Stoßgebet auf den Lippen drehte sie sich wieder um. »Bitte aufmachen, bitte aufmachen, bitte aufmachen«, wiederholte flehte sie stumm. Als sich nichts rührte, klopfte sie erneut, diesmal fester.

Sie hielt den Blick stur auf die Tür gerichtet, während sie wartete. Sie wagte es nicht, sich umzusehen, weil sie befürchtete, dass die Männer direkt vor ihr stehen würden, wenn sie es tat. Doch die Tür wurde nicht geöffnet, und im Haus blieb weiterhin alles still.

Sie schluckte und griff nach dem Türknauf, hielt jedoch inne, als sie eine Kutsche herannahen hörte. Vielleicht war ihr Fahrer zurückgekehrt, dachte sie hoffnungsvoll. Oder vielleicht war es der Ermittler, der nach Hause kam. Sie riskierte einen Blick über die Schulter.

Die drei Männer befanden sich zwar noch nicht direkt hinter ihr, aber sie waren nicht mehr weit von ihr entfernt, und zwei weitere kleine Männergruppen bewegten sich nun auch in ihre Richtung. Sie fühlte sich wie ein hilfloser Hase, der von einem Wolfsrudel eingekreist wurde, doch dann fiel ihr Blick auf die Kutsche, die am Straßenrand anhielt. In dem Moment, als sie das Wappen darauf erkannte, ging die Tür auf und Lord Findlay stieg aus. Eine Hand noch am Türgriff hielt er abrupt inne, als er sie sah, und zog verblüfft die Augenbrauen hoch. »Lisa?«

Weil die ersten drei Männer nur noch ein paar Meter von ihr entfernt waren, stürzte Lisa auf ihn zu.

»Lisa, was um Himmels willen machen Sie hier?«, fragte er, nahm sie bei den Armen und musterte die Männer hinter ihr mit finsterem Blick.

»Ich wollte einen Ermittler engagieren, aber er ist nicht da«, erklärte sie und schaute an ihm vorbei zu seiner Kutsche. Dann stellte sie mit einem Blick über die Schulter fest, dass die Männer stehen geblieben waren und sie lauernd beobachteten. »Könnten Sie mich vielleicht nach Hause bringen, Charles? Meine Kutsche ist ohne mich abgefahren und ich –«

»Selbstverständlich.« Er trat zur Seite, half ihr beim Einsteigen und sprach kurz mit seinem Fahrer, bevor er sich zu ihr gesellte.

Die Kutsche fuhr sofort ab, und sie schauten aus dem Fenster. Alle Männer sahen ihnen mit zusammengekniffenen Augen nach, und Lisa ahnte, dass Charles sie soeben vor einer äußerst unangenehmen Erfahrung bewahrt hatte. Sie lehnte sich zurück und lächelte ihn dankbar an. »Ich bin sehr froh, dass Sie gerade aufgetaucht sind. Ich war ein bisschen in Unruhe.«

»Ein bisschen?«, fragte er mit leisem Spott. »Lisa, diese Männer hätten …« Er schüttelte den Kopf. »Sie können von Glück sagen, dass ich ausgerechnet am heutigen Tag bei Tibalds Ermittler vorsprechen wollte.«

»Sie wollten ihn auch aufsuchen?«, fragte sie überrascht, schalt sich jedoch im nächsten Moment für ihre Dummheit. Warum hatte er wohl sonst vor seiner Tür angehalten?

»Ja, ich habe derzeit auch ein kleines Problem mit einem Diebstahl. Ein neues Hausmädchen, befürchte ich, und da Tibald in den höchsten Tönen von dem Mann sprach, dachte ich, ich schaue einmal, was er für mich tun kann.« Er sah sie neugierig an. »Und wofür brauchen Sie ihn?«

»Oh … Also, ich … Es geht um etwas ganz Ähnliches«, stammelte sie. Dieses Thema wollte sie jetzt wirklich nicht erörtern.

»Hmm.« Charles betrachtete sie prüfend. »Ich kann nicht glauben, dass Radnor Ihnen erlaubt hat, ganz allein herzukommen.«

»Nun, Richard weiß nichts davon«, gestand sie kleinlaut.

Charles nickte, dann schob er jedoch nach: »Es ist ebenso

erstaunlich, dass Langley Sie so lange aus den Augen gelassen hat, dass Sie sich allein aus dem Haus stehlen konnten. Er scheint Sie ja auf Schritt und Tritt zu verfolgen.«

»Oh ja, das tut er«, bestätigte Lisa verdrossen. »Der Mann ist –« Sie brach abrupt ab und schaute zum Fenster, während Ärger in ihr aufwallte. Schließlich sagte sie nur: »Robert wusste auch nichts von meinem Plan. Er hatte keine Ahnung davon, dass ich das Haus verlasse, sonst wäre er mir gewiss gefolgt.«

Findlay beugte sich zögernd vor und ergriff ihre Hände. Als sie ihn ansah, fragte er: »Lisa, haben Sie mich wegen Langley um Bedenkzeit gebeten?«

Lisa wandte ihren Blick ab und versuchte, ihm ihre Hände zu entziehen, aber er hielt sie fest und sagte: »Mir ist klar geworden, dass Sie beide mehr verbindet als ein familiäres Freundschaftsverhältnis. Zumindest Ihre Gefühle gehen tiefer. Wie es um Langley steht, weiß ich allerdings nicht. Er ist ein eiskalter Hund, der zuweilen schwer zu durchschauen ist.«

Lisa schüttelte ratlos den Kopf. Wusste etwa ganz London, dass sie Gefühle für Robert hegte?

»Lieben Sie ihn?«

Lisa schluckte und versuchte, sich jegliche Antwort zu verkneifen, doch dann platzte es einfach aus ihr heraus: »Ich habe ihn mein ganzes Leben lang geliebt. Ihn und keinen anderen. Und ich denke, dass er sich auch etwas aus mir macht, aber er befürchtet, dass ich eines Tages fremdgehen werde wie seine Mutter und seine Großmutter, und will nicht heiraten. Also, er wollte es jedenfalls nicht, aber jetzt will er mich plötzlich zur Frau nehmen, aber nur, weil –« Sie biss sich auf die Zunge und errötete, als ihr bewusst wurde, was sie um ein Haar ausgeplaudert hätte. Dann fuhr sie eilig fort: »Aber ich will keinen Mann heiraten, der davon ausgeht, dass ich ihn irgendwann betrüge.«

»Ah«, machte Charles leise und drückte ihre Hände. »Dürfte ich Ihnen dann vorschlagen, stattdessen meinen Antrag anzunehmen?«

Ihr entfuhr ein schrilles Lachen, dann winkte sie ab und sagte: »Charles, Sie wollen mich nicht.«

»Ganz im Gegenteil. Ich will Sie unbedingt«, widersprach er ihr vehement.

»Das würden Sie nicht sagen, wenn Sie wüssten –« Lisa hielt abermals inne, doch Charles brachte den Satz für sie zu Ende. »Dass Langley Ihnen beigewohnt hat?«

15

Robert sah Smithe verblüfft an. »Findlay?«

»Jawohl. Mir persönlich ist er gar nicht genauer bekannt. Ich weiß, dass er ein angesehener Baron ist und dergleichen mehr – oder angeblich einer sein soll. Aber wie sich herausgestellt hat, ist er vor allem ein unmoralischer Dreckskerl«, sagte Smithe und schaute in sein Notizbuch. »Dem Trinken und Spielen äußerst zugetan. Mag Dirnen, aber sie mögen ihn nicht, weil er offenbar Spaß daran hat, anderen Schmerzen zuzufügen. Hat ein ungezügeltes Temperament und weiß, wie er bekommt, was er will.« Er klappte das Notizbuch zu und sah Robert an. »Und offenbar hat er schon eine ganze Weile ein Auge auf Miss Madison geworfen. Er hatte wohl vor ein paar Jahren mit ihrem Schwager einen Plan ausgeheckt, um sie sich zu angeln.« Er zog eine Augenbraue hoch. »Mit Lord Radnor also.«

»Mit dessen Bruder!«, widersprach Robert ihm energisch. »Es war nicht Lord Radnor, sondern sein Bruder George.«

»Hmm.« Smithe blickte zweifelnd drein, ließ es aber dabei bewenden und fuhr fort: »Jedenfalls wurde dieser Plan vereitelt, und seitdem hat er auf eine neue Gelegenheit gewartet, sie sich zu holen. Es war purer Zufall, dass Mrs Morgan in die Geschichte verwickelt wurde. Am Abend vor dem Tag, an dem Miss Madison festgesetzt wurde, befand er sich im Bordell. Und Morgan erwähnte ihm gegenüber zufällig, dass sie Miss Madison am nächsten Tag zum Tee erwartete. Findlay sprang wohl sofort darauf an und gab ihr einen Haufen Geld dafür, dass sie sie betäubt, für ihn hübsch macht und ihm zu seinem Vergnügen präsentiert. Er soll versprochen haben, dass er sie heiratet … danach.« Er zuckte mit den Schultern. »Mrs Morgan hat geschworen, sie habe sich allein aus diesem Grund darauf eingelassen. Das Mädchen würde anständig verheiratet werden, an einen feinen, angesehenen Herrn, und das sei eine gute Sache, hatte sie gedacht.«

Robert lehnte sich fluchend zurück. Er hatte geahnt, dass einer der Männer, die Lisa hofierten, der Verehrer war, aber er hatte nicht Findlay im Verdacht gehabt, sondern Pembroke. Dessen Gebäck hatte sie schließlich krank gemacht und dazu gezwungen, an dem Abend zu Hause zu bleiben, an dem sie überfallen wurde. Und bei seiner Ausflugsfahrt war es zu dem zweiten Angriff gekommen. Das hatte natürlich den Verdacht auf Pembroke gelenkt, und Findlay hatte Lisa ungehindert und in aller Ruhe den Hof machen können. Zudem war sein einziger ernsthafter Rivale dadurch aus dem Feld geschlagen worden, dass Robert Lisa angewiesen hatte, sich von Pembroke fernzuhalten.

»Verdammt!«, stieß er hervor.

Smithe nickte. »Rechtlich können wir so gut wie nichts gegen Lord Findlay unternehmen, ohne Miss Madisons Ruf zu schädigen.« Er ließ einen Moment verstreichen, bevor er hinzufügte: »Und selbst wenn Sie bereit wären, das zu riskieren, wäre es schwierig, ihm ohne Mrs Morgan als Zeugin etwas zu beweisen. Aber Sie haben gesagt, ich soll die Frau gehen lassen, wenn sie uns den Namen gibt, und daran habe ich mich gehalten.«

Robert gab nur einen abschätzigen Laut von sich. Das alles hatte er bereits durchdacht, bevor er erfahren hatte, wer der Verehrer war. Er hatte nicht die Absicht, etwas auf rechtlichem Wege gegen den Mann zu unternehmen. Er wollte sich ihn selbst vorknöpfen und ihm die Seele aus dem Leib prügeln für das, was er Lisa angetan hatte, und für das, was er getan hätte, wenn sie nicht aus dem Bordell entkommen wäre.

»Es gibt natürlich andere, nicht ganz legale Methoden, um mit so jemandem zu verfahren«, sagte Smithe, als hätte er Roberts Gedanken gelesen. »Ich rate in der Regel nicht dazu, aber in diesem Fall scheint es mir die einzige Möglichkeit zu sein, für die Sicherheit der jungen Dame zu sorgen ... Es sei denn, sie heiratet einen anderen und stellt keine Versuchung mehr dar. Besteht eventuell Aussicht, dass sie sich in Bälde vermählt?«

»Durchaus«, versicherte Robert ihm grimmig. Durch das Gespräch mit Richard am Vorabend war er sich über gewisse Dinge klargeworden, und das hatte er Lisa sagen wollen, als Smithe eingetroffen war. Sobald er wieder gegangen war, würde er in den Salon zurückkehren und ihr von seinen Erkenntnissen berichten: Dass er verstanden hatte, dass vieles, was er in seiner Kindheit von über seine Mutter gedacht hatte, gar nicht der Wahrheit entsprach. Dass ihm bewusst geworden war, dass sein Vater ein verbitterter alter Frauenhasser war, der ihn mit seinem Gift infiziert hatte – und dass Lisa das Gegenmittel dafür war. Er würde ihr sagen, dass er begriffen hatte, wie irrational und dumm seine Meinung über die Ehe und Ehefrauen gewesen war, und dass er ihr vertraute, von ganzem Herzen.

Ihm war bewusst, dass ihn gelegentlich die alten Zweifel heimsuchen würden, gegen die er würde ankämpfen müssen, aber er würde verdammt noch mal dafür sorgen, dass er sie nicht an Lisa ausließ. Er würde sie nicht vertreiben, wie es sein Vater mit seiner Mutter getan hatte. Er würde sie bis an sein Lebensende lieben und schätzen und ehren.

»Nun, dann droht ihr keine Gefahr mehr. Findlay kann ja wohl kaum eine verheiratete Frau heiraten«, sagte Smithe zufrieden. »Es besteht zwar noch das Risiko, dass er versucht, sie irgendwo allein abzupassen, um sie sich zu Willen zu machen, aber ich denke, ein ernstes Gespräch und ein, zwei ordentliche Fauststöße in sein Gesicht werden genügen, um ihn davon abzubringen.«

»Zweifelsohne«, pflichtete Robert ihm mit grimmigem Lächeln bei.

»Lassen Sie mich einfach wissen, ob meine Jungs dieses Gespräch mit ihm führen sollen, dann kümmere ich mich darum«, sagte Smithe und erhob sich.

»Ich denke, ich erledige das lieber selbst«, entgegnete Robert und stand ebenfalls auf.

»Das habe ich mir gedacht«, sagte Smithe grinsend, als Robert mit ihm zur Tür ging. »Das würde ich auch tun.«

Ohne zu antworten führte Robert ihn in den Korridor und zur Haustür. Es juckte ihn geradezu in den Fingern, Findlay ein paar ordentliche Hiebe zu verpassen.

»Ich schicke Ihnen dann meine Rechnung, Mylord«, sagte Smithe und blieb vor der Tür stehen. »An Ihre richtige Adresse und nicht hierher, oder?«

»Ja, bitte«, entgegnete Robert und öffnete ihm die Tür.

»Sehr wohl.« Smithe nickte und wandte sich zum Gehen. Robert sah ihm nach, bis er in seine Kutsche stieg, dann schloss er die Tür und eilte den Korridor hinunter.

Die Salontür war noch geschlossen und er hielt kurz inne, um durchzuatmen und sich seine Worte zurechtzulegen. Als er die Tür schließlich öffnete, hatte er das deutliche Gefühl, das Gleiche schon einmal erlebt zu haben: Der Salon war leer.

»Handers!«, brüllte er und eilte in Richtung Küche.

Lisa starrte Charles entsetzt an, während ihr seine Worte in den Ohren klangen. *»Dass Langley Ihnen beigewohnt hat?«*

»Entschuldigen Sie meine Direktheit«, sagte Charles. »Aber es ist ziemlich offensichtlich.«

»Inwiefern?«, fragte sie bestürzt.

Charles zögerte, dann seufzte er. »Nun, die Art und Weise, wie er sie ansieht, hatte noch nie etwas Geschwisterliches oder Freundschaftliches. Anfangs hat er Sie mit einer Begierde betrachtet, die nur ein anderer Mann erkennen kann. Aber heute und letztes Mal, als wir uns gesehen haben …« Er stockte. »An dem Tag, als wir das Picknick unternommen haben, haben Sie ihn geflissentlich ignoriert, aber er konnte die Augen nicht von Ihnen abwenden. Er hat Sie von Kopf bis Fuß mit dem wissenden Blick eines Liebhabers taxiert. Und dann, an dem Abend, als Sie mich gebeten haben, Sie hart und strafend zu küssen, ahnte ich natürlich, dass etwas vorgefallen war. Sie sagten, er habe Sie zur Strafe geküsst, aber es war mehr als ein Kuss, nicht wahr?«

»Ja, aber nicht … Es war erst am darauffolgenden Abend, dass er … wir …« Sie verzog das Gesicht und schüttelte den Kopf. »Sie können Ihren Antrag zurückziehen, Mylord. Mir ist vollkommen klar, dass Sie mich jetzt, da Sie es wissen, unmöglich noch wollen können.«

»Und dennoch will ich Sie«, entgegnete er und lächelte angesichts ihres überraschten Gesichtsausdrucks. »Lisa, Sie sind eine sehr attraktive Frau. Ich hatte von Ihnen gehört, bevor ich Ihnen begegnet bin, aber als ich Sie dann kennengelernt habe …« Er zuckte mit den Schultern. »Ich begehre Sie, seit ich Sie vor zwei Jahren auf dem Ball der Landons zum ersten Mal gesehen habe.«

Als sie abermals den Kopf schüttelte und sich zurücklehnen wollte, hielt er ihre Hände fest und sagte: »Es ist die Wahrheit. Ich konnte Sie einfach nicht vergessen. In meiner Erinnerung verblassten alle anderen Frauen neben Ihrem schillernden

Bild. Und ich habe mir in den vergangenen zwei Jahren oft gewünscht, ich hätte Sie mir gleich an diesem Abend geschnappt und wäre mit Ihnen nach Gretna Green gefahren.«

Als sie ungläubig die Augen aufriss, zuckte er mit den Schultern. »Nun, da ich weiß, dass Langley Sie ausgenutzt hat, bedauere ich es noch mehr, es nicht getan zu haben. Ich hätte Sie davor bewahren können.«

Lisa runzelte die Stirn. Robert hatte sie nicht ausgenutzt. Sie war in der Absicht in sein Zimmer gegangen, ihn zu verführen und in die Ehefalle zu locken. Gut, sie hatte sich nicht besonders anstrengen müssen, aber er hatte sie keineswegs ausgenutzt.

»Ich begehre Sie«, sagte Charles mit Nachdruck. »Aber im Gegensatz zu Langley habe ich ehrenwerte Absichten und würde Sie vorher heiraten.« Er beugte sich zu ihr vor. »Sagen Sie Ja, und wir fahren auf der Stelle nach Gretna Green. Dann werden Sie Lady Findlay und können mit Langley und allem, was geschehen ist, abschließen. Wir können ein beschauliches Leben auf dem Lande führen, Bücher lesen, Boot fahren und uns des Nachts gegenseitig erkunden.«

Charles strich ihr über die Wange, und Lisa musste an sich halten, um nicht vor seiner Hand zurückzuschrecken. Die Vorstellung, sich gegenseitig zu erkunden, übte nicht den geringsten Reiz auf sie aus. Sie legte keinen Wert darauf, nähere Bekanntschaft mit Charles' Körper zu machen. Sie konnte sich gar keinen anderen Körper als den von Robert neben sich im Bett vorstellen, gestand sie sich ein, und in diesem Moment wurde ihr klar, wie dumm es von ihr gewesen war zu glauben, sie könnte einen anderen heiraten.

Es ging schließlich nicht darum, ein Kleid gegen ein anderes auszutauschen. Es ging um einen Ehemann. Einen Mann, der erwarten würde, dass sie mit ihm all die intimen Dinge tat, die sie mit Robert getan hatte. Der das Recht haben würde, sie auszuziehen und auf eine Weise zu berühren … Ihr graute bei dem Gedanken, Charles oder irgendeinen anderen Mann zu heiraten und sich von ihm liebkosen zu lassen wie von Robert – von allem anderen ganz zu schweigen. Wenn Robert sich nicht dazu durchringen konnte, an ihre Treue zu glauben, wollte sie lieber ledig bleiben und ein Dasein als alte Jungfer fristen.

»Lisa?«

Sie hob seufzend den Kopf und lächelte entschuldigend. »Es tut mir leid, Mylord. Ich bin gerührt, aber ich kann nicht.« Als er ihre Hände losließ und von ihr abrückte, biss sie sich auf die Lippe und versuchte, ihre Zurückweisung zu erklären: »Es ist möglich, dass ich sein Kind unter dem Herzen trage, Mylord. Sie wollen gewiss nicht sein Kind aufziehen. Sie würden ihm grollen, und mir ebenfalls.« Sie schüttelte den Kopf. »Ich mag Sie zu sehr, als dass ich Ihnen das Kind eines anderen aufbürden würde. Außerdem würde ich Sie nicht glücklich machen. Ich liebe Robert nun schon mein Leben lang. Ich kann mir nicht vorstellen, dass sich das ändert. Auch wenn ich mit Ihnen verheiratet wäre, würde ich mich bis ans Ende meiner Tage nach ihm sehnen. Ich –«

»Es ist bedauerlich, dass Sie so eine Romantikerin sind, meine Teure«, unterbrach Charles sie in kühlem Ton. »Wäre Ihr verwirrtes Hirn zu praktischem Denken in der Lage, wäre alles viel einfacher.«

Lisa stockte ob dieser Beleidigung der Atem. Charles' plötzliche Verhaltensänderung war ein Schock. Da sie seinen Antrag abgelehnt hatte, hatte er anscheinend die Samthandschuhe abgelegt und offenbarte ihr seine wahren Gedanken. Verwirrtes Hirn? Weil sie einen anderen liebte?

»Es ist natürlich nicht allein Ihre Schuld«, sagte Charles. »Hätte Mrs Morgan Sie nicht entwischen lassen, hätten wir am

Tag nach Ihrer Ankunft in London geheiratet, und Langley hätte keine Chance gehabt, Sie zu entjungfern. Bei den Wonnen, die ich Ihnen bereiten kann, hätten Sie ihn längst vergessen.«

Völlig verdattert starrte Lisa ihn an, während sie sich einen Reim auf seine Worte zu machen versuchte. Was hatte er mit Mrs Morgan zu tun?

»Sie sind der mysteriöse Verehrer«, sagte sie schließlich und wunderte sich darüber, dass diese Erkenntnis sie nicht viel mehr erschütterte.

»Jawohl, der bin ich. Und Sie werden mich heiraten«, entgegnete er in aller Seelenruhe. »Das habe ich seit Jahren geplant, und ich werde mir Ihren delikaten Körper nicht versagen, nur weil Sie der romantischen Vorstellung nachhängen, dass Sie Robert Langley lieben – einen Mann, der Sie nicht einmal haben will.«

Lisa starrte ihn schweigend an. In ihrem Kopf fügten sich sehr alte Puzzleteile mit neuen zusammen.

»Sie waren einer der Männer, die mit Dicky … George, meine ich, gemeinsame Sache gemacht haben«, sagte sie fast tonlos, als Vergangenheit und Gegenwart in ihrem Bewusstsein aufeinanderprallten. Zwei Jahre zuvor waren sie und Suzette nach London gekommen, um nach ihrem Vater zu suchen und herauszufinden, warum er noch nicht auf das Landgut zurückgekehrt war und keinen ihrer Briefe beantwortet hatte. Sie hatten ihn in völlig betrunkenem Zustand angetroffen, und er hatte darüber geklagt, dass er hohe Schulden beim Glücksspiel gemacht hatte und praktisch am Rand des Ruins stand.

Voller Panik hatten sie Christiana aufgesucht; in der Hoffnung, dass sie ihnen helfen würde, einen Ehemann für Suzette zu finden, der bereit war, im Tausch gegen die Heirat mit Suzette und die beträchtliche Mitgift, die der Großvater mütterlicherseits ihr hinterlassen hatte, die Spielschulden ihres Vaters zu begleichen. Jedes der drei Mädchen hatte eine solche Mitgift bekommen.

Als sie jedoch bei Christiana eintrafen, hatten sie feststellen müssen, dass es mit ihrer Ehe nicht zum Besten stand. Aus dem Mann, der ihr im Jahr zuvor so stürmisch und charmant den Hof gemacht hatte, war ein grausamer, herrschsüchtiger Tyrann geworden. Unter diesen Umständen war es regelrecht eine Befreiung gewesen, dass er noch am Tag ihrer Ankunft das Zeitliche gesegnet hatte. Zumindest hatten sie es so empfunden, bis ihnen klar geworden war, dass sie nun in Trauer gehen mussten und vorerst keine Möglichkeit mehr hatten, Suzette einen Mann zu suchen.

Letztendlich hatten die drei Schwestern das Einzige getan, was sie tun konnten: Sie hatten den Tod von Christianas Gatten geheim gehalten und Bälle und andere Gesellschaften besucht, um einen Mann für Suzette zu finden, der ihren Anforderungen entsprach. Wie man sich vorstellen kann, waren sie fassungslos gewesen, als Christianas vermeintlich toter Ehemann am ersten Abend der Saison bei Landons in den Ballsaal geschlendert kam.

Wie sich herausstellte, war der Mann, den Christiana geheiratet hatte, nicht Richard Fairgrave, der Earl von Radnor, sondern sein Zwillingsbruder George, der mehrere Männer damit beauftragt hatte, Richard zu töten, um seinen Platz einzunehmen. Doch die Auftragsmörder hatten ihren Teil der Abmachung nicht eingehalten und Richard gesund und munter in Amerika zurückgelassen. Und so war er an jenem Abend auf dem Ball aufgetaucht – auf der Suche nach Gerechtigkeit und um sich sein Leben zurückzuholen –, und er hatte den drei Schwestern einen gehörigen Schrecken eingejagt.

Schon bald fanden sie heraus, dass Brudermord und Betrug nicht Georges einzige Sünden gewesen waren. Der Mann hatte von den üppigen Mitgiften der Mädchen erfahren, und allein aus diesem Grund hatte er Christiana geheiratet. Und er hatte mit zwei anderen Männern unter einer Decke gesteckt, die ihre Schwestern heiraten wollten. Gemeinsam hatten sie die Mädchen im Zuge eines großen Unglücks umbringen wollen, wodurch sie reiche Witwer geworden wären. Die Identität des Mannes, der Suzette beinahe geheiratet und getötet hätte, war im Zuge der ganzen Sache schließlich offenbar geworden. Aber sie hatten nie erfahren, wer Lisa hatte heiraten wollen. Bis zu diesem Tag.

»Ja, ich war bei dem Vorhaben, Sie und Ihre Schwestern zu heiraten und zu töten, der Dritte im Bunde«, gab Charles unumwunden zu. »Ehrlich gesagt war ich anfangs nicht sonderlich interessiert, als George mir seinen Plan vorgestellt hat. Ich spiele ganz gern, aber nicht so leidenschaftlich wie er es tat, und ich habe ein beträchtliches Vermögen, sodass mir ausreichende Mittel zur Verfügung stehen, um meine Spielerei zu finanzieren.« Er zuckte mit den Schultern. »Doch als ich Sie auf dem Ball bei den Landons sah …« Er grinste. »Diese helle, makellose lilienweiße Haut und diese goldene Pracht, die Ihr Haupt kränzt …«

Er musterte sie und ließ seinen Blick über ihre Haut wandern, von der er so liebevoll gesprochen hatte, und über ihr goldenes Haar. »Tja, da war ich sehr angetan von dem Plan. Ich konnte es kaum erwarten, Sie zu fassen zu bekommen und herauszufinden, wie viel schöner Ihre Haut mit Blutergüssen und Striemen übersät aussieht. Und wie ihre wunderschöne Stimme klingt, wenn Sie vor Schmerzen stöhnen.«

Lisa stand vor Entsetzen der Mund offen, und Charles legte einen Finger unter ihr Kinn, um ihn zu schließen. Sie schreckte zurück, als er sie berührte, und angesichts des Bildes, das er beschrieben hatte, lief ihr ein Schauder über den Rücken.

»Leider«, fuhr er ungerührt fort, »gestaltete es sich dann doch ziemlich schwierig, Sie zu ergattern. Das war eben Schicksal. Zunächst wurde Georges Plan dummerweise dadurch vereitelt, dass er umgebracht wurde. Was wahrscheinlich das Beste war. Wir hätten sicherlich Streit bekommen, wenn ich es ihm verwehrt hätte, Sie zu töten. Und dann haben Sie und Ihr Vater die Stadt verlassen, was es mir praktisch unmöglich machte, Sie zu umwerben und zur Heirat zu verführen.« Er sah sie voller Verdruss an. »Und Sie haben sich zwei verdammte Jahre lang rar gemacht und auf dem Lande gehockt, wo ich Sie nicht aufsuchen konnte, um Ihnen den Hof zu machen.«

Findlay schüttelte verärgert den Kopf. »Ich hatte die Hoffnung, Sie zu bekommen, schon fast aufgegeben, als Mrs Morgan zufällig erwähnte, dass Sie in der Stadt seien und zu ihr zum Tee kämen.« Er lachte. »Es klang zu schön, um wahr zu sein! Mir tat sich die Möglichkeit auf, mich über Sie herzumachen, Sie nach Gretna Green zu entführen und zu heiraten und mich mein Leben lang an Ihnen zu erfreuen. Stellen Sie sich vor, Lisa, viele Jahre voller exquisiter Spiele, bei denen wir erkunden, wie viel Schmerz der Körper ertragen kann und wie viel Vergnügen wir daraus schöpfen können«, sagte er, als sollte sie sich darüber freuen, dass er vorhatte, sie schätzungsweise vierzig Jahre lang zu foltern. Dann verzog er abschätzig den Mund.

»Misslicherweise hat das alte Weib Sie entkommen lassen, und ich war gezwungen, meine Pläne zu ändern. Ich bin zu dem ursprünglichen Plan zurückgekehrt, Sie zu umwerben und zu verführen, nutzte aber auch jede sich bietende Gelegenheit, um Sie schneller in die Finger zu bekommen. Allerdings wurde bald klar, dass Sie an Robert interessiert waren und kein anderer Mann die Chance hatte, Sie für sich zu gewinnen. Aber ich blieb in Ihrer Nähe, um Sie im Auge zu behalten und Sie, sollte sich erneut die Gelegenheit bieten, umgehend zu entführen.«

Und sie hatte ihm die perfekte Gelegenheit beschert, indem sie bereitwillig in seine Kutsche gesprungen war, dachte Lisa wütend. »Sie waren also verantwortlich für den Angriff in meinem Zimmer, als es mir nicht gut ging?«

Er nickte.

Lisa runzelte die Stirn. »Aber woher wussten Sie, dass ich zu Hause war? Ich hatte schließlich die Absicht, den Ball zu besuchen, bevor mir von Pembrokes Süßigkeiten schlecht wurde.«

»Ich wusste es, weil Ihnen nicht von Pembrokes Gebäck schlecht geworden ist«, entgegnete er mit leiser Belustigung.

Lisa kniff die Augen zusammen. »Nein?«

Charles schüttelte den Kopf. »Ich habe Ihnen ein Brechmittel in den Tee getan, als Tibald Ihnen lang und breit von dem Ermittler erzählte, den er engagiert hatte. Sie waren so ins Gespräch vertieft, dass Sie Ihren Tee erst getrunken haben, als sich alle erhoben, um sich zu verabschieden.« Er grinste. »Weil Sie eine Grimasse geschnitten haben, als Sie ihn hinunterkippten, dachte ich, Sie würden aufspringen und sagen, dass mit Ihrem Tee etwas nicht in Ordnung sei, aber dem war nicht so.«

»Der Tee war kalt und ekelhaft, aber ich dachte, es läge daran, dass ich ihn so lange stehen ließ«, sagte sie leise, als sie sich an den widerlich süßlichen Geschmack erinnerte.

»Ah.« Charles nickte. »Es war ein Mittel von schneller Wirksamkeit. Sie haben es vermutlich kaum die Treppe hoch geschafft, bevor der Brechreiz einsetzte.«

»Ich habe es bis in mein Zimmer geschafft«, entgegnete sie kalt.

»Hmm.« Er zuckte mit den Schultern. »Dann hat es anscheinend doch nicht so schnell gewirkt. Aber das war auch besser so. Es schlägt mir auf den Magen, andere Leute würgen zu sehen, also bin ich ganz froh, dass Sie mich nicht vollgespuckt haben.«

Lisa fand es jammerschade, dass sie es nicht getan hatte. Und sie nahm sich vor, diese Pikanterie zur späteren Verwendung in Erinnerung zu behalten. Falls es ihr nicht gelang, ihm zu entkommen, würde sie ihn bei jeder Gelegenheit vollspucken.

»Und der Angriff bei Pembrokes Ausflug?«, fragte sie und verdrängte den Gedanken, dass sie ihm womöglich nicht entkommen konnte.

»Er hat mich nicht dazu eingeladen«, erklärte Findlay. »Und Tibald auch nicht. Hat die Konkurrenz einfach außen vor gelassen. Das war wirklich sehr unsportlich von ihm.« Er schnalzte missbilligend mit der Zunge. »Aber es spielte keine Rolle. Ich wusste, was er organisiert hatte, und habe den Schiffskapitän bestochen, damit er mir sagt, wo das Picknick stattfindet. So konnte ich meinen Mann vorschicken, damit er Ihnen auflauert.«

Er betrachtete sie einen Moment lang, dann räumte er ein: »Ehrlich gesagt hatte ich mir keine großen Chancen ausgerechnet, Sie dort zu fassen zu bekommen. Ich dachte, Sie würden dicht bei den anderen bleiben oder dass Langley so gut auf Sie aufpasst, dass man Sie nicht ergreifen kann. Aber Sie haben einen Spaziergang am Strand unternommen, und während Robert Ihnen zunächst folgte, machte er später kehrt und ließ Sie allein.«

»Sie waren dort?«, fragte Lisa überrascht.

»Du meine Güte, nein! Ich war in meinem Club und habe mein Alibi verbreitet, damit niemand argwöhnisch wird, wenn ich für ein paar Tage verschwinde, um Sie nach Gretna Green zu entführen.«

»Oh.«

»Ich habe natürlich meinen Mann geschickt. Leider hat er – wie er mir berichtete – zu früh versucht, Sie zu erwischen. Er hätte warten sollen, bis Robert zu den anderen zurückgekehrt war. Er sagte, er habe befürchtet, dass Robert sich nur ein Stück zurückzieht, um aus der Ferne über Sie zu wachen, und deshalb die Gelegenheit beim Schopf gepackt.« Findlay schüttelte den Kopf angesichts dieser Entscheidung, die er offensichtlich als überaus töricht erachtete. »Und für alle seine Mühen hat der Idiot auch noch eine hässliche Beule am Kopf kassiert. Aber vorher hat er Langley noch einen ordentlichen Messerstich verpasst – das behauptet er wenigstens.«

»So ordentlich war er nicht. Am darauffolgenden Abend war Robert bereits in der Lage, mich zu entjungfern«, sagte Lisa gehässig.

Charles kniff die Lippen zusammen. »Das ist äußerst enttäuschend.«

»Gut«, sagte sie. »Mögen Sie an diesem Wissen ersticken!«

Nun lächelte er. »Ah, das Kätzchen zeigt seine Krallen. Entzückend. Es macht mir noch viel mehr Spaß, wenn Sie sich wehren.«

»Ob es Spaß macht, sei dahingestellt, aber Gegenwehr werden Sie jede Menge von mir bekommen, Mylord«, gab sie zurück und streckte die Hand nach dem Griff der Kutschentür aus. Doch als hätte er nur darauf gewartet, packte Charles sie beim Handgelenk und verdrehte ihr brutal den Arm.

Lisa schrie auf und sank auf der Sitzbank zusammen, als er sie losließ. Sie umfasste den blessierten Arm mit der anderen Hand und starrte ihn an. Ein zufriedenes Lächeln spielte um seine Mundwinkel.

»Tut es weh?«, fragte er.

Weil sie ahnte, dass es ihn freuen würde zu erfahren, dass er ihr wehgetan hatte, ließ sie den Arm los und zuckte mit den Schultern. »Nicht besonders, Mylord.«

Wie erwartet verzog er enttäuscht den Mund.

Sie rechnete schon damit, dass er versuchen würde, ihr zur Strafe abermals wehzutun, und sagte rasch: »Ich nehme an, wir sind nicht auf dem Weg zum Stadthaus von Lord und Lady Radnor, oder?«

Charles stutzte, dann schien er sich wieder zu entspannen und lächelte. »Sie haben natürlich recht. Wir sind unterwegs zu meinem Stadthaus. Ich bleibe nächste Woche noch in der Stadt, damit kein Verdacht auf mich fällt, und dann ziehe ich mich aufs Land zurück – todunglücklich darüber, dass Sie mir den Laufpass gegeben haben, nachdem Sie meinen Antrag angenommen haben.«

»Deshalb haben Sie vor Robert so getan, als wären wir verlobt«, sagte sie. »Ich dachte, Sie hätten versucht, meinen Ruf zu schützen, nachdem wir beim Küssen ertappt wurden.«

Er grinste. »Ihr Ruf war bereits ruiniert, meine Teure. Langley hatte Ihnen doch zuvor beigewohnt. Was ich ohnehin schon vermutet hatte«, erwiderte er. »Nein, ich habe vielmehr behauptet, wir wären verlobt, um den untröstlichen Geliebten spielen zu können, wenn Sie auf einmal vermisst werden. Und damit ich zu Radnor gehen und ihn fragen kann, was zu Ihrer Auffindung unternommen wird. Als Ihren Verlobten werden sie mich über alles informieren, und in einer Woche oder so …« Er zuckte die Achseln.

»Ziehen Sie sich todunglücklich aufs Land zurück«, wiederholte Lisa spöttisch seine Worte.

»Genau. Zumindest werden es die anderen denken. In Wirklichkeit werde ich mit Ihnen nach Greta Green unterwegs sein.«

»Sie können doch nicht ernsthaft glauben, dass ich Sie heirate?«, fragte sie. »Sie können mich nicht dazu zwingen, die Worte vor dem Schmied zu sagen, der die Trauung vornimmt.«

»Meine liebe Lisa«, entgegnete er von oben herab. »Nach einer Woche mit mir werden Sie alles tun, was ich von Ihnen verlange.«

Lisa lief es kalt über den Rücken.

Charles schaute aus dem Fenster, als die Kutsche langsamer wurde. »Ah, wir sind da.«

Lisa erstarrte. Wenn sie fliehen wollte, dann war jetzt der richtige Zeitpunkt gekommen. Sie hatte keine Ahnung, wo Charles wohnte, aber es war sicher eine noble Gegend, in der sich viele Menschen auf der Straße tummelten. Sie musste nur schreien und weglaufen, sobald sie ausgestiegen war, und dann würde ihr jemand helfen, dachte Lisa. Als Findlay plötzlich kicherte, sah sie ihn scharf an.

»Es amüsiert mich jedes Mal, wenn dieser Zeitpunkt kommt. Ihr Frauen denkt alle gleich. Jede schöpft Hoffnung und fängt an, Pläne zu schmieden. Jetzt kann ich entkommen, das ist meine Chance, schrei und lauf, oder lauf einfach nur – das denkt ihr alle.« Er schüttelte den Kopf über so viel Dummheit und sagte verächtlich: »Als hätte ich nicht schon seit Jahren Frauen gegen ihren Willen in mein Haus gebracht und gelernt, wie man es am besten anstellt; ohne großes Risiko und Gewese.«

Seine Worte trafen sie wie ein Schwall kaltes Wasser. Lisa war entsetzt. Er hatte jahrelang Frauen gegen ihren Willen in sein Haus gebracht? Wozu? Und was war diesen Frauen widerfahren? Er hatte sie gewiss nicht geheiratet, wie er es angeblich mit ihr vorhatte, dachte sie und schaute nervös von Charles zur Tür, als die Kutsche anhielt. Ihr Körper straffte sich, um trotz seiner Worte zu fliehen, und das Blut pumpte nur so durch ihre Adern.

Lisa war so angespannt, dass sie tatsächlich von ihrem Sitz

aufsprang, als die Kutschentür aufging. Sie wollte sehen, was dahinter lag, doch ein großer, kräftiger Mann versperrte ihr die Sicht. Muskulöse Arme streckten sich ihr entgegen, und bevor sie sichs versah, hielt er ihr mit der einen Hand den Mund zu und zerrte sie mit der anderen aus der Kutsche. Unwillkürlich begann sie um sich zu schlagen und zu treten, aber es war aussichtslos. Ihre Arme hielt er einfach fest, und ihre Tritte hatten so wenig Wirkung wie die schwachen Schläge eines Kindes, denn seine Beine muteten an wie Baumstämme.

Zwischen der Kutsche und der geöffneten Tür, vor der sie angehalten hatten, lagen höchstens anderthalb Meter, aber als der Mann Lisa herübertrug, konnte sie erkennen, dass sie sich nicht vor einem Haus auf einer belebten Straße befanden, sondern in einem von hohen Mauern umgebenen Hinterhof. Kein Wunder, dass Charles sich über ihre Hoffnung, entkommen zu können, amüsiert hatte. Sie hatte, wie sie sich eingestehen musste, nicht die geringste Chance.

»Bring sie in den Raum, Max«, befahl Charles, als sie in eine große Küche kamen. »Ich komme gleich nach.«

Lisa spähte über die Hand hinweg, die ihre untere Gesichtshälfte bedeckte. Sie umfasste nicht nur ihren Mund, sondern auch ihre Nase, und sie bekam keine Luft mehr. Wie wehrte sich in wilder Panik, doch es war vergeblich, und ihr wurde schwarz vor Augen, als sie eine schmale Treppe hinunter zu einer Tür mit einem kleinen Gitterfenster getragen wurde.

Der Mann trat gegen die Tür, die sich daraufhin öffnete. Er trug sie in den Raum und warf sie hin.

Lisa ächzte vor Schmerz, als sie auf etwas Hartem landete, und blieb keuchend und nach Atem ringend liegen. Nach einer Weile fand sie die Kraft, um sich aufzurichten und umzusehen. In dem Licht, das durch das vergitterte Fenster hereinfiel, konnte sie erkennen, dass sie sich in einem winzigen

Raum befand, in dem nur das schmale Bett stand, auf dem sie lag. Die Matratze war hart und schien mit Stroh gefüllt zu sein. Der Boden bestand lediglich aus festgetretener Erde. Sie war also im Keller des Hauses.

Nachdem sie sich mühsam erhoben hatte, stolperte Lisa zur Tür und suchte nach dem Griff, doch es gab keinen, zumindest nicht auf der Innenseite, und so rüttelte sie an den Gitterstäben. Aber es tat sich nichts. Die Tür bewegte sich nicht. Mit zusammengebissenen Zähnen schaute sie durch das Gitter in den Raum auf der anderen Seite und riss entgeistert die Augen auf. Er sah aus wie eine alte Folterkammer: Ketten und Hand- und Fußfesseln überall; sie hingen von der Decke, waren in Abständen an den Wänden befestigt und sogar an allen vier Ecken eines Tischs angebracht, der in der Mitte des Raumes stand. Doch es waren die ebenfalls an den Wänden hängenden zahlreichen Peitschen und Riemen, die ihr das Blut in den Adern gefrieren ließen. Sie war sich sicher, dass an einigen von ihnen getrocknetes Blut klebte.

Lisa schluckte und wich zurück, um sich schaudernd auf das Bett zu setzen. Mrs Morgan hatte stark untertrieben, als sie gesagt hatte, dass der Verehrer zuweilen ein wenig grob werden konnte. Charles Findlay zählte offenbar zu den perversen Individuen, die Vergnügen daran fanden, anderen auf vielfältige Weise Schmerzen zuzufügen. Nun, sie würde nicht herumsitzen und der Dinge harren, die er mit ihr vorhatte. Sie würde ihm entfliehen, beschloss Lisa. Sie musste sich nur überlegen, auf welche Weise.

»Findlay?« Richard wiederholte den Namen stirnrunzelnd.

»Ja«, entgegnete Robert grimmig, ging zum Salonfenster und spähte zum x-ten Mal auf die Straße, seit er Lisas Verschwinden bemerkt hatte.

»Was für ein widerlicher Kerl«, sagte Daniel. »Ich habe zwar munkeln gehört, dass er Dirnen missbraucht, aber ich hätte nicht gedacht, dass er auch Frauen von Adel nachstellt.«

»Hmm«, machte Robert und wünschte sich verzweifelt, die Kutsche, mit der Lisa verschwunden war, würde endlich vor dem Haus vorfahren und sie würde gesund und wohlbehalten aussteigen. Es geschah natürlich nicht, genau wie es Dutzende Male zuvor nicht geschehen war, als er nach ihr Ausschau gehalten hatte.

»Und Lisa ist schon den ganzen Nachmittag weg?«, fragte Daniel.

»Ja«, knurrte Robert. »Sie hat Harry eine Kutsche mieten lassen, um auszufahren und einen Ermittler zu engagieren.«

»Was?«, fragte Richard überrascht. »Warum will sie einen Ermittler engagieren?«

Robert zögerte, dann erklärte er widerstrebend: »Bet sagt, sie wollte einen Ermittler als Bewacher engagieren, damit ich nicht mehr auf sie aufpassen muss.«

Einen Augenblick herrschte Stille, bevor Daniel fragte: »Und sie ist allein losgefahren? Sie hat nicht einmal Bet mitgenommen?«

»Eigentlich hätte sie Bet und einen Diener mitnehmen sollen, aber sie ist ohne sie losgefahren.«

»Wissen wir, dass sie aus freien Stücken weggefahren ist und nicht entführt wurde?«, fragte Richard mit finsterer Miene.

Robert seufzte und rieb sich die Stirn. »Handers hat sie abfahren sehen. Er sagte, sie sei aus dem Salon gerannt und von der Haustür direkt zur Kutsche gestürmt. Sie schien sehr aufgeregt gewesen zu sein.«

»Warum wohl?«, fragte Richard.

Robert zuckte mit den Schultern. »Wir hatten uns kurz zuvor

unterhalten, wurden aber unterbrochen. Ich sagte ihr, wir würden das Gespräch fortsetzen, sobald ich fertig bin.«

»Und sie ist davongerannt, um sich dem zu entziehen«, sagte Daniel und klopfte ihm auf die Schulter. »Du weißt wirklich mit Lisa umzugehen.«

»Dein Sarkasmus ist hier fehl am Platz«, knurrte Robert. »Ich versuchte, ihr zu sagen, dass ich zu der Erkenntnis gelangt bin, dass meine Ängste, sie könne mir untreu werden, unbegründet und nur die Folge der frauenverachtenden Paranoia meines Vaters sind.«

»Ich wusste, dass du eines Tages zur Vernunft kommen würdest«, sagte Richard. »Was war der Auslöser?«

»Unser Gespräch gestern Abend«, entgegnete Robert, ohne aufzusehen. »Du hattest recht, Richard. Mein Vater war ein verbitterter idiotischer Frauenhasser.« Er seufzte und schüttelte den Kopf. »Als ich das begriffen hatte, konnte ich das Ganze etwas sachlicher und objektiver betrachten.«

»Du sagtest, du hast *versucht*, es Lisa zu sagen?«, hakte Daniel nach. »Hat sie dir nicht zugehört?«

»Sie hatte kaum Gelegenheit dazu. Ich war noch nicht sehr weit gekommen, als Handers die Ankunft von Smithe meldete, und ich weg musste.«

»Und dann war *sie* weg«, sagte Daniel und stellte sich neben Robert, um ebenfalls aus dem Fenster zu schauen. »Dann ist sie inzwischen mehr als zwei Stunden aus dem Haus.«

»Ich weiß. Zunächst habe ich mir keine Sorgen gemacht, weil man zu dieser Tageszeit nur langsam auf den Straßen vorankommt und die Besprechung mit dem Ermittler gut eine Stunde dauern kann. Trotzdem habe ich, bevor ihr nach Hause kamt, Harry gebeten nachzuforschen, ob etwas passiert ist. Er wird mir Bericht erstatten, sobald er wieder da ist.« Kaum hatte er ausgesprochen, war Lärm aus dem Korridor zu hören und er schaute gespannt zur Tür. Richard wollte sie gerade öffnen, als sie aufflog und Harry erschien. Er zerrte einen Kutscher hinter sich her.

»Entschuldigen Sie die Störung, Mylord«, sagte der Stallmeister. »Aber ich bin sicher, Sie möchten hören, was dieser ›Gentleman‹ Miss Lisa angetan hat.«

»Ich habe ihr nichts angetan!«, protestierte der Mann und versuchte, seinen Arm aus Harrys eisernem Griff zu befreien. »Gar nichts! Ich habe noch nie jemandem ein Haar gekrümmt, und ihr auch nicht!«

»Sagen Sie ihm, was Sie mir gesagt haben!«, blaffte Harry und schüttelte ihn, doch bevor der Mann das Wort ergreifen konnte, wandte er sich Robert zu. »Er hat Miss Lisa im schlimmsten Viertel der Stadt aussteigen lassen und sich davongemacht. Er hat sie schutzlos und allein dort zurückgelassen!«, berichtete er empört. »Er wollte mir weismachen, sie hätte darauf bestanden, dass er wegfährt, aber das hätte Miss Lisa niemals getan. Also habe ich meine Peitsche spielen lassen, um ihn etwas gesprächiger zu machen. Da hat er schließlich zugegeben, dass ihn, kurz bevor Miss Lisa aus dem Haus kam, ein feiner Herr angesprochen und ihm einen Beutel von Münzen dafür angeboten hat, dass er sie an dem Ort zurücklässt, den sie ihm als Fahrtziel nennt.« Harry sah den Mann böse an, der unwillkürlich zusammenzuckte. »Und er hat das Geld genommen und es getan. Hat sie einfach dort ausgesetzt, und sie stand da wie ein armes obdachloses Straßenkind!«

»Wo?«, fragte Robert, baute sich vor dem Mann auf und sah ihn durchdringend an. Mehr musste er nicht tun: Der Kutscher spuckte die Adresse sofort aus. Robert war entsetzt. Es war tatsächlich das schlimmste Viertel der Stadt. Dort war keine Frau sicher – und eine schöne, wehrlose Frau wie Lisa erst recht nicht.

Er ging ohne nachzudenken zur Tür, blieb jedoch abrupt stehen, als Richard ihn am Arm fasste. »Sie wird nicht mehr da sein, Robert. Er hat sie vor mehr als zwei Stunden dort abgesetzt.«

Robert drehte sich stirnrunzelnd zu ihm um.

»Wenn Findlay den Kutscher dazu gebracht hat, sie allein zurückzulassen, hat er es aus einem bestimmten Grund getan«, erklärte Richard. »Zweifelsohne ist er inzwischen dort aufgetaucht, um den großen Retter zu spielen.«

»Ja«, fuhr Daniel fort, »und sie war sicher so froh, in dieser Umgebung ein vertrautes Gesicht zu sehen, dass sie gleich in seine Kutsche gestiegen ist. Wie ein Lamm, das sich aus freien Stücken zur Schlachtbank führen lässt.«

Robert zuckte angesichts dieser Worte zusammen. »Dann gehe ich direkt zu Findlay.«

»Er könnte bereits mit ihr nach Gretna Green unterwegs sein«, gab Daniel zu bedenken. »Mrs Morgan sagte doch, er wolle sie heiraten.«

»Nachdem er sie geschändet hat«, fügte Richard leise hinzu.

Robert wandte sich wieder der Tür zu, doch Richard hielt ihn abermals zurück. »Denk nach, Mann! Du kannst nicht einfach so bei Findlay aufkreuzen. Womöglich ist er gerade im Begriff, sie fortzuschaffen. Pläne ändern sich.«

»Du hast recht«, entgegnete Robert einsichtig. »Wir müssen vorausplanen und alle Möglichkeiten bedenken. Und wir könnten Hilfe brauchen. Smithe und seine Männer wären uns jetzt sehr dienlich.«

»Sehr gut, jetzt denkst du nach«, sagte Richard erleichtert. Dann schlug er vor: »Gib Smithe Bescheid, dass er herkommen soll. Wir gehen die unterschiedlichen Möglichkeiten durch und beschließen, wer was übernimmt. Wenn wir genug Leute haben, können wir alle Eventualitäten abdecken und Lisa retten, bevor Findlay ihr etwas zuleide tun oder sie zur Heirat zwingen kann.«

»Wenn er sie zwingt, ihn zu heiraten, wird sie noch vor Einbruch der Nacht Witwe sein«, gelobte Robert wutentbrannt.

16

Als sie Schritte auf der Holztreppe hörte, erstarrte Lisa. Dann setzte sie sich etwas aufrechter hin, obwohl sie am liebsten in eine Ecke gekrochen und verschwunden wäre. Nachdem Findlay seinen Diener angewiesen hatte, sie herzubringen, hatte er gesagt, er werde gleich nachkommen. Und nun kam er, und sie hatte nicht das geringste Bedürfnis, ihn zu sehen. Aber sie würde sich nicht einschüchtern lassen. Die Heldinnen in ihren Büchern überlebten solche Notlagen nicht, indem sie Schwäche zeigten und sich dumm verhielten. Sie waren mutig und tapfer und wurden vom Schicksal dafür belohnt. Sie würde sich ihm auch mutig und tapfer entgegenstellen … und wenn es das Letzte war, was sie tat.

Das war etwas unglücklich formuliert, befand Lisa, als ihr der Satz noch einmal durch den Kopf ging. Sie hätte es wirklich besser ausdrücken können.

»Ah, wie ich sehe, haben Sie sich bereits eingewöhnt.«

Lisa schaute zur Tür und hob trotzig das Kinn, als sie Findlay hinter dem Gitterfenster erblickte. Er beäugte sie neugierig, als wäre sie ein in einem Käfig zur Schau gestelltes Tier.

»Sind Sie gekommen, um sich an meinem Anblick zu weiden, Mylord?«, fragte sie kalt. »Das macht Sie äußerst unattraktiv.«

»Gut! Sie haben Feuer«, sagte Charles belustigt. »Ich wusste es.«

»Ich bin ja so froh, Ihnen gefällig sein zu können«, erwiderte Lisa voller Spott und Verachtung.

»Sind Sie nicht«, sagte er lachend. »Aber bald werden Sie es sein.«

»Das bezweifle ich sehr, Mylord.«

»Oh doch, es wird so kommen«, erwiderte Charles. »Ich werde Sie es lehren. Ich wusste es vom ersten Moment an, als ich Sie erblickte.«

Lisa hüllte sich in Schweigen und sah ihn mit gespielter Gleichgültigkeit an. Er machte keine Anstalten, die Tür zu öffnen und hereinzukommen, und das war gut so. Deshalb wartete sie einfach ab, was er wollte.

»Ich wünschte, ich könnte sofort damit anfangen«, erklärte er, als sie keine Antwort gab. »Leider müssen wir vorerst davon absehen, uns miteinander zu vergnügen. Ich muss zu dem Ball bei den Brewsters, um den Enttäuschten zu mimen, weil Sie, meine Verlobte, nicht anwesend sind. Und dann muss ich mich völlig entsetzt und schockiert darüber zeigen, dass Sie vermisst werden. Vielleicht vergieße ich sogar ein Tränchen.«

Lisa wäre beinahe vor Erleichterung in sich zusammengesackt, weil er sie vorläufig in Ruhe lassen wollte, riss sich jedoch am Riemen. Es war besser, wenn er ihr ihre Erleichterung nicht anmerkte, denn sonst kam er noch auf die Idee, seine Abfahrt zum Ball ein wenig zu verschieben. »Bemühen Sie sich nicht zu sehr, sich diese Träne abzuringen, Mylord. Es werden sich ohnehin nicht viele davon beeindrucken lassen.«

»Ach, ich weiß nicht. Wenn ich will, kann ich ein sehr guter Schauspieler sein«, entgegnete er grinsend.

»Oh ja! Immerhin haben Sie mich glauben gemacht, Sie wären ein Gentleman«, gab sie schnippisch zurück. »Und viele andere haben Sie tatsächlich dazu gebracht, Sie für einen Menschen zu halten.«

»Oh, ich liebe Ihr Feuer wirklich sehr, Lisa. Ich kann kaum erwarten, es zu löschen«, frohlockte er grinsend. »Der Abend wird mir endlos lang erscheinen. Ich werde schnellstmöglich hierher zu Ihnen zurückkehren.«

»Meinetwegen müssen Sie sich nicht beeilen, Mylord«, sagte sie zuckersüß. »Amüsieren Sie sich, tanzen Sie mit den vielen hübschen Frauen und trinken Sie!«

»Oh nein, ich werde einen klaren Kopf behalten und meine ganze Energie für Sie aufsparen«, versicherte er ihr lachend. Dann schüttelte er den Kopf. »War Langley eigentlich klar, was er an Ihnen hatte? Hat er die Leidenschaft hinter Ihrem fröhlichen, romantischen Geplapper erkannt?« Sein Lächeln erstarb abrupt. »Haben Sie sie ihm gezeigt?«

Lisa zögerte. Aus seinen Worten sprach eine gewisse Verärgerung. Er klang beinahe eifersüchtig und besitzergreifend. Es schien ihn also doch zu stören, dass Robert zuerst da gewesen war. Weil sie nicht wusste, was sie antworten sollte, schwieg sie, und kurz darauf seufzte Findlay.

»Nun, ich denke, ich sollte jetzt losfahren. Die Warteschlangen der Kutschen können sehr lang sein, und ich möchte keinen Augenblick des Trubels verpassen. Ihre Schwestern und deren Männer werden natürlich nicht anwesend sein. Sie suchen gewiss zur Stunde wie verrückt nach Ihnen. Ich werde also die Nachricht, dass Sie vermisst werden, von dritter Seite erfahren, und mich dann in heller Aufregung zu Radnor begeben.«

Er richtete sich auf, um wegzugehen, schaute jedoch noch einmal durch das Gitterfenster. »Sie sollten etwas schlafen. Es ist besser für Sie, gut ausgeruht zu sein, wenn ich wiederkomme.«

Damit wandte Charles sich ab und verschwand. Lisa wartete noch einen Moment, bis sie sicher sein konnte, dass er nicht zurückkehrte, dann atmete sie aus und lehnte sich mit dem Rücken gegen die Wand, während sie seinen verklingenden Schritten lauschte. Es sah definitiv nicht gut für sie aus. Sie hatte die Tür gründlich geprüft und sah keine Möglichkeit, sie von innen zu öffnen, und ein Fenster oder einen anderen Fluchtweg gab es nicht.

Da sie also nicht fliehen konnte, blieb ihr nichts anderes übrig, als zu kämpfen. Allerdings brauchte sie dafür eine Waffe. Lisa stand vom Bett auf und drehte sich langsam im Kreis, um jeden Zentimeter ihrer Zelle zu überprüfen. Es gab nicht viel zu sehen. Das Bett, die Matratze, den Lehmboden …

Lisa hielt inne und schaute noch einmal zum Bett. Es handelte sich um ein billiges, klappriges Gestell, und sie hockte sich davor, um es genauer in Augenschein zu nehmen. Sie tastete alle vier Beine nacheinander ab und rüttelte an ihnen. Zwei waren etwas lose, das eine mehr als das andere.

Sie machte sich sofort an die Arbeit und begann, das loseste Bein vor und zurück zu bewegen, um es weiter zu lockern.

»Da ist er!«, zischte Richard und Robert nickte, als Findlays Kutsche aus dem Hinterhof auf die Straße fuhr.

»Sehr pfiffig«, meinte Daniel. »Verhält sich ganz normal, besucht den heutigen Ball und bleibt bei seinen Gewohnheiten. Wie du sagtest, erregt er so weniger Verdacht, als wenn er plötzlich verschwunden wäre.«

Robert nickte abermals, sagte aber nichts. Er musste seine ganze Willenskraft aufbringen, um nicht aus der Mietkutsche zu springen, das Haus zu stürmen und laut nach Lisa zu rufen.

»Tja, Findlay ist ziemlich clever, das muss man ihm lassen.«

Robert riss den Blick von dem Haus auf der gegenüberliegenden Straßenseite los und schaute zu Mr Smithe, der hinter der Kutsche aufgetaucht war und zum Fenster der Tür hineinsah.

»Was zum Teufel machen Sie hier?«, knurrte Robert und öffnete rasch die Tür, um ihn einsteigen zu lassen. »Sie sollten sich doch nach Greta Green aufmachen, um sicherzugehen, dass sie nicht dorthin gefahren sind.«

»Ich habe lieber zwei meiner Männer geschickt. Vergebliche Mühe, wie sich herausgestellt hat, da Findlay noch hier ist. Dann wird das Mädchen auch hier sein«, sagte Smithe, schloss die Tür und nahm neben Richard Platz. Robert kniete auf dem Boden, um aus dem Fenster zu spähen, während Daniel Richard gegenübersaß.

Robert zog die Augenbrauen zusammen, ersparte sich jedoch den Hinweis, dass es auch anders hätte sein können.

»Außerdem ist mir, als ich mich auf den Weg machen wollte, ein gewisses leichtes Mädchen in den Sinn gekommen, das auf Männer von Finlays Sorte spezialisiert ist. Es macht ihr nichts aus, wenn es grob wird. Sie weiß sich zu verhalten und mit den Männern umzugehen«, erklärte er. »Ich dachte, es wäre ganz nützlich, ihr ein paar Fragen zu stellen. Und das hat sich in der Tat als gute Idee erwiesen. Ich habe Informationen bekommen, die uns weiterhelfen könnten.«

»Welche?«, fuhr Robert auf.

»Sie sagte, bei der Suche nach dem Mädchen solle man sich nicht mit den oberen Stockwerken aufhalten. Im Erdgeschoss und in der ersten Etage sei alles ganz normal, wie in jedem anderen Haus eines adeligen Londoner Herrn. Sollte sich das Mädchen dort befinden, sagte sie, würde er es im Keller festhalten.«

»Im Keller«, murmelte Robert und schaute abermals zum Haus.

»Ja, Mylord«, bestätigte Smithe. »Wie es scheint, hat er sich dort eine richtige kleine Folterkammer eingerichtet. Und er sperrt die Mädchen in einen Raum ein, von dem aus sie seine Spielzeuge sehen können. Sie sagte, er lasse sie höchstwahrscheinlich in diesem Raum und besuche eine Veranstaltung, die am Abend stattfindet. Was er offensichtlich getan hat.« Smithe schaute kurz in die Richtung, in die die Kutsche davongefahren war. »Sie sagte, er tue das, damit die Mädchen so richtig Angst vor dem bekommen, was passiert, wenn er wiederkommt. Es gefällt ihm wohl, wenn Sie Angst haben.«

Bei der Vorstellung, dass Lisa irgendwo eingesperrt war, verängstigt Findlays Folterinstrumente anstarrte und sich vor dem graute, was kommen würde, wenn der Ball zu Ende war und er zurückkehrte, presste Robert die Lippen zusammen.

»Sie sagte außerdem, dass keine Hilfe von den Dienern oder sonst jemandem, dem man im Haus begegnet, zu erwarten sei. Sie wissen wohl alle Bescheid und verschließen die Augen davor oder machen mit.«

»Sie machen mit?«, fragte Robert mit schneidender Stimme.

Smithe nickte. »Manchmal lässt Findlay welche von seinen Lieblingsdienern an die Mädchen heran. Sie peitschen sie aus oder … na ja, das andere. Manchmal beides.«

Robert entfuhr ein wildes Knurren und er starrte wieder zum Haus. Er würde den Dreckskerl und seine Diener umbringen, wenn auch nur einer von ihnen Lisa angerührt hatte. Zur Hölle, dachte er, er würde Findlay wahrscheinlich ganz unabhängig davon umbringen, aus Prinzip. Das war ein Tier.

»Hat sie etwas dazu gesagt, welche Art von Schlössern wir dort vorfinden oder wie man am besten in den Keller gelangt?«

»Durch den Hintereingang, hat sie gesagt«, entgegnete Smithe. »Er befindet sich im Hof, und die Tür zum Keller ist in der Küche. Aber wie sie sagte, herrscht in der Küche immer viel Betrieb. Es ist nicht leicht, sich unbemerkt hineinzuschleichen.«

»Dann brauchen wir ein Ablenkungsmanöver«, stellte Daniel grimmig fest.

»Richtig, und ich habe da auch schon eine Idee«, sagte Smithe.

Alle drei wandten sich ihm gleichzeitig zu. »Und die wäre?«, fragte Robert.

Smithe antwortete nur zögernd. »Nun, also, ich denke, sie wird Ihnen nicht gefallen. Aber ich bin verdammt sicher, dass es funktioniert.«

»Dass *was* funktioniert?«, fragte Robert ungeduldig.

Smithe schürzte die Lippen, dann sagte er: »Wie mir scheint, sind Frauen die einzigen, die in diesem Keller ein und aus gehen.«

»Frauen?«, fragte Daniel verständnislos.

»Ja, Sir. Und zwar regelmäßig. Das Mädchen, von dem ich sprach, sagte, dass Findlay die Frauen nicht nur mit seinen Männern teile, sondern ihnen außerdem manchmal ein paar zu ihrem alleinigen Vergnügen spendiere. So sorge er dafür, dass seine Männer zufrieden sind und nicht so leicht ausplaudern, was Findlay treibt«, erklärte Smithe. »Und da ist es durchaus vorstellbar, dass er, weil er eine Lady in seinem Keller hat, den Männern heute ein paar Mädchen schickt, damit sie nicht auf die Idee kommen, Hand an sein neues Spielzeug zu legen, bevor er selbst die Gelegenheit dazu hat.«

»Miss Madison ist kein Spielzeug«, sagte Robert von kalter Wut gepackt.

»Bitte um Verzeihung, Mylord. Für Findlay ist sie leider eins.«

»Schlagen Sie etwa vor, zur Ablenkung der Männer ein paar Dirnen anzuheuern, damit Robert, Daniel und ich ins Haus eindringen und Lisa herausholen können?«, fragte Richard nachdenklich.

»Das könnten wir tun«, entgegnete Smithe. »Aber es würde das Risiko mit sich bringen, dass eine von ihnen zu einem späteren Zeitpunkt den Mund aufmacht und einen Skandal auslöst, in den Miss Madison und Sie alle hineingezogen werden. Es wäre das Einfachste und allemal am sichersten, die Hilfe Ihrer Frauen in Anspruch zu nehmen.«

»Unsere Frauen könnten niemals Huren spielen!«, sagte Richard resolut. »Abgesehen davon haben wir sie schon zum Ball vorgeschickt, um uns später dort mit ihnen zu treffen. Sie wissen nicht einmal, dass Lisa verschwunden ist. Wir haben ihnen gesagt, sie und Robert seien aus, um über ihre Zukunft zu sprechen.«

»Hmm.« Smithe nickte. »Und dennoch sitzen sie keine zwei Kutschenlängen hinter Ihnen in der Radnor-Kutsche und beobachten das Haus ebenso wie Sie drei.«

»Was?« Richard fiel aus allen Wolken.

»Sie haben sie nicht bemerkt, hm?«, sagte Smithe. »Nehmen Sie es nicht so schwer. Sie waren zweifelsohne auf das Haus konzentriert. Und außerdem bin ich selbst darin geschult, Kleinigkeiten wahrzunehmen wie beispielsweise riesige Kutschen mit Adelswappen.«

Daniel fluchte und sprang aus der Mietkutsche. Richard folgte ihm auf dem Fuß.

»Dann schließen wir uns ihnen am besten an«, schlug Smithe Robert vor. »Die Kutsche ist sowieso größer, und wir brauchen die Hilfe der Frauen.«

Robert nickte und stieg gefolgt von Smithe ebenfalls aus.

»Was zum Teufel habt ihr hier verloren?«, fragte Richard seine Frau, als Robert in die Radnor-Kutsche stieg und sich neben dem Paar auf der Sitzbank niederließ.

»Sie ist unsere Schwester, Richard«, antwortete Christiana. »Wo sollten wir sonst sein?«

»Aber woher wusstet ihr überhaupt –«

»Woher wohl?«, erwiderte Suzette, die ihnen gegenübersaß.

»Bet war krank vor Sorge und hat an der Tür gelauscht, als Harry den Kutschenfahrer ins Haus gebracht hat. Sie hat alles gehört und es uns erzählt.«

»Natürlich«, brummte Daniel.

»Ja, natürlich! Sie ist ein loyales Mädchen und hat keine Geheimnisse vor uns. Also hat sie uns *natürlich* gesagt, was uns eigentlich *unsere Männer* hätten sagen müssen«, entgegnete Suzette vorwurfsvoll.

»Es war nicht mein Geheimnis, und es war nicht an mir, es zu verraten«, sagte Daniel rasch, und Suzette kniff die Augen zusammen.

»Oh, das kommt mir bekannt vor. Immer das alte Lied«, bemerkte sie trocken.

»Wir wollten nicht, dass ihr euch Sorgen macht«, korrigierte er sich. »Wir wollten Lisa erst zurückholen und es euch dann sagen, damit ihr euch nicht aufregt.«

»Oder einmischt«, fügte sie spöttisch hinzu.

»Nun, was das betrifft …«, schaltete sich Smithe ein, der neben Suzette und Daniel Platz genommen hatte. »Ich sagte gerade zu Ihren Männern, dass wir Ihre Hilfe benötigen, um Lisa zu befreien.«

»Wir tun, was immer nötig ist«, sagte Christiana sofort.

»Sie werden sich nicht als leichte Mädchen verkleiden und die Männer ablenken!«, sagte Richard energisch. »Wir müssen uns etwas anderes überlegen.«

»Als leichte Mädchen?«, fragten Christiana und Suzette mit funkelnden Augen.

17

Lisa rutschte unruhig auf der knubbeligen Matratze herum. Sie war deshalb knubbelig, weil sie einen Teil des Strohs herausgenommen hatte und den Rest, der in dem schmutzigen Bezug verblieben war, eilig und nur unzulänglich umverteilt hatte. Sie hatte nicht die Absicht, sich die Zeit zu nehmen, um die Mängel zu beheben, aber sie lag verdammt unbequem und drehte sich auf die Seite, mit dem Gesicht zur Wand. Das Bein des Betts, das sie in der Hand hatte, hielt sie dicht an ihrem Körper. Sie hatte es unter ihren Röcken versteckt, als sie auf dem Rücken gelegen hatte, und hoffte, dass es nun ebenso gut verborgen war.

Da sie nichts anderes zu tun hatte, hatte sie beschlossen, sich ein bisschen auszuruhen und zu entspannen, um Kraft zu sammeln. Wenn Findlay zurückkehrte, würde sie ihre ganze Energie und Kraft benötigen – jedoch nicht für das, was *er* im Sinn hatte. Sie hielt sich bereit, ihm mit aller Kraft mit ihrer Schlagwaffe eins überzuziehen. Er hielt sich für so clever, aber sie würde ihm sein selbstgefälliges Grinsen schon austreiben!

Das Klicken einer ins Schloss fallenden Tür drang an ihr Ohr. Es klang recht weit entfernt; vielleicht war es sogar von oben gekommen. Lisa war bereits aufgefallen, dass Geräusche oftmals verzerrt durch die Steinmauern und den vorderen Kellerraum zu ihr gelangten. Sie hatte schon mehrmals geglaubt, jemand ginge in dem Raum umher, doch er war stets leer gewesen, und sie hatte erkannt, dass es Schritte im Erdgeschoss waren, die irgendwie zu ihr herunterhallten.

Als auf das leise Klicken keine weiteren Geräusche folgten, mahnte Lisa sich zur Ruhe. Er war noch nicht zurückgekehrt.

Einen Augenblick später hörte sie plötzlich Gelächter. Lisa hielt inne und spitzte die Ohren. Es hatte nach einer Frau geklungen, und nun hörte sie auch Schritte und schätzte, dass mehrere Personen die Holztreppe herunterkamen. Eine weitere Lachsalve und unterschiedliche Stimmen von Männern und Frauen bestätigten ihre Vermutung. Lisa wusste nicht, was vor sich ging, und hielt ihre Waffe fest umklammert.

War Findlay nach Hause gekommen und hatte weitere Opfer mitgebracht? Sie biss sich auf die Lippe, lauschte und zog die Augenbrauen zusammen, als sie auf einmal Geräusche vernahm, die nach Gewalt und Tätlichkeiten klangen; dumpfe Schläge, das Klatschen von Fleisch auf Fleisch, Keuchen und Stöhnen und den erstickten Schrei einer Frau und dann Stille.

Lisa lauschte so angestrengt, um herauszufinden, was im Nebenraum geschah, dass ihr beinahe das leise Klirren an ihrer Zellentür entgangen wäre. Als sie es wahrnahm, öffnete sich die Tür bereits mit einem kaum hörbaren Quietschen.

Lisa schlug das Herz bis zum Hals. Charles Findlay war zurück und wollte sie sich holen. Sie schloss die Hand fest um das Stück Holz, wartete aber ab und lauschte den leisen Schritten, die sich dem Bett näherten. Sie bewegte sich nicht, bis sie eine Hand auf ihrer Schulter spürte. In diesem Moment fuhr sie herum und schwang ihre Waffe mit ganzer Kraft in die Richtung, wo sie Findlays Kopf vermutete.

Das Bettbein, aus dem krumme Nägel herausragten, sauste bereits durch die Luft, als sie Robert erkannte. Sie schrie erschrocken auf und versuchte, den Schlag abzustoppen, doch es gelang ihr lediglich, ihn so umzulenken, dass sie nicht sein Auge traf, wie sie ursprünglich beabsichtigt hatte. Stattdessen landete das Holz seitlich an seinem Kopf, und er wich mit einem schmerzerfüllten Aufschrei zurück.

»Robert!«, rief sie, als er auf die Knie sank, ließ die provisorische Waffe fallen, sprang vom Bett und eilte auf ihn zu. »Oh Gott, es tut mir leid! Ich dachte, du wärst Findlay. Bist du verletzt?«

Als Antwort kam nur ein Stöhnen, und Lisa kniete sich neben ihn und besah sich seinen Kopf. Er bedeckte die Wunde jedoch mit der Hand, und obwohl sie wissen wollte, wie schlimm sie ihn verletzt hatte, war sie dafür dankbar. Da sie kein Blut sehen konnte, war es wahrscheinlich besser, wenn sie sie die Wunde erst zu Gesicht bekam, wenn sie in Sicherheit waren.

»Was ist passiert?«

Lisa schaute auf und sah Daniel mit bestürzter Miene in der offenen Zellentür stehen. Robert war also nicht allein gekommen, um sie zu retten. Sie hatte allerdings keine Ahnung, woher sie überhaupt gewusst hatten, wo sie nach ihr suchen mussten. Diese Frage stellte sie jedoch erst einmal hintan und sagte zerknirscht: »Ich dachte, er wäre Findlay, und habe ihn mit dem Bettbein geschlagen.«

»Mit dem Bettbein?«, wiederholte Daniel erstaunt und schaute zu der Liegestatt an der Wand.

»Ich habe meine Unterröcke mit Stroh aus der Matratze gefüllt und sie anstelle des Beins, das ich entfernt habe, unter das Bett gestopft«, erklärte sie.

»Ziemlich clever«, lobte Daniel und warf einen Blick über die Schulter in den hinter ihm liegenden Raum. »Kannst du gehen, Robert? Wir müssen hier weg. Oben wimmelt es nur so von Dienern. Falls einer von ihnen aus irgendeinem Grund herunterkommt, holt er womöglich die anderen.«

Robert ächzte und versuchte sich aufzurappeln. Lisa eilte ihm sofort zu Hilfe, legte sich seinen Arm über die Schultern und stützte ihn. Als sie auf die Tür zuwankten, wich Daniel zurück, um ihnen Platz zu machen. Dabei musterte er Lisa und fragte leise: »Geht es dir gut, Lisa? Hat Findlay …«

»Alles in Ordnung«, versicherte sie ihm. »Findlay wollte sich nach dem Ball mit mir vergnügen. Er hatte vor, den Ball zu besuchen, den verzweifelten Verlobten zu spielen und dann zurückzukehren, um wiederum mich in die Verzweiflung zu treiben«, erklärte sie trocken.

Daniel kniff ob ihrer Worte die Lippen zusammen, doch dann erschien ein schiefes Lächeln in seinem Gesicht. »Tja, wie es aussieht, hätte er eine große Überraschung erlebt. Es ist fast schade, dass wir nicht später gekommen sind – dann hättest du ihm zuerst noch eins überziehen können.«

»Ich hätte ihm sehr gern eins übergezogen, aber ich bin sehr froh, von hier wegzukommen«, entgegnete Lisa. Sie führte Robert durch den vorderen Kellerraum, und als sie sich umsah, bemerkte sie Richard, der mit zwei Dirnen an der Treppe stand und über mehrere Männer von Findlay wachte, die bewusstlos auf dem Boden lagen.

»Lisa!«, zischte die dunkelhaarige Dirne.

Lisa blieb stehen, weshalb Robert ebenfalls innehalten musste, und machte große Augen, als die Frau auf sie zustürzte. Noch erstaunter war sie, als die Frau sie stürmisch umarmte und Robert dabei um ein Haar umgestoßen hätte. Lisa sah Daniel verwundert an, um ihn wortlos zu fragen, wer um Himmels willen diese Frau war.

»Suzette sieht fantastisch aus, nicht wahr?«, entgegnete Daniel grinsend, und sie wandte ihren Blick ruckartig wieder der Frau zu, von der sie jedoch wegen der engen Umarmung nicht viel sehen konnte. Und dann sah sie die Blondine zusammen mit Richard näherkommen, der ihr seine Jacke überwarf, und ihr fielen beinahe die Augen aus dem Kopf.

»Grundgütiger«, murmelte sie, als sie Christiana erkannte. Es war erschreckend, wie leicht ihre Schwestern als Huren durchgingen. Großer Gott, es war himmelschreiend! Denn es bedeutete im Grunde, dass eine Dirne, die man von der Straße holte und anständig kleidete, auch als Lady durchgehen konnte. Auf diesen Gedanken war Lisa noch nie zuvor gekommen. Sie hatte immer angenommen, diese Frauen seien irgendwie anders, dass man sie auf Anhieb erkennen könne, unabhängig von ihrer Kleidung oder der Umgebung. Aber wenn Suzette und Christiana so leicht als Dirnen durchgingen … Nun, vielleicht bestand dann – abgesehen von der Lebenslage – gar kein so großer Unterschied zwischen adeligen Damen und Dirnen.

»Gott sei Dank geht es dir gut!« Christiana schloss sie und Suzette gleichzeitig in die Arme.

»Warum seid ihr so angezogen?«, fragte Lisa, doch dann stöhnte Robert und stützte sich stärker auf sie, und sie sah ihn besorgt an.

»Was zum Teufel machen Sie so lange da unten?«, zischte jemand mit tiefer Stimme.

Lisa schaute zur Treppe. Von oben schaute ein großer, hagerer Mann mit grau meliertem Haar zu ihnen hinunter. Er kam ihr bekannt vor, aber es dauerte einen Moment, bis sie in ihm den Mann erkannte, der Robert einige Tage zuvor aufgesucht hatte.

»Wir kommen schon, Mr Smithe«, raunte Richard ihm zu, nahm Christiana und Suzette an den Armen und drängte sie zur Treppe, bevor er sich Lisa zuwandte. »Lass mich und Daniel Robert die Treppe hinaufhelfen. Dann geht es schneller.«

Sie zögerte, doch schließlich löste sie sich von Robert und trat zur Seite, damit die beiden Männer links und rechts von ihm Position beziehen konnten. Als sie sicher war, dass er in ihren Händen gut aufgehoben war, folgte sie Christiana und

Suzette und ging an den bewusstlos auf dem Boden liegenden Männern vorbei. Sie musste an sich halten, um dem großen Kräftigen keinen Tritt zu verpassen, denn er war derjenige, der sie aus der Kutsche gezerrt, beinahe erstickt und in die Zelle geworfen hatte. Aber wenn Blicke töten könnten, dachte sie, würde er wohl nie mehr aus seiner Ohnmacht erwachen.

Leise huschte sie hinter ihren Schwestern die Treppe hoch, während die Männer die Nachhut bildeten. Oben angekommen betraten sie die Küche, durch die sie bei ihrer Ankunft getragen worden war.

Eine Frau mit Schürze saß am Tisch. Allem Anschein nach schlief sie. Vielleicht war sie aber auch bewusstlos. Der hagere Mann, der zur Eile gemahnt hatte, war auch dort. Er stand an der Tür, die zu den anderen Räumen im Erdgeschoss führte. Als sie hereinkamen, drehte er sich kurz zu ihnen um und bedeutete ihnen, zum Ausgang zu laufen, dann schob er weiter Wache, und Lisa vermutete, dass er nach näherkommenden Bediensteten Ausschau hielt. Christiana und Suzette hakten sich bei ihr unter und zogen sie aus dem Haus, als befürchteten sie, dass sie zu viel Zeit vertrödeln könnte.

Ganz gewiss nicht!, dachte Lisa. Sie konnte gar nicht schnell genug aus diesem Haus verschwinden!

Eine Mietkutsche stand im Hinterhof bereit, als sie in den Hof kamen, und ihre Schwestern brachten sie hin und ließen sie als Erste einsteigen. Lisa setzte sich auf eine der schmalen Bänke und beobachtete Robert mit besorgtem Blick, während Christiana und Suzette ihr folgten. Sie ließen sich auf der Bank ihr gegenüber nieder, damit ihre Männer Robert auf dem Platz neben ihr absetzen konnten.

»Und was ist mit euch beiden?«, hörte Lisa Christiana beunruhigt fragen, als sie sich vorbeugte, um in Roberts Gesicht zu schauen. Er war völlig benommen. Sie hatte ihn offenbar übel mit dem Bettbein getroffen. Es war ein großes Glück, dass sie ihn erkannt und den Schlag umgelenkt hatte, sonst hätte sie ihn womöglich umgebracht. Schade nur, dass es Findlay nicht erwischt hatte, dachte sie, während Richard Christiana versicherte, dass sie ihnen mit der Radnor-Kutsche folgen würden.

Dann schlug er die Kutschentür zu. Als sich das Gefährt in Bewegung setzte, schauten Suzette und Christiana mit bangem Blick aus dem Fenster. Wenig später sank Suzette seufzend gegen das Rückenpolster. »Sie haben es zur Kutsche geschafft, ohne dass ihnen jemand aus dem Haus nachgejagt ist. Einschließlich Mr Smithe.«

»Gut«, sagte Lisa und nahm an, dass sie den hageren Mann mit dem grau melierten Haar meinte. Sie schaute zu Christiana, die sich ebenfalls entspannte, und schenkte ihren Schwestern ein Lächeln, bevor sie sich Robert wieder zuwandte.

Seine Augen waren geschlossen. Er schien zu schlafen, und glücklicherweise ruhte sein Kopf an ihrer Schulter, sodass sie die Wunde und das Blut, das sicherlich ausgetreten war, nicht sehen konnte. Beruhigt widmete sie sich erneut ihren Schwestern, musterte ihre Kleidung und wiederholte ihre Frage von vorher. »Warum seid ihr so angezogen?«

»Wir mussten Findlays Diener ablenken, damit die Männer sich ins Haus schleichen konnten«, entgegnete Suzette grinsend.

»Ablenken? Wirklich?«, staunte Lisa und fragte sich, wie sie das wohl angestellt hatten. Die Dekolletés, die sie zur Schau trugen, waren allerdings so gewagt, dass sie allein schon genügten, um die meisten Männer vollständig zu verwirren.

»Ja, und Gott, es hat Spaß gemacht«, sagte Suzette lachend, aber dann rümpfte sie die Nase. »Na ja, größtenteils jedenfalls. Als mich einer der Kerle auf dem Weg in den Keller gezwickt hat, war ich nicht sonderlich begeistert.«

»Daniel auch nicht«, bemerkte Christiana trocken. »Er hat mit Richard unten im Keller gewartet. Ich bin mir ganz sicher, dass er etwas mehr Kraft in seinen Schlag gelegt hat als notwendig gewesen wäre, um den Kerl umzuhauen.«

Suzette grinste. »Und als er umfiel, hat er ihm noch einen ordentlichen Tritt zwischen die Beine verpasst!«

Christiana schüttelte den Kopf. »Sie war immer schon die Wildere von uns dreien«, sagte sie zu Lisa.

Lisa lächelte. »Vielen Dank … dass ihr mich gerettet habt.«

Christiana bekam sofort feuchte Augen und beugte sich vor, um ihr die Hand zu drücken. »Wir konnten gar nicht anders. Und du würdest für uns das Gleiche tun.«

»Ja«, sagte Lisa nur und hielt die Hand ihrer Schwester fest. »Wie habt ihr herausgefunden, wo ich war?«

Christiana erklärte ihr rasch die Vorgänge, die zu ihrer Rettung geführt hatten. Lisa lauschte schweigend, und als Christiana fertig war, fragte sie: »Was wollen sie gegen Findlay unternehmen?«

Suzette und Christiana wechselten stumme Blicke. Schließlich seufzte Suzette und sagte: »Ich weiß nicht, ob sie überhaupt etwas unternehmen können, Lisa. Zumindest nicht, ohne dich in einen Skandal zu verwickeln.«

»Also kommt er ungestraft davon?«, fragte sie enttäuscht.

»Ich weiß es nicht«, sagte Christiana bedauernd. »Ich hoffe nicht, aber wir müssen abwarten, was die Männer sich einfallen lassen. Sie werden ihn gewiss nicht einfach laufen lassen, wenn es irgendwie in ihrer Macht steht. Aber sie müssen auch an dich denken, Lisa.«

Die Kutsche wurde langsamer und hielt an, und mit einem Blick aus dem Fenster stellten sie fest, dass sie zu Hause angekommen waren. Lisa überlegte gerade, wie sie den bewusstlosen Robert ins Haus schaffen sollten, als die Kutschentür aufging und Richard hereinschaute. Die Radnor-Kutsche war offensichtlich dicht hinter ihnen gewesen oder hatte sie unterwegs überholt und war vor ihnen eingetroffen, sonst hätte er nicht so schnell da sein können.

Lisa und ihre Schwestern stiegen aus und warteten neben der Kutsche, während Daniel einstieg, um Robert vorsichtig unter den Armen zu fassen und an Richard herunterzureichen. Als sie ihn ins Haus trugen, folgten die Frauen ihnen. Sie brachten ihn in sein Zimmer im ersten Stock, doch als Lisa zu ihm ans Bett eilen wollte, nachdem sie ihn hineingelegt hatten, zog Suzette sie zur Seite.

»Blut«, gab sie lediglich als Erklärung an, als Lisa sie fragend ansah. Lisas Widerstand schwand augenblicklich, und sie ließ sich bereitwillig von Suzette ans Fenster führen, während Christiana Robert versorgte. Sie schaute schweigend nach draußen und wartete darauf, dass ihre Schwester ihn so weit herrichtete, dass sie ihn ansehen konnte, ohne in Ohnmacht zu fallen.

Von Zeit zu Zeit warfen sie und Suzette einen Blick auf das Trio, das um Roberts Bett versammelt war. Christiana reinigte die Wunde und tat, was immer getan werden musste. Es schien ewig lange zu dauern, aber das lag wohl an ihrer Ungeduld, vermutete Lisa. Doch schließlich richtete sich Christiana auf und sagte etwas zu Richard und Daniel, bevor sie zu ihnen ans Fenster kam.

»Wie geht es ihm?«, fragte Lisa besorgt.

»Er hat eine Platzwunde und eine Schwellung am Kopf, aber ich denke, das wird wieder«, sagte Christiana leise.

Lisa sah die Besorgnis in ihren Augen. »Er ist bewusstlos.«

»Ja«, entgegnete sie seufzend. »Und das ist beunruhigend. Aber ich glaube wirklich, dass er sich erholen wird, Lisa. Er hat bestimmt den ganzen Tag nichts gegessen, und die Aufregung um dich hat ihn sehr belastet. Wahrscheinlich hat ihn das zusätzlich geschwächt. Ich bin sicher, er kommt bald wieder zu sich.« Christiana zögerte, dann schob sie nach: »Warum legst du dich nicht ein bisschen hin? Du hattest auch einen anstrengenden Tag. Ich hole dich sofort, wenn er das Bewusstsein wiedererlangt.«

Lisa wollte schon widersprechen, doch dann nickte sie und ging zur Tür. Es war in der Tat ein anstrengender, nervenaufreibender Tag gewesen. Zuerst hatte sie der Kutschenfahrer den Männern auf der Straße schutzlos ausgeliefert, und dann hatte Findlay sein wahres Gesicht gezeigt und sich daran ergötzt, sie mit seinen widerwärtigen Plänen in Angst und Schrecken zu versetzen. Sie war wirklich sehr müde, gestand sie sich ein, als sie Roberts Zimmer verließ und quer über den Korridor auf ihres zuging.

Erst als sie die Hand auf den Türknauf legte, kam ihr die Frage in den Sinn, wo Bet abgeblieben war. Laut ihren Schwestern war sie diejenige gewesen, die ihnen verraten hatte, was ihre Männer ihnen verschwiegen hatten: dass Findlay den Kutschenfahrer mit Geld dazu gebracht hatte, sie allein in diesem schlimmen Viertel zurückzulassen, und dass die Männer vermuteten, er habe es getan, um sie zu entführen. Eigentlich hätte Bet aufgeregt in der Tür stehen und ihrer Rückkehr harren müssen, doch sie hatte ihre Zofe seit ihrer Ankunft noch nicht gesehen.

Statt in ihr Zimmer zu gehen, machte Lisa kehrt und lief zur Treppe. Sie huschte hinunter ins Erdgeschoss und begab sich in die Küche. Die Köchin und einige andere Bedienstete saßen am Tisch und unterhielten sich leise. Sie verstummten und schauten auf, als sie zur Tür hereinkam, und jeder einzelne schenkte ihr ein erleichtertes Lächeln und brachte seine Freude darüber zum Ausdruck, sie gesund und wohlbehalten zu sehen. Sie wussten natürlich, was passiert war, oder kannten zumindest einen Großteil der Geschichte. Es war einfach unmöglich, dachte Lisa, etwas vor der Dienerschaft geheim zu halten.

Sie bedankte sich und fragte nach Bet, nur um zu erfahren, dass sie in ihrem Zimmer auf ihre Rückkehr warte. Wenn sie noch nicht in Erscheinung getreten war, sei sie vermutlich eingeschlafen, lautete die vorherrschende Meinung. Lisa verabschiedete sich freundlich und verließ die Küche wieder.

Kurz darauf betrat sie ihr Zimmer und sah sich um, während sie die Tür schloss. Sie rechnete damit, Bet dösend auf einem Sessel oder Stuhl vorzufinden, und Bet saß auch auf dem Stuhl am Fenster. Aber sie schlief nicht. Sie war hellwach, gefesselt und geknebelt und schaute mit weit aufgerissenen Augen an ihr vorbei.

Lisa erstarrte, dann folgte sie dem Blick ihrer Zofe und drehte sich ruckartig um. Findlay lehnte entspannt mit verschränkten Armen neben der Tür an der Wand und lächelte sie an.

»Sie haben Glück, dass ich so ein geduldiger Mann bin, sonst würde ich Sie sicherlich dafür bestrafen, dass Sie mich so lange auf Ihre Rückkehr haben warten lassen«, sagte er und kam auf sie zu. »Andererseits kann ich Sie wohl kaum dafür verantwortlich machen. Die Männer haben offenbar eine ganze Weile dafür gebraucht, Sie nach Hause zu bringen. Darf ich hoffen, dass Sie Schwierigkeiten mit meinen Männern hatten? Wie ich sah, musste Langley hereingetragen werden.«

Lisa öffnete den Mund, um laut um Hilfe zu schreien, aber Findlay war schneller. Bevor auch nur ein Laut über ihre Lippen kam, war er bei ihr, hielt ihr mit einer Hand den Mund zu, packte sie mit der anderen im Nacken und drückte ihren Kopf an seine Brust. Lisa verlor das Gleichgewicht und musste sich an ihm festhalten, damit ihre Beine nicht einknickten.

»Ich habe die Radnor-Kutsche auf der Straße stehen sehen, als ich zum Ball fuhr, und mir wurde klar, dass ich doch nicht so clever gewesen war, wie ich gedacht hatte, und bereits Hilfe für Sie unterwegs war«, raunte er ihr zu und drängte sie in Richtung Fenster.

»Ich war zunächst hin- und hergerissen. Sollte ich rasch ins Haus zurückkehren und die Diener anweisen, sich zum Kampf zu rüsten? Oder auf das europäische Festland fliehen? Doch dann erkannte ich, dass ich gar nicht fliehen musste. Ihre Retter würden wohl nicht die Obrigkeiten hinzuziehen, weil es Ihren Ruf beschädigen würde. So kam ich darauf, dass ich noch eine andere Alternative hatte, nämlich hierherzukommen. Ich ging davon aus, dass die Männer Sie nach Hause bringen und sich in der Annahme, Sie seien im Schoß der Familie sicher, ein wenig ausruhen würden, und nahm mir vor, Sie ihnen dann praktisch vor der Nase wegzuschnappen, um mindestens eine Nacht Vorsprung zu gewinnen und mit Ihnen nach Gretna Green zu fahren und Sie zur Heirat zu zwingen, bevor die anderen überhaupt merken, dass Sie weg sind.«

Lisa starrte ihn zornig über seine Hand hinweg an.

»Ich weiß, ich weiß«, sagte er bedauernd. »Leider müssen wir das Vergnügen, das ich für heute Nacht geplant hatte, verschieben. Aber wir können es immer noch nach der Hochzeit genießen.«

Als Lisa das Fensterbrett im Rücken spürte, versuchte sie, sich umzusehen, konnte aber ihren Kopf nicht bewegen, weil er ihn fest umfasst hielt. Er drückte sie mit seinen Hüften gegen das Fensterbrett und zog mit der anderen Hand etwas aus der Tasche. Im nächsten Moment schob er ihr ein zusammengeknülltes Tuch in den Mund. Lisa hob reflexartig die Hände, um es wieder herauszureißen, doch er packte ihr Arme und hielt sie mit einer Hand hinter ihrem Rücken fest. Dann zog er rasch einen anderen Stoffstreifen aus der Tasche und band ihre Handgelenke zusammen.

Während er damit beschäftigt war, versuchte Lisa, den Knebel aus ihrem Mund hinauszubefördern. Ein Schrei würde genügen, und im nächsten Moment wäre Hilfe da. Es gelang ihr auch beinahe, aber als sie gerade im Begriff war, den Knebel auszuspucken und loszuschreien, war Charles mit ihren Händen fertig und stopfte ihr das Tuch wieder in den Mund; so tief, dass sie daran zu ersticken glaubte. Den letzten Stoffstreifen, den er hervorholte, zwängte er ihr zwischen die Lippen und verknotete die Enden hinter ihrem Kopf.

»So«, sagte er aufgeräumt, als er fertig war. »Jetzt wird es etwas kompliziert, aber wir werden aus dem Fenster steigen und den Baum hinunterklettern. Sie können natürlich nicht Ihre Hände zu Hilfe nehmen und müssen sich darauf verlassen, dass ich Sie vor einem Sturz bewahre. Und ich werde Sie sicher nach unten bringen – wenn Sie nicht versuchen, mir zu entkommen. Wenn Sie das tun, lasse ich Sie fallen. Haben wir uns verstanden?«

Als Lisa zögerte, drückte er ihre gefesselten Handgelenke fest gegeneinander. »Haben wir uns verstanden?«

Sie nickte.

»Gut«, sagte Charles lächelnd.

Benommen starrte Lisa ihn an, und als er sie ganz plötzlich zum Fenster umdrehte, stockte ihr der Atem.

»Jetzt geht es los!«, flüsterte er ihr ins Ohr.

18

Was Robert schließlich aus dem Schlaf erwachen ließ, war das anhaltende, unerträgliche Gehämmer in seinem Kopf. Stöhnend öffnete er die Augen und blinzelte, als er Lisas Gesicht verschwommen vor sich sah. Ihr goldenes Haar mutete an wie ein Heiligenschein. Ohne nachzudenken streckte er die Hand aus und zog sie zu sich herunter. In seiner Erleichterung darüber, sie heil und wohlbehalten vor sich zu sehen, wollte er sie auf der Stelle küssen.

»Robert, wenn du meine Frau nicht sofort loslässt, werde ich ziemlich sauer. Und dann vergesse ich vielleicht sogar, dass du schon eine Kopfverletzung hast, und verpasse dir noch eine weitere.«

Robert erstarrte, aber im selben Moment erkannte er die Stimme. »Richard?«, sagte er benommen. Er ließ die Frau los, bei der es sich, wie ihm bewusst wurde, um Christiana handeln musste, schaute sich um und sah seinen Freund vom Fenster her näherkommen, wo Daniel mit Suzette stand und amüsiert grinste.

Seufzend wandte er sich wieder Christiana zu, die er inzwischen klarer erkennen konnte.

»Tut mir leid, Chrissy«, sagte er verlegen. »Ich dachte, du wärst –«

»Lisa«, warf sie lächelnd ein. »Das hatte ich mir schon gedacht.«

Er grunzte nur und sah sich abermals im Zimmer um, doch entgegen seiner Erwartung stürzte Lisa nicht plötzlich auf ihn zu, um sich dafür zu entschuldigen, dass sie ihn umgehauen hatte, wo er sie doch nur hatte retten wollen.

»Ich habe ihr gesagt, sie soll sich hinlegen«, erklärte Christiana leise, die seine Gedanken offenbar erraten hatte. »Sie hat einen anstrengenden Tag gehabt. Außerdem weißt du ja, wie sie auf den Anblick von Blut reagiert.«

»Oh ja«, entgegnete Robert und schnitt eine Grimasse. Lisa wäre wahrscheinlich in Ohnmacht gefallen, und dann hätte sie neben ihm im Bett gelegen. Was eigentlich gar nicht so schlecht gewesen wäre, dachte er. Wenigstens hätte er dann nicht aufstehen müssen, um nach ihr zu sehen.

»Oh, Robert, bleib bitte liegen«, schimpfte Christiana, als er sich mühsam aufrichtete und die Beine aus dem Bett schwang. »Du bist ernstlich angeschlagen. Ruh dich aus und erhol dich!«

»Ich muss mit ihr reden«, entgegnete er, nachdem er erleichtert festgestellt hatte, dass seine Kopfschmerzen beim Aufrichten nicht schlimmer geworden waren. Sie schienen sogar etwas nachzulassen, und er konnte wieder klarer denken. Merkwürdig.

»Aber –«, setzte Christiana an, hielt jedoch inne, als Richard ihre Hand ergriff.

»Lass ihn gehen. Es ist gut, wenn sie endlich miteinander reden«, sagte er.

Sie nickte seufzend und erhob keine weiteren Einwände. Sie beobachtete nur sorgenvoll, wie Robert aufstand.

Schwer zu sagen, wer von ihnen mehr darüber erleichtert war, als er nicht schwankte: er oder Christiana. Er lächelte sie beruhigend an. »Ich denke, mir geht es ganz gut. Bis auf die Kopfschmerzen ist alles in Ordnung. Aber Lisa hat wirklich einen harten Schlag.«

»Was sich noch als nützlich erweisen könnte, wenn man bedenkt, wie oft sie sich in Schwierigkeiten bringt«, scherzte Daniel.

Robert grinste und ging zur Tür. Die ersten Schritte machte er ganz langsam und vorsichtig, weil er sicher sein wollte, dass er nicht plötzlich einen Schwindelanfall bekam und auf die Nase fiel.

»Viel Glück!«, sagte Daniel. »Und schrei, wenn sie droht, dich abermals zu schlagen – das möchte ich nicht verpassen!«

»Haha«, machte Robert, aber dann lächelte er. Er wusste, dass Lisa ihn nicht mit Absicht geschlagen hatte. Er hätte etwas sagen müssen, bevor er sie an der Schulter gefasst hatte. Dann wären ihm die Kopfschmerzen erspart geblieben.

Robert hielt inne und wunderte sich über seine Gedanken. Er hätte beinahe den Kopf geschüttelt, hielt jedoch im letzten Moment an sich. Seine Kopfschmerzen ließen mit jedem Schritt weiter nach und es war sicherlich besser, keine Bewegung zu machen, von der sie womöglich wieder schlimmer wurden.

Er ging durch den Korridor, und als er Lisas Tür erreichte, blieb er kurz stehen, um sich zu überlegen, was er sagen sollte. Er hatte ihr eine Menge zu sagen, aber er wollte, dass es auch richtig bei ihr ankam. Es war wichtig. Nachdem er seine Gedanken geordnet hatte, atmete er tief durch und klopfte an.

Niemand hatte ihm gesagt, um welche Uhrzeit Lisa in ihr Zimmer gegangen war. Ihm kam erst in den Sinn, dass sie möglicherweise schon schlief, als auf sein Klopfen keine Reaktion kam. Er zögerte, trat von einem Bein aufs andere und wandte sich schließlich widerstrebend von der Tür ab. Wenn Lisa schlief, musste er notgedrungen auf den kommenden Tag warten. Es passte ihm nicht, aber sie würde wohl kaum besonders empfänglich für das sein, was er zu sagen hatte, wenn er sie gerade aus dem Schlaf gerissen hatte. Als er sich in Bewegung setzte, vernahm er plötzlich ein Krachen, das aus Lisas Zimmer kam.

Robert fuhr ruckartig herum, riss die Tür auf und stürmte hinein. Doch gleich darauf hielt er jäh inne und starrte Bet entgeistert an, die an einen Stuhl gefesselt auf der Seite auf dem Boden lag. Das war also der Krach gewesen, dachte er und eilte ihr zu Hilfe. Bet hatte den Stuhl zum Umkippen gebracht, um denjenigen, der geklopft hatte, zum Hereinkommen zu bewegen.

»Findlay!«, stieß Bet hervor, als er sie von dem Knebel befreit hatte. Sie wies mit dem Kopf in Richtung Fenster. »Er hat sie mitgenommen.«

Robert richtete sich auf und schaute zum Fenster, lief aber nicht hin, um nachzusehen, wie weit Findlay bereits gekommen war. Den Fehler hatte er an dem Abend begangen, als sie zum ersten Mal in ihrem Zimmer angegriffen worden war. Er hatte versucht, ihren Angreifer zu verfolgen, der Vorsprung vor ihm gehabt hatte, und war an dem Baum vor dem Fenster hinuntergeklettert. Diesmal wollte er es cleverer anstellen.

Er machte auf dem Absatz kehrt und eilte aus dem Zimmer. Dabei hätte er Daniel beinahe über den Haufen gerannt, der mit Suzette in den Korridor gekommen war.

»Hilf Bet!«, rief Robert, lief zur Treppe und blieb nicht stehen, um sich zu vergewissern, dass Daniel seiner Aufforderung nachkam, sondern stürmte die Stufen hinunter und riss die Haustür auf. Es war die richtige Entscheidung gewesen. Er stürzte nach draußen, und als er die Hausecke erreichte, kam Findlay von der Rückseite des Hauses auf ihn zu. Er trug Lisa auf der Schulter. Ihre obere Körperhälfte hing an seinem Rücken herunter, und er hielt ihre Oberschenkel mit den Armen umklammert; just unterhalb ihres Gesäßes. Beide Männer blieben stehen und musterten sich feindselig.

»Lassen Sie sie gehen, Findlay«, sagte Robert.

»Robert?« Lisa richtete sich auf Findlays Schulter auf, und als sie versuchte, sich zu ihm umzudrehen, sah er, dass an ihrem Hals ein ausgespuckter Knebel baumelte und ihre Hände auf dem Rücken zusammengebunden waren. Sie hielt sich lediglich mithilfe ihrer Bauchmuskulatur aufrecht, aber sie hatte nicht genug Kraft, und ihr Oberkörper sank schnell wieder herab. Ihre Stimme war allerdings fest und energisch, als sie sagte: »Du gehörst ins Bett! Geh und sag Richard oder Daniel Bescheid und lass sie das regeln.«

Robert rollte mit den Augen. Die Frau war gefesselt und wurde gerade davongeschleppt und brachte es fertig, ihn fortzuschicken, damit er jemand anders holte? Der helle Wahnsinn, dachte er und schüttelte den Kopf.

»Ich würde vorschlagen, Sie gehen mir aus dem Weg, Langley«, sagte Findlay freundlich, zog eine Pistole und legte sie auf ihn an. »Sonst könnte es unerfreulich werden.«

Robert taxierte die Waffe und machte sich zum Kampf bereit, hob aber zugleich die Hände und wich einige Schritte zurück.

Augenblick kam Findlay näher.

»Ich muss darauf bestehen, dass Sie meine Schwägerin freigeben, Findlay. Sonst wird es noch viel unerfreulicher als Sie denken.«

Robert und Findlay schauten zur Seite. Richard war aus dem Haus gekommen. Er hielt ebenfalls eine Schusswaffe in der Hand und zielte auf Findlay.

»Sie würden nicht auf mich schießen, Sie könnten Lisa treffen«, sagte Findlay siegessicher.

»Erschieß ihn! Es ist mir egal, ob du mich triffst. Er will mich ohnehin foltern«, rief Lisa. »Bemühe dich bitte nur, nicht mein Gesäß zu treffen, Richard. Ein Schuss ins Bein wäre nicht so schlimm. Mit einer Beinverletzung könnte ich besser sitzen und liegen, während ich genese.«

Robert verdrehte die Augen und ging auf Findlay zu. Er würde weder zulassen, dass er Lisa entführte, noch dass sie angeschossen wurde.

»Zurück, Langley!« Findlay schloss die Hand fester um seine Pistole und verlor etwas von der Souveränität, die er bisher zur Schau gestellt hatte. »Ich *werde* schießen.«

»Das würde ich Ihnen nicht raten, Findlay«, knurrte Daniel, der in diesem Moment hinter ihm auftauchte.

Findlay schaute kurz zu ihm hinüber, versuchte aber gleichzeitig, Robert und Richard nicht aus den Augen zu lassen. Er zögerte, dann stieß er einen Fluch aus und stürmte auf Robert zu. Zuerst schien er Robert überrennen zu wollen, doch dann hob er Lisa von seiner Schultern und warf sie Robert zu wie einen Sack Kartoffeln.

Robert machte einen Sprung vorwärts, um Lisa zu fangen, während Findlay an ihm vorbei zur Straße lief.

»Geht es dir gut?«, fragte er, setzte sie behutsam ab und sah sie besorgt an. Er wartete, bis sie nickte, dann schob er sie in Daniels Richtung, der zu ihnen herüberkam, und nahm Findlays Verfolgung auf.

Der Mann hatte die Straße schon fast erreicht. Fest entschlossen, ihn nicht entkommen zu lassen, brüllte Robert seinen Namen. Findlay warf einen Blick über die Schulter, während er weiterrannte, was sich als tödlicher Fehler erwies. Er stolperte, als er nur noch wenige Meter von seiner Kutsche entfernt war, geriet ins Straucheln und fiel unmittelbar vor seinen Pferden hin. Es wäre vermutlich nicht viel passiert, wenn er nicht seine Pistole in der Hand gehalten hätte. Doch als er zu Boden stürzte, löste sich ein Schuss und die Kugel traf eines der Pferde. Beide Tiere wieherten voller Panik, bäumten sich auf und schlugen aus, bevor ihre Hufe herunterdonnerten … direkt auf Findlay.

Robert zuckte zusammen und blieb stehen, als die verängstigten Pferde Findlay niedertrampelten und durchgingen, wie sehr sich der Kutscher auch bemühte, sie unter Kontrolle zu bringen.

»Das arme Pferd. Meinst du, es ist schlimm verletzt?«, fragte Lisa Robert sofort, als sie mit Daniel und Richard zu ihm gelaufen kam.

Robert musste über ihre Frage lachen. Dass Lisa sich mehr Sorgen um das Pferd machte, das mitsamt dem zweiten und der Kutsche die Straße hinunterjagte, als um den Mann, der blutend auf der Straße lag, zeigte sehr deutlich, was sie inzwischen von Findlay hielt.

»Ich sehe mal nach ihm«, sagte Richard und ging an Robert vorbei auf den übel zugerichteten Körper zu.

Seine Äußerung lenkte Lisas Aufmerksamkeit offenbar auf Findlay und sie schaute zu ihm hinüber; anscheinend zum ersten Mal, vermutete Robert, denn plötzlich erbleichte sie. Auf der Straße hatte sich eine große Blutlache gebildet.

»Oje«, murmelte sie und begann zu schwanken. Dann gaben ihre Beine nach, doch Robert fing sie ächzend auf, bevor sie zu Boden sank, und barg sie in seinen Armen.

»Bring sie ins Haus. Wir kümmern uns um Findlay«, sagte Daniel.

»Da gibt es nichts zu kümmern«, erklärte Richard, nachdem er Findlay untersucht hatte, und richtete sich auf. »Er wird niemandem mehr zu schaffen machen.«

»Gut«, sagte Robert. »Wo ist Smithe?«

»Wir haben ihn nach unserer Ankunft mit der Radnor-Kutsche nach Hause geschickt«, entgegnete Daniel. »Ich werde ihn holen lassen. Er kann diese Angelegenheit hier regeln.«

Robert nickte und machte sich daran, Lisa ins Haus zu tragen. Christiana und Suzette kamen mit Bet die Treppe hinuntergeeilt, als er hereinkam, und er blieb kurz stehen, um ihnen zu versichern, dass Lisa nichts fehlte und sie nur in Ohnmacht gefallen war, weil sie Findlays Blut auf der Straße gesehen hatte. Dann berichtete er ihnen, dass Richard und Daniel sich draußen aufhielten und ebenfalls wohlauf waren. Während die Frauen aus dem Haus stürzten, um sich persönlich davon zu überzeugen, trug er Lisa nach oben. Eigentlich hatte er beabsichtigt, sie in ihr Zimmer zu bringen, doch da Bet ihm folgte und er unbedingt eine Weile mit Lisa allein sein wollte, wenn sie erwachte, um ihr von seinen Einsichten zu berichten und um ihre Hand anzuhalten, ging er stattdessen in sein Zimmer und schloss die Tür mit einem gezielten Tritt. Es war eine wortlose, aber wirkungsvolle Botschaft: Bet klopfte weder an noch kam sie ihm anderweitig in die Quere.

Robert trug Lisa zum Bett und legte sie vorsichtig hin. Dann musterte er sie eine Weile nachdenklich, bevor er zum Fenster ging und hinausschaute, während er darauf wartete, dass sie wach wurde.

19

Als Lisa zu sich kam, stellte sie fest, dass sie in einem fremden Bett lag, doch sie benötigte nur einen winzigen Moment, um zu erkennen, dass sie sich in Roberts Zimmer befand. Gleich darauf sah sie ihn am Fenster stehen. Er spähte hinaus in die Dunkelheit und sah im Schattenriss so unfassbar gut aus, dass sie noch eine Weile regungslos liegen blieb und ihn anstarrte.

Dieser Mann hatte sie nun schon zum vierten Mal gerettet und dabei sein Leben riskiert, und dreimal war er verletzt worden. Nur dieses Mal war er unversehrt geblieben, und das war reine Glückssache gewesen. Findlay hätte ihn genauso gut dort draußen im Hof erschießen können. Robert hatte sie ohne Rücksicht auf Verluste tagelang bewacht, war immer auf ihre Sicherheit bedacht gewesen. Er liebte sie, dessen war sie sicher. Er mochte zwar glauben, er liebe sie nur wie eine Freundin oder eine kleine Schwester, aber die leidenschaftliche Zuneigung, die er ihr zuteilwerden ließ, wenn sie zusammen waren, sprach eine andere Sprache. Und was war Liebe sonst, wenn nicht Freundschaft, Leidenschaft und Vertrauen?

Vertrauen war das fehlende Element. Aber sie wusste, dass Robert dieses Vertrauen auch keiner anderen Frau schenken würde. Vielleicht genügten ja für den Anfang zwei von drei Komponenten, überlegte sie. Vielleicht würde er mit der Zeit lernen, ihr zu vertrauen. Sie hoffte es inständig, denn sie befürchtete, dass sie ihn so oder so heiraten würde. Sie konnte einfach nicht anders. Sie mochte ihn, sie liebte ihn, sie begehrte ihn und sie vertraute ihm … von ganzem Herzen. Nötigenfalls würde sie ihn heiraten, ohne sein Vertrauen gewonnen zu haben, aber einen letzten Versuch wollte sie noch unternehmen.

»Robert!«

Robert drehte sich um, und als Lisa sich aufrichtete, lächelte er und kam zu ihr. Er setzte sich auf die Bettkante, strich ihr das Haar aus der Stirn und fragte: »Wie fühlst du dich?«

»Gut, aber ich bin nicht das Problem«, entgegnete sie grimmig. »Sondern du.«

»Ich?«, sagte er erstaunt. Mit dem kämpferischen Gesichtsausdruck sah sie ganz besonders zauberhaft aus, fand er.

»Ja, Robert, du«, antwortete sie resolut. »Du liebst mich, ob du es zugeben willst oder nicht. Wir sind füreinander geschaffen. Und während du anscheinend zu störrisch und dumm bist, um es einzusehen, habe ich es längst erkannt und ich –«

»Ich liebe dich«, sagte er leise, und Lisa hielt überrascht inne.

»Du liebst mich?«, fragte sie verdattert, und er musste unwillkürlich grinsen.

»Lisa, in den letzten Tagen habe ich mein Leben vollständig drangegeben, um deines zu schützen. Dabei habe ich mir den Fuß verrenkt und einen Messerstich abbekommen, ganz abgesehen davon, dass ich von dir niedergeschlagen wurde. Wenn das keine Liebe ist, dann weiß ich nicht, was es sonst sein soll.«

»Oh«, hauchte Lisa mit großen Augen, gleich darauf runzelte sie jedoch die Stirn. »Aber was ist mit dem Vertrauen, Robert? Liebe beinhaltet auch Vertrauen und –«

»Ich vertraue dir«, sagte Robert, woraufhin ihr der Zweifel ins Gesicht geschrieben stand. Seufzend ergriff er ihre Hände und drückte sie, bevor er fortfuhr: »Das wollte ich dir sagen, als wir durch Smithes Eintreffen unterbrochen wurden.

Richard und ich haben uns gestern Abend unterhalten. Er hat mir bewusst gemacht, dass mein Vater nichts weiter als ein verbitterter Frauenhasser war. Dass er meine Mutter jahrelang zu Unrecht wegen Untreue verdächtigt und beschuldigt und sogar bestraft hat, bevor sie überhaupt einen anderen Mann angeschaut hatte. Ich denke, dass er sie mit seinem schrecklichen hasserfüllten Verhalten regelrecht in die tröstenden Arme eines anderen Mannes getrieben hat.« Er hielt inne und schöpfte Atem.

»Aber sie hat nur mit einem einzigen Mann etwas angefangen, mit Gower, und das hat sie erst getan, als die Ehe mit meinem Vater nur noch auf dem Papier existierte. Wäre es nicht zu skandalös gewesen, dann hätte sie sich von meinem Vater scheiden lassen, denke ich. Sie lebten bereits getrennt und führten jeder sein eigenes Leben, als sie sich mit Gower einließ. Ich habe mich gefragt, ob das Gleiche nicht auch meinem Großvater und meinem Urgroßvater passiert ist«, erklärte er nachdenklich.

»Nachdem ich mich mit der Sache befasst hatte, wurde mir klar, dass auf den Männern in meiner Familie nicht der Fluch untreuer Ehefrauen lastet, sondern vielmehr der Fluch einer verbitterten und misstrauischen Gesinnung, mit der sie ihre Frauen vertrieben haben. Und wäre ich nicht schon seit der Kindheit mit dir und deinen Schwestern befreundet gewesen, hätte aus mir genau so ein widerlicher Frauenhasser werden können.«

Robert drückte ihr abermals die Hände. »Aber obwohl ihr drei mir gezeigt habt, dass nicht alle Frauen lügende, betrügende Ehebrecherinnen sind, hätte ich trotzdem so paranoid und hasserfüllt gegenüber meiner Frau werden können wie mein Vater es gegenüber meiner Mutter war … und dann hätte ich diesen angeblichen Fluch weitergetragen. Doch ich hatte großes Glück.« Er lächelte. »Du, Suzette und Christiana, ihr seid die Crème de la Crème, was Frauen anbelangt, und du, Lisa, bist in meinen Augen die Beste von allen.«

»Wirklich?«, fragte sie voller Staunen.

Robert nickte entschieden. »Wir verbringen gern Zeit miteinander, lesen einander vor, führen lebhafte Debatten miteinander, mögen das gleiche Essen, tanzen gern, haben die gleichen Wertvorstellungen. Und keine andere Frau in meinem Leben hat je eine solche Leidenschaft in mir entfacht wie du. Ich liebe dich, Lisa Madison. Ich liebe deine versonnene romantische Veranlagung, deinen Loyalitätssinn, deinen skurrilen Humor, deinen Mut, deine Leidenschaft, deine Intelligenz und auch deine gelegentliche Naivität. Ich vertraue dir von ganzem Herzen. Und ich kann dir zwar nicht versprechen, dass ich niemals Zweifel hegen werde oder dass das irre Gerede meines Vaters nicht doch eines Tages Sorgen und Ängste in mir schürt, aber ich kann dir versprechen, dass ich versuchen werde, diese schon im Keim zu ersticken, falls sie hervorkommen und dass ich sie ganz sicher nicht an dir auslassen werde.«

»Oh«, hauchte Lisa.

Er drehte ihre Hände um und betrachtete sie einen Moment lang, dann sah er ihr in die Augen und fügte hinzu: »Ich hoffe, dass dieses Versprechen ausreicht, um dich dazu zu ermutigen, meine Frau zu werden, Lisa. Weil ich glaube, dass ich … Nein, weil ich weiß, dass ich ein Leben ohne dich als meine Freundin, Geliebte, Ehefrau und Partnerin nicht ertragen könnte.«

»Oh«, machte Lisa abermals, dann entzog sie ihm plötzlich ihre Hände und lief aus dem Zimmer.

Robert sah ihr überrascht nach. Er wartete eine Weile, und aus seiner Verblüffung wurde Bestürzung, dann Verzweiflung und schließlich Entrüstung. Er hatte Lisa gerade sein Herz ausgeschüttet, und was hatte sie getan? Sie war davongerannt. Was zum Teufel hatte das nun wieder zu bedeuten?

Er stand auf und stürzte grollend in den Korridor. Er hatte erwartet, ihre Tür geschlossen und abgesperrt vorzufinden, aber sie stand weit offen. Deshalb nahm er an, sie sei nach unten geeilt, doch als er einen flüchtigen Blick in ihr Zimmer warf, entspannte er sich ein wenig, denn sie saß an dem kleinen Tisch am Fenster und schrieb hastig etwas in ein Notizbuch.

»Lisa«, begann er gereizt.

»Einen Augenblick bitte, Robert. Ich bin fast fertig«, sagte sie und schrieb weiter.

Robert runzelte die Stirn. »Fertig womit?«

Statt zu antworten sah sie ihn an und fragte: »Was kam in deiner Aufzählung nach meinem skurrilen Humor? War es Mut oder Leidenschaft?«

Robert fiel die Kinnlade herunter, dann fragte er erstaunt: »Du schreibst alles auf, was ich gesagt habe?«

»Ich versuche es, aber ich kann mich nicht mehr daran erinnern, was nach dem Humor kam«, entgegnete sie irritiert.

Er sah sie schweigend an, während auch seine restliche Anspannung von ihm abfiel. Sie war nicht weggelaufen, weil sie ihn nicht heiraten wollte. Sie war weggelaufen, um aufzuschreiben, was er gesagt hatte. Er hatte keine Ahnung, warum sie es tat, aber es war auf jeden Fall besser, als wenn sie einfach nur weggelaufen wäre. Um Geduld bemüht fragte er: »Lisa, ich habe dir gerade mein Herz ausgeschüttet und dich gebeten, meine Frau zu werden. Eine Antwort wäre eine angemessenere Reaktion gewesen.«

»Oh.« Sie sah ihn verdutzt an, schaute wieder in ihr Notizbuch und stand auf, um zu ihm zu treten und sein Gesicht mit den Händen zu umfangen. »Natürlich werde ich dich heiraten, Robert.«

Ihn überkam eine grenzenlose Erleichterung. Er schlang die Arme um ihre Taille und zog sie an sich, doch als er sie küssen wollte, schob sie nach: »Da du zur Vernunft gekommen bist und erkannt hast, was für ein guter Fang ich bin und dass wir füreinander bestimmt sind, gibt es keinen Grund, es nicht zu tun.«

Robert verzog das Gesicht. »Danke«, entgegnete er trocken.

»Bitte«, sagte sie und schlüpfte aus seinen Armen, um sich wieder an den Tisch zu setzen. »Also, was kam nach dem Humor? Ich möchte alles aufschreiben, damit ich nie vergesse, was du gesagt hast.«

Roberts Gesicht verzog sich unwillig, doch seine Miene hellte sich sogleich wieder auf, als sie hinzufügte: »Ich hege schon lange den Wunsch, mich in der Schriftstellerei zu versuchen, und was du gesagt hast, ist wunderschön. Ich möchte, dass der Held meiner Geschichte am Ende exakt diese Worte zu der Heldin sagt.«

»Du lieber Gott«, murmelte Robert, und ein Lächeln spielte um seine Mundwinkel. Nun war er mit seiner Geduld wirklich am Ende. Er schritt auf sie zu, ergriff ihre Hand und zog sie von ihrem Stuhl.

»Robert, ich möchte festhalten, was du gesagt hast«, protestierte sie, als er sie zum Bett zerrte. »Wenn ich nicht sofort alles aufschreibe, vergesse ich den letzten Teil, und es war wirklich die anrührendste und schönste Ansprache, die man sich nur wünschen kann.«

»Ich freue mich, dass sie dir gefallen hat«, entgegnete er trocken, blieb mit ihr vor dem Bett stehen und drehte sie um, sodass sie ihm den Rücken zuwandte. Dann knöpfte er rasch ihr Kleid auf. »Aber ich kann mich leider nicht mehr daran erinnern, was ich genau gesagt habe.«

»Nein?«, fragte sie enttäuscht, als er ihr das Kleid von den Schultern streifte, sodass es an ihrem Körper heruntarglitt und auf dem Boden zusammenfiel.

»Nein, nicht genau«, entgegnete er und machte mit ihrem Unterkleid weiter. »Aber keine Angst! Du wirst zukünftig noch viele solche Ansprachen hören, mein Liebling.«

»Oh, das war auch wunderschön«, sagte sie, und ihre Stimme klang gedämpft, weil er ihr in diesem Moment das Unterkleid über den Kopf zog. »Bitte behalte es für später in Erinnerung. Auch das möchte ich mir gern aufschreiben.«

»Dein Wunsch ist mir Befehl«, entgegnete er amüsiert und warf das Unterkleid zur Seite. Lisa drehte sich sogleich zu ihm um.

»Du liebst mich wirklich, nicht wahr, Robert?«, sagte sie mit einem verlegenen Lächeln.

»Ja, wirklich«, versicherte er ihr und schloss sie in die Arme. »Aber das wusstest du, nicht wahr?«

»Ich habe es mir gedacht«, entgegnete sie. »Aber es gab Zeiten, in denen ich sicher war, dass ich mich irre.«

»Du hast dich nicht geirrt«, erwiderte er und gab ihr einen Kuss auf die Stirn. »Du hattest vollkommen recht, und ich war einfach zu störrisch und … äh …«

»Dumm«, warf sie ein.

»Ja, genau«, sagte er. »Ich habe es nicht erkannt.«

»Ich bin froh, dass du jetzt klar siehst«, sagte sie mit einem zufriedenen Lächeln.

»Ich auch, mein Liebling, ich auch«, versicherte er ihr und ließ seinen Blick über ihren nackten Körper wandern. Dann küsste er sie, während seine Hände dem Weg folgten, den sein Blick genommen hatte. Lisa reagierte sogleich, schmiegte sich leise stöhnend an ihn und schlang die Arme um seinen Hals. Und in diesem Moment sah Robert auch in anderer Hinsicht klar: Er sah ein langes, glückliches Leben und eine Ehe mit Freundschaft, Liebe, Leidenschaft, Vertrauen und Kindern vor sich. Er war ziemlich sicher, dass der Langley-Fluch nun endlich gebrochen war.

»Ähem.«

Ein lautes, vernehmliches Räuspern ließ Robert erstarren. Er unterbrach den Kuss abrupt und sah sich um. Richard und Christiana standen in der Tür und Suzette und Daniel hinter ihnen, stellte er erschrocken fest, und als Lisa aufschrie und sich rasch hinhockte, um ihre Blöße zu bedecken, drehte er sich schnell wieder zu ihr um.

Verärgert über die unliebsame Störung nahm er seinen Morgenmantel vom Bett und kniete sich hin, um ihn Lisa überzuwerfen. Sobald sie ordentlich bedeckt war, richtete er sich auf und sah das Quartett stirnrunzelnd an. »Was hat das zu bedeuten?«

Vier Augenbrauenpaare schnellten ob seiner barschen Frage in die Höhe, und als Robert gerade bewusst wurde, dass seine Entrüstung möglicherweise unangebracht war, fragte Richard: »Soll ich die Kutsche für eine Fahrt nach Greta Green bereitstellen lassen?«

»Die Alternative wäre, dass du dich nach Hause begibst und Lisa in Anwesenheit einer dritten Person Besuche abstattest, bis wir eine Hochzeit hier in der Stadt organisiert haben«, erklärte Christiana.

»Lisa könnte bereits von dir schwanger sein«, bemerkte Suzette. »Ein schneller Ausflug nach Schottland ist das Beste.«

»Warum solltet ihr auch mit der Familientradition brechen?«, sagte Daniel. »Wir sind alle Hals über Kopf nach Greta Green gereist.«

»Wir wurden auf Gut Radnor verheiratet!«, widersprach ihm Christiana.

»Das war reine Glückssache! Euer Plan war Gretna Green«, rief Suzette.

»Wohl wahr«, gestand Christiana ein.

Dann wandten sich alle vier Robert zu und sahen ihn fragend an.

Gretna Green oder eine lange Verlobungszeit? Während der die vier sicherlich dafür sorgen würden, dass er und Lisa keine Sekunde allein miteinander verbringen konnten. Die Entscheidung war denkbar leicht.

»Ihr vier packt eure Koffer, und ich kümmere mich um die Kutsche«, sagte Robert.

»Das brauchen wir nicht«, entgegnete Richard schmunzelnd. »Wir wussten, dass du schließlich doch zur Vernunft kommen würdest. Wir haben schon vor Tagen gepackt.«

»Aber Christiana und ich helfen Lisa beim Packen, während ihr Männer euch um die Kutschen und das Einladen des Gepäcks kümmert«, sagte Suzette und fasste Lisa am Arm, um ihr aufzuhelfen. »Insgesamt brauchen wir natürlich drei Kutschen. Wir können nicht ohne unsere Zofen fahren.«

»Verdammt«, fluchte Robert, als er im Kopf überschlagen hatte, wie lange sie mit drei Kutschen, die mit ihnen sechs, ihren Bediensteten und dem vielen Gepäck beladen waren, nach Gretna Green brauchen würden. Es würden ein paar Tage ins Land gehen, bevor er das zu Ende führen konnte, was er soeben mit Lisa anzufangen versucht hatte.

»Du solltest dich freuen«, sagte Daniel und klopfte ihm auf die Schulter. »Du schickst dich an, deinen Dienst als tapferer Soldat in der Ehehölle anzutreten.«

Robert grinste. »Ich kann es kaum erwarten.«

»Willkommen in der Familie«, sagte Richard, als er mit ihm

und Daniel zur Tür ging. »Jetzt ist es offiziell. Statt ›so etwas wie ein Bruder‹ für die drei zu sein, wirst du nun Suzettes und Christianas Schwager – und Lisas stolzer Ehemann.«

»Ja, wer hätte das gedacht«, entgegnete Robert, und sie verließen das Zimmer.

20

»Ich gehe jetzt nach oben!«, sagte Robert entschlossen und schritt auf die Salontür zu.

»Das würde ich dir nicht empfehlen«, entgegnete Richard und stand auf, um sich seinen weinenden drei Monate alten Sohn an die Schulter zu legen und ihm zur Beruhigung den Rücken zu reiben. »Die Frauen wollen dich da oben nicht haben und Lisa wird nicht erfreut sein, dich zu sehen.«

»Genau«, sagte Daniel. »Weißt du nicht mehr, was los war, als Richard nach oben ging, während Christiana in den Wehen lag?«

Robert hielt inne. Er erinnerte sich noch gut daran. Christiana hatte ihren Mann verflucht, das Erstbeste, das sie zu fassen bekam, nach ihm geworfen und darüber geschimpft, was für eine Hölle er ihr angetan hatte, bevor die nächste Wehe kam und sie vor Schmerz geschrien hatte. Richard hatte eine blutige Nase von dem Buch davongetragen, das sie ihm entgegengeschleudert hatte.

»Lisa verflucht wahrscheinlich gerade die gesamte Männerwelt, vor allem aber dich, weil du sie in diese missliche Lage gebracht hast«, raunte Richard ihm leise zu, als Richard Junior einschlummerte.

»Nun, ich habe es ja wohl kaum allein getan. Sie war auch daran beteiligt«, murrte Robert und begann erneut, in dem kleinen Salon von Madison Manor auf und ab zu gehen.

Daniel schmunzelte über seine verdrossene Miene und trat ans Fenster, um in den Garten zu schauen. Er sah wahrscheinlich nach seinem zweijährigen Sohn Christopher, nahm Robert an, denn das Kindermädchen war mit dem Jungen an die frische Luft gegangen. Daniel liebte seinen Sohn ebenso abgöttisch wie Richard den seinen und wie sie alle drei ihre Frauen liebten. Es waren ja auch wunderbare Frauen, dachte Robert und staunte einmal mehr darüber, dass er tatsächlich imstande war, so für eine Frau zu empfinden. Für seine Lisa. Und es war allein ihr Verdienst. Jede andere Frau wäre mit Pembroke oder Tibald oder einem der anderen Verehrer abgehauen, die sie umworben hatten, als er sich wie ein Vollidiot aufgeführt und sich geweigert hatte, seine Gefühle für sie einzugestehen. Lisa jedoch nicht. Sie war couragiert, beharrlich und absolut treu.

Das war nun, fast drei Jahre später, so offensichtlich, dass er nicht fassen konnte, wie dumm er gewesen war. Die Zeit mit Lisa war bisher die glücklichste seines Lebens. Gut, sie hatten gelegentlich Streit, und Lisa stellte seine Geduld zuweilen auf eine harte Probe genau wie er ihre, aber alles in allem war es ein gutes Leben. Ein herrliches Leben. Der Langley-Fluch war wahrhaftig gebrochen.

Ab und zu hatte ihn zwar die Eifersucht geplagt, wenn andere Männer seiner Frau mehr Aufmerksamkeit schenkten als ihm lieb war, doch Lisa schien seine Gefühle stets zu spüren und fand immer einen Weg, ihm zu versichern, dass sie ihn noch genauso liebte wie am Anfang, und allmählich war seine Eifersucht geschwunden. Er bezweifelte, dass eine andere Frau so einfühlsam und verständnisvoll gewesen wäre, aber Lisa kannte ihn besser als jeder andere. Manchmal schien sie ihn sogar besser zu verstehen, als er sich selbst verstand. Er war in der Tat ein glücklicher Mann.

»Mylord?«

Robert fuhr zu Bet herum und zog fragend die Augenbrauen hoch. »Ja?«

»Sie können jetzt nach oben«, sagte Bet und eilte rasch wieder davon, bevor er sie fragen konnte, ob es Lisa gut ging und ob es ein Junge oder ein Mädchen war.

Er schluckte, ging aber sofort zur Tür, und Richard und Daniel hefteten sich an seine Fersen.

»Was ist los?«, fragte Lord Madison, der aus seinem Arbeitszimmer kam, als die Männer den Korridor entlangliefen.

Ohne innezuhalten entgegnete Robert: »Wir können jetzt nach oben«, und Lisas Vater schloss sich ihnen sogleich an.

Lisa saß im Bett und barg ein kleines Bündel an ihrer Brust, als Robert mit seinen Begleitern ins Zimmer stürzte. Sie sah vollkommen erschöpft, jedoch wunderschön aus. Er würdigte Suzette und Christiana, die wie Buchstützen links und rechts das Bett umrahmten, kaum eines Blickes, sondern schaute Lisa besorgt an, in deren Gesicht er leise Sorge auszumachen glaubte.

»Geht es dir gut?«, fragte er und setzte sich auf die Bettkante. Als sie nickte, hätte er gern ihre Hände ergriffen, doch weil sie das Baby in den Armen hielt, konnte er es nicht tun und strich ihr stattdessen unbeholfen über die Schulter.

»Möchtest du dein Kind nicht sehen?«, fragte sie, denn er starrte sie nur wie gebannt an. Sie schien nervös zu sein, stellte er stirnrunzelnd fest.

»Natürlich will er es sehen«, sagte Suzette und zog das Tuch etwas auseinander, in das das Baby gewickelt war, damit er es besser anschauen konnte. »Mylord, Ihre Tochter, Lady Sara Maitland.«

»Ich würde sie gern nach meiner Mutter benennen«, sagte Lisa rasch. »Ich hoffe, du hast nichts dagegen.«

»Nein, natürlich nicht«, entgegnete er und schaute in das kleine rote Gesicht des Kindes. Sie war eine absolute Schönheit. Aber wie sollte es auch anders sein, dachte er, mit Lisa als Mutter. Er strich dem Baby vorsichtig über die Wange und lächelte, als es das Händchen ausstreckte, nach seinem Finger griff und versuchte, ihn sich in den Mund zu stecken.

»Das erste Mädchen in der Familie«, sagte Richard leise und trat näher, um es sich anzusehen.

»Oh, sie wird von ihren liebenden Onkeln unglaublich verwöhnt werden«, bemerkte Daniel grinsend.

»Und fürchterlich von ihren Cousins terrorisiert«, ergänzte Christiana.

»Ganz bestimmt«, sagte Lisa.

»Darf ich sie ein bisschen halten?«, fragte Lord Madison und trat näher.

Lisa nickte und hielt ihm die Kleine hin, und der alte Mann nahm sie so vorsichtig auf den Arm, als wäre sie zerbrechlich wie feinstes Porzellan.

»Hallo, kleine Sara«, gurrte er und wiegte sie sacht in seinen Armen, während er sich vom Bett entfernte. »Du wirst später einmal so schön werden wie einst deine Großmutter. Und dann erzähle ich dir, was für eine wundervolle Frau sie war.«

Robert lächelte und wandte sich wieder Lisa zu, während die anderen dem alten Mann und dem Baby folgten wie die Ratten dem Flötenspiel des Rattenfängers von Hameln. Doch Lisas Miene war immer noch besorgt.

»Was ist, mein Liebling?«, fragte er und ergriff ihre Hände. »Stimmt etwas nicht? Dir geht es doch gut, oder?«

»Ja, natürlich«, versicherte sie ihm rasch. »Ich … es ist nur … Bist du sehr enttäuscht?«

Robert sah sie verdutzt an. »Warum sollte ich enttäuscht sein?«

»Nun, ich weiß, dass die meisten Männer lieber einen Jungen wollen als ein Mädchen und …« Sie verstummte, als er leise lachte.

Er schüttelte den Kopf und drückte ihre Hände. »Mein Liebling, ich freue mich, dass ich eine Tochter habe! Die Langleys haben seit Jahrhunderten nur Jungen zustande gebracht. Jetzt ist ein kleines Mädchen dazugekommen, und ich bin sehr stolz darauf.« Er beugte sich zu ihr, um sie zu küssen, dann fügte er hinzu: »Das bedeutet wohl, dass der Fluch definitiv ein Ende gefunden hat. Aus einer Tochter kann ich ja wohl keinen Frauenhasser machen.«

»Du bist kein Frauenhasser, Robert«, sagte Lisa lächelnd, und da sie nun wusste, dass er sich über seine Tochter freute, entspannte sie sich.

»Nein, ich bin definitiv ein Frauenliebhaber«, pflichtete er ihr bei und legte seine Stirn an ihre. »Und du bist diejenige, die mich dazu gemacht hat.«

»Oh, ich liebe dich, Robert«, flüsterte sie ihm zu und schlang die Arme um seine Schultern.

»Und ich liebe dich, Lisa«, entgegnete er. »Danke, dass du mir ein Töchterchen geschenkt hast. Und danke für die Geduld, die du mit mir hattest, bis ich endlich begriffen habe, dass ich dich liebe und dir vertraue.«

Lisa antwortete ihm mit einem Kuss. Er nahm an, dass sie nur ein kleines, schnelles Küsschen beabsichtigt hatte, doch wie immer konnte er der Versuchung nicht widerstehen, mehr daraus zu machen. Als sie ihre Lippen mit einem leisen Stöhnen von seinen löste, rieb er seine Nase an ihrer und fragte: »Wie lange dauert es, bis wir anfangen können, an einer kleinen Schwester für Sara zu arbeiten?«

»Nun, um mich von der Geburt zu erholen, würde ich gern ein Jahr warten, Robert, bevor ich ein weiteres Kind bekomme«, entgegnete sie. »Aber ich bin sicher, dass wir schon bald mit dem Üben beginnen können.«

»Üben ist gut«, sagte Robert grinsend und küsste sie abermals, doch diesmal hielt er seine Leidenschaft im Zaum. Sie hatten ein langes gemeinsames Leben vor sich. Er würde noch oft Gelegenheit haben, sie zu küssen. Und darauf freute er sich.

Leseprobe

MAGGIE ROBINSON
In den Armen der Erbin

Nizza, Frankreich,
Anfang November 1903

Meine liebe Tante Grace,
schweren Herzens muss ich dich vom Ableben meines geliebten Gatten Maximilian in Kenntnis setzen.

»Sie lassen ihn *sterben*?«

Ihre Zofe Kathleen hatte die ärgerliche Angewohnheit, wie aus dem Nichts immer dann hinter ihr aufzutauchen, wenn sie es am wenigsten erwartete.

»Es gibt ihn doch gar nicht wirklich«, antwortete Louisa Stratton und tupfte den Tintenklecks fort, der auf den Brief getropft war.

Kathleen öffnete die Tür zur Terrasse, die den Blick auf das Mittelmeer freigab, und eine kühle, feuchte Brise wehte beinahe Louisas Brief fort. Um diese Jahreszeit erwartete man im Süden Frankreichs eigentlich milderes Wetter.

»Wie ist er denn gestorben?«

»Ich weiß noch nicht. Eine Lawine vielleicht? Ein Zugunglück?« Außerhalb des Museums könnte Maximilian Bergsteiger sein, ganz in Leder gekleidet und mit sonnengebräuntem Gesicht. Die feinen Fältchen um seine himmelblauen Augen woben einen Fächer wie aus zarter Spitze. In ihrer Fantasie fuhr Louisa diese Linien zärtlich mit der Fingerspitze nach –

Mit einem Knall schlug Kathleen die Tür zu. »Über beides wäre in allen Zeitungen berichtet worden.«

»Verflucht.« Daran hätte sie denken müssen.

»Sie werden sich wohl etwas weniger Spektakuläres einfallen lassen müssen. Irgendeine Herzgeschichte vielleicht. Oder einen entzündeten Finger.«

Louisas Miene hellte sich auf. »Genau! Er hat Herbstrosen für mich gepflückt, und dabei hat er sich gestochen. Ein so winziger Stachel – und dennoch so gefährlich. Du weißt, wie er mich verwöhnt hat – täglich frische Blumen, gleich in welcher Jahreszeit. Er hätte seine Handschuhe tragen sollen. Er hatte wundervolle Hände. Groß und elegant und kaum Haare auf den Handrücken. Und er verstand sie so geschickt zu gebrauchen.« Sie warf Kathleen ein wissendes Lächeln zu.

Doch Kathleen schüttelte tadelnd den Kopf. »So sollten Sie aber nicht reden. Und außerdem wird es so auch nicht gehen. Schließlich gilt Maximillian Norwich als bedeutender Mann. Sie haben es so gewollt. Sie wissen, dass Ihre Tante regelmäßig die Todesanzeigen liest. Sie wird sich wundern, weshalb Sie es nicht bekannt gegeben haben.«

»Ich war einfach am Boden zerstört. Ich war außer mir. Sie denkt ohnehin, dass ich nicht ganz richtig im Kopf bin.«

Wie üblich hatte Louisa auf alles eine Antwort. *Hätte* es wirklich einen Maximillian *gegeben*, sie hätte die angemessenen Gefühle, die mit dem Verlust der Liebe ihres Lebens einhergingen, empfinden und zeigen können. Davon war sie überzeugt. Vermutlich hätte sie über Wochen, wenn nicht gar über Monate hinweg, ihr einsames Bett nicht mehr verlassen. Vielleicht auch über Jahre nicht. Mühelos hätte sie Queen Victoria Konkurrenz gemacht, die sich bis zu ihrem Tod nach Albert verzehrt hatte. Natürlich wäre sie dabei attraktiver gekleidet.

Berge von Taschentüchern würde sie nass weinen, Speisen unberührt zurückgehen lassen. Kathleen würde sie einen hoffnungslosen Fall nennen, und Louisa würde im Zustand tiefer Melancholie die Wand anstarren, dessen Tapetenmuster vor ihren tränenfeuchten Augen verschwimmen würde. Sie würde dem Ruf der Sirenen lauschen, der vom Meer herüberklang und sie dazu verführen könnte, Steine in den Saum ihres Nachtgewands einzunähen und sich zu ertränken.

Natürlich würde Kathleen rechtzeitig hinzukommen und verhindern, dass sie sich ihre Finger blutig stach – denn Louisa hatte trotz der unermüdlichen Versuche von Tante Grace, aus ihr eine Lady zu machen, nur wenig Erfahrung im Nähen. Ärzte würden gerufen – vielleicht würde Kathleen sogar nach Dr. Freud im fernen Wien schicken.

»Wenn Sie ihn sterben lassen, müssen Sie in Trauerkleidung nach Rosemont fahren, und Sie wissen, wie blass Sie in Schwarz aussehen – wenn ich so kühn sein darf, Sie daran zu erinnern.«

»Als könnte ich dich daran hindern.« *Kühn* reichte bei Weitem nicht aus, um Kathleens Umgangston zu beschreiben. Seit fünf Jahren war sie Louisas Zofe, und inzwischen war sie mehr eine Freundin als eine Bedienstete. Und im letzten Jahr war das Band zwischen ihnen noch fester geschmiedet worden, hatten sie doch in dieser Zeit der Freiheit einige haarsträubende Abenteuer zu bestehen gehabt.

Seit einer Weile jedoch zeigte sich Kathleen sehr launisch. Louisa vermutete als Grund irgendein nutzloses Mannsbild. Bevor sie nach Europa geflüchtet waren, hatte Robertson, der neue schottische Chauffeur, Kathleen Avancen gemacht. Zugegeben, er war ein ansehnlicher Kerl, aber Kathleen sollte ihre

Unabhängigkeit nicht für ein paar Minuten unbeholfenen Beischlafs aufgeben. Sexueller Verkehr wurde nach Louisas Ansicht weit überbewertet.

»Und Ihre Tante wird dafür sorgen, dass Sie sich völlig aus dem gesellschaftlichen Leben zurückziehen, genauso, wie sie es immer gemacht hat«, fuhr Kathleen fort und wurde wieder einmal ihrer gewohnten Rolle als Stimme der Vernunft gerecht. »Zwei Jahre Trauer. Keine Besuche. Keine Konzerte oder Vorträge. Ihre Tante wird Sie nicht einmal für einen Tag nach London fahren lassen, müssten Sie sich einen Zahn ziehen lassen. Sie würden sich im Handumdrehen zu Tode langweilen. Und obendrein auch noch Schwarz tragen müssen.«

»Wie wahr!« Louisa knabberte am Ende ihres vergoldeten *Conklin*-Füllfederhalters, der beim Schreiben unangenehmer Briefe schon einige tiefe Spuren davongetragen hatte. Es war verflixt ärgerlich, dass sie Maximillian überhaupt erst hatte erfinden müssen. Aber Tante Grace war mehr als entsetzt gewesen, als Louisa zu einer Reise mit einem Motorwagen über den Kontinent aufgebrochen war – mit Kathleen als einziger Begleitung. An jedem Postamt waren die beiden Reisenden von einer Flut von Telegrammen und Briefen erwartet worden, und Tante Grace hatte auch nicht gezögert, in schauerlichen Einzelheiten auszumalen, was zwei alleinreisenden, unschuldigen jungen Damen im Sündenpfuhl Europa widerfahren konnte.

Nun ja, Louisa konnte kaum unschuldig genannt werden, wie Grace sehr wohl wusste. Aber sie war *abwesend* und damit außerhalb von Grace' Reichweite. Die Briefflut war abrupt verebbt, nachdem Louisa ihre Familie darüber in Kenntnis gesetzt hatte, dass sie den charismatischen Maximillian Norwich kennengelernt hatte – im Louvre, vor einem besonders dunklen und schemenhaften Rembrandt-Gemälde – und ebendiesen nach kurzem und heftigem Umwerben geehelicht habe.

Nach einer Weile erreichten Louisa dann erneut Briefe, in denen ihr lauwarme Glückwünsche ausgesprochen wurden. Und eine Aufforderung: Louisa solle *nach Hause* kommen und ihren *Ehemann* mitbringen.

Für eine gewisse Zeit war ihr Rosemont nicht wie ihr Zuhause erschienen, aber nach einem goldenen Jahr der Ungebundenheit musste auch Louisa zugeben, dass es wohl an der Zeit war, zurückzukehren.

Kathleen jedoch schmollte. Wenn sie im Winter in einem offenen Motorwagen umherfuhren, würden sie sich höchstwahrscheinlich jede Menge Frostbeulen holen. Zudem gab es in letzter Zeit einige Misslichkeiten mit Louisas Bank, die geklärt werden mussten. Und wenn man den Briefen ihres liederlichen Cousins Hugh und denen Dr. Fentress' Glauben schenken durfte, hatte Tante Grace nicht mehr lange zu leben. Nicht, dass Louisa das ernsthaft glaubte.

Grace war viel zu gehässig, um ins Gras zu beißen. In den einundzwanzig Jahren, die Louisa seit dem Tod ihrer Eltern bei Grace lebte, hatte diese Frau nicht einmal eine Erkältung gehabt. Seit sie vier Jahre alt war, wurde Louisa unnachgiebig von ihrem Vormund getadelt, auch für noch so kleine Vergehen. Als sie es dann tatsächlich darauf ankommen ließ, hatte das höllische Konsequenzen gehabt.

Sicher aber standen Grace in der Hölle ohnehin alle Tore offen.

»Was schlägst du vor, Kathleen? Sollte ich die Wahrheit sagen?«

Ihre Zofe zog eine fuchsrote Augenbraue hoch. »Sie? Die Wahrheit sagen? Da falle ich doch glatt in Ohnmacht.«

»Du fällst doch nie in Ohnmacht. Ich kenne keine andere Frau, die in Krisensituationen einen derart kühlen Kopf bewahrt. Ausgenommen ich, natürlich.«

Auch wenn Kathleen das vielleicht nicht unbedingt so sah, hatte sie das notwendige Gespür, nichts dagegen einzuwenden. Denn wenn man nachhaken würde, müsste Louisa durchaus einräumen, dass sie in den vergangenen Monaten mehr Rückschläge hatte einstecken müssen, als ihr lieb war. Es wäre schon praktisch gewesen, in der einen oder anderen Situation einen Ehemann zu haben, der ihr aus der Klemme hätte helfen können, obgleich sie wahrlich keine Pläne hatte, jemals zu heiraten. Warum sollte sie auch? Sie war schließlich eine Erbin, unabhängig und frei. Louisa brauchte keinen Mann, der sie herumkommandierte. Während ihrer Kindheit in Rosemont hatte sie schon genug Regeln befolgen und mehr als zwanzig Jahre ihres Lebens wie eine Nonne hinter Klostermauern verbringen müssen.

Natürlich war Rosemont mit seinen tausend Morgen üppiger Parkanlagen und seinen fünfzig üppig gestalteten Zimmern weit luxuriöser als jedes Kloster, das Louisa auf ihren Reisen gesehen hatte. Für einen Gentleman ohne Rang – genau wie Mr Darcy! – war Louisas Vater unanständig reich gewesen, und darüber hinaus hatte er auch noch gut geheiratet. Das Vermögen ihrer amerikanischen Mutter war sogar noch größer gewesen als das seine. Tragischerweise waren beide Eltern bei einem Bootsunfall ums Leben gekommen, als sie noch sehr klein gewesen war. Und hätten ihre Porträts nicht in den Gängen von Rosemont gehangen, hätte sie sich womöglich überhaupt nicht mehr an sie erinnern können.

»Irgendwann müssen wir zurück nach Hause«, sagte Kathleen. »Haben Sie denn niemals Heimweh nach Rosemont?«

Nein, das hatte Louisa wahrlich nicht. Zu Hause warteten Grace und Hugh und ein paar andere Familienangehörige, und irgendwie schaffte sie es nicht, sie loszuwerden. Nachdem Louisas Eltern gestorben waren, war Grace als ihr Vormund in das Elternhaus zurückgekehrt, und ein paar andere Verwandte suchten dort ebenfalls Unterschlupf. Als sie im letzten Jahr endlich Zugriff auf ihre Geldmittel erhielt, fand es Louisa einfacher, davonzulaufen, als sich mit Tante Grace die Köpfe einzuschlagen und zu versuchen, allesamt aus dem Haus zu werfen.

Louisa hielt sich nicht für einen Feigling. Sie *würde* schon nach Hause gehen, *würde* ihnen die Stirn bieten. Jedenfalls einigen von ihnen. Sie hatte zum Beispiel nichts dagegen, dass sich Isobel, die Cousine ihrer Mutter, auf dem Anwesen aufhielt. Ende der Siebzigerjahre waren die beiden jungen Amerikanerinnen auf der Suche nach einem Ehemann nach England gekommen, aber nur die Bemühungen von Louisas Mutter waren von Erfolg gekrönt gewesen.

Soweit man es als einen Erfolg erachten konnte, fünf Jahre nach seiner Eheschließung zu ertrinken.

Louisa brauchte jetzt ihren eigenen Erfolg. Sie würde Grace und Hugh mit allem, was nötig war, bestechen, sobald ihre Bankprobleme erst einmal gelöst waren.

Und sie würde dabei jemanden an ihrer Seite haben. Einen Gefährten. Einen attraktiven, kultivierten Mann von Welt, der ihr im Louvre den Boden unter den Füßen weggezogen hatte und dem sie sich seitdem süß und sündig hingab. Mit seinen geschickten zarten Händen verwöhnte er sie – zumindest in ihren glühenden Träumen. Ja, Maximillian Norwich würde mit ihr nach Rosemont kommen, und wenn sie ihn ebenfalls bestechen musste.

Louisa riss den Brief an ihre Tante in kleine Fetzen. »Kathleen, wie heißt gleich noch diese Agentur, über die dein Bruder letztes Jahr seine neue Stellung gefunden hat? Irgendetwas mit Evening?«

»*Evensong*, Miss Louisa. Die *Evensong Agency*. Das Büro befindet sich in der Mount Street. Die können Wunder bewirken, zumindest gilt das für Mrs Evensong. Von dort kam übrigens auch der neue Chauffeur in Rosemont. Warum fragen Sie? Sie haben doch nicht etwa vor, mich vor die Tür zu setzen, oder?«

»Gewiss nicht.« Louisa hatte nicht im Entferntesten eine Ahnung, was sie ohne Kathleen machen sollte, auch wenn diese in letzter Zeit etwas launisch war.

»Da bin ich aber erleichtert. Wollen Sie, dass ich Ihnen die Brüste für unsere Spritztour heute Nachmittag abbinde und Ihre Hosen ausbürste, oder werden Sie Ihr Korsett mit dem Reifrock tragen?«

»Hosen, denke ich. Es ist verdammt kalt draußen«, antwortete Louisa und schnappte sich ein weiteres Blatt des Hotelbriefpapiers.